国家社科基金
后期资助项目
GUOJIA SHEKE JIJIN HOUQI ZIZHU XIANGMU

王韬与中国
近代文学的转型

Wang Tao and the Transformation of
Chinese Modern Literature

党月异 著

中国社会科学出版社

图书在版编目(CIP)数据

王韬与中国近代文学的转型/党月异著. —北京：中国社会科学出版社，
2014.8

ISBN 978 - 7 - 5161 - 4655 - 2

Ⅰ.①王… Ⅱ.①党… Ⅲ.①王韬(1828—1897)文学研究
Ⅳ.①I206.5

中国版本图书馆 CIP 数据核字(2014)第 186062 号

出 版 人	赵剑英	
责任编辑	李炳青	
责任校对	韩天炜	
责任印制	王 超	

出 版	中国社会科学出版社	
社 址	北京鼓楼西大街甲 158 号（邮编 100720）	
网 址	http://www.csspw.cn	
	中文域名:中国社科网 010 - 64070619	
发 行 部	010 - 84083685	
门 市 部	010 - 84029450	
经 销	新华书店及其他书店	

印 刷	北京君升印刷有限公司	
装 订	廊坊市广阳区广增装订厂	
版 次	2014 年 8 月第 1 版	
印 次	2014 年 8 月第 1 次印刷	

开 本	710 × 1000 1/16	
印 张	18	
插 页	2	
字 数	324 千字	
定 价	55.00 元	

国家社科基金后期资助项目

出 版 说 明

后期资助项目是国家社科基金设立的一类重要项目，旨在鼓励广大社科研究者潜心治学，支持基础研究多出优秀成果。它是经过严格评审，从接近完成的科研成果中遴选立项的。为扩大后期资助项目的影响，更好地推动学术发展，促进成果转化，全国哲学社会科学规划办公室按照"统一设计、统一标识、统一版式、形成系列"的总体要求，组织出版国家社科基金后期资助项目成果。

全国哲学社会科学规划办公室

序

　　年逾耳顺之日，莺飞草长之时，欣闻女弟子党月异的第一部个人专著《王韬与中国近代文学的转型》即将出版，颇多感慨。故电讯索序，欣然应允。

　　俗语云："十年磨一剑。"于党月异的这部专著而论，信然！2001年，党月异作为在职研究生考入了山东师大文学院，选中了我做她的硕士生导师，至今已过了十三年。大概是一种缘分，第一次见面就似乎有一种与众不同的感觉。我有一个习惯，首次与学生见面，总爱讲一番套话："自幼儿园到大学毕业，所学均为基础知识，都是 1 + 1 = 2。但是从研究生开始，已经进入研究学习阶段，必须学会 1 + 1 = 1。"并列举农村生产队时的分地瓜为例："一堆加一堆，还是一堆，只不过是一大堆。"大多数同学会一笑了之，但她的脸上却透出一种心领神会的表情。及至开题，因为我给本科生讲了十余年的近代文学，一直觉得王韬在近代文学史上举足轻重，的确属于开风气的人物，值得进行专门研究。只是因为当时忙于重读先秦，无暇顾及，于是便提议她做王韬的文言小说。大概是因为她在大学课堂上讲过文学史，对王韬有一定了解，她非常爽快地接受了我的建议，很快就确定了题目——《论王韬的文言小说》，并且以超乎想象的速度列出了论文的提纲。

　　尽管已经过去了十多年，但至今我仍然记得很清楚。她的论文提纲主要分四部分：一、王韬研究的世纪回顾；二、全球观念下的文化视野；三、文化转型时期知识分子的特殊心态；四、文化冲突之中的迷惘。当时我真的有点儿吃惊，若没有文化史的观念，若没有文学史尤其是转型时期的近代文学史的观念，绝不可能有这样的开阔视野。然而在慨叹"后生可畏"之余，还是稍按兴奋之情，板起面孔，提了一大堆意见。并且按照我指导研究生的常规，让她首先做好王韬文言小说的研究综述。已经记不清多长时间了，反正当时觉得在很短的时间内，她便拿着一大摞资料摆到了我的面前，又一次让我吃惊。但我还是静下心来，按照硕士学位论文的要求，让她忍痛割爱，主要围绕王韬的文言小说研究做系统的综述，其他资料可以留待将来。她在2003年发表的那篇《王韬研究世纪回顾》，就是在那一大摞资料的基础上完成的。文献资料是一切学问基础中的基础，党月异正是因为视野开阔，又特别重视文献资料的搜集与整理，所以才能在同龄人中取得比较突出的学术成就。

大概是因为厚积薄发，或者说是多年的教学经验和学术积累，党月异的确堪称"快手"。大约用了不到两年的时间，她的硕士学位论文就完成了。2003年便顺利地通过了论文答辩，提前毕业，提前获得了文学硕士学位。在答辩会上，她论文的第三部分引起了多数答辩委员的注意，大家认为"文化转型"这一概念不但准确地概括了王韬文言小说在中国文言小说史上的贡献，而且紧紧地抓住了近代尤其是近代初期文学史的时代特征。同时鼓励她可以沿着这一思路继续往前拓展，进一步研究王韬的文学创作，研究王韬的文学思想和文学创作对中国近代文学转型的启蒙、开创之功。党月异是一个有独立见解而又锲而不舍的人。她后来发表的一系列关于王韬研究的论文以及2007年申报的山东省社会科学规划研究项目——《王韬与中国近代文学的变革》，显然就是沿着这一思路继续努力的结果。更令人惊喜的是，2012年，她又申报了国家社会科学基金后期资助项目《王韬与中国近代文学的转型》，获得了成功。

从山东省社科规划研究项目的《王韬与中国近代文学的变革》到国家社科基金后期资助项目的《王韬与中国近代文学的转型》，虽然只是两字之差，但却充分展示了党月异对这一研究课题的深刻思考。今天我们读这部专著，应该注意以下几个方面：首先是绪论——"王韬研究学术史回顾"，这显然是在之前的那篇《王韬研究世纪回顾》的基础上完成的，应该能引起王韬关注者的普遍注意。确如俞祖华、赵慧峰主编的《中国近代社会文化思潮研究通览》所云："尤其值得一提的是党月异的《王韬研究世纪回顾》，此文为我们研究王韬提供了许多很有价值的参考资料。"其次是第一章"王韬——多重身份的建构"，作者运用典型的、传统的"知人论世"的研究方法，论述了王韬作为近代初期中西文化交流学者、最早的报人、维新思想家、教育家、新型文化人五位一体的特殊身份。王韬是一个典型的从传统文人转型为新型文化人的代表人物。在他身上显然兼具传统和现代两种人格，兼具两种价值系统。这就必然使他的文学创作呈现出传统与现代两种风格，从而体现出中国近代文学转型时期的特点。第二章"王韬小说研究",这显然是在她硕士学位论文的基础上完成的。然而,与她的毕业论文相比,却增加了"王韬的小说思想"、"新兴传播方式的现代化变革"、"在近代小说史上的地位及影响"三节,这就进一步突出了王韬在近代这一中国小说转型时期的作用、地位和影响。在中国小说发展史上,王韬是最早运用传统的艺术形式,自觉描写异国文化、异国形象、异国风物,最早为读者提供关于现代性想象和思考的作家;是第一个在报纸上连载小说的报人小说家,这无疑开创了中国小说传播方式现代化的新纪元,从而促进了中国小说由传统到近现代的转型。王韬的小说也是一部典型的中国社会文化转型时期的文人心态史。总而言之,在中国传统小说向近现代转型的过程中,王韬的意义不容忽视,是承前启后的代表人物。第三章"王韬诗歌研究",不但系统地介绍了王韬的诗学思想、诗歌创作的思想内容和艺术特色,而且视野广阔、高屋建瓴地指出了王韬诗歌对近代诗歌发展的意义和影响,即王韬的诗歌理论、诗歌创作或直接或间接影响了黄遵宪,推动了梁启超的"诗界革命",可以说是"诗界革命"的先锋。从王韬到黄遵宪再到梁启超,共同完成了"诗界革命"的递进。第四章"王韬政论文研究",紧紧抓住王韬是近代史上第一个办报纸的中国人、其政论文主要发表在《循环日报》上这一特点,全面论述了王韬对政论文体的现代性改造,指出了他的政论文对郑观应、康有为、谭嗣同的直接影响,以及对梁启超"新文体"的影响。最后一章是"王韬游记散文研究",在近代游记散文发展的大背景下介绍了王韬的《漫游随录》和《扶桑游记》,不但研究了王韬游记散文对传统游记散文内容的拓展、艺术的新变,并且从文化启蒙、文学启蒙两方面肯定了他的地位和影响,同时也指出了其局限性和不足。

　　总而言之,党月异的《王韬与中国近代文学的转型》不但系统、全面地解读了王韬的小说、诗歌、政论文和游记散文,堪称国内第一部系统、全面、深入研究王韬文学创作的专著;而且涉及了王韬的特殊身份、文学观念;涉及了王韬作品的题材内容、语言形式、传播方式、社会功用,等等,可以说填补了近代文学研究的一项空白。这部著作通过对王韬文学作品的全面梳理,全方位地把握了王韬的文学创作在从古代文学向近现代文学转型过程中的重要作用,探讨了王韬在中国文学史上承前启后的具有里程碑意义的历史贡献,值得一读。

　　现在,党月异又在主持一项教育部人文社科规划基金项目——《中国古代小说史研究的反思与重构》。相信在不久的将来,她的这一部专著也会与广大读者见面，让我们翘首以盼。序文搁笔，仰望南山，满目苍翠，春意盎然。欣欣之情，油然而生。

王恒展

2014 年 2 月 26 日于泉城转山西路寓所

目 录

绪论　王韬研究学术史回顾

　　王韬（1828—1897）是清末著名的学者、思想家、文学家。初名利宾，又名畹，字兰卿，后改名韬，字子潜、紫诠，号仲韬，晚年自号天南遁叟、弢园老民。江苏省长洲县甫里村（今苏州市吴县甪直镇）人，1845 年考中秀才。1849 年入上海英国人办的墨海书馆做编校工作，前后达 13 年之久，初步接触了西方文化。1862 年因上书太平天国起义军，被清政府通缉，只身逃往香港。1867—1870 年随英国人理雅各至英国，协助翻译儒家经典，得以漫游英法等国，成为近代史上第一位走向世界的文学家。1870 年返回香港以后，王韬曾组织中华印务总局，1874 年创办《循环日报》，呼吁变法图强，这是中国报刊史上第一份以政论为主的报纸，在掀起变法改良的政治思潮方面产生了十分广泛的影响。1884 年回到上海，出任格致书院掌院，晚年以著书自娱，1897 年病逝。

　　王韬一生著述宏富，有四十余种，大致可分为十类。（一）经学：《春秋左氏传集释》六十卷，《皇清经解校勘记》二十四卷等。（二）史志：《普法战纪》二十卷，《法兰西志》八卷，《俄罗斯志》八卷，《美利坚志》八卷等。（三）政论：《弢园文录外编》十二卷。（四）科技：《火器略说》一卷，《西国天学源流》一卷，《格致新学提纲》一卷。（五）舆图掌故：《西事凡》十六卷，《四溟补乘》三十六卷。（六）笔记：《瓮牖余谈》十二卷，《瀛壖杂志》六卷，《老饕赘语》八卷等。（七）文言小说：《遁窟谰言》十二卷，《淞隐漫录》十二卷，《淞滨琐话》十二卷，《花国剧谈》二卷，《海陬冶游录》七卷。（八）游记：《漫游随录》三卷，《扶桑游记》三卷。（九）尺牍：《弢园尺牍》十二卷，《弢园尺牍续抄》六卷。（十）诗词：《蘅华馆诗录》六卷，《弢园未刻诗稿》一卷，《弢园集外诗存》一卷，《弢园诗词》（亦名《弢园杂录》）一卷。

　　1887 年，王韬 60 岁寿辰时，《申报》专门刊发《寿弢园老民六十初度序》，称颂王韬的文字之功："先生著作之富，久已等身，四海士民，群相钦服。其所论设电线、开铁路、造兵轮、制火器、办矿务，均属条分缕析，不惮洋洋数万言，务极其详而后已。今果一一施行，若合符节。是不独先生先见之明，抑亦先生经济之宏，有能言人所不及言，事人所不及事……惜乎先生徒以笔墨之功，显然揭之于记载，诚能举先生而加以宰辅之位，寄以军国之事，则将平日之所筹画者，一一措而行之，庶几国因而富，兵因而强，欧洲诸国亦复屏息下气，望风怀畏，从此不敢复生觊觎心，岂非国家之大幸哉！"① 从这些赞誉之词可以看出王韬在当时的影响之大、声望之高，也透露出对王韬未能被清廷所用的惋惜之意。

关于王韬的研究从 1927 年至 2013 年 6 月共有 364 篇研究论文，（据《上海图书馆中文社科报刊篇名数据库》、《中国期刊全文数据库》、《中国优秀博硕士学位论文全文数据库》以及其他相关资料统计），专著有十部。下面对王韬的研究情况作一个简要的综述。

第一节　王韬研究的发展阶段

一　始发期（1927—1949 年）

这一时期共有研究文章 21 篇，主要以考证为主。代表人物有谢兴尧、罗尔纲、徐光摩等。1927 年戈公振的《中国报学史》② 在第四章第一节《日报之先导》中简单介绍了王韬创办《循环日报》的情况。真正把王韬作为研究对象进行研究是在 1930 年以后。1934 年，谢兴尧发表了《王韬上书太平天国事考》③，罗尔纲发表了《上太平军书的黄畹考》④，主要围绕的问题是考证王韬是否上书太平天国，以及考证王韬的其他生平事迹等。谢兴尧和罗尔纲都认为上书太平天国的"黄畹"就是王韬。胡适通过研究北京图书馆藏王韬书稿，也考证出王韬"入学之名当是王畹，字兰君……他上太平天国书中用'黄畹'，是他原入学

---

① 《寿弢园老民六十初度序》，《申报》1887 年 11 月 16 日。
② 戈公振：《中国报学史》，上海商务印书馆 1927 年版。
③ 谢兴尧：《王韬上书太平天国事考》，《国学季刊》1934 年第 4 卷第 1 期。
④ 罗尔纲：《上太平军书的黄畹考》，《国学季刊》1934 年第 1 卷第 2 期。

的学名，以示郑重。后来他出了乱子，就永讳其名畹"。① 林语堂于1936 年写作出版的《中国新闻舆论史》② 在第八章"现代报纸的开端"中肯定了王韬在中国新闻发展史上的重要地位。这一时期日本人对王韬也颇感兴趣，发表了几篇研究文章。这与王韬的访日经历有关。19 世纪 70 年代末，由于《普法战纪》在日本的流传，王韬之名已传遍日本朝野。日本学界把曾经漫游欧洲的王韬奉为学贯中西的"西学泰斗"或"巨儒"，对他是极为推崇的，于是在 1879 年日本学界多人联名邀请他访问日本。王韬在日本旅居四个月。这一时期日本关于王韬的研究文章有布施知足的《从游记看中国明治时代的日本往来》③、实藤惠秀《王韬的访日与日本文人》④ 等。值得注意的是，欧美学者对王韬的研究也很早就很重视，1931 年美国学者白瑞华（Roswell S. Britton，1897—1951）用英文撰写完成《1800—1912 年的中国报纸》⑤，并于1933 年由上海别发洋行（Kelly & Walsh Limitede）出版，书中第四章《王韬和香港报纸》用整章的篇幅详细介绍了王韬的《循环日报》。

二　持续期（1950—1979 年）

这期间共有研究论文 16 篇，专著两部。这一时期的研究已经脱离了考证阶段，着眼点已转移到王韬的思想研究和报道文学研究方面。如吴雁南《试论王韬的改良主义思想》⑥、谢无量《王韬——清末变法论之首创者及中国报道文学之先驱者》⑦、柯文《王韬与中国民族主义的萌芽》⑧ 等。其中《王韬——清末变法论之首创者及中国报道文学之先驱者》主要是从王韬对中国社会的贡献——变法图强的政治思想和报章文学的开创方面来谈的。纵观王韬的一生，他的主要功绩不外乎这两个方面，所以这篇文章第一次从宏观上、总体上介绍了王韬。1974 年美国汉学家柯文所著《在传统与现代性之间

① 胡适：《跋馆藏王韬手稿七册》，《国立北平图书馆期刊》1934 年第 8 卷第 3 号。
② Lin Yutang: *A History of the Press and Public Opinion in China*, Chikago, 1936.
③ ［日］布施知足：《从游记看中国明治时代的日本往来》，《东亚研究讲座》1938 年第 84 辑。
④ ［日］实藤惠秀：《王韬的访日与日本文人》，《近代日支文化论》1941 年。
⑤ ［美］白瑞华：《1800—1912 年的中国报纸》，上海别发洋行 1933 年版。
⑥ 吴雁南：《试论王韬的改良主义思想》，《史学月刊》1958 年第 4 期。
⑦ 谢无量：《王韬——清末变法论之首创者及中国报道文学之先驱者》，《教学与研究》1958 年第 3 期。
⑧ ［美］柯文：《王韬与中国民族主义的萌芽》，《亚洲研究杂志》1967 年第 26 卷。

——王韬与晚清改革》① 是最早对王韬进行系统研究的专著。1979年朱传誉主编的《王韬传记资料》② 广泛搜集了关于王韬生平事迹的资料，很有价值。

三　发展期（1980—1989 年）

20 世纪 80 年代研究王韬的文章共有 55 篇，专著一部，可以说是王韬研究的发展阶段。涉及内容主要有关于王韬上书太平天国一事的争论，王韬的卒年，王韬的变法自强思想，王韬的人才思想、王韬的报刊活动，王韬的文学创作等，对他的作品研究包括《扶桑游记》、《普法战纪》、《蘅华馆诗录》以及《后聊斋志异》等。代表性论文有忻平《王韬为何上书太平天国》③、刘学照《论洋务政论家王韬》④、陈祖声《王韬报刊活动的几点考证》⑤、马艺《关于王韬的〈普法战纪〉》⑥。日本学者西里喜行 1984 年在《东洋史研究》发表《关于王韬和〈循环日报〉》⑦ 一文，此文对王韬的生平、《循环日报》的创刊及特征等作了详细介绍，特别是该文基本上将《循环日报》所载王韬的政论文目录收齐，对王韬和《循环日报》问题的研究作出了重要贡献。这时期专著有台湾学者姚海奇的《王韬的政治思想》⑧。

四　鼎盛期（1990—2013 年）

这期间共有研究论文 272 篇，专著七部，可以说进入了王韬研究的繁荣时期。这时期的论文对王韬的研究比较广泛，深入各个方面，涉及王韬的社会改革思想、民本主义、商业思想、教育思想、教案观、外交思想、人才思想、史学理论、社会伦理思想、科学思想、海防思想、军事思想、全球化思想、经济思想、翻译事业、文学作品研究等。这一时期出现的研

---

① ［美］柯文：Paul A. Cohen：*Between Tradition and Modernity，Wang Tao and Reform in Late Ching China.* Cambrige 1974.
② 朱传誉：《王韬传记资料》，天一出版社 1979 年版。
③ 忻平：《王韬为何上书太平天国》，《中学历史》1981 年第 4 期。
④ 刘学照：《论洋务政论家王韬》，《华东师大学报》1983 年第 1 期。
⑤ 陈祖声：《王韬报刊活动的几点考证》，《新闻研究资料》1981 年第 4 期。
⑥ 马艺：《关于王韬的〈普法战纪〉》，《新闻研究资料》1987 年第 1 期。
⑦ ［日］西里喜行：《关于王韬和〈循环日报〉》，《东洋史研究》1984 年第 43 卷第3 期。
⑧ 姚海奇：《王韬的政治思想》，文镜文化事业有限公司 1981 年版。

究专著有：忻平《王韬评传》①、张海林《王韬评传》②、张志春《王韬年谱》③、香港学者林启彦和黄文江主编的为纪念王韬逝世一百周年的学术会议论文集《王韬与近代世界》④、台湾学者游秀云《王韬小说三书研究》⑤、王立群《中国早期口岸知识分子形成的文化特征——王韬研究》⑥。1994 年柯文的《在传统与现代性之间——王韬与晚清改革》出版了中译本。另外，王一川所著《中国现代性体验的发生》⑦ 用了 1/3 的篇幅来论述王韬。硕博学位论文的研究也在 2002 年后表现出对王韬的极大关注。2003 年山东师范大学党月异的硕士学位论文《论王韬的文言小说》是第一篇研究王韬文学作品的硕士学位论文。随后出现了上海师范大学凌宏发 2004 年硕士学位论文《王韬小说研究》、暨南大学赵钰 2006 年硕士学位论文《王韬的文学创作研究》、华东师范大学夏红娣 2006 年硕士学位论文《文化认同与自我建构的两种方式——从王韬的政论文和小说谈起》、南京师范大学孙庆 2008 年硕士学位论文《王韬生平与著作研究》、福建师范大学代顺丽 2007 年博士学位论文《王韬小说创作研究》等。这些硕博学位论文对王韬的文学创作特别是小说创作进行了多方面的研究，填补了王韬文学研究领域的一些空白。可以看出，本时期对王韬的研究更全面更深入，取得了更为丰硕的成果。

第二节　王韬研究的主要问题

综观这几十年的研究成果，对王韬研究的主要问题大致归纳如下：

一　王韬的生平事迹研究

1. 关于王韬上书太平天国一事

这个问题从 20 世纪 30 年代开始就进行了研究。30 年代，经过谢兴尧、罗尔纲等学者的考证，认为王韬确曾化名黄畹上书太平天国，似乎

① 忻平：《王韬评传》，华东师范大学出版社 1990 年版。
② 张海林：《王韬评传》，南京大学出版社 1993 年版。
③ 张志春：《王韬年谱》，河北教育出版社 1994 年版。
④ 林启彦、黄文江：《王韬与近代世界》，香港教育图书公司 2000 年版。
⑤ 游秀云：《王韬小说三书研究》，秀威资讯科技有限公司 2006 年版。
⑥ 王立群：《中国早期口岸知识分子形成的文化特征——王韬研究》，北京大学出版社 2009 年版。
⑦ 王一川：《中国现代性体验的发生》，北京师范大学出版社 2001 年版。

已成定论。20 世纪 80 年代，杨其民表示了怀疑，他在《王韬上书太平军考辨——兼与罗尔纲先生商榷》① 一文中认为王韬曾上书太平天国，完全证据不足，难以成立。其理由大致有二：其一，黄畹书笔迹与王韬不同；其二，黄畹书和王韬思想有矛盾。王开玺随后又发表文章《关于王韬上书太平天国之我见》② 反驳了杨其民的观点，认为："王韬化名黄畹上书太平天国一事，虽难下十分肯定之断语，但上书可能性极大。"周衍发《试析王韬上书太平天国的目的》③ 指出黄畹即王韬，上书的目的在于为太平天国效力，一显身手，同时也为了保全在太平天国管辖内的一家老小的安全，因此"我们也不必将王韬美化成太平军的一员"，"参加革命的知识分子"。目前学术界都普遍认为王韬上书太平天国一事的确存在。

2. 王韬的卒年问题

王韬究竟卒于何时，一直说法不一，后经学者研究考证，已基本认定卒年是 1897 年，但具体卒月卒日还不十分清楚。1936 年吴静山《王韬事迹考略》④ 一文提出王韬卒于 1897 年 4 月。1948 年徐光摩发表《王韬的卒年》⑤，指出王韬卒于 1897 年秋。李景光《王韬究竟卒于何时》⑥ 认为是 1897 年 5 月 24 日。邬国义《王韬卒年月日再考证》⑦ 再一次证实王韬的卒年是 1897 年 5 月 24 日，认为："铁证如山，历来关于王韬卒年月的讨论，可谓得到彻底的解决。"

3. 王韬的报刊事业

早在 20 世纪二三十年代，美国学者白瑞华在《1800—1912 年的中国报纸》、林语堂在《中国新闻舆论史》中都指出了王韬对中国新闻报刊事业的重要意义。此后，很多研究文章都从多方面深入探讨了王韬的《循环日报》对中国近代报刊事业的巨大贡献，总结了王韬办报思想的特点。较有代表性的是忻平的《王韬与〈循环日报〉》⑧，文中指出《循环日报》在掀起变法改良政治思潮和反对列强侵略及介绍西方科学知识

① 杨其民：《王韬上书太平军考辨——兼与罗尔纲先生商榷》，《近代史研究》1985 年第 4 期。
② 王开玺：《关于王韬上书太平天国之我见》，《近代史研究》1988 年第 3 期。
③ 周衍发：《试析王韬上书太平天国的目的》，《南京大学学报》1988 年第 4 期。
④ 吴静山：《王韬事迹考略》，《上海研究资料》1936 年。
⑤ 徐光摩：《王韬的卒年》，《申报文史》1948 年第 15 卷。
⑥ 李景光：《王韬究竟卒于何时》，《文学遗产》1986 年第 3 期。
⑦ 邬国义：《王韬卒年月日再考证》，《华东师范大学学报》2004 年第 5 期。
⑧ 忻平：《王韬与〈循环日报〉》，《华东师范大学学报》1987 年第 6 期。

方面，起着振聋发聩的作用，是中国报刊史上第一份以政论为主的报纸，也是中国资产阶级改良派用来宣传政治主张的第一块舆论阵地和主要讲台。夏良才《王韬的近代舆论意识和〈循环日报〉的创办》① 认为，王韬把《循环日报》办成一份政论性报纸，拓宽了华文日报的功能，这是他树立起近代舆论意识的重要标志。他认为这种舆论意识，是治国之宜讲求之事，王韬的近代舆论意识大部分来自西方资产阶级的办报理论和经验。马艺《中国报刊政论的先驱——谈王韬报刊政论的思想意识》② 总结了其报刊政论思想的几个意识，即睁眼看世界的国际意识、鼓吹社会变革和评说洋务新政的意识、针对现实问题的社会参与意识。徐新平《重评王韬的新闻思想》③ 主要从三个方面总结了王韬的新闻思想，即广见闻求通变的报刊功利观、论时事抒胸臆的报刊政治观、有道德通古今的新闻人才观。

4. 王韬的翻译事业

李景元《王韬和他的翻译事业》④，指出近代文学史上第一个翻译外国文学作品的不是林纾而是王韬，介绍了他的翻译主张是"选材必要，取材必实，摅言必雅，立体必纯"，是后来严复、梁启超等人翻译的先声，认为他"给中国翻译史写下光辉一页"。童元方《论王韬在上海的翻译工作》⑤ 论述了王韬在宗教、贸易、科技书籍翻译方面的巨大贡献，前期以《圣经》为主，后期以科技为主。

5. 王韬的中外文化交流

这些文章从不同方面阐述了王韬对近代中西文化交流的贡献。陈启伟在《谁是我国近代介绍西方哲学的第一人》⑥ 中谈到学术界一般都认为严复 1895 年译《天演论》等书为西方哲学在中国传播的发端，但是作者认为王韬早在 19 世纪七八十年代就开始了西方哲学在中国的传播工作。易惠莉《中国近代早期对西方社会进化论的反响——以受传教士

①　夏良才：《王韬的近代舆论意识和〈循环日报〉的创办》，《历史研究》1990 年第 2 期。
②　马艺：《中国报刊政论的先驱——谈王韬报刊政论的思想意识》，《历史教学》2001 年第 7 期。
③　徐新平：《重评王韬的新闻思想》，《湖南大学学报》2002 年第 5 期。
④　李景元：《王韬和他的翻译事业》，《中国翻译》1991 年第 3 期。
⑤　童元方：《论王韬在上海的翻译工作》，《上海科技翻译》2000 年第 2 期。
⑥　陈启伟：《谁是我国近代介绍西方哲学的第一人》，《东岳论丛》2000 年第 4 期。

影响的知识精英为考察对象》① 论及王韬对西方社会进化论的态度，主张用强的立场去应对西方的挑战。宋建昃《近代中西文化交流中的王韬》② 主要阐述了他对中西文化交流所作的贡献，一方面介绍西方文化、制度，如《法国志略》、《普法战纪》，另一方面又将华夏文化典籍《诗经》、《尚书》、《左传》、《论语》、《孟子》、《大学》、《中庸》等译到西方，表现了传播中华文化的自觉。颜得如、马振超《中西经典之间的信使》③ 主要从王韬翻译《圣经》中译本等认为他是中西经典之间的信使。

二　王韬的思想研究

1. 王韬的政治改革思想

20 世纪 80 年代，朱英的《中国近代最早提出"变法"口号的思想家王韬》④ 肯定了王韬是中国近代最早提出"变法"口号的思想家。忻平《中国最早提出君主立宪制的是王韬》⑤ 指出了中国最早提出君主立宪制的不是容闳和郑观应，而是王韬。刘学照《论洋务政论家王韬》⑥ 比较详尽地论述了王韬的洋务政论思想，观点如下：提出"古今之变局"的时局观，反对封建守旧思想；鼓吹洋务是最大的"时务"，批评洋务派"徒袭皮毛"，洋务派学习西方的着眼点在于练兵制器及与此相关的制造和科技，而对中国政治则不想也不敢加以整顿，这是治标不治本的弊病；提出"变法自强"的观点，充实和校正洋务运动。20 世纪 90 年代，张海林《论王韬的危机意识和政治改革思想》⑦ 认为王韬是在继冯桂芬之后，以更加激烈的语言、更加广泛的视角、更加有效的报纸手段，向国人传递危机意识的一位思想家，改革思想是王韬危机意识的连体儿。王韬的改革思想与林则徐、魏源、冯桂芬相比有其独特之处：第一，他的改革思想是建立在对西学有广泛了解，对西方事物有实地考

---

① 易惠莉：《中国近代早期对西方社会进化论的反响——以受传教士影响的知识精英为考察对象》，《江苏社会科学》2000 年第 4 期。

② 宋建昃：《近代中西文化交流中的王韬》，《中国文化研究》2001 年第 2 期。

③ 颜得如、马振超：《中西经典之间的信使》，《21 世纪》2001 年第 2 期。

④ 朱英：《中国近代最早提出"变法"口号的思想家王韬》，《史学月刊》1982 年第 6 期。

⑤ 忻平：《中国最早提出君主立宪制的是王韬》，《华东师范大学学报》1983 年第 6 期。

⑥ 刘学照：《论洋务政论家王韬》，《华东师范大学学报》1983 年第 1 期。

⑦ 张海林：《论王韬的危机意识和政治改革思想》，《南京师范大学学报》1993 年第 1 期。

察的基础之上；第二，他的改革思想与中国古代的大同理想和运会学说相联系，更哲学化、理论化；第三，他的改革思想偏重政治层面。江沛在《王韬的社会变革意识评析》①中认为，王韬的改革意识是建立在现实主义的冷静思考之下，既反对盲目排外，又反对崇洋媚外，在欧风美雨的侵蚀中能冷静地提出"善为治者，不必尽与西法同"，"他上承魏源'师夷'思想，下启戊戌变法的政治变革，是近代中国社会变革思想史上的重要里程碑"。朱健华的《治中以驭外——王韬改良思想的宗旨》②一文指出，人们在论及王韬政治思想时，往往专注于他的"变法自强"主张，而对他强调的"治中以驭外"未予充分重视，"须知'治中以驭外'正是王韬改良思想的主旨，是他孜孜以求的政治理想"。台湾学者姚海奇的专著《王韬的政治思想》以《弢园文录外编》为研究基点，从"论道兴变"、"治民与治兵"、"倡富强"等方面分析王韬变法图强思想，指出王韬倡议富强，"着实为中国提供一条出路，于其时代，实具风行草堰之功；于其士大夫阶层，亦曾广为流行；故确有其时代价值与意义，不容吾人轻予抹杀"。

2. 王韬的教育思想

这类研究文章涉及了王韬的西学教育思想和教育改革思想等。张国霖《论王韬的西学教育思想》③主要从重视西学的角度，阐述了王韬教育思想的一个主要侧面，论及了王韬关于学习西学的必要性。学习的原则是"器则取诸西国，道则备当自躬"；学习西学的内容包括科学、技术和政治制度；学习的方式是请进来和走出去——创办学堂和倡导留学运动。而张海林《论王韬的教育实践》④则着重考察了他在担任上海格致书院院长期间的从教实践，从中揭示了王韬教育改革思想的进步性、深邃性，是"带有强烈功利色彩的实用主义教育思想"；王韬投身教育实践的深层动机是借助教育推进中国社会政治与经济的全方位的改革。王雷《从追求功名到职业立身》⑤一文则从总体上把握了王韬的教育活动，认为王韬独特的教育经历和中西互译的著述实践，使他的教育改革思想优于同期的其他教育改革者。在中西文化冲突和交流的起始期，他对西方文化与教育的介绍为中国传统教育的改革提供了一个新的知识背

---

① 江沛：《王韬的社会变革意识评析》，《社会科学辑刊》1998 年第 3 期。
② 朱健华：《治中以驭外——王韬改良思想的宗旨》，《贵州大学学报》1996 年第 1 期。
③ 张国霖：《论王韬的西学教育思想》，《山东师范大学学报》1996 年第 4 期。
④ 张海林：《论王韬的教育实践》，《江海学刊》1997 年第 5 期。
⑤ 王雷：《从追求功名到职业立身》，《沈阳师范学院学报》2000 年第 5 期。

景。张国霖《试论王韬改革科举的思想》① 则揭示了王韬教育思想的一个重要侧面：王韬对科举制度进行了猛烈批判，认为科举制度是埋没人才，选材是"用非所习"，明确提出了"废时文"的主张，把对科举制度的批判提到了一个新的高度；王韬提出了改革科举的建议，主张更新考试内容，废除时文后应把传统的经世致用之学、西学知识和从政治国的实际知识等作为考试的内容。作者一方面肯定了王韬改革科举的良好建议，另一方面也认为其思想存在着局限性，其理论深度不够，没有能从根本上指出废除科举制度的意义，而仅着眼于对科举制度作些局部的调整和变革。

3. 王韬的社会伦理思想

分析较全面、较有代表性的是鞠方安的《王韬的社会伦理思想探析》②，文中指出王韬社会伦理思想的主要内容是：一夫一妇，男女并重，藐视"传宗接代"的陈腐观念。王韬社会伦理思想的社会基础和渊源主要表现在以下几个方面：第一，王韬的伦理思想建立在他对男尊女卑、一夫多妻制弊端的深刻认识基础之上，并把它提升到事关社会稳定、国家治乱兴亡的高度；第二，王韬的伦理思想是建立在民本思想之上；第三，王韬的社会伦理思想是受西方的社会文化思想直接影响而成。王韬虽明确主张一夫一妇，男女并重，可他的思想和具体行为（特别是晚年）之间，也有相互矛盾和冲突的地方。王韬在晚年经常参加评选上海名花和青楼冠、亚军的活动，这些说明其社会伦理思想仍有局限性，传统的伦理思想在王韬身上并未完全褪去。

4. 王韬的史学思想

盛丰的《王韬的法国史及普法战争史研究》③ 认为，王韬的《法国志略》和《普法战纪》叙述法国历史，记录普法战争始末，在当时中国人所撰的外国史中别开生面，能帮助国人了解西方形势，引导人们观察西方政治、军事、经济制度，启发人们进行资产阶级改良。忻平《王韬与近代中国的法国史研究》④ 指出王韬是中国近代法国史的先驱之一，《法国志略》、《普法战纪》为其代表作。王韬的法国史研究绝非单纯为学术目的，而是始终为他的"振兴中国"这一主旨服务。忻平

① 张国霖：《试论王韬改革科举的思想》，《贵州社会科学》1995 年第 4 期。
② 鞠方安：《王韬的社会伦理思想探析》，《北京社会科学》1999 年第 2 期。
③ 盛丰：《王韬的法国史及普法战争史研究》，《历史教学问题》1987 年第 4 期。
④ 忻平：《王韬与近代中国的法国史研究》，《学术季刊》1994 年第 1 期。

《论王韬的史著及其史学理论》① 认为，王韬的社会改革思想都有其史学理论作为依据，指出王韬史学理论具有鲜明的时代特点。文章主要从四个方面进行了论述：循环论与大同说；实用而可转论的道器论与体用观；选择君主立宪制却赞赏民主共和制；倡导科技兴国，重视科学对历史进步的影响。舒习龙《王韬〈法国志略〉史学思想试析》② 指出王韬从中西历史的对比中得出如下结论：法国的盛衰可以作为中国的"殷鉴"，这是对传统史学历史盛衰意识的发展；《法国志略》反映了法国历史的盛衰变化，也反映了作者进步的历史观点和社会思想。

5. 王韬的人才思想

关学增、郭常英的《王韬人才思想述论》③ 指出，王韬的人才思想包括以下几个方面：立意变法自强，重视人才作用；主张废八股，改科举，培养真正的人才；主张以才取人，注重考选标准，对军事人才、艺术人才、外交人才的考选都提出了相应的标准，体现了鲜明的适应时代需要的人才专业化思想；提出"尚实"思想，讲究用人之道，强调广辟贤路，破格用人，因才器使，各当其任，权责一致，用人不疑；考校优劣，赏罚分明。王韬的人才思想作为其倡导的"变法自强"纲领中的一项重要内容，反映了一种顺应社会发展的进步思想，为近代中国提供了一套初具规模的反映时代要求的人才思想。万彩霞在《论王韬的人才思想的特点》④ 中指出，王韬的人才思想以重经世功利、强调专门人才、推崇西学西才为主要特点。

6. 王韬的商业思想

张海林在《论王韬经济思想的时代特征》⑤ 中指出，在中国近代经济思想史上，王韬是个里程碑式的人物。一方面，王韬传承了林则徐、魏源"师夷长技以制夷"的主张，把开放改革的呼声传遍中国知识界；另一方面，王韬站在更高的基点上，以更广阔的视野，触及林则徐、魏源不曾触及的课题，开拓出了中国近代资产阶级经济思想的新天地。王韬在经济思想领域的心路历程，正是中国经济思想史从传统到近代的转折路程，文章着重论及了王韬的"商为国本说"、"全面兴利说"、"国

① 忻平：《论王韬的史著及其史学理论》，《史学理论研究》1997 年第 3 期。
② 舒习龙：《王韬〈法国志略〉史学思想试析》，《安徽大学学报》2002 年第 4 期。
③ 关学增、郭常英：《王韬人才思想述论》，《史学月刊》1987 年第 4 期。
④ 万彩霞：《论王韬的人才思想的特点》，《株洲师范高等专科学报》2001 年第 4 期。
⑤ 张海林：《论王韬经济思想的时代特征》，《苏州大学学报》1992 年第 2 期。

佐工商说"三方面的经济思想。张步先《论早期改良派的重商思想》①论述了王韬、马建忠、薛福成等为代表的早期改良派,为了维护民族利益,通过对"重工轻商"观念的批判,提出了"士商平等"、"商为国本"、"由商及富"、"由富及强"的一系列具有反抗外来侵略性质的重商主义思想。申满秀《浅析王韬商业观念的转变》②一文分析了王韬从传统的"重农抑商"转变成"恃商为国本",透视近代中国人向西方学习的发展道路。田井泉《中国近代重商思想探析》③谈及近代重商主义思想的主流代表人物王韬、马建忠、薛福成等,但是"标志着中国重商主义思想产生的是王韬",他最早从立国路线角度考察西方诸国,把对外贸易看做富国的唯一途径,"商富即国富",中国如要富强,必须师法泰西,恃商为国本。

7. 王韬的外交思想

张海林《论王韬"华夷观"的变化及其近代外交思想》④指出,对外交改革的关注是王韬变法维新思想的重要组成部分。王韬是中国近代新型外交思想的开拓者。他的外交思想在其特有的世界意识和开放眼光中倡导"尚通"、"贵和"、"重势"、"崇简",他的这几个外交原则具有开拓未来的历史指向意义,为中国外交突破挣扎—反抗—屈辱求和的恶性循环指明了出路。朱健华在《论王韬的外交思想》⑤一文中论述了王韬的外交主张,主要包括以下内容:其一,主张摆脱传统的"夷夏之防"思想,大胆学习西方的资产阶级文明,实行政治变革;其二,强调中国的外交必须建立在自身强大的基础之上;其三,强调外交活动必须以维护本国政治、经济利益为宗旨;其四,强调外交的平等原则;其五,不应对西方列强签订的条约抱有不切实际的幻想;其六,认为对外交人才的选拔、培养应当非常慎重,强调要有一支得力的外交队伍,不辱使命,维护国家。总之,在早期维新思想家中,王韬的外交思想是最系统、最全面的,但是其外交思想仍带有明显的历史局限性,主要表现在:其一,未能认识西方资本主义侵略本质,天真地认为只要中国变法就能自强御辱;其二,对资本主义侵略势力存有幻想。王韬外交思想的

①　张步先:《论早期改良派的重商思想》,《山西师范大学学报》1995年第1期。
②　申满秀:《浅析王韬商业观念的转变》,《贵阳师专学报》1999年第3期。
③　田井泉:《中国近代重商思想探析》,《山西财经大学学报》2001年第1期。
④　张海林:《论王韬"华夷观"的变化及其近代外交思想》,《江苏社会科学》1992年第1期。
⑤　朱健华:《论王韬的外交思想》,《河南师范大学学报》1996年第4期。

先进性与局限性表明了新兴民族资产阶级的积极探索与不成熟。

8. 王韬的军事思想

林启彦《王韬的海防思想》①认为，王韬海防思想的形成与发展分为三个时期：19世纪60年代中期、70年代中期、70年代中后期至80年代中期，强调指出了王韬海防思想中"以战为守"的观点。王韬的海防思想大致可分为战略和战术两部分。在战略上，王韬全面考虑的是亲英、保台、防日、抗俄；在战术上，王韬提出在沿海地区设四个海防重镇，选购铁甲战舰，精练海军，择险筑炮台，分防巡戈驻守。王韬还主张建铁路、设电线、开矿产，以巩固海防建设的实效，可见其海防思想体系的严密。单弘《书生论兵的真知灼见——1860年前后的王韬军事思想概述》②论述了王韬的军事思想是"和戎"策略，强调士兵能力训练、士气培养，将官各尽其职。

对王韬的生平事迹、思想研究论述比较全面的有以下五部专著。美国学者柯文的专著《在传统与现代性之间——王韬与晚清改革》，用纪传体的形式写成，结合其生平深入分析了王韬的思想，解决了许多有争议的话题，如王韬皈依基督教的实质、王韬与太平天国的关系等，认为王韬是一位介于"传统"和"现代性"之间的思想家。忻平的《王韬评传》在梳理王韬生平事迹的同时，深刻分析了其思想，指出了王韬在中国近代思想史上的重要地位。张海林的《王韬评传》详细介绍了王韬的生活经历，剖析了他在政治、经济、外交和文化教育等方面思想变化的历程以及与整个中国近代社会变迁的关系。张志春的《王韬年谱》不仅对王韬一生中的一些重大问题，特别是他本人力图掩盖的情节，如与太平天国的来往等，均考证清楚，而且系统地把王韬一生的思想历程有机地连贯起来，眉目清晰，重点突出。王立群的《中国早期口岸知识分子形成的文化特征——王韬研究》从比较文化的视角出发，采取"原典实证"的研究方法，研究了王韬在中外文化交流中的活动，揭示了他从传统人士向"口岸知识分子"转变的心路历程；并试图通过这一个案研究，阐明中国在由传统社会向近代社会转型的历史时期形成的"口岸知识分子"的心理特征与文化特征。

---

① 林启彦：《王韬的海防思想》，《近代史研究》1999年第2期。
② 单弘：《书生论兵的真知灼见——1860年前后的王韬军事思想概述》，《史林》2001年第1期。

第三节　王韬文学作品研究概况

　　学术界对王韬的研究，大多集中在他的生平、思想、报刊事业的贡献上，而对他的文学作品研究却重视不够，这几十年来，研究文章只有30 余篇，仅占王韬研究论文数量的 1/10。很多文学史也显然没有认识到王韬文学作品的重要意义。下面从五个方面介绍关于王韬文学作品研究的概况。

一　综合性研究

　　陈汝衡的《王韬和他的文学事业》① 一文主要介绍了王韬的翻译著作以及他的文艺作品，但只是一般性的泛泛而论，未进行具体研究。文章认为，王韬的短篇小说集《淞隐漫录》，《淞滨琐话》"论故事内容则多谈封建社会男女的悲欢离合和才子佳人的艳遇，文章浓艳有余，风格不足，它们的思想性、艺术性是远不及《聊斋》的，不过以全盘而论，它们造成了晚清一种记叙文的类型，点缀社会新闻和眼前情景，有时也颇有韵味"。而王韬的诗则都是"直抒胸臆之作，不拘于形式之美，锻炼未纯，自不够称为大家"。李景光的《王韬在中国近代文学史上的地位》② 从总的方面阐述了王韬的文学地位，评价较为客观。他认为许多文学史著作对王韬的文学成就很少提到，即便提到，也只是寥寥数语，近年来，一些近代文学史著作对其政论散文给予较高评价，却未对其小说、诗歌作出公允评价。李景光认为王韬的诗："题材广泛，内容充实，具有很强的思想性和现实意义。"对于小说，李景光指出其三部文言短篇小说集较之《聊斋》在某些方面有进步，比如在批判科举的深度方面，在描写海外生活对题材的拓宽方面等。艺术表现方面也颇有特色，吸收了话本小说离奇曲折的特点，谋篇布局较以前文言小说更加新颖、奇巧，浪漫主义色彩更加浓厚；最突出的艺术成就在于他塑造了一系列个性鲜明的妇女形象。总之，"他的散文、小说都在一定程度上呈现了一种前所未有的面貌"。

　　暨南大学赵钰 2006 年的硕士学位论文《王韬的文学创作研究》主

---

　　①　陈汝衡：《王韬和他的文学事业》，《文学遗产》1982 年第 1 期。
　　②　李景光：《王韬在中国近代文学史上的地位》，《社会科学辑刊》1997 年第 5 期。

要通过对王韬散文、小说和诗歌的研究，对其文学创作及思想的转变有一个总体的把握，考察当时先进文人的思想变化和由此引发的文学的新变，以及这些新变在中国文学史上的意义和影响。但由于篇幅、视角所限，研究的很多问题并没有展开、深入。南京师范大学孙庆 2008 年的硕士学位论文《王韬生平与著作研究》以王韬著作为主要切入点，深入分析了一些关于王韬的学术问题，包括王韬生平史实问题（如生卒年月、籍贯、是否有后嗣、是否上书太平天国，等等）、三部文言小说的创作情况、《弢园文录外编》中体现的进步思想等。该论文力求通过文献这一角度对王韬作一些学术探讨，为研究王韬提供一些学术参考。

在诸多研究中，王一川所著《中国现代性体验的发生》一书比较引人注目。此书视角新颖，用了大量的篇幅从现代性体验发生的角度详细地论述了王韬的政论文、游记散文和文言小说。作者认为，王韬的政论文是现代政论散文的初创形式，在诸多方面体现了文体的现代性。王韬的小说创作，则是"他在现代较早尝试把文言短篇小说这种原本位处边缘的闲适文体，运用来直接表现个人对于社会世相、国计民生和文化前途的痛切体验与思考，尤其是表达他个人对中国的现代性境遇的独特体验和沉思，从而产生了为蒲松龄《聊斋志异》所没有的那种直接而强烈的社会批判效果"。王韬的游记散文则表达了王韬对西方的"惊羡体验"。作者认为："王韬的惊羡体验，是中国现代性体验的基本类型之一……王韬的惊羡是指向中国的现代性未来的。"①

二　小说研究

林之满、廖文《遁窟谰言》②认为："这三种书，各有所长。《遁窟谰言》为故事体，用典不少，艺术上缺乏加工，但是，由于优先利用了作者的生活积累，思想内容较为充实，正如钱征在跋语中所说：'乱头粗服，亦复正佳'，后二者有着浓烈的抒情色彩而又富于辞章性，特别是《淞滨琐话》往往写得很长，艺术上都相当精致，已步入中篇小说的界域，这是与作者较余裕的沪上生活有关系的，但思想内容较单薄些。"龙绪江《略论王韬的〈后聊斋志异〉》③，主要谈的是王韬的《淞隐漫录》，认为该书在思想内容方面的成就，首先是"深刻地揭露了当

---

① 王一川：《中国现代性体验的发生》，北京师范大学出版社 2001 年版，第 260 页。
② 林之满、廖文：《遁窟谰言》，《社会科学战线》1987 年第 1 期。
③ 龙绪江：《略论王韬的〈后聊斋志异〉》，《湘潭大学学报》1989 年第 1 期。

时的黑暗现实，表现了人民群众的民主要求、美好理想及其不屈不挠的
斗争，从而反映了封建社会末期的本质特征"；其次是"描写了青年男
女在爱情婚姻中的觉醒，以及她们的理想、她们的斗争"；最后是"在
一些描写西方物质文明与科技进步的作品中，反映出作者提倡走向世
界、向西方学习的正确主张"。在艺术上的成就是"该书具有浓厚的浪
漫主义特色"，"塑造了一系列鲜明的妇女形象"，总之认为这是"一部
较好的作品"。陈建生《论王韬和他的〈淞滨琐话〉》①认为，王韬的三
部文言小说集都是"孤愤"之作，"三部文言小说集又以《淞滨琐话》
更加接近《聊斋志异》的风格，在艺术上更加精致"，"在艺术上仿效
《聊斋志异》却又明显地吸收了魏晋志怪志人和唐代传奇小说的长处，
内容上以写花妖狐媚、烟花粉黛为主，实际上借以反映晚清时期的社会
生活和作家自己的精神心态"。值得注意的是，张志春、刘欣中很早就
认识到了王韬小说的重要性，认为王韬是"古典短篇小说最后一个大
家"，甚至"列为中国四大古典短篇小说作家（冯梦龙、凌濛初、蒲松
龄、王韬）之一"②，很可惜这一观点至今无人重视。

　　王韬的小说研究在 2002 年之后有了长足进展，成果较多。2003 年
党月异的硕士学位论文《论王韬的文言小说》和 2004 年凌宏发的硕士
学位论文《王韬小说研究》，对王韬文言小说的研究比较深入。前者从
中西文化融合与冲突的背景中分析了其文言小说的内容题材的新变，指
出了王韬文言小说在中国近代文学发展史上的意义；后者除了以小说题
材为出发点对其思想文化内涵进行论述外，还进行了创作原型的考证和
小说版本的梳理，很有价值。2007 年代顺丽的博士学位论文《王韬小
说创作研究》对王韬的文言小说研究比较细致，探讨了王韬的小说思
想、主要题材、创作艺术等，认为王韬是一个分裂的人，人格分裂的集
中体现是作为政论家的王韬和作为小说家的王韬在思想上有差距，有时
甚至是对立的；由于他的小说作于暮年，是他思想的保守时期，因此小
说中所表现的思想更深刻地受到了传统价值观的羁绊。凌硕为《申报馆
与王韬小说之转变》③认为，新兴的申报馆在王韬的小说创作中起到了
重要作用，促成了两次创作高峰，同时也是两次转变。申报馆与王韬的
合作开启了报刊与中国小说作家合作的先河，意味着中国的小说创作在

　　① 陈建生：《论王韬和他的〈淞滨琐话〉》，《明清小说研究》1991 年第 1 期。
　　② 张志春、刘欣中：《王韬及其文言小说在中国文学史上的地位》（代前言），《淞滨琐
　　　　话》，河北人民出版社 1991 年版，第 1 页。
　　③ 凌硕为：《申报馆与王韬小说之转变》，《求是学刊》2007 年第 1 期。

商业资本和近代传媒的介入中酝酿着重大转变，在小说界革命之前尝试了小说的近代变革。汤克勤的《论王韬的文言小说创作》①论述了王韬创作文言小说的两个阶段，以及他"穷愁著书"、"游戏作文"的创作思想，认为"他的文言小说优劣并存，但不失为清代文言小说的殿军之作"。蒋玉斌《中国古代小说的新变：论王韬的〈聊斋志异〉仿作——以〈淞隐漫录〉为中心》②认为，王韬的文言小说呈现出了中国古代小说的一些新变。主要表现为：面向世界的开放视野、对现代科技的崇尚、强烈的民族意识、文言小说的文体新变。其作品虽具有了一些新变因素，但仍有传统小说的重要特征，应客观公正地评价王韬的《聊斋志异》仿作。此外，代顺丽《王韬武侠小说思想探微》③、《对王韬太平天国战争小说的再认识》④、倪浓水《王韬涉海小说的叙事特征》⑤对王韬文言小说中的几种不同题材内容进行了分类研究。张袁月《从报刊媒体影响看王韬的小说》⑥通过对比王韬的三部小说，揭示出传播载体改变给小说情节内容、叙事模式、体裁题材等方面带来的变化，而这些为适应报载方式所出现的新变特征则成为近代小说转型的先声。

台湾学者游秀云的著作《王韬小说三书研究》主要探讨了王韬三部文言小说《遁窟谰言》、《淞隐漫录》、《淞滨琐话》之成书、内容、特色以及在古典小说上的价值，认为从王韬的小说中可以考察晚清小说演变的轨迹。王尔敏所著《中国近代文运之升降》一书中有《口岸流风与小说文运之兴起》⑦，把近代小说文运之滥觞定于光绪元年（1875），原因是这一年王韬把《遁窟谰言》和《瓮牖余谈》交付申报馆主人美查用活字版排印成书。王尔敏非常看重《申报》与王韬的小说合作，认为申报馆主人美查所用心于中国说部之出版，为小说文运开启新生机之动因。而王韬则在与《申报》的合作中成为"近代通俗文学之先驱代表"。

---

① 汤克勤：《论王韬的文言小说创作》，《蒲松龄研究》2007 年第 1 期。
② 蒋玉斌：《中国古代小说的新变：论王韬的〈聊斋志异〉仿作——以〈淞隐漫录〉为中心》，《蒲松龄研究》2010 年第 1 期。
③ 代顺丽：《王韬武侠小说思想探微》，《龙岩学院学报》2010 年第 1 期。
④ 代顺丽：《对王韬太平天国战争小说的再认识》，《湖北师范学院学报》2009 年第 1 期。
⑤ 倪浓水：《王韬涉海小说的叙事特征》，《蒲松龄研究》2009 年第 1 期。
⑥ 张袁月：《从报刊媒体影响看王韬的小说》，《明清小说研究》2010 年第 4 期。
⑦ 王尔敏：《中国近代文运之升降》，中华书局 2011 年版，第 259 页。

三 　诗歌研究

诗歌研究是王韬文学作品研究里最不被重视的，仅有两篇论文。李景光《简论王韬的诗》① 对王韬的诗给予较高评价，认为在内容上表现了作者忧时伤国的爱国情怀，对弊政和贪官污吏进行了鞭挞，真实记录了欧洲及日本的发展现状等。在艺术上，风格豪放粗犷，声情恳切，真挚动人。王一川《全球化东扩的本土诗学投影——"诗界革命"论的渐进发生》② 对王韬在诗界革命中的作用给予了充分重视，认为梁启超所推举的"诗王"黄遵宪，其诗论实际上受到更早的王韬的影响。

四 　散文研究

对王韬的政论散文从文学的角度进行研究的有曾建雄的《论王韬和梁启超对报刊政论的贡献》③ 和丁晓原的《论近代报章政论体之始——王韬体》④ 两文都论述了王韬对报章政论的开创作用及影响。此外还有马永强的《近代报刊文体的演变与新文学》⑤、沈永宝的《政论文学一百年——试论政论文学为新文学之起源》⑥ 等，都只是把王韬报章政论文放在文学史发展的角度去评价，但对它本身艺术性和文学性的挖掘还非常欠缺。

在王韬的游记散文研究方面，陈复兴《王韬和〈扶桑游记〉》⑦ 对文学史上一直罕有人关注的《扶桑游记》给予了高度评价，认为《扶桑游记》是作者"真正意义上的散文作品"，"热情地赞扬了明治维新及其仁人志士，扩大了古典散文的境界，令人一新耳目"，在文学语言上则"有力突破了桐城派古文的'师承'和'家法'，使文体得到了进一步的解放"。张炳清《王韬〈扶桑游记〉史料价值发微》⑧ 认为《扶桑游记》广记"东瀛"诸事，为我们留下了珍贵的中国近代思想史资

---

① 李景光：《简论王韬的诗》，《社会科学辑刊》1988 年第 4 期。
② 王一川：《全球化东扩的本土诗学投影——"诗界革命"论的渐进发生》，《北京师范大学学报》2008 年第 2 期。
③ 曾建雄：《论王韬和梁启超对报刊政论的贡献》，《新闻大学》1996 年第 1 期。
④ 丁晓原：《论近代报章政论体之始——王韬体》，《广东社会科学》2000 年第 6 期。
⑤ 马永强：《近代报刊文体的演变与新文学》，《晋阳学刊》2000 年第 2 期。
⑥ 沈永宝：《政论文学一百年——试论政论文学为新文学之起源》，《复旦学报》2001 年第 6 期。
⑦ 陈复兴：《王韬和〈扶桑游记〉》，《社会科学战线》1981 年第 2 期。
⑧ 张炳清：《王韬〈扶桑游记〉史料价值发微》，《绥化师专学报》1985 年第 1 期。

料。杨增和的《王韬〈漫游随录〉中的异国女性形象》① 评价了王韬《漫游随录》中异国女性的形象，认为王韬写出了完全不同的文化背景中异国女性的社会地位、精神肖像、服饰和生活方式等，从而为中国近代女性的觉醒提供了一个参照系。段怀清的《苍茫谁尽东西界——王韬〈漫游随录〉〈扶桑游记〉读解》② 就《漫游随录》和《扶桑游纪》中王韬对东西洋文明的观感进行了解读，并对其中所表达的思想的成因作了相应说明。解读《漫游随录》和《扶桑游记》对王韬晚年文化思想的形成、发展、归结等，会有更清晰的认识和把握。王立群《〈漫游随录〉中所塑造的英国形象》③ 认为，王韬在游记《漫游随录》中塑造了一个真实可感的英国形象，王韬对英国的认识代表了当时国人对英国认识的最高水平；在王韬笔下，英国被有意无意地美化成为一个理想国，其目的自然是想为近代中国树立一个榜样。吕文翠《域外新视界——王韬〈漫游随录〉与晚清上海文化圈》④ 认为，王韬在《漫游随录》中描绘泰西诸国物质条件或日常生活所见所闻，看似片断琐碎而非脉络化的抽象哲思论述，在"报章媒体"与大众出版品的扩散效应中，实为晚清上海读者最易接受的文化信息，它们所释放的新文明气息，连带地为19 世纪末叶众多以沪地为本位的"上海学"著作或通俗读物，开拓了向外眺望或从他者的凝视中反思内视的视野。

五　文学史中的有关内容

在各种文学史、小说史著作中，对王韬的介绍大多也是集中在他的政治思想、报刊新闻事业等方面，对文学作品的情况或介绍很少，或评介不够公允。鲁迅先生在《中国小说史略》的第二十二篇"清之拟晋唐小说及其支流"中写道："迨长洲王韬作《遁窟谰言》（同治元年成），《淞隐漫录》（光绪元年成），《淞滨琐话》（光绪十三年序）各十二卷，天长宣鼎作《夜雨秋灯录》十六卷（光绪二十年序），其笔致又纯为《聊斋》者流，一时传布颇广远，然所记载，则已狐鬼渐稀，而

---

① 杨增和：《王韬〈漫游随录〉中的异国女性形象》，《零陵师范高专学报》2001 年第 2 期。

② 段怀清：《苍茫谁尽东西界——王韬〈漫游随录〉〈扶桑游记〉读解》，《北京化工大学学报》2005 年第 4 期。

③ 王立群：《〈漫游随录〉中所塑造的英国形象》，《北京科技大学学报》2005 年第 1 期。

④ 吕文翠：《域外新视界——王韬〈漫游随录〉与晚清上海文化圈》，《艺术评论》2009 年第 5 期。

烟花粉黛之事盛矣。"① 鲁迅的论述较为简略，但准确地指出了王韬小说的源流，抓住了王韬小说最明显的题材特征。武润婷先生的专著《中国近代小说演变史》论述了侠义公案小说的合与分、近代言情小说的演变、近代社会小说的特点与演变、近代的历史小说和神怪小说几个方面，但也没有论及王韬的文言小说。袁行霈先生主编的《中国文学史》以及章培恒、骆玉明先生的《中国文学史》仅就王韬的散文简单概括几句。任访秋先生《中国近代文学史》对王韬作品评价较多，认为其"诗歌多为唱和酬答，个人抒怀之作，风格浮华纤艳，比起前辈经世派作家忧国忧民、激励变革的诗歌逊色得多"。至于王韬的文言小说则是多写"人世沧桑，男欢女爱，烟花的苦难遭遇，狐鬼花妖的妩媚真情……在当时外侮日逼，民族危难的历史条件下，这类文言小说不能不视为消闲之作"。② 显然这种评论有失偏颇。吴志达先生的《中国文言小说史》虽然对文言小说的发展做了详细的勾勒，但只用了很少的篇幅论述王韬的三部文言小说集，主要解读了其中的五篇作品，未能从总体上阐释王韬小说的风貌和特点。陈则光先生在《中国近代文学史》上册中对王韬的小说进行了比较详细的评述，认为王韬是蒲松龄以后从事文言短篇小说创作最多产的作家；王韬的小说虽有意模仿《聊斋》，但写鬼魅、神怪、狐妖的比重不大，是因为受西方科学思想影响，至于写烟花粉黛之事为多，则是因为这时期作者感到失望，心志渐灰，滋长名士癖性；占王韬小说篇幅最多的是男女之间的恋情与婚姻纠葛，作者对这些不幸的女性深表同情；王韬是中国最早描写异国人物、风情的小说作家；王韬小说艺术技巧变化不多，人物塑造未免单薄，其艺术成就当然不及《聊斋志异》。③ 郭延礼先生的《中国近代文学发展史》对王韬的文言小说、游记散文、政论文、诗歌都给予了一定重视，评论较客观。他认为王韬的三部文言小说成就有三个方面：一是反映了清末社会吏治的黑暗腐败；二是成功地塑造了女性形象；三是海外风光和世俗民情的描绘。"作品中现实社会人生的题材，异国的风韵情调，是它较之《聊斋》等文言小说的一大突破。"④ 其游记散文则"在形式上较之传统的中国游记也有所变化。一般来说，篇幅较长，内容充实……作品描写成分显著增加，语言趋向通俗化与自由化，并杂有许多新名词，这都表

---

① 鲁迅：《中国小说史略》，上海古籍出版社 1998 年版，第 154 页。
② 任访秋：《中国近代文学史》，河南大学出版社 1988 年版，第 77 页。
③ 陈则光：《中国近代文学史》，中山大学出版社 1987 年版，第 260—265 页。
④ 郭延礼：《中国近代文学发展史》（第二卷），高等教育出版社 2001 年版，第 472 页。

现了散文新变的迹象"。①

　　总之，目前对王韬的文学作品包括游记、诗歌、小说、散文的研究，并没有引起足够的重视和关注，尚有很大的研究空间。当前关于王韬文学作品研究的缺憾有两点：一是研究成果数量少，文学史不够重视；二是研究并不均衡，近几年小说研究较为兴盛，而诗歌研究甚少。实际上，由于王韬特殊的生活经历和先进的思想意识，他的文学作品在近代文学史上具有极其重要的地位。为了更好地促进王韬研究的发展，同时也为了促进中国近代文学研究的发展，对王韬的文学作品应该进行更为全面、更为深入的研究。

---

　　① 郭延礼：《中国近代文学发展史》（第二卷），高等教育出版社 2001 年版，第 277 页。

第一章　王韬——多重身份的建构

身份是一个作家的标志，是影响一个作家心态、视角、语言等诸多方面的潜在而又重要的因素。作家的身份决定了作品的基本面貌。对王韬的身份进行归类和定位是必要的。"一种社会定位需要在某个社会关系网中指定一个人的身份，不管怎样，这一身份成了某种类别，蕴含一系列特定的特权与责任，被赋予该身份的行动者会充分利用或执行这些东西，他们构成了与此位置相连的角色的规定。"① 无论是对于个人或者群体，身份的确立是存在的合理性的根本，因此确定作家的身份成为一种存在意义的探求。作家身份，关系到作家的社会组织形式，也关系着作家对创作客体的想象方式，甚至影响着作家的创作理念、创作技法和审美意识。可以说，中国近代文学的发展轨迹，与作家身份的变革休戚相关。作家身份的改变，影响着中国近代文学的面貌、整体格局与走势。

王韬曾说过："夫人生少为才子，壮为名士，晚年当为魁儒硕彦。"② 这是他的人生追求，也是他一生的真实写照。王韬的身份很难归类于某一阵营，他是编辑、报人、中西文化交流的学者、维新思想家、教育家、文学家、新型文化人。他的思想是非常复杂的，他既不完全属于那种革命性的进步人物，也不在保守落后之列。他放浪形骸，名士气十足，而又忧国忧民，见识超群，学贯中西。如此复杂的身份和思想特点，在中国近代史上是独一无二的。

王韬的多重身份是我们全面解读王韬文学作品的出发点。这种多重身份背景，对其创作的影响也是多元的。作为中西文化交流的学者，他能以开阔的国际视野在文学创作中纳入新的题材、新的思想；作为维新

---

① ［英］安东尼·吉登斯：《现代性与自我认同》，赵旭东、方文译，生活·读书·新知三联书店1998年版，第161页。

② 王韬：《与杨醒逋明经》，《弢园文新编》，生活·读书·新知三联书店1998年版，第292页。

思想家，他关注国家兴亡，关注国计民生，能充分发挥文学的社会功能，使文学更好地服务于现实；作为中国最早的报人，他认同新载体，利用新载体传播文学创作，改变了文学的传播方式并带来文学的相应变化；作为教育家，他能以天下为己任，注重文化启蒙；作为近代新型文化人，他是从传统士大夫到近代知识分子之间过渡的典型代表，在他身上兼具传统和现代两种人格，具有"双重价值系统"，这种矛盾的价值系统使他的文学创作呈现出新旧杂糅的特色。作家在进行文学创作时，就是在叙述自己的文化身份。王韬的多重身份使他在写作时比同时代的其他作家具有更多元的话语体系和更开放的文化胸襟。

第一节 作为中西文化交流学者的王韬

王韬是我国近代史上最早接触西方、介绍西方文化，并亲自到国外游历考察相当一段时间的第一人，是近代中西文化交流的奠基人。

一 深厚的中学底蕴

王韬，清道光八年十月初四（1828 年 11 月 10 日）出生于江苏甫里。父亲王昌桂，工诗善文，学问渊博，9 岁时就对十三经背诵如流，因家贫而无法参加科举考试，便开学塾以教书谋生。母亲朱氏，出身书香门第，教子甚严。王韬自幼饱受传统的儒家教育。在他四五岁时，朱氏即启蒙教读，为之剖析字义，讲授诗词。王韬与母亲朝夕相处，"八九岁即通说部"。[①] 王韬后来喜欢搜集和创作小说，和幼时的启蒙教育有一定关系。王昌桂因为自己没考取过科举功名，一心希望自己的儿子实现他的梦想，所以对教育儿子非常用心，教王韬背诵四书五经，学作八股文、诗词、笺札。此外，经史子集，旁涉博及。王韬自幼聪明好学，自称："余少即好拈笔弄墨，十二岁学作诗，十三岁学作笺札，十四岁学作文，有得即书，不解属藁。"[②] 父母的精心培养为王韬以后的学术成就打下了扎实的基础，他后来回忆说："少承庭训，自九岁以迄成童，毕读群经，旁涉诸史，一生学业悉基于此。"[③] 13 岁时，王韬到

---

① 王韬：《弢园老民自传》，《弢园文录外编》，上海书店出版社 2002 年版，第 273 页。
② 王韬：《弢园尺牍续钞·自序》，《弢园尺牍》，中华书局 1959 年版，第 175 页。
③ 王韬：《弢园老民自传》，《弢园文录外编》，上海书店出版社 2002 年版，第 273 页。

长洲青萝山馆就学于明经顾惺。顾惺非常欣赏这个天资聪颖又好学的学生，师生常常坐在一起把盏对饮，谈诗论文。顾惺学问庞杂，不宗一家，他进一步开阔了王韬的学术视野。王韬在青萝山馆广泛涉猎各类书籍，包括经学、小学音韵、二十二史、《资治通鉴》、诸子文集、诗赋集、野史稗钞及笔记小说等，知识面大大拓宽，其中学底蕴更加深厚广博。

1844 年，王韬年方十六，第一次参加童子试。主考官为县令杨耕堂，读到王韬的文章，击节叹赏，遂补博士弟子员。1845 年，他再次应试。主考官张茞称赞王韬的文章"文有奇气"，提笔圈为一等。然而，王韬的科举道路并不顺利。由于家庭经济十分困难，1846 年，王韬在离甫里 20 里的锦溪（今昆山陈墓镇）教书。同年秋，他赴南京参加乡试，结果未中。这次考试，使王韬认识到科举制度的弊端，他决心抛弃科举，走另外一条道路，"上挟圣贤之精微，下悉古今之繁变，期以读书十年，出而世用"①，即要用心研读经史，做一些真正于国于民有实用的学问。

二　王韬与西学东渐

1848 年春天，王韬去上海看望在那里设馆授徒的父亲王昌桂，此行有一件事对王韬的后来产生了重大影响。他听说基督新教伦敦会的传教士麦都思博士创办的墨海书馆以活字板机器印书，技术十分先进，便主动去拜访麦都思。麦都思热情接待了王韬，带他参观印书车间。王韬第一次见识了现代化的印书设备，不由感叹其精巧和迅捷。会讲中文的麦都思对王韬的学识非常欣赏。上海之行，使王韬对西方科技的先进、传教士的友好有了最初的认识。

1849 年 6 月，王昌桂因病去世，王家的经济来源只能依赖 21 岁的王韬了。麦都思得知后，遂派人来甫里聘王韬到墨海书馆工作。王韬于 9 月正式来到墨海书馆工作，从此在上海一住就是 13 年。这个职业的意义远远超过了谋生本身。在这里，他开始接触、了解西方文化。

王韬正是在墨海书馆开始了他向国人传播西方文化的历程。墨海书馆是麦都思创办的宗教印刷机构。麦都思打算把《圣经》的《新约全书》和《旧约全书》都翻译成通俗平易的中文，使中国人能够接受基督教。墨海书馆除了出版宗教书籍外，还编辑、翻译和印刷西方科技文

---

① 王韬：《与英国理雅各学士》，《弢园尺牍》，中华书局 1959 年版，第 75 页。

化书籍。王韬的主要工作，就是将外国传教士们所译之书中"拘文牵义"、"诘曲鄙俚"的文句加以疏通、润色、编辑。除翻译《圣经》外，王韬还参与翻译撰著了一系列介绍西方科学技术的书籍，其中较为主要并在当时社会上产生一定影响的有：《格致西学提纲》、《华英通商事略》、《西国天学源流考》、《重学浅说》、《泰西著述考》、《光学图说》六部，后来合称《弢园西学辑存六种》。《格致西学提纲》是王韬与艾约瑟合译的，系统地向国人介绍了西方科技新知和最新成就。所谓"格致之学"，乃是近代中国知识界对西方自然科学知识的总称，亦即西学的别称，它借用了中国古代"格致"这一词，包括了算学、化学、重学、光学、电学、声学、地学、矿学、医学、机器、动物学、植物学等近代自然科学门类。《华英通商事略》是王韬与伟烈亚力合译的一部叙述英国"东方贸易公司"兴衰史的书。王韬认为中国必须学习英国，大力开展商务活动，与外国商人进行竞争，故他强调翻译此书的目的，即为提醒国人，以资借鉴。《西国天学源流考》是王韬与伟烈亚力合译，此书为中国学人打开了通往外国的天文历算研究之窗，从而认识了西方公历的精确和研究历法的科学方法。《重学浅说》也是王韬与伟烈亚力合译，向中国人介绍了物理学。《泰西著述考》是王韬集所见各门西学，自己编撰的。该书所收西书较多，在当时不失为一本比较好的学习西学的入门书、工具书。《光学图说》是王韬与艾约瑟合译的。这本书是中国第一本系统地介绍光学理论的中文书籍。由于王韬中文功底的深厚，他参与编译的作品，无论是宗教作品还是科学著作，都获得很大成功。

随着翻译工作的日益深入，王韬对西方的自然科学和社会科学知识逐渐有了充分了解，从而清醒地认识到中西文化之间的巨大差距，他的知识结构和价值观发生了很大改变。他在著作中一再呼吁中国人应当留心西学，放下盲目自大的心态，主动向西方学习，引进西方先进的科学技术。正由于对普及西学的热情，王韬后来又撰写了《美利坚志》、《法兰西志》、《俄罗斯志》、《普法战纪》、《法国志略》、《火器略说》、《西事凡》等大量有关西学的著作。在近代西学东渐的过程中，王韬由一开始的被动工作转变为主动、自觉地去介绍、传播西方文化，显示了其作为一个学者的远见卓识。

三 王韬与中学西传

在佐译西学的同时，王韬一直关注着时局的发展。面对着中国的内忧外患，王韬从 1858 年到 1862 年逃离上海止，接连上书清朝大吏，系统阐述他对时局的看法和挽救的方策。但是其建议除少数外多不见纳。对此，王韬自是抑郁不平。为了实现自己的政治理想，他于 1862 年 2 月化名黄畹上书太平天国，把改良政治的希望寄托在太平天国身上。不料，王韬的上书被清军获得，清朝官员指控王韬有通太平军之嫌，派兵捉拿。王韬在英国传教士帮助下避居上海英国领事馆。135 天后，王韬在英国人的庇护下，前往香港，开始了长期的流亡生涯，也开始了他中学西传的历程。

1862 年 10 月 11 日，王韬抵达香港，经麦都思介绍，来到英华书院任职，帮助英人理雅各翻译中国名著。在王韬的帮助下，理雅各翻译《中国经典》的工作进展顺利。《中国经典》在西方引起轰动，使欧美人士得以了解中国经典的标准译本，理雅各因此书而首获法兰西学院儒莲奖金，获爱丁堡大学法学博士荣誉学位，牛津大学聘他为特邀第一任汉学讲座荣誉教授。在每译一经前，本来就有着扎实经学功底的王韬仍必事先广辑博集，收历代名家之说，加上自己研究心得作为译经之参考，对保证译著的质量起了重要的作用。他先后为理雅各助译了《书经》、《竹书纪年》、《诗经》、《春秋左氏传》、《易经》、《礼记》等中国经典。理雅各对王韬推崇有加，他表示："不能不感激而承认苏州学者王韬之贡献。余所遇之中国学者，殆以彼为最博通中国典籍矣。"① "对我来说，只有第一流的中国学者才有价值，我还没有遇到过一个能够与他匹敌的本地学者。"② 由此可知，王韬在中学西传中的卓越贡献。

1867 年，理雅各回国探亲，因事无法在短期内返回香港，便写信邀王韬到其家乡英国苏格兰去续译《中国经典》。王韬也很想去西方实地考察，了解其各方面的真实状况，探究其强盛的根源，因而于 1867 年 12 月 15 日动身前往英国。王韬去欧洲实地考察，直接接受西学的熏陶，是他一生中的一个重要转折点，也是中国人走向世界的重要一步。当时比王韬更早踏上欧陆的仅有斌椿父子一行人。从中西文化交流的意义来看，鸦片战争后、甲午之战以前的出洋人员中，王韬以一介布衣的身份在英国长达两年多的考察游历，实为晚清众多游历者中所仅见。

王韬在欧洲期间，全面考察了西方的政治、经济、文化、典章制

---

① 柯文：《在传统与现代性之间——王韬与晚清改革》，江苏人民出版社 2006 年版，第 56 页。

② 转引自张海林《王韬评传》，南京大学出版社 1993 年版，第 105 页。

度、风俗等方面的情况，切身实地接触了西学，对西方文明大为欣赏、叹服。他的西方观逐步确立，华尊夷卑观彻底瓦解。同时，王韬在欧洲期间也积极宣扬中国文化。《中国经典》英译本出版后，在英国引起轰动，王韬也因此名噪一时，为英国学术界乃至社会所注目，各大学、教会、民间团体竞相邀请他讲学。王韬分别在牛津大学、爱丁堡大学做过演讲，传播了中国文化，加深了英国人对中国的认识。

在牛津大学演讲时，王韬第一次向英国人宣讲了儒家文化，并将中西文化的异同做了比较："孔子之道，人道也。有人此有道。人类一日不灭，则其道一日不变。泰西人士论道必溯原于天，然传之者，必归本于人。非先尽乎人事，亦不能求天降福，是则仍系乎人而已。夫天道无私，终归乎一。由今日而观其分，则同而异；由他日而观其合，则异而同。前圣不云乎：东方有圣人焉；此心同，此理同也。西方有圣人焉；此心同，此理同也。请一言以决之曰：其道大同。"①中国之道是以人为本，重人生重伦理，将会永远存在。而以基督教神学为基础和基本内容的泰西之道，"论道必溯源于天，然传之者，必归于人"。西方之道源于"天"、"神"、"上帝"，以此来治国安民，及至近代从"主于爱人"、"上帝面前人人平等"思想而产生人权、民主、自由平等思想，主张个性发展，可见"是则仍系乎人而已"。所以王韬最后总结说："其道大同。"王韬的这番演说英国人闻所未闻，因而在他们中间引起强烈反响。

在爱丁堡大学，他在"宣讲孔孟之道凡两夕"后，又应邀高声吟诵白居易的《琵琶行》、李华的《吊古战场文》，"音调抑扬宛转，高亢激昂，听者无不击节叹赏，谓几如金石和声风云变色。此一役也，苏京士女无不知有孔孟之道者。黄霁亭太史于余将作欧洲之游，特书'吾道其西'四字为赠，虽不敢当，抑庶几焉"。②王韬为人原本潇洒倜傥，不拘一格，加以口才雄辩，英人视为"学士"，尤其在牛津大学、爱丁堡大学讲学后，声名大振，不少团体和个人请他去参加各类活动。在亨得利书院，院长"折简招余往为说法，倾听者男女千余人。余别作《金亚尔乡藏书记》以贻主院者，院成当勒诸石，以垂不朽。余曾至亨得利讲堂以华言论事，理君代为译英语"。③富豪之家也请王韬去赴宴，王

---

① 王韬：《漫游随录·扶桑游记》，湖南人民出版社1982年版，第100页。
② 同上书，第159页。
③ 同上书，第146页。

韬"乃为曼声吟吴梅村《永和宫词》,听者俱击节"。① 王韬以其可见可感的形象和言谈举止向西方社会传递了中国文化的信息。归国前,为表示中英友好,促进西方人民对中国文化的了解,王韬将所携至英国的11000多卷中国典籍,赠送给牛津大学和大英博物馆。王韬的所作所为显然有利于西方人士对中国人和中国文化的了解。

四　学贯中西第一人

纵观王韬一生的经历,在他身上有着中西两种文化的浸染。自幼在父母师友的熏陶影响下王韬经受了传统文化的全面洗礼;为生计所迫,就职墨海书馆使王韬初涉西方文化,而旅居欧洲使王韬全方位地感受西方文明。两种文化几乎同时影响着他,这在当时只接受传统教育的众多国人当中是罕见的。因此,这是全面认识王韬的出发点。王韬可能是现代第一个既受过中国经典训练、又在西方度过一段有意义时光的中国学者。在19世纪40年代和50年代……容闳、黄胜及黄宽等人,曾在西方受过教育,但他们不像王韬那样曾经深浸在中学之中。而直到19世纪70年代,才有更为正式的儒生作为学生或外交人员到欧洲和北美作长期访问。②

可以说,在中西方文化交流史上,无论致力于西学东渐还是促进中学西传,王韬都功不可没。正像张海林先生指出的那样,在那个时代,有比王韬更了解西方事物的中国人,也有比王韬更博通的儒家学者,但是,王韬所具备的思想条件是同一时代的其他思想家无法同时具备的,"能把中学与西学协调糅合在一起,左右逢源阐述发扬的,恐怕非王韬莫属",因而,"造就了中国第一个学贯中西、思想深刻的思想家"。③

在近代,尤其是19世纪70年代之前,像王韬这样能够全面了解世界的中国人委实不多,所以通过研究王韬看世界的视野进而了解近代中国人走向世界的轨迹是非常有必要的。

有一个问题必须弄清楚:作为架构中西文化桥梁的王韬是否精通外语?他是如何翻译编辑西学书籍的?此问题在学界向来模糊不清。笔者也一直心存疑惑,翻阅大量资料,查实王韬对外语并不通晓。准确地讲,王韬在墨海书馆的工作只是助译,就是根据西洋教士的意旨,对他

---

① 王韬:《漫游随录·扶桑游记》,湖南人民出版社1982年版,第149页。

② 柯文:《在传统与现代性之间——王韬与晚清改革》,江苏人民出版社2006年版,第44页。

③ 张海林:《王韬评传》,南京大学出版社1993年版,第203页。

们的译作，进行文字的删订修饰而已。虽然王韬在英国住过很长时间，但对英语仍然不通，在牛津大学演讲孔子学说，开口仍是中国话，由理雅各口译。赖光临《王韬与翻译》①曾详细分析了王韬不懂英语的种种情况。段怀清在《传教士与晚清口岸文人》中也指出："显然，王韬不是没有学过英语，但学习效果不理想。不仅不能说，亦不能识认英字。"②但这并没有妨碍王韬作为一个文化使者为中西文化交流而作出的杰出贡献。

第二节　作为报人的王韬

王韬是中国历史上第一个职业报人，也是中国近代新闻史上创榛辟莽的开山之人，被林语堂誉为"中国新闻记者之父"。③"洪深认为，王韬是一位水平很高的编辑作家，即使在 21 世纪的中国新闻界也很难找出比王韬更有水平的人，白瑞华称王韬是香港早期的中文报纸领袖，其在报业的地位足以与后来梁启超在杂志界的地位相颉颃。"④

1870 年，王韬随理雅各返回香港。他租了一间背靠山麓的小屋，取名"天南遁室"，自号"天南遁叟"。1874 年 2 月 4 日，王韬在香港创办了《循环日报》。当时香港活跃着几十种英文报刊，仅有的两三份中文报纸也均由英国人掌控，连上海的《申报》、《上海新报》等报纸也都是英商主办的，所以《循环日报》是第一份完全由中国人独立编辑出版的大型中文报纸。从新闻史的角度来说，王韬是中国第一位名副其实的报人，因为在 19 世纪七八十年代，近代中国首批为数不多的自办中文报刊的国人当中，王韬是第一个真正打破外国人在华的报业垄断局面，全身心投入办报、以报为生的报业家。

一　王韬办报的原因

王韬缘何办报，主要有以下几个原因。

第一，办报对王韬来说有着谋生的意味。在晚清，报纸对多数国人来说还是一个新鲜事物，尽管也有些知识分子参与办报活动，但他们基

①　朱传誉：《王韬传记资料》第二卷，天一出版社 1979 年版，第 19 页。
②　段怀清：《传教士与晚清口岸文人》，广东人民出版社 2007 年版，第 32 页。
③　Lin Yutang：*A History of the Press and Public Opinion in China*，Chikago，1936，p. 79.
④　张海林：《王韬评传》，南京大学出版社 1993 年版，第 162 页。

本是在科举失利的被动状态下开始从事这一行业的。由于根深蒂固的学而优则仕的思想，介入新式媒介只是他们解决生计问题的权宜之计。对《循环日报》这个在中国近代新闻史上占有重要地位的刊物，当时的创办人王韬并没有感觉到有多么荣耀。晚清的普通民众仍对西人、西学持敌视态度，因此像王韬这样的新型文化人被边缘化也就不足为奇了。他们虽然受到西学的浸染，主张向西方学习，可内心深处仍然惦记着传统的功名仕途。正因为如此，王韬虽已佣书于墨海书馆，但之后仍两度参加科考。而在科举屡败之时，他又积极向清政府各级官绅，如曾国藩、李鸿章等殷勤上书献策，试图得到提拔的机会。这些都是王韬作为一个传统士人终身不悔的自觉追求，甚至到墨海书馆工作 13 年后的 1862 年，他还向太平天国的刘肇钧献计献策，而终因此罹祸。

在这样一种心理笼罩下，《循环日报》的创办对于当时的王韬来说，并不像有些研究者所认为的那样有特别的意义和价值。其实，1870 年从欧洲回到香港后的王韬几乎处于失业状态。理雅各抵港后不久便又因事返回欧洲，王韬彻底失去生活来源。为此，他曾一度打算加入曾国藩的幕僚队伍"糊口"，但终因曾国藩死去而未果。在这种情况下，主办《循环日报》便成了王韬重要的谋生之道。

第二，王韬办报受到西方报业的影响。此前他前往欧洲作汗漫之游，游历中特别留心泰西日报的发行情况，对英国报纸的主笔享有崇高的社会地位印象深刻。他还专门前往爱丁堡一家印刷厂参观，见识了现代化的印刷设备和流程。在游历欧洲期间，王韬逐步认识到西方报纸的巨大功能。他在评价泰西报纸的社会作用时写道："日报之于泰西诸国，岂泛然而已哉？所载上关政事之得失，足以验国运之兴衰；下述人心之事，亦足以察风俗之厚薄。凡山川之形胜，物产之简番，地土之腴瘠，邦国之富强，莫不一览而了然，其所以见重于朝野，良有以哉！"[1] 他认为，报纸所载之事关乎国计民生，关乎风俗人情，影响重大，因此，中国也应该开设报馆，发挥报纸传播信息、表达舆论的功能。在这种观念影响下，王韬在香港创办了《循环日报》。

第三，王韬较为成熟的办报经验为他涉足这一行业准备了充分条件。早在上海时期，他就接触到印刷和出版事务。墨海书馆是上海最早的一个现代出版社，为上海最早采用西式汉文铅印活字印刷术的印刷机构。王韬的雇主麦都思还是中国境内早期中文期刊《遐迩贯珍》的创

---

[1]　王韬：《重订法国志略》卷二十一，光绪乙丑弢园老民校刊本，第 29 页。

办人。王韬在墨海书馆的工作，除了佐译《圣经》以外，就是负责出版文字的校对和发行《遐迩贯珍》。1857年，王韬参与了《遐迩贯珍》的后继者《六合丛谈》的编辑工作。1864年，兼任《近事编录》的编辑工作。1872年前后，王韬担任香港《华字日报》的主笔。1873年，王韬联合黄胜等人，集股一万墨西哥银圆买下伦敦布道会印书局的印刷设备，成立了自己的中华印务总局。有了如此丰富的新闻和出版方面的经验，王韬创办《循环日报》称得上是水到渠成。

第四，中国的舆论环境也在呼唤国人自办报纸的出现。1874年之前，中国的报刊被外国人垄断。外国人掌控的报纸，自然是倾向于西方列强，"其所立论，往往抑中而扬外，甚至黑白混淆，是否倒置。泰西之人只知洋文，信其所言，以为确实；如遇中外交涉之事，则有先入之言以为之主，而中国自难与之争矣"。① 王韬认为："欲矫其弊，莫如由我华人日报始。"② 创办中国人自己的报纸，在国内事件和国际报道中发出自己的声音，是当时新派文人的共识。《循环日报》正是顺应国内舆论环境的需要而创办的。美国学者柯文曾说："在中国近代新闻业初期，出版报纸仅是为了获利，很少对某问题表态或影响群众舆论。王韬的报纸却是少见的例外，经常刊登社论，且多出自王韬本人手笔。"③ 王韬明确宣布自己办《循环日报》是借"日报立言"，也就是说，他要借报纸这个舆论阵地来宣传他的变法自强主张。王韬作为早期维新思想家，又是爱国报人，他不讳言自己的办报目的："韬虽身在南天，而心乎北阙，每思熟刺外事，宣扬国威。日报立言，义切尊王，纪事载笔，情殷敌忾，强中以攘外，诹远以师长，区区素志，如是而已。"④ 表明他身在港英，心在中国，希望通过办报既唤起民众抵御外国的侵略，又能向西方学习，进行维新变法。他的思想，与林则徐、魏源等地主阶级改革派有相同的一面，"强中以攘外，诹远以师长"，显然与"师夷长技以制夷"相通；不同之处在于，王韬比较直接而深切地认识到近代报纸的巨大功能，他要借"日报立言，义切尊王"，"情殷敌忾"，救亡图存。

---

① 王韬：《与方照轩军门》，《弢园尺牍》，中华书局1959年版，第233页。
② 《循环日报》1974年2月5日。
③ ［美］柯文：《在传统与现代性之间——王韬与晚清改革》，江苏人民出版社2006年版，第52页。
④ 王韬：《上潘伟如中丞》，《弢园尺牍》，中华书局1959年版，第106页。

二　王韬的办报思想

王韬的办报经历正是他"中学为体、西学为用"的完美实践，体现了中西合璧的办报思想。所谓"西"是指报纸的商业性，其目的是为了经济独立，这是一份报纸言论自由的基础，也是西方媒体典型特征，而中国传统的邸报是不具备此特点的。毫无疑问，《循环日报》具有极其突出的商业性。其固定栏目有"香港目下棉纱花匹头杂货行情"、"公司股份行情"、"京报全录"、"羊城新闻"、"中外新闻"、"船期表"、"电报"、"告白"等。商业经济信息最多，占了一版、四版两个版面，新闻占了二版全版和三版半个版面，交通消息和电报占了半个版。全报大约 1.8 万字，商业经济交通信息约占 1.1 万字，新闻约占 0.7 万字。正是由于经济版适应了香港、广州及澳门地区华人贸易的需要，成为《循环日报》的主要收入，使之能长期维持经济独立。所谓"中"则是王韬首创了中国报纸"文人论政"的传统。中国的知识分子一直有"清议"的传统，从方孝孺、东林党到复社诸君子都是留驻史册的典型，而王韬将这一传统大大发扬，并产生了巨大的影响。

王韬是中国历史上发表专文表达报刊思想的第一人。他在《循环日报》上先后发表《西国日报之盛》、《倡设日报小引》、《日报有裨于时政论》、《论日报渐行中土》、《论各省会城宜设新报馆》、《论中国自设西文日报之利》、《书日本新报后》等一系列文章，对报刊的社会地位、功能和作用、文风、从业人员条件等问题提出了较为系统的看法，为中国近代报刊理论的发展奠定了基础。具体而言，有以下几个方面：

第一，论述了报纸的社会地位及意义。在王韬认看来，报纸是和国家大事息息相关的，甚至"足以维持大局"。他说："西国最重日报，有时清议所主，足以维持大局。主笔之士，位至卿相。国家有大战事，囊笔从戎，随营记录，视其毁誉以为胜负。英美两国每日印至二十万纸，分布遐迩。"[①] 报纸能够左右一国的舆论方向，"如英国之《泰晤士》，人仰之几如泰山北斗，国家有大事，皆视其所言以为准则"。[②] 报纸可以影响国家政治，人人敬仰，可见在王韬眼里报纸地位之崇高，意义之重大。

---

① 王韬：《代上黎召民观察》，《弢园尺牍》，中华书局 1959 年版，第 121 页。
② 王韬：《论日报渐行于中土》，《弢园文录外编》，上海书店出版社 2002 年版，第 171 页。

第二，论述了报纸的功能和作用。王韬在《倡设日报小引》一文中，开门见山地指出报纸之功用在于"广见闻、通上下、俾利弊、灼然无或壅蔽贯，有裨于国计民生者也"。指出："本局秉笔一以隐恶扬善为归。"①王韬强调报刊信息沟通的功能，负起"广见闻、通上下"，"上情下达，下情上达"的桥梁作用；强调报刊"辅教化"的作用，担负起去恶扬善、开启民智的责任。在近代中国，最早认识报刊功能并积极提倡办报的是太平天国后期的领袖洪仁玕。洪仁玕在《资政新篇》中曾明确提出，为使"上下情通"，要设新闻馆"以资治术"。但洪仁玕不仅因太平军的失败来不及将理想付诸实践，而且在认识上也不够全面。而王韬则不同，他不仅有在洋人手下编辑报纸的经历，还有旅英访法时对西方新闻事业的实地考察，更有亲手创办《循环日报》并取得巨大成功的实践，所以，他对报刊功能的认识与论述比洪仁玕更为全面和深刻。

第三，论述了报纸的写作态度。王韬强调报纸的报道必须忠实与详尽，客观公正。"至于采访失实、纪载多夸，此亦近时日报之通弊，或并有之，均不得免。惟所冀者始终持之以慎而已。"②他反对报纸哗众取宠，故作惊人之语，认为"采访失实，记载多夸"是办报之大忌，有害无利，提倡报道务求详实。"至于中外新闻其有足以资国计、便民生、助谈噱者，亦必原原本本务纪其详，勿使稍有所遗漏……夫名之曰日报，则所言者必确且详。乃先生所叙则或出于风闻而未得其真，或得其大概而未详。其备言时事则多避忌，官恶行则略姓名，得毋有乘直笔之义乎。"③同时，王韬认为，报纸的评论必须客观与公正，"西国之为日报主笔者，必精其选，非绝伦超群者，不得预其列。今日云蒸霞蔚，持论蓬起，无一不为庶人之清议。其立论一秉公平，其居心务期诚正……盖主笔之所持衡，人心之所趋向也"。④

第四，论述了报纸从业人员的条件。正因为报纸影响力大，因此，主笔人选择必须慎重挑选。"其间或非通材，未免识小而遗大，然犹其细焉者也。至于挟私讦人、自快其忿，则品斯下矣，士君子当摈之而不

① 《循环日报》1874 年 2 月 5 日。
② 王韬：《论日报渐行于中土》，《弢园文录外编》，上海书店出版社 2001 年版，第172 页。
③ 《本局告白》，《循环日报》1874 年 2 月 5 日。
④ 王韬：《论日报渐行于中土》，《弢园文录外编》，上海书店出版社 2001 年版，第171 页。

齿。"① 王韬首次提出报业从业者应道德高尚、通晓古今。对报社主笔和编辑等主秉笔之人，王韬力主要严加挑选，凡"识小而遗大"或"挟私汗人，自快其忿"者，均应"摒之而不齿"。

三　王韬办报的特征

《循环日报》是中国历史上第一份由中国人出资、中国人自办的中文报，有其鲜明的特色。

第一，一开始便以日报加"行情纸"的形式出现。从创刊开始，该报就在版头右角写明"行情新闻每日派送礼拜停刊"，清楚表明该报每星期出版六天（星期日停刊）。而《香港中外新报》和《香港华字日报》都先办周三次刊，后改为日刊。为了追求新闻的"新"与"快"，《循环日报》每天还发行"行情纸"——它是以小张的中国土纸印刷，不受版面限制。一般在新闻纸截稿以后接到的重要消息，该报都将其刊于"行情纸"。另外，不定期出版"号外"，通常是在正常出版的时间外紧急刊印，以让读者知道最新且最重要的消息。

第二，"华人资本、华人操权"的报刊经营思想。在该报创刊的初期，几乎每天都刊登旨在阐明该印务总局办报缘由的《倡设循环日报小引》、《本局日报通启》以及招徕广告订户等各种"本局告白"。这些"小引"与"告白"的一个共同特点，在于它们都在强调该报是由华人出资、华人自办的唯一华文报。例如，该局在宣布其外埠代理店的一则"本局布告"中，一开始就指出："所有资本及局内一切事务皆我华人操权，非别处新闻纸馆可比。"② 它的总司理为陈蔼廷（即陈言），正主笔为王韬，均由中国股东"同人所共举"产生。其他协助王韬办报者也均为中国人，如中国最早留美归国学生黄胜，留英学习法律的伍廷芳、何启，王韬的女婿钱征，广东秀才洪士伟，报纸翻译、后为香港富商的胡礼垣等。

第三，政论是报纸的核心和灵魂。《循环日报》对中国近代报业发展最大的贡献，就是首创一种以政论为灵魂的报纸。这种报纸既有别于以传抄上谕、刊发奏章为主要内容的中国古代报纸，又有别于以传播教义、刊载商情为主要内容的近代外报。

---

① 王韬：《论日报渐行于中土》，《弢园文录外编》，上海书店出版社 2001 年版，第 172 页。

② 《本局告白》，《循环日报》1974 年 2 月 12 日。

《循环日报》的政论刊登在第二版的"中外新闻"栏内，而且往往每期不止一篇。据日本学者西里喜行的研究，单根据日本国会图书馆及东京大学法学部的明治文库所藏的不完全的《循环日报》和《申报》所转载的文章统计，《循环日报》从 1874 年 5 月 12 日（同治十三年三月二十七日）到 1885 年 12 月 10 日（光绪十一年十一月五日），就发表了政论文章约 890 篇。王韬是中国历史上第一个报刊政论家，他评论洋务，鼓吹变法自强，重视言论，开我国政论报刊之先河。报学史专家戈公振曾指出："该报有一特色，即冠首必有一篇论文，多出自王氏手笔，取西制中适合我国者，借以讽刺清朝的改革……其学识之渊博，眼光之远大，一时无与其匹。"①《循环日报》以独树一帜的报刊政论而名重一时，冲破当时中国古代封建官报一统天下的藩篱，开辟了文人政论的先河。至此，报人对社会舆论的影响开始引起封建统治者的重视，《循环日报》成为转型中的中国社会新旧斗争的前沿阵地和有力武器，在传播改良思想方面发挥了积极作用。

《循环日报》问世后，因其思想独特激进、眼界开阔、敢言别人之未敢言的特点，受到了广泛的欢迎，其发行量位于同一时期各报发行量之首。它的发行范围遍及全国各地及海外，如日本、新加坡、美国等。《循环日报》的文章还广泛地被《申报》等中文报纸所转载，可见其影响深远。

对像王韬这种未能以传统方式追求权力和影响的中国转型期文人来说，办新式报纸实际上成了一种实现自我传统价值的新途径。对此，柯文的一段话非常有见地："从 19 世纪 70 年代初起，他有关'洋务'的社论和著述得到同代人的愈来愈多的承认。由于一些官吏开始征询他的建议，而中国年轻的改革者也将自己的作品送给他指正，他的社会价值感自然增加了。王韬作为记者和政论家而'达'了，这样，他就从总体上对中国知识分子新的事业模式的形成，起到了推动作用。正如吕实强所说，他表明了不做大官也能做大事。"②

总之，王韬对中国的新闻报刊事业作出了卓越贡献，"从王韬开始，中国的新闻学才算正式诞生"。③

---

① 戈公振：《中国报学史》，中国新闻出版社 1985 年版，第 100 页。
② 柯文：《在传统与现代性之间——王韬与晚清改革》，江苏人民出版社 2006 年版，第 53 页。
③ 张海林：《王韬评传》，南京大学出版社 1993 年版，第 161 页。

第三节　作为维新思想家的王韬

　　王韬在墨海书馆工作的 13 年时光，是他从一个传统封建士子向中国近代史上的思想家转变的最初阶段，为他成为维新思想的宣传者提供了必要知识储备。后来的欧洲之行又使他接受了一次全方位的西方文化洗礼，这在他思想发展历程中是十分重要的。正如柯文所言："所有的古老大门统统禁闭，只有打开新门才能获得一切。"① 游历欧洲使王韬的思想发生根本转折。他正视西方列强的挑战，将其视为中华复兴的机遇。他有关向西方学习、改革自强的主张涉及政治、文教、军事、外交、经济各个方面，特别是对政治体制的改革主张使他超越洋务派而进至维新高度。这些新思想的不断累积和深化，使王韬最终完成自身的文化转型，成为一名资产阶级维新思想家和君主立宪制的首倡者。

　　王韬从欧洲回香港后，开始深入探讨西方政治、经济、军事，探索国家命运和振兴中国的道路。从 1874—1884 年，王韬担任《循环日报》总主笔十年之久，他以《循环日报》为阵地，亲自撰写了大量政论文章，推介传播西方文化，呼唤开放与维新意识；鼓吹兴办铁路、造船、纺织等工业以自强；率先喊出"富强即治国之本"的口号。在著名的《变法自强》（上、中、下）中，王韬第一个提出和使用"变法"的概念，系统地宣传了他的"变法"主张，提出了变法图强的纲领。而此时十几岁的康有为还在家里读书，梁启超才刚刚出生，距离 1898 年的戊戌变法还有 20 多年。王韬的思想观念对后来的维新变法和洋务运动产生了深远影响。

　　王韬认为中国只有变法，才能改变现状，才能国富民强。他希望稳中求变，主张"渐变"、反对"速变"。在中国当前局势下只有渐变，才能稳定发展，才能真正行之有效。

　　在政治变革方面，王韬提出了一系列改革措施，表达了自己的政治理想。

　　第一，重视人民，强调民为邦本。王韬指出："天下之治，以民为

---

① 柯文：《在传统与现代性之间——王韬与晚清改革》，江苏人民出版社 2006 年版，第 55 页。

先，所谓民为邦本，本固邦宁也。"① 又说："天下何以治? 得民心而已; 天下何以乱? 失民心而已。民心之得失，在为卜者使之耳民心既得，虽危亦安，民心既失，虽盛亦蹶。"② 民心之得失关系着国家和民族的强与弱，能得民心，则得到人民的支持，而能否得民心，则取决于统治者的治国方略。从"重民"的思想出发，他对中国的君主专制制度进行了激烈的抨击："三代以上，君与民近而世治; 三代以下，君与民日远而治道遂不古若。至于尊君卑臣，则自秦制始。于是堂廉高深，舆情隔阂，民之视君如仰天然，九阍之远，谁得而叩之! 虽疾痛惨怛，不得而知也; 虽哀号呼吁，不得而闻也……君既端拱于朝，尊无二上，而趋承之百执事出而莅民，亦无不尊，辄自以为朝廷之命官，尔曹当奉令承教，一或不遵，即可置之死地，尔其奈我何? 惟知耗民财，殚民力，敲膏吸髓，无所不至，囊橐既饱，飞而台去，其能实心为民者无有也。"③ 在王韬看来，中国的根本问题，并不是"坚船利炮"，而在于政治。政治的根本问题，在于君主专制的弊害，因为专制就会失民心。而失了民心，国家则振兴无望。

第二，裁撤冗吏，提高行政效率。冗员过多，行政效率低一直是封建社会吏治积弊之一。王韬主张："无益于民事，徒足以耗国家度支者，无论文武，悉从而汰之。"④ 针对一省中存在着总督和巡抚权力重叠的问题，他认为两个权臣"有时意见龃龉，而事权不能归一，往往至于误国偾事"，故王韬主张除直隶、四川、甘肃之外（这三省未设巡抚，故无权限纠纷），其余"各省总督一缺皆可裁也"。⑤

第三，改革用人制度，废除科举制和捐纳制。科举不第的经历使王韬对科举制度的弊端认识尤为深刻。他尖锐抨击科举制度："乃以无用之时文。为晋身之阶，及问其何以察吏，何以治民，则茫然莫对也。"⑥ 所以科举制度培养出来的所谓人才于国于民都是无用的。因此，"为今计者，当废时文而以实学"⑦，即废除八股制义取士而提倡经济、法律、格致、天算、制器、兵法等有用之学。另外，王韬呼吁废除捐纳制度。

---

① 王韬:《重民上》,《弢园文录外编》, 上海书店出版社 2002 年版, 第 15 页。
② 王韬:《重民中》,《弢园文录外编》, 上海书店出版社 2002 年版, 第 17 页。
③ 王韬:《重民下》,《弢园文录外编》, 上海书店出版社 2002 年版, 第 19 页。
④ 王韬:《除弊》,《弢园文录外编》, 上海书店出版社 2002 年版, 第 34 页。
⑤ 同上书, 第 34 页。
⑥ 王韬:《变法自强》,《弢园文录外编》, 上海书店出版社 2002 年版, 第 30 页。
⑦ 王韬:《原士》,《弢园文录外编》, 上海书店出版社 2002 年版, 第 7 页。

捐纳既以金钱进，入仕之后，便难免会大肆搜刮，不择手段。这无疑会使官场腐败愈加严重，民怨沸腾。因此，王韬大声疾呼："不废捐纳，天下终不得治。"①

第四，革奢崇俭，开源节流。王韬认为宫廷开支过大，国家不堪重负，所以他提出清廷应"每岁织造中有可减者减之，有可罢者罢之，不必辄循常例。宫中所需，宜有定数；内务府宜岁支以若干，而不必求之外省……其他修造之有可省者，工程之不必兴者，一例勿行，自然费不至于浩繁"②。王韬还建议学习日本的"消藩制"，分八旗子弟于各乡，士农工商，各执其业，各食其食。"今内自京师，外自直省，凡有旗民满籍，愿往开垦者，听其自便"③，从而使国家和旗人各有所利。

通过全面的改革，王韬希望中国实行西方式的议会民主政治。西方议会民主政治既是王韬批判中国封建君主专制政治的参照系，也是他倾心向往的理想目标。在深入考察了西方的政治体制后，王韬认为西方的民主制度优于中国的封建君主专制制度。他说：

> 国会之设，惟其有公而无私，故民无不服也。欧洲诸国，类无不如是。即是雄才大略之主崛起于其间，亦不能少有所更易新制，亦乱旧章也。偶或强行于一时，亦必反正于后日。拿破仑一朝即可援为殷鉴。夫如是则上下相安，君臣共治，用克垂之于久远。而不至于苛虐殃民，贪暴失众。盖上下两院议员悉由公举，其进身之始，非出乎公正则不能得。若一旦举事不当，大拂乎舆情，不洽于群论，则众人得而推择之，亦得而黜陟之。彼即欲不恤人言，亦必有所顾忌而不敢也。中国三代以上，其立法命意，未尝不如是，每读欧史至此，辄不禁睪然高望于黄农虞夏之世，而窃叹其去古犹未远也。④

王韬不仅比较出资产阶级民主制度与封建专制制度的优劣，而且分析了三种政体的差别。他说：

> 泰西之国有三：一曰君主之国，一曰民主之国，一曰君民共主

---

① 王韬：《停捐纳》，《弢园文录外编》，上海书店出版社 2002 年版，第 40 页。
② 王韬：《除弊》，《弢园文录外编》，上海书店出版社 2002 年版，第 35 页。
③ 同上书，第 35 页。
④ 王韬：《重订法国志略》卷十六，光绪乙丑弢园老民校刊本，第 28 页。

之国。一人主治于上而百执事万姓奔走于下，令出而必行，言出而莫违，此君主也。国家有事，下之议院，众以为可行则行，不可则止，统领但总其大成而已，此民主也。朝廷有兵刑礼乐赏罚诸大政，必集众于上下议院，君可而民否，不能行，民可而君否，亦不能行也，此君民共主也。①

王韬对三种政体有自己明确的看法，他认为：君主之国，那国君一定要是尧舜，国家才可久安长治，然而尧舜之后这样的国君难得一见；民主之国，由于法制多纷更，心志难专一，流弊甚多；君民共主，可以实现上下相通，民隐得以上达，君惠得以下逮，所以是三种政体中最好的。

在经济改革方面，王韬在游历欧洲之后，认识到英国的富强和重商政策密不可分，因而王韬提出了"商富即国富"的新经济观念。他说："自兴剡木之制以来，所造船舶，未有若英国之盛者也。民间贸易转输，远至数万里外，以贱征贵，以贵征贱，取利于异邦，而纳税于本国，国富兵强，率由乎此。贸易之道广矣，通有无，权缓急，征贵贱，便远近，其利至于无穷……商富即国富，一旦有事，可以供输糈饷。此西国所以恃商为国本欤。"② 因此，王韬认为中国的首要任务在于发展资本主义工商业，为此他写了《兴利》一文：

利之最先者曰开矿，而其大者有三。一曰掘铁之利。中国产铁之处不可胜计，盖矿中有煤则必有铁……今我自开铁矿，则一可省各处厂局无穷使费；二可铸造枪炮，建制铁甲战舰火轮兵舶，三可分行各种机器，四可兴筑轮车铁路，而亦可售之于西人，以夺其利。一曰掘煤之利……英人以煤铁之利雄于欧洲，其煤铁多贩运于各国。中国既有煤铁，则彼贸易亦必稍减，且我有煤铁，而出口之价稍昂，彼亦无如我何，而我得以独收其利矣……一曰开五金之利……其次曰织纴之利。此外则一曰造轮船之利；一曰兴筑轮车铁路之利。③

---

① 王韬：《重民下》，《弢园文录外编》，上海书店出版社2002年版，第18页。
② 王韬：《代上广州府冯太守书》，《弢园文录外编》，上海书店出版社2002年版，第248页。
③ 王韬：《兴利》，《弢园文录外编》，上海书店出版社2002年版，第37页。

"兴利"是王韬经济改革思想中的主要内容。他提出要广开矿源，大力兴办纺织工业，兴修铁路，建造轮船，发展近代交通业，以促进资本主义工商业和国内贸易的发展。同时，他还提倡开设保险公司，作为兴利的附加措施和保证。为了尽快发展近代新式工业，王韬考虑到传统的生产方式已经不能适应新兴资本主义生产的发展，故提出了采用西方资本剥削雇佣劳动的方式，建立大规模的托拉斯企业组织，即"公司"这一经济实体。王韬认为，"重商"将给中国带来无穷益处。这些观点的提出，标志着王韬的经济思想已经实现了从传统形态到现代形态的飞跃。

在军事改革方面，王韬主张用西方的军队编制和训练方法来代替营勇制度。王韬认为，欲得精兵，先求良将，故应让士子学习西法练兵，考试通过后担任军官。平时训练精兵，战时就能克敌制胜。另外，要废弃落后的武器装备，全部使用西洋式装备。为此王韬编写了《火器略说》，介绍西方最新的枪炮制造，又撰写了《操肋要览》，将西方当时新式炮船的各种样式、图形和制造方法一一作了介绍，希望中国对西洋式装备能由"仿制"到"精制"，再到"驾乎其上"，超过西洋。在海防方面，王韬提出中国不但要有海防，更要有海战，须备大舰与敌争胜于大洋，"守"建立在"战"的基础上。这实际上是对鸦片战争以后中国消极海防政策的一种批判和发展。

在外交改革方面，欧洲之行促使王韬放弃了传统"华夷观"，从而形成了全新的外交观念。第一，积极对外开放。王韬说："时至今日，泰西通商中土之局，将与地球相始终矣。至此时而犹作深闭固拒之计，是直妄人也而已，误天下苍生者必若辈也。"① 他认为世界的终极走向是"天下合一"、天下大同，如果中国仍闭关自守，无疑是误国误民。因此，中国应当主动地对外开放，积极地走向世界，包括既允许外人来华通商，也鼓励华人贸易西洋；既允许外国公使"驻馆"中国，也建议中国在外国设立领事馆。第二，外交必须建立在自身强大的基础之上。王韬说："欲保民于海外，法立而威行，则莫如由自强始"②，"睦邻之道无他，首在自强"。③ 他深刻地认识到"弱国无外交"这一沉重的现实，因此，一个国家没有强大的政治、军事、经济实力，外交活动

①　王韬：《睦邻》，《弢园文录外编》，上海书店出版社 2002 年版，第 23 页
②　王韬：《设官泰西下》，《弢园文录外编》，上海书店出版社 2002 年版，第 46 页。
③　王韬：《设领事》，《弢园文录外编》，上海书店出版社 2002 年版，第 50 页。

就失却了依凭，就不可能弘扬国威，就难以在国际交往中维护本国利益。他提出：国家强大了，外交活动就有了坚强后盾，也才能取得实效，"惟能自强，则遣使臣、设领事，一切皆有实用，否则亦不过以虚文相縻而已"。① 第三，外交关系必须平等。王韬说："一国之制度不可紊也，权自我操，责无旁贷。泰西各邦之前来通商者，皆当视我之准的而就我之范围，乌有强人以从己，专欲利己，而不知弗便于人也。"② 他认为，中国的主权应操控在自己手里，西方各国不能强人所难，侵犯中国的利益。因此他强烈要求改变中西外交中的不平等状况，取消列强在中国攫取的额外权利。

王韬的外交思想具有划时代的意义。"可以这样说，王韬不是外交官，但他对中国近代外交思想的卓越贡献远非一名普通的清朝外交官所能企及。他是中国近代新型外交思想的开拓者。"③

王韬关于政治、经济、军事、外交方面的各种改革思想对当时中国正在进行中的洋务运动有极其重要的指导功能，也为以后的戊戌维新运动奠定了思想基础。

第四节　作为教育家的王韬

作为一个关注国家命运的维新思想家，王韬深知一个国家的富强必须依赖于发达的教育事业。尤其是在他游历英法等国之后，目睹了西方教育的普及和国家的强盛，教育兴国的愿望越发强烈。

教育改革的契机是在偶然和必然中到来的。1884 年，清政府终于允许王韬回国定居。年近花甲的王韬结束了长达 23 年的流亡生活，回到上海。他谨记以往文字祸的教训，不涉政治，不问世事，自号"淞北逸民"。但是，1884—1885 年中法战争中清政府的失败使王韬不得不重新执笔，在《申报》等报刊上发表了大量文章，宣传变法维新的思想。但这种宣传有时未免使王韬感到势单力薄，缺少足够的应和和后继者。王韬秉承了中国古代社会重视人才的传统，终其一生，他几乎从没有间断过对人才重要性的呐喊。终于，在 1887 年，王韬应邀主掌上海格致

---

① 王韬：《设领事》，《弢园文录外编》，上海书店出版社 2002 年版，第 51 页。
② 王韬：《与唐景星观察》，《弢园尺牍》，中华书局 1959 年版，第 136 页。
③ 张海林：《王韬评传》，南京大学出版社 1993 年版，第 259 页。

书院，从此开始了人才的培养教育工作。王韬是一个"教育救国论"者，认为教育关系到人才培养、关系到开启民智和富国强兵，因而，他对教育一直特别重视，其晚年的教育实践活动更是竭尽全力，做了很多具有开拓性的工作，为中国未来的教育指明了方向。

格致书院创始于 1876 年，是中国近代第一所专门研习和传播西方近代自然科学的新型书院。王韬对格致书院的改革主要表现在三个方面：一是在书院设立"学塾"，招收"肄业生童"。王韬认为必须从小培养格致之士，经过多方奔走联络，组织规划，终于在格致书院开办了一个比较正规的教学班（王韬称为"学塾"，傅兰雅称为"较高程度的科学学习班"）。此班有 21 人。王韬为它亲自拟订的教学内容是："自西国语言文字外，教以格致诸端。"① 格致书院学塾是王韬从事教育改革实践的第一次尝试。他把自己奋斗一生未曾实现的变法强国的希望寄托在这批士子身上。二是改革书院旧的教学内容和教学方法。原先格致书院只是单纯地学习西方科学技术。王韬规定士子不仅要学习西方自然科学和技术，更要了解时事政治，关心国家大事。由于王韬的改革，校园里评论时政，一时蔚然成风。在教学方法上王韬提倡自由讨论法和问答法，提高了学生的学习积极性和主动性。在教学形式方面，学塾采用班级制，教学分门别类进行，虽然其规模不大，且断断续续不甚成功，但这是中国近代教育史上中国人开办课堂教学的滥觞。三是创立新颖的考课制度。王韬创立了一种把学习自然科学知识与探讨国内外实际问题糅合在一起的新知考课制度，即傅兰雅称为"汉语论文竞赛项目"的制度。所谓考课原指旧式书院每年按季进行的诗赋时文考试。王韬以旧瓶装新酒，于 1886 年倡议格致书院每年亦举办四季考课（最初每年四次，后增加特课两次，每年共为六次），专门讨论西学新知识和现实新问题。参加者围绕某一拟定的题目展开议论，写定后交王韬组织评阅，评品优秀者可得到一定奖金，其文章亦由格致书院负责刻印发表。王韬聘请博通中西的洋务官员如李鸿章、刘坤一等，或具有改良新知、留心时务的薛福成、郑观应等，或热心介绍西学到中国的外国人傅兰雅、裴式模等出考试题目。王韬每年都将考课中的优秀论文，以及他和其他考官的评语、眉批一起编为《格致书院课艺》刻印发表。此举的意义已经超出教育的范围，而具有更深远的社会启蒙意义，推进了西学在中国的渗透和学人对国事民瘼的关心。

———————————

① 王韬：《与盛杏荪观察》，《弢园尺牍》，中华书局 1959 年版，第 240 页。

在格致书院的工作是王韬晚年用力最深、耗时最长的工作。从1885 年到1897 年共13 年的时间内，在王韬的苦心经营下，濒于衰败的上海格致书院蓬勃发展起来，成为其发展的黄金时期。在王韬的培养下，一大批新式知识分子成长起来，很多士人甚至官员慕名前来就读，学习新知，探讨中国发展的途径。后来这一群人走出书院，在社会上广泛地传播新知，在以后的戊戌变法运动中发挥了巨大作用。这正是王韬对中国教育事业所作的巨大贡献。王韬尽管已是垂暮之年，但仍愿意为中国的教育事业竭尽全力，他说：“为国家培植人才，教育后世，夫岂有涯哉！”① 1897 年秋，王韬在上海寓所城西草堂阒然与世长辞，享年70 岁。

王韬的教育思想与实践是一种与传统教育思想与实践相悖的新型教育思想，它在很多方面已达到或接近西方资产阶级教育思想的高度，为后来的教育改革提供了方向和目标。香港学者王尔敏评价王韬说：“于中国近代教育及其科技知识，实具先驱意义，有其宏伟价值。”② 台湾学者姚海奇更是对其赞誉有加：“王韬在遽归道山之前夕，仍以其余生，投注于教育事业，提携后进，鼓舞士子，以富强思想，广播于士子心田，以时局时弊，求于于朝野仕绅。其苦心孤诣，惨淡经营，实令人敬佩。其精神值得后辈士子，仰之再三。同时也为天下兴亡匹夫有责写下最佳注脚。”③“王韬在中国近代文化教育发展史上无论从思想还是从实践上讲都是一位当之无愧的伟大先行者。”④

第五节　作为新型文化人的王韬

在晚清，上海文化界活跃着一批特殊的人物。他们有着深厚的传统文化素养，精通经史子集、诗词歌赋，颇具才华，但是，由于种种原因他们并没有走上科举致仕之路，而是在书馆、报馆、翻译馆、书院等处工作，如在墨海书馆工作的王韬、李善兰，在《申报》馆、《新闻报》馆工作的钱昕伯、黄式权、袁翔甫、高太痴、韩邦庆，在《点石斋画

---

① 王韬：《与盛杏荪观察》，《弢园尺牍续钞》，清光绪十五年（1887）上海淞隐庐刊本，第 240 页。
② 王尔敏：《上海格致书院志略》，香港中文大学 1981 年版，第 101 页。
③ 姚海奇：《王韬的政治思想》，文镜文化事业有限公司 1981 年版，第 26 页。
④ 张海林：《王韬评传》，南京大学出版社 1993 年版，第 369 页。

报》工作的吴友如、张志瀛，在江南制造局翻译馆工作的徐寿、华蘅芳、徐建寅、赵元益，在圣约翰书院教书的颜永京，在梅溪书院、南洋公学教书的张焕纶，等等。他们既有别于传统士大夫，又不同于近代知识分子，熊月之先生称他们为"新型文化人"①。

传统士大夫、近代知识分子及新型文化人的概念内涵分别是什么？首先要厘清传统士大夫和近代知识分子的不同。具体而言，传统士大夫与近代知识分子的区别表现在三个方面②：第一，价值取向不同。传统士大夫的价值取向是由士而仕，依附于皇权，上焉者为帝师王佐，下焉者为绅为贤，都希冀在封建统治的结构中找到合适的位置，以经义说解来帮助封建统治者驾驭民众，以此来实现其价值，所谓"立德"、"立功"、"立言"，以致"不朽"，乃是旧式士大夫的最高境界。而近代知识分子的价值取向有了根本的变化。他们与皇权日益疏远，不再依靠皇帝的赐俸赐禄生活，而是依靠自己的知识与技术谋生。因此，他们不再以充当帝师王佐为依归，也不再视由士而仕为正途，相反，伴随着近代资本主义的发展和资产阶级政治要求的成长，他们致力于建立近代国家、立宪政府的趋向日益明显。把国之兴亡系于己身，是近代知识分子价值观念转变的根本体现。第二，知识结构不同。旧式知识分子的职责是释儒解经，对四书五经的注、疏、解、释，是他们的主要治学方式。传统的史学、文学、哲学之类，无一不是为注经释儒而存在。而近代知识分子群体，其知识结构不再是以儒学为中心的诗书礼乐、经史子集了，近代的自然科学如数学、化学、物理、医学、工学、矿学，乃至近代的人文科学如法律学、商学、政治学、经济学、军事学等，成为近代知识分子赖以安身立命的学问。第三，行为模式不同。旧式士大夫依归于封建君权，以充当帝师王佐为职志，行为目标以维护封建的纲常伦理为中心，即所谓以"卫道者"自居。新式知识分子因渐具独立的人格和价值观念，并以近代西方的科学知识为实现自身价值的途径，因此，他们的行为模式发生了根本的变化，读书做官不再是他们唯一的选择，大批的新式知识分子进入各种公司、企业等实业机构，或投身于文化、新闻、出版、教育、医疗、科学等行业，成为新的文化事业的载体。因此，与旧式士大夫相比，新式知识分子群体具有了新型的价值观念、知识结构和行为模式，这些新的特质标志着中国的知识分子基本上完成了

---

① 熊月之：《略论晚清上海新型文化人的产生与汇聚》，《史学月刊》2003 年第 5 期。
② 参见王继平《论晚清知识分子的文化转型》，《湘潭大学学报》2000 年第 5 期。

从传统到现代的转型，成为具有现代意义的社会群体。这一深刻的转变，对近代文化的发展具有深远的意义。

而任何事物在转变中总是多少有中间物的，新型文化人是架在传统士大夫和近代知识分子之间的一座桥梁。新型文化人的出现时间大约是在19世纪60—90年代这一段时间内，他们虽已不再是传统的士大夫身份，却也还不能称作具有近代意义的知识分子。到了甲午战争以后，中国的近代型知识分子群体才真正形成。

关于新型文化人的特点，研究者已经阐述得很清楚："与传统士大夫比起来，他们的共同特点是：有较新的知识结构，主要是有较好的西学素养，不像传统士大夫那样，除了诗云子曰、孔孟程朱之外，对天体地球、五洲万国、声光化电一无所知；有比较相近的价值观念，不再把传统的重义轻利视为不可动摇的准则；有比较相近的人生观，不再把读书做官视为实现人生价值的唯一取向，而往往凭借新的知识，服务于新式的报馆、书局、学校、图书馆、博物馆等文化机构，从而实现自己的人生价值。"① 新型文化人的突出特点是矛盾性和认同危机。一方面，新型文化人受过传统的教育；另一方面，他们生活环境复杂，接触到西学，这是古代读书人无法经历的。他们面对传统和现代两种不同体系的文化，心态复杂。对于传统文化他们不认同但有时又难以割舍。他们对西学充满羡慕和赞赏，同时又带有抵触心理。王韬既是作家、报人、学者，又是书院山长和书局老板。他已经不同于封建士人，而具有新型文化人的某些特点。

从传统文化人转变为新型文化人，既有外部环境的影响也有内在思想的转变。从外部环境来说，如灾荒、贫苦、战争等，促使传统文人从事新式文化事业，接触新的知识，然后发生转变。王韬如果不是因为江南水灾，不是因为父亲去世，家中生计无法维持，以王韬先前的志趣和抱负，他是不会走进墨海书馆的。管小异、蒋敦复之受雇于墨海书馆，情况也与王韬相似。从内在思想的转变来说，是指主要因个人的兴趣、思想有所改变而投身新式文化事业、接受新的观念。王韬的思想从传统向近代转型，除了外在环境的影响，其本身对儒家传统思想新的认识也是促进其思想转变的一个重要因素。西方文明的侵入促使传统的士大夫们对儒学产生了深刻的怀疑，儒家观念开始动摇。这种对儒学认识的变化也反映在王韬的思想转变中。当然，王韬思想的转变有一个渐变过

① 熊月之：《略论晚清上海新型文化人的产生与汇聚》，《史学月刊》2003年第5期。

程。在青年时期，儒家传统"学而优则仕"的功利观在王韬身上有着很强烈的印记，他给太平军的上书就是想给自己的政治生涯寻求一次机会。他到上海以后，还回乡参加过科举考试。由此可见他的儒学功名之心一直未泯。他的儒家思想真正发生转变是在游历欧洲以后，目睹西方文明的发达，感受到中西文明的强烈反差，王韬的传统儒家思想终于瓦解，开始了向近代化思想的急剧转变。"可以肯定的是，王韬思想观念、知识结构中的西学、新学成分，不仅超出其前辈，而且远非当时洋务派所及。"①

王韬的身份转变，体现了近代中国社会转型时期的特点。但这种转型由于其自身儒家观念的根深蒂固的影响，他的变革思想很大部分仍是对儒家思想的改造和变通，所以，柯文称"王韬依旧自诩为一位儒家"。② 传统知识分子在这种社会变局之中所表现出来的矛盾的心态是可以理解的，正如有些学者所言，作为新型知识分子，由于生活在中西文化激烈碰撞和交融的时代，出入、徘徊于中西两种文化之间，其知识结构和思想观念上既有中国传统文化的印记，也深受近代西方文化的濡染。因此，他们的文化认同常常带有"强烈的游移性、暧昧性与矛盾性"。③ "他的儒家观念的动摇和对西学的接受反映了中国传统的士大夫儒学观念的逐步解体，及其向思想近代化的艰难转变。"④ 王韬的思想很多时候体现出旧传统与新西学之间的猛烈冲撞，表现出矛盾的心态。

"这是一群离开传统堤岸跳入陌生海洋而又一时没有找到彼岸归属的人，他们是先觉者，但也常被时人目为叛逆者。家国之耻，文化认同之惑，在王韬和他的朋友内心投下了沉重的阴影，使他们抑郁孤独而又牢骚满腹，愤世嫉俗而又放荡不羁。他们在外力的撞击下脱离原来的知识结构而成为两大文明板块之间的'中间人'。行为乖僻而又不乏才华是他们的个性特征。他们不再是旧文人，因为他们的生活行事方式正在逐渐脱离古老文化的限制和禁忌；但他们也不是现代意义上的知识分子。"⑤ 总之，以王韬为代表的新型文化人是在近代社会转型时期出现的一个承前启后的特殊群体，他们正在与传统文化相揖别，但对其又有

---

① 于润琦：《插图本百年中国文学史》，四川人民出版社 2002 年版，第 42 页。
② 柯文：《在传统与现代性之间——王韬与晚清改革》，江苏人民出版社 2006 版，第 98 页。
③ 张灏：《中国近代思想史的转型时代》，《二十一世纪》1999 年第 4 期。
④ 洪煜：《以王韬为例看传统知识分子的思想转型》，《史学月刊》2005 年第 3 期。
⑤ 王继平：《论晚清知识分子的文化转型》，《湘潭大学学报》2000 年第 5 期。

难以诀别的留恋。他们已经滋生出一些新的因素，但又与现代知识分子有很大不同。他们的社会生活和文化心态都充满了矛盾性，他们的历史定位只能是"正在过渡中"。他们身上兼具传统和现代两种人格，新旧两种价值系统同时存在，所以，他们生活在一个双重价值系统中。

　　郭少棠在《旅行：跨文化想象》中写道："在行游的时空转移中，行游者总是处在一种不断的文化认证之中……既是对他者文化的陌生，也是对自己文化的陌生。一方面，行游者总是面对着自己不熟悉的文化，要求自己作出判断、作出选择；另一方面，他者的文化又总是牵引他们回到自己的文化，要求他们对自己的文化作出比较、作出判断。在此双重的面对之中，行游者的文化认证往往畸变成为一种古怪的组合，既非纯粹的自己，也非纯粹的他者。当其获得优势认证时，他们会膨胀自己原有的文化身份；而当其获得劣势认证时，他们则会否定自己原有的文化身份。在不知不觉的时空转移中，他们原有的文化身份已经发生了改变。"① 以王韬为代表的上海新型文化人就是在"不知不觉的时空转移中"，原有的文化身份已经发生了改变的一群文人。

---

① 郭少棠：《旅行：跨文化想象》，北京大学出版社 2005 年版，第 135 页。

第二章 王韬小说研究

首先要确定一下关于王韬小说研究的文本对象。宁稼雨先生所著《中国文言小说总目提要》收录的王韬小说作品有六种：《遁窟谰言》（传奇类）、《淞隐漫录》（传奇类）、《淞滨琐话》（传奇类）、《艳史丛钞》（杂俎类）、《海陬冶游录》（志人类）、《花国剧谈》（志人类）。其中，《艳史丛钞》并不是王韬独立创作，而是王韬编著的自己和他人的笔记小说集，共收录清代笔记小说 12 种：余怀的《板桥杂记》、西溪山人的《吴门画舫录》、箇中生的《吴门画舫续录》、珠泉居士的《续板桥杂记》、珠泉居士的《雪鸿小记》、捧花生的《秦淮画舫录》、捧花生的《画舫余谈》、嫩云主人的《白门新柳记》、二石生的《十洲春语》、芬利它行者的《竹西花事小录》以及王韬本人的《海陬冶游录》和《花国剧谈》。所以，王韬的小说作品实际上只有五种：《遁窟谰言》、《淞隐漫录》、《淞滨琐话》、《海陬冶游录》、《花国剧谈》。其中《海陬冶游录》、《花国剧谈》两部作品均是写妓女和妓院生活的，读《海陬冶游录》，则"沪上三十七年来南部烟花，北里风月，略见一斑"。《花国剧谈》也是作者"搜罗近世之娇娃，采辑四方之名妓"而作。这两部作品题材有其局限性，艺术成就也不高。真正能代表王韬小说艺术成就的是他的三部传奇小说集《遁窟谰言》、《淞隐漫录》、《淞滨琐话》，所以本章所论王韬小说的文本主要以这三部作品为主。

唐代是文言小说的黄金时代，有众多名作问世，小说体制臻于完备和定型化。宋元时期，文言小说虽承袭唐人余绪但缺乏艺术想象和虚构能力，渐趋萧条。明代文言小说呈现复苏的势头，是文言小说的过渡期和变革期。至清代，蒲松龄《聊斋志异》的问世，标志着文言小说的新高峰。文言小说的余绪，一直延续到近代社会的文坛。王韬的《遁窟谰言》、《淞隐漫录》、《淞滨琐话》三部文言小说集，与宣鼎《夜雨秋灯录》、《续录》，同为效法《聊斋志异》之作。

王韬的小说创作始于他避居香港时期，第一部小说集《遁窟谰言》

于 1875 年完成，并由上海申报馆刊印出版。该书出版后，翻刻者四起。例如江西书贾所刻《闲谈消夏录》竟将该书一字不改地全部抄袭进去。从这种书商赢利的举动中，足见该书十分畅销。光绪五年（1879），王韬东渡日本，日本友人向他索读该书，因书已售缺，未能满足友人的要求。于是光绪六年（1880），由香港中华印务总局出版了木活字本的《遁窟谰言》。此版本删去了 1875 年版卷末《眉珠庵忆语》一篇，新增加了 20 余篇，共 161 篇小说。卷十二的《忏红女史》就是此时增加的一篇。

1884 年王韬回到上海，因"尊闻阁主人屡请"，于是"追忆三十年来所见所闻可惊可愕之事"，创作了《淞隐漫录》（又称《后聊斋志异图说》或《绘图后聊斋志异》）。自 1884 年下半年起以单篇陆续发表于申报馆发行的《点石斋画报》，每月三期，每期一篇，配图一幅，一直到光绪十三年（1887）底才刊登完毕，前后历时三年有余。当时《申报》光绪十三年九月初三的销售广告词是："笔墨之瑰玮、词句之华丽可不必言，与蒲留仙《聊斋志异》后先媲美，可无愧色。近代说部，无出其右。每篇之前，绘有一图皆请名手为之，出自吴君友如之手者亦复不少，所书蝇头小楷，工整端媚，雅近替花妙格。如于无事之时，窗明几净，焚香展阅，亦可以消遣世虑，洗涤烦襟。"《淞隐漫录》在《画报》上连载后，读者的反响无疑是很不错的，王韬在《弢园著述总目》中关于此书的解题是："初散编于《画报》中，颇脍炙于人口，后点石斋主人别印单行本行世，而坊友旋即翻板名曰《后聊斋志异图说》。"① 小说当年即由点石斋石印局汇集成单行本出版，共 12 卷 117 篇小说。书出之后，翻版者众多，有的更名为《后聊斋志异图说》（上海鸿文书局），有的改名为《绘图后聊斋志异》（上海积山书局），流传广远。

1887 年秋天，王韬创作的第三部小说集《淞滨琐话》，又在《点石斋画报》上连载，原名叫《淞隐续录》。1889 年因《点石斋画报》停刊，他的小说创作才停止。光绪十九年（1893）《淞滨琐话》成书刊行，由王韬自校、自印的淞隐庐排印本，12 卷，共 68 篇小说。该书卷一中有四篇作品，即《徐麟士》、《药娘》、《田荔裳》、《画船纪艳》，由于发表在《画报》上较早，而被上海积山书局根据点石斋《淞隐漫

---

① 朱一玄：《正续后聊斋志异》，《聊斋志异资料汇编》，中州古籍出版社 1985 年版，第 547 页。

录》单行本翻刻时收入《绘图后聊斋志异》一书，分别置于卷一、卷三、卷十、卷十二之末。

因为有了这三部作品，就使王韬在中国近代文言小说史上能够与宣鼎、许奉恩等名家互争短长。虽然王韬的文言小说在文学性方面还不及《聊斋志异》，但是其思想内涵及现实意义的某些方面却高于《聊斋志异》，而且第一次采用了新的传播方式，所以不失为清代文言短篇小说的殿军之作。

第一节　王韬的小说思想

王韬关于小说的认识没有专门的整体论述，但在其所著的三部文言小说集《遁窟谰言》、《淞滨琐话》、《淞隐漫录》中的序言及他为他人小说所作的序跋中，我们可以看到，王韬对小说创作是有着明确的认识和艺术追求的。

一　在创作方法上，王韬认为小说应该具有合理而自觉的虚构意识

王韬认为虚构是小说创作中不可或缺的一部分："六合之大，存而弗论，九州之外，置而不稽。以耳目之所及为见闻，以形色之可征为记载，宇宙斯隘，而学问穷矣！"[1] 作者如果只凭借亲身见闻来写作，那就未免太狭隘了，所以想象与虚构是必需的。纵观王韬关于小说创作的论述，可知其关于虚构的认识有以下四个特点。

1. 虚构应是"凭空幻造，然揆之于理，亦有可通"

王韬在《镜花缘图像叙》中写道："唐闺臣诸才女应运而生，作者意想所及，凭空幻造，然揆之于理，亦有可通。"[2] 王韬对李汝珍《镜花缘》的"凭空幻造"的虚构创作是颇为认同的，因为虽然是虚幻之作，但是"于理可通"。《镜花缘》中虚构了以女性为中心的"女儿国"，反映出作者对男女平等、女子和男子具有同样社会地位的良好愿望。《镜花缘》中虚构的"君子国"则是无论富贵贫贱，人们皆恭而有礼，表现了李汝珍的社会理想。《镜花缘》中这种虚构的社会，虽然在

---

[1]　王韬：《淞隐漫录·自序》，人民文学出版社1981年版，第1页。
[2]　丁锡根：《中国历代小说序跋集》，人民文学出版社1996年版，第1445页。

现实中不存在，但是它体现了人们的一种社会理想，是可以被读者理解和认可的另外一种想象的真实。在这篇《镜花缘图像叙》中，不难看出王韬的激赏之情：

　　天之生人，阴阳对待，男女并重，巾帼之胜于须眉者岂少也哉？特世无才女一科，故皆湮没而无闻耳。武如木兰，文如崇嫄，久已脍炙人口。历观纪载，其奇特足传者，固难以更仆数。妇德，妇言，妇容，妇工四者本所不废；自道学之说兴，乃谓女子无才便足为德，而闺阁少隽才矣。夫书也者，足以陶冶性情，增修德行，何于女子而独不？所谓妇言者，即识字知书之谓也。乃以后世头巾学究之迂见，而废古圣贤所相传，诚所不解矣。因诸才女一时文学之盛，畅论及之。质诸作者，作者必曰：先生所论，实获我心！①

从这里可以看出，王韬认为在小说创作中合理的虚构是必要的，是阐释作者合理思想的一种艺术化表现形式，可以引发广大读者的共鸣和思考。在他的小说中，虚构而合理的世界和事物是非常多的。如《淞滨琐话》中的《乐国纪游》中，安若素听海外归来的友人谈论异域风景时，心里无比羡慕，他将自己的书卖掉换作游资。安若素游历异域的情景显然是王韬虚构之笔。小说写安若素所到的"乐园"是这样一番情景：

　　始入一园，曰"乐园"，佳木葱茏，芳草绿缛，花卉纷繁，绮错绣交。中有一树曰"生命树"，为世人生命之根柢所托。始祖亚当夏娃曾居此园，逍遥自适，绝不知人世间有所谓生老病死离别悲痛者。自食果违命，遂驱之出，由此遂失乐园。乐园之外，有护法神曰计罗宾，以焰剑指挥，正当路之冲衢。如有进园者均不得入。生之能游此者，盖以奉王命故也。距灵丘十数里许，曰妙台，餐花二仙姝之所居也。仙姝为晋宋间人，一曰妙华，一曰妙香，以清净身虔修人道，朝夕餐菊花以长生。民间善男信女，奉以香火因缘喜舍金钱数十万。仙姝即以其资筑一台，高耸层霄，雕甍焕日，画栋凌云，东西南北，广约十亩，纵横数百丈。其中雾阁云窗，备极华丽，几于叠户重门，或以比阿庆之迷楼、横波之眉楼焉。二姝既绝世缘，讽诵《金经》，迥不与红尘中人相接。生往参谒，仙姝初不

_____

① 丁锡根：《中国历代小说序跋集》，人民文学出版社1996年版，第1445页。

之见，重以王命，乃延之入。①

在这个虚构的世界中充满了道教气息，这样的神仙世界和中国老百姓的精神世界是密切相关的。许地山的《道教史》指出："从我国人日常生活的习惯和宗教的信仰看来，道的成分比儒的多。我们简直可以说支配中国一般人的理想与生活的乃是道教的思想；儒不过是占伦理的一小部分而已。"② 可以说，道教的神仙信仰是中国普通老百姓日常生活的"习惯和宗教的信仰"，代表了中国文化的一个很重要的方面，反映了普通老百姓"理想与生活"的一个非常实在的内容。因而虽然是极尽虚幻之笔，但却也是基于现实的合理之作。

此外，王韬漫游欧洲和日本的经历使他感受到高度发达的西方文明，如博物馆、机器房、制造局和西方新式部队的现代化军事演习等，他接触到很多高科技的事物。作者以此为启示，进行了大胆的想象和虚构。《淞隐漫录》中的《海外壮游》中，写钱思衍在道士的指引下游历峨眉仙境："行约里许，突有巨石当其前，晶莹如镜，可鉴毫发，凡迎面来者，悉入镜中，上有巨字盈丈，曰'鉴心'。虽隔重衣数袭，自见其心跃然欲动，脏腑脉络，纤微呈露，无异秦廷之照胆台也。"作者在小说中虚构的"鉴心镜"和西方科学的启示有关。

2. 王韬对神仙鬼怪有独到的科学认知，因而其文学虚构更具自觉性

小说中的虚构一般有两种，一种是对现实人生的虚构，另一种是对神仙鬼怪的虚构。前人搜奇志怪的作品也大多是虚构之作，如《搜神记》、《聊斋志异》都离不开虚构的创造，但是王韬的虚构与他们不一样。王韬的小说中，虽然"狐鬼渐稀，而烟花粉黛之事盛矣"，但也有一部分描写神仙鬼魅的作品。毋庸置疑，王韬是一个科学主义者，坚定的无神论者。他对西方的自然科学非常了解、熟悉。从1849年到1862年王韬在上海墨海书馆从事编译工作，这一时期他所参与翻译的科学著作主要有《格致新学提纲》、《华英通商事略》、《重学浅说》、《光学图说》、《西国天学源流》等。在译书过程中王韬熟知了西方的科学技术，培养了他的科学态度。从他对神仙鬼怪的论述来看，王韬有自己非常精辟的见解，并且持有一种强烈的否定态度：

---

① 王韬：《乐国纪游》，《淞滨琐话》，齐鲁书社1986年版，第116页。
② 许地山：《道教史》，华东师范大学出版社1996年版，第177页。

麟凤龟龙，中国谓之四灵。而自西人言之，毛族中无所谓麟，羽族中无所谓凤，鳞族中无所谓龙。近日中国，此三物亦不经见。岂古有而今无耶？古者宝龟为守国之器，今则蠢然一介族尔，灵于何有？然则今之龟亦非古之龟也，甚明矣。好谈神仙鬼怪者，以为南有五通，犹北地之有狐。夫天下岂有神仙哉！汉武一言，可以破的。圣人以神道设教，不过为下愚人说法：明则有王法，幽则有鬼神，盖惕之以善恶赏罚之权，以寄其惩劝而已。况乎淫昏蛊惑如五通，听之令人发指，乃敢肆其伎俩于光天化日之下哉？斯真寰宇内一咄咄怪事。狐乃兽类，岂能幻作人形？自妄者造作怪异，狐狸窟中，几若别有一世界。斯皆西人所悍然不信者，诚以虚言不如实践也。西国无之，而中国必以为有，人心风俗，以此可知矣，斯真如韩昌黎所云"今人惟怪之欲闻"为可慨也！西人穷其技巧，造器致用，测天之高，度地之远，辨山冈，区水土，舟车之行，蹑电追风，水火之力，缒幽凿险，信音之速，瞬息千里，化学之精，顷刻万变，几于神工鬼斧，不可思议。坐而言者，可以起而行，利民生，裨国是，乃其荦荦大者。不此之务，而反索之于支离虚诞、杳渺不可究诘之境，岂独好奇之过哉，其志亦荒矣！①

显然，王韬对鬼怪是不相信的，而且还用西方的科学精神批判了中国人的迷信鬼神思想。但是在小说创作中，他又写了不少神仙鬼怪的故事，这似乎与王韬表达的科学思想是相悖逆的。实则不然，王韬不过是借用了鬼神的形式来充分地表达自己的真实思想。诚如他自己所言，为了表达自己的情怀，他"求之于中国不得，则求之于遐陬绝峤，异域荒裔；求之于并世之人而不得，则上溯之亘古以前，下极之千载以后；求之于同类同体之人而不得，则求之于鬼狐仙佛、草木鸟兽"。② 在王韬看来，只要能充分地体现自己的思想，用什么形式的题材是无关紧要的，可以是古今中外，也可以是鬼狐仙佛、草木鸟兽。如《芝仙》写张湘客见到女鬼的恐怖情景："一少年丽人凭栏望月，俯视诸人，嫣然微笑，旋即将头取下，置于阑角，于袖中出梳枡，为之整理。项血漂流，密洒如细雨。"作者并不是为了猎奇述异来描绘这些，而是有所寄

---

① 王韬：《淞隐漫录·自序》，人民文学出版社 1981 年版，第 1 页。
② 同上书，第 2 页。

托的。小说最后揭示了女鬼的身世，原来是战乱之中，"当城陷不及远避，贼逼不从，遂至身殉，借以保全名节，玉碎香消"，女鬼是战乱的牺牲品。显然此小说是通过这一恐怖的女鬼形象来揭露战争给人民带来的灾难。《四川神异》写张桓侯庙中的神灵帮助当地士兵战胜了"逆贼"，表达了作者希望尽快结束战争的愿望。《鬼语》写楚生夜晚遇鬼，听到几个鬼谈古论今："河山如故，城郭全非，当更增一番惆怅耳！"实则是借鬼怪之口，抒发作者对国事的忧虑之情。再如《花妖》写了宫子湘外出游览时，偶遇艳丽的牡丹花妖，于是有了与花妖的一夜情缘。此故事没有什么高深的思想，与《聊斋志异》中的故事如出一辙，体现了男性渴求艳遇的性爱心理。所以，王韬不过是用鬼狐仙佛、草木鸟兽的艺术形式，作为吸引读者的一种方式，借此来寄寓他自己的思想情怀而已。这种有所寄寓的情怀，则因为王韬明确的否定鬼神思想，而变得格外主动与自觉，格外引人注目。"中国自有小说以来，从来没有作者像王韬这样以科学证明幽冥内容的不可信，因而也没有作者有王韬那样明确而自觉的虚构意识。"①

3. 王韬强调小说虚构中作者的主观能动性，肯定了作家的主体地位

王韬《淞滨琐话·自序》中说：

> 《淞隐漫录》所纪，涉于人事为多，似于灵狐黠鬼、花妖木魅，以逮鸟兽虫鱼，篇牍寥寥，未能遍及。今将于诸虫豸中，别辟一世界，构为奇境幻遇，俾传于世，非笔足以达之，实从吾一心之所生。自来说鬼之东坡，谈狐之南董，搜神之令升，述仙之曼倩，非有是地有是事，悉幻焉而已矣。幻由心造，则人心为最奇也。②

所谓"人心"也即人的主观能动性，"幻由心造"也即一切虚幻的、虚构的情节和人物都来源于小说家的主观的、有意识的创造。在这里，显示出王韬对作家主观能动性的重视，"人心为最奇也"，肯定了作家在创作过程中的首要地位。如此一来，小说就从史学传统中解放出来，在创作中可以随心所欲地发挥、调动自己的艺术想象和艺术创造的能力，更能提高小说的艺术性。美国心理学家罗洛·梅认为，艺术作品

---

① 凌硕为：《申报馆与王韬小说之转变》，《求是学刊》2007 年第 1 期。
② 王韬：《淞滨琐话·自序》，齐鲁书社 1986 年版，第 3 页。

是从交会（encounter）中产生出来的。文学艺术的伟大并不在于它描绘了观察到或体验到的这种事物，而是它描绘了被它和这种现实的交会所提示出来的艺术家的幻想。王韬明确表示自己小说中所写的"奇境幻遇"都是"从吾一心之所生"，极大地提高了作家在小说创作过程中的主体意识。

文学的虚构不能一味致力于内容的虚构，还应有相应的艺术性的追求。王韬在其日记中有这样一段话："《石头记》一书，本属子虚乌有，而曲曲写来，自能使有情人阅之堕泪，实由于笔法意妙。"① 可见，王韬也重视作家虚构内容的艺术性，也即结构、语言等方面也要着意追求。同样，王韬在对《西游记》的评点中无疑也肯定了作者尽情虚构所达到的艺术魅力：

> 后世《西游记》之作并不以此为蓝本。所历诸国，亦无一同者。即山川道里，亦复各异。诚以作者惟凭意造，自有心得。其所述神仙鬼怪，变幻奇诡，光怪陆离，殊出于见见闻闻之外，伯益所不能穷，《夷坚》所不能志，能于山经海录中别树一帜，一若宇宙间自有此种异事。俗语不实，流为丹青，至今脍炙人口。演说者又为之推波助澜，于是人人心中皆有孙悟空在，世俗无知至有为之立庙者。②

所谓"变幻奇诡，光怪陆离"、"人人心中皆有孙悟空在"都是王韬对《西游记》艺术性的赞誉之词。《西游记》中虚构的艺术形象如此超越前人，如此深入人心，为世人所广泛认同，而这个形象却完全是作者"惟凭意造"的结果，可见虚构中作者主体创造性的魅力。

4. 近代报刊的介入在一定程度上也使王韬更加注重虚构，以吸引读者

王韬的文言小说与《聊斋志异》相比有一个很大的差别，那就是传播方式上的重大变化。《淞隐漫录》是王韬应《点石斋画报》主人的邀请在画报上连载刊登并作为附页免费送给读者的。它的刊载自然有其商业目的，那就是凭借王韬的声望和斐然的文采，它必然要对画报的销量产生一定的影响，能为画报带来更多的读者，增加其发行量。《点石斋

---

① 王韬：《弢园老民自传》，上海书店出版社 2002 年版，第 65 页。
② 丁锡根：《中国历代小说序跋集》，人民文学出版社 1996 年版，第 1363 页。

画报》在内容上主要以奇闻、果报、新知、时事为主。早期比较重视新知、时事等内容，后期却向奇闻和果报倾斜。在这种情况下，王韬的《淞隐漫录》一经刊载，便大受欢迎，自然带动了画报的销量。

接受美学把文学视为创作过程和接受过程，这便是文学作品的生命力所在。姚斯认为，接受是读者的审美经验创造作品的过程，它发掘出作品中的种种意蕴。作者通过作品与读者建立起对话关系。当一部作品出现时，就产生了期待水平，即期待从作品中读到什么。读者的期待建立起一个参照系，读者的经验依此与作者的经验相交往。读者在接受过程中的作用不是被动的反应，而是主动的、具有推动文学创作过程的功能。因此，不能把文学过程简单地设想成作家为读者创作作品，作品对读者发生影响。还应该看到，在实际的文学过程中，读者创造作家，影响作家的创作，是推动文学创作、促进文学发展的一个决定性因素。因为《点石斋画报》的介入，王韬在创作过程中必然有了明确的对潜在读者的认知，必然会考虑他们的喜好与兴趣。所以王韬在《淞隐漫录·自序》中写道："于是酒阑茗罢，炉畔灯唇，辄复伸纸命笔，追忆三十年来所见所闻可惊可愕之事，聊记十一，或触前尘，或发旧恨，则墨渖淋漓，时与泪痕狼藉相间。"① 可见王韬是有意提炼搜寻记忆中的"所见所闻可惊可愕之事"，意图用传奇性的情节吸引读者。此时他的心里已经有了潜在的阅读者，和创作《遁窟谰言》时大不一样了。《点石斋画报》主人即申报馆主人申明了他对画报读者的定位：本馆印行画报"非徒以笔墨供人玩好，盖寓果报于书画，借书画为劝惩，其事信而有征，其文浅而易晓，故士夫可读也。下而贩夫牧竖，亦可助科头跣足之倾谈，男子可观也，内而螓首蛾眉，自必添妆罢针余之雅谑。"② 从读者群体的定位考虑，它主要针对的是文化知识水平较低、接触广阔的社会舞台机会较少的下层民众，如妇女、儿童、商人、农民等。这些普通的民众对神仙鬼怪奇闻轶事是比较好奇和感兴趣的。由此，王韬根据特定读者的阅读欲望和期待，将这些激动人心或新奇曲折或惊险多变的人事诉诸笔端，使读者从角色主体的行为与精神活动中获得某种审美愉悦，得到某种人生启迪和情感陶冶，并对社会、历史、人生等有所认识，从而最终使作品达到一个比较好的接受效果。

小说尚虚还是尚实，自有小说批评家以来就一直争论不休。唐代以

---

① 王韬：《淞隐漫录·自序》，人民文学出版社 1981 年版，第 3 页。
② 申报馆主：《第六号画报出售》，《申报》1884 年 6 月 26 日。

前，小说家的总体倾向是追求实录，"唐人有意为小说"，宣告了小说观念虚实观的新突破。唐代作家显示了小说观念的虚构意识的自觉。在明清两代，小说批评家进一步认识到小说虚构的重要性。如袁于令在《西游记·题词》中指出："是知天下极幻之事，乃极真之事；极幻之理，乃极真之理。"① 金丰："实者虚之，虚者实之。"② 指出了虚构的必要性和虚与实的关系。王韬关于小说的虚构观念和前人相比有其独特性，因为他的科学观念及报刊媒体的介入，使他的虚构意识更具近代化的色彩。

二 在小说的创作功能方面，王韬提倡小说的劝惩和经世致用的功能

王韬对小说的创作功能有着明确的认识，作于光绪元年（1875）的《遁窟谰言·自序二》中写道：

> 同治纪元之岁，余以避兵至粤，寄迹香海，卜居山麓，小楼一楹，仅堪容膝，榜曰"天南遁窟"，盖纪实也。夙寡交游，闭门日多，风晨雨夕，一编自怡。时有文字请者，诙谐诡诞，不名一体。于是窃效干宝之搜神，戏学髯苏之说鬼，灯灺更阑，濡毫暝写，久之遂如束笋。因并箧中所存髫年之作，厘为十二卷，名曰《遁窟谰言》。或疑遁之为义，类似石隐者流，谓予心存逃世，志惮出山，几于匿迹诸声，汶汶于荒陬穷窟中，若将终身焉。此世之所不解也。呜呼！余岂真欲为槁项黄馘中人，志在长林而思丰草哉？磨蝎在官，天谗司命，斯世忌才，所遭尤甚。贾谊献策，杜枚谈兵，拂意当事，便成罪状。遐荒闿采，含素养贞，吁嗟绝岛，乃容我身，此遁之所由来也。或谓身将隐，焉用文之？既已自甘于遁，又何必以文词自见哉？况使即以文词见，亦宜立言不朽，刻画金石，黼黻隆平，以鸣国家之盛，独奈何沾沾自喜，下为以齐谐志怪之书，虞初述异之记，智同狡兔，禅类野狐，不亦颠乎？不知用世与遁世无两途也，识大与识小无二致也。曼倩诙谐，可通谏诤言；庄周游戏，并入文章。前人谈谐之作，琐异之编，其得入《七录》而登四

① 黄霖、韩同文：《中国历代小说论著选》，江西人民出版社2000年版，第278页。
② 金丰：《说岳全传序》，曾祖荫：《中国历代小说序跋选注》，长江文艺出版社1982年版，第137页。

库者，指不胜偻。其间神仙怪诞，狐鬼荒唐，直欲赅括八纮，描摹六合，洽闻殚见，凿空矜奇，曾何足以供实用哉？而所以不遭摈斥者，亦缘旨寓劝惩，意关风化，以善恶为褒贬，以贞淫为黜陟，仰愚顽易于观感，妇稚得以奋兴，则南董之椠铅，何异道人之木铎？斯编所寄，亦犹是耳。倘若见消于雅流，丛疵于正士，以之覆瓿糊窗，亦弗所计。至于引睡南轩，招凉北牖，茶余饭罢，酒醒梦回，或亦足以消忧破寂也欤？[①]

序言中详尽地阐述了其小说"用世与遁世无两途也"的观念，意谓虽然谈鬼说怪，恍惚怪诞，但其用世之心显而易见，明确表达了小说的经世致用功能。

洪士伟在《遁窟谰言·前序》中也表达了对王韬创作小说的看法，认为此书是"有为而作"，和王韬自己所言的"缘旨寓劝惩，意关风化，以善恶为褒贬"是一致的：

乙亥春间，薄游香海，获交于旅次，领先生之言论风采，始悉先生以济世为心，凡民生之利弊，时事之安危，早已备悉其端倪而潜究其得失。惜不为世用，虽欲小试而无从，而嫉之者且构蜚语，思中伤之。于是翩然远游，遍历欧洲诸国归乃遁迹于岭峤之间，居恒郁郁，借著书以自遣。前后十数年，著作宏富，尝以耳目所闻见，撰成《瓮牖余谈》八卷，而别有所谓《遁窟谰言》者，则滑稽玩世之作也。本子虚之琐事，逞曼倩之诙谐，征神说鬼，斗涉于支离怪诞，盖先生之志荒，而先生之心弥苦矣！夫士君子苟负出类之才，必遭非常之遇，其上则辅圣明以进退百官，奠苞桑于宗社；其次则膺重寄以捍卫边圉，靖锋镝于闾阎。即不然而本其所学，致之乎吾相，荐之乎吾君，虽不得卿大夫之位，犹取一障而乘之，亦何至遽以"遁"称哉？然则先生之遁也，其有大不得已者在乎？吾则以为此非知先生者也，盖先生隐居以求其志者也。朝廷之上，已有皋、夔，草野之中，自容巢、许，显晦穷通，本一致耳。昔庄子遁于漆园以其荒唐之词鸣，而后世咸宗之，与老聃之《道德经》五千言并传；今之谰言，毋亦同于庄周之荒唐耶？世之好之者，将先睹以为快。或谓先生以遁居而为是言，其立言以不朽耶？抑遁而无

闷耶？不知此特先生出其绪余也。所谓游戏三昧，无所不可，乌足
为先生病？①

　　这段话谈到王韬一向有济世之心，关注天下安危，可惜不为世用，
于是"遁迹岭峤"。虽然表面看来《遁窟谰言》是滑稽玩世之作，但联
系王韬一生的抱负与遭际，可知其"遁"是"隐居以求其志者也"。洪
士伟所表达的观点与王韬自己所言"用世与遁世无两途也"的观点是
一致的。由此，洪士伟认为《遁窟谰言》实则和庄子的文章一样，表
面看似荒唐，实则大有深意。时隔六年后，洪士伟在《遁窟谰言·后
序》中又写道：

　　继思世人好以第一流自待，居恒矫饰，辄以寓言为荒唐，斥罕
见为怪诞，阅此书未竟，即拂于心而变于色，又乌知夫作者之忧愁
幽思，借以导郁湮而寓功惩也？不然，绥尾宠狐，石胡为而开母？
白云黄竹，野何事而候人？国风不删好色之篇，左氏且微神鬼之
事，经史所载，盖有故矣。庄子曰："夏虫不可语冰，下士不可语
道。"悠悠斯世，安得相与强索解人哉？不禁怃然悲，喟然叹，泚
笔再为之序。②

　　此序文更明确地指出了王韬的小说借鬼神而寓劝惩的深意，悲叹世
人也许不理解王韬创作小说的良苦用心。
　　王韬在《水浒传序》中也肯定了小说所具有的强大的教化功能：

　　夫忠孝廉节之事，千百人教之而未见为功，奸盗诈伪之书，一
二人导之而立萌其祸。风俗与人心，相为表里，近来兵戈浩劫，未
尝非此等荡检逾闲之谭默酿其殃。然则，《水浒》一书，固可拉杂
摧烧也……今我以《水浒传》为前传，《结水浒》为后传，并刊以
行世，俾世之阅之者懔然以惧，废然以返；俾知强梁者不得其死，
奸回者终必有报，即使飞扬跋扈，弄兵潢池，逆焰虽张，旋归渐
灭，又何况区区一方之盗贼哉！两书并行，自能使诈悍之徒默化于
无形，乖戾之气潜消于不觉，而后耐庵、圣叹之苦心，亦可大白于

① 王韬：《遁窟谰言·前序》，河北人民出版社1991年版，第7—8页。
② 王韬：《遁窟谰言·后序》，河北人民出版社1991年版，第10页。

天下。余曰："善。"①

在这段文字中，王韬强调了小说对世道人心所产生的潜移默化的影响，认为思想有益的小说可以"使诈悍之徒默化于无形，乖戾之气潜消于不觉"，能够达到正人心、移风俗的教育目的，也不枉作者之苦心。

王韬在《海上尘天影叙》中也写道："余尝观此书，颇有经世实学寓乎其中。若以之问世，殊足善风俗而导颛蒙，徒以说部视之，亦浅之乎测生矣。"②

在晚清兴起的文学经世致用的思潮中，王韬的小说观念无疑顺应了文学应时而变的趋势，开启了小说经世致用的思潮。王一川先生认为是王韬开启了"小说界革命"："在《聊斋志异》里原主要是抒发个人穷困体验并已达到高峰的文言短篇小说，到王韬手里则一跃变成了表达现代性体验和变法改良思想的锐利武器。要知道，这一小说写作实践则远远早于梁启超在《小说与群治之关系》（1902）中提倡的现代'小说革命'口号，不妨说，是后者的先声。"③ 当然，对王韬这方面的小说观念不能过分拔高，"对于小说可能产生的作用，王韬没有梁启超那么乐观。作为近代中国最早的启蒙思想家之一，王韬并没有把改良政治、启蒙大众的重任赋予小说，也没有像维新派那样急切地期盼小说对社会大众产生教育启蒙的作用"④。王韬虽未像梁启超给予小说那么高的地位，但也和传统小说观念有所不同，对小说的社会地位和文学地位还是有所重视的。王韬显然更看重他的报刊政论文对广大民众的社会影响力，对小说的社会功能还不像梁启超那样自信。

三　在作家的创作心理方面，王韬认为小说是
穷愁郁结、娱乐游戏之作

1. 王韬认为其小说是穷愁郁结之作

中国文学素有发愤著书的传统，"愤"指作家意有所郁结，心理上受压迫而不得伸展，怨愤郁结，借著书立说发挥疏通，这样才能恢复心理平衡。"愤"包含了个人怨愤的情绪，同时也显示了穷且益坚的意

① 丁锡根：《中国历代小说序跋集》，人民文学出版社 1996 年版，第 1501 页。
② 同上书，第 1224 页。
③ 王一川：《王韬——中国最早的现代性问题思想家》，《南京大学学报》1999 年第 3 期。
④ 代顺丽：《王韬的小说思想》，《漳州师范学院学报》2006 年第 4 期。

志。王韬继承了这种传统思想，他在《淞隐漫录·自序》中说：

> 盖今之时为势利龌龊诡谀便辟之世界也，固已久矣。毋怪乎余
> 以直遂径行穷，以坦率处世穷，以肝胆交友穷，以激越论事穷。困
> 极则思通，郁极则思奋，终于不遇，则惟有入山必深，入林必密而
> 已，诚壹哀痛憔悴婉笃芬芳悱恻之怀，一寓之于书而已……昔者屈
> 原穷于左徒，则寄其哀思于美人香草；庄周穷于漆园吏，则以荒唐
> 之词鸣；东方曼倩穷于滑稽，则《十洲》《洞冥》诸记出焉。余向
> 有《遁窟谰言》，则以穷而遁于天南而作也。①

王韬写作《淞隐漫录》时的处境与心境自是与写作《遁窟谰言》
时大为不同。此时他历经沧桑和磨难，重返上海，心情变得平和淡泊，
不再有写作《遁窟谰言》的慷慨激昂和劝惩之意，对自己的创作之心
路作了总结，认为自己是穷困郁结、发泄悲愤才著书。

但王韬在《重订〈西青散记〉序》中表达自己并不愿穷愁著书，
更愿意建功立业：

> 呜呼！士生于世，不能少建功业，而徒以空文自传，至举其牢
> 骚抑郁之怀而下寄之于说部，亦可磋已。《西青散记》于士之遇不
> 遇，皆作平等观，富贵何荣，贫贱何辱，文章功业其道一也。不妄
> 感慨而感慨真，不妄悲叹而悲叹切，幽栖草泽，伏处岩阿，得以自
> 全其物外之天，其视黼黻庙廊，刻划金石，等浮云于一瞥者，固何
> 如也。人必具此胸襟，而后可读《西青散记》。②

王韬在这里明确指出士人如果不能建功立业而只以文字传世，"举
其牢骚抑郁之怀而下寄之于说部"实在是令人感伤的。但在不为世所用
不能为国效力的情况下，也只有穷愁著书排遣怨愤了。

王韬的小说寄寓愁怀说实际上提出了中国近代小说理论的新走向。
近代小说理论大多强调小说对大众的启蒙教益作用，而忽视小说创作对
作家个人的意义。王韬的穷愁著书说无疑是从作家个体的角度肯定了小
说的价值和地位。"在近代小说理论史上，王韬是第一个把小说与作者

---

① 王韬：《淞隐漫录·自序》，人民文学出版社1981年版，第2页。
② 王韬：《弢园文录外编》，上海书店出版社2002年版，第227页。

个人的精神需要结合起来考察的论者，既继承了古代文论中尊重文学个性、尊重作者独立人格的那一脉传统，又把它扩大到小说理论中，促成了对小说之文学性质与精神价值的正确认识，显示出近代小说理论的开端。十数年以后，《老残游记》的作者刘鹗论小说有'哭泣'之说。《老残游记》的艺术价值高于王韬的小说，但在小说理论上，王韬却是刘氏著名的'哭泣'说的先声。刘鹗'哭泣'说因为《老残游记》的广泛影响而声名大噪，王韬的'穷愁著书'说却鲜为人知，身前落寞，身后亦萧条，这既是王韬个人的不幸，也使得近代小说理论在这一方向上的发展推迟了十数年。"①

2. 王韬创作小说也是出自娱乐和游戏

从小说发生学来看，小说最初起源于人们的娱乐需要。从干宝的《搜神记》、刘义庆的《世说新语》到唐传奇、宋元话本都以叙述新奇故事取悦于人，读者的阅读如看戏一般，尽情欣赏各种角色的粉墨登场，以获得美感愉悦。王韬也表达了创作小说出自娱乐的游戏心态。在王韬看来，《遁窟谰言》"乃迩来游戏之作，酒罢宵阑，或者可供消遣"。② "《遁窟谰言》一书，出自游戏之作，窃未敢为执事所见也。"③其实这种游戏心态在《遁窟谰言》里并不突出，到了写作《淞隐漫录》和《淞滨琐话》时才变得较为明显。此时的王韬已是过了知天命之年的老病衰翁，他已游历欧洲、日本，自己的报纸事业也蒸蒸日上，其鼓吹的改良思想在知识分子和政府维新官员中也开始产生影响，他也被清政府特赦回沪，生活较为安定，心态与早年已不尽相同，固然早期的经世致用观念仍然贯穿在他的文言小说创作中，但是年华老去、功名心淡泊之后的游戏心态也开始显现。王韬在《淞滨琐话·自序》中写道：

> 世间富贵荣华、贫贱屈辱，皆境也。境也者，不过暂焉而已。优游恬适，舒畅怡悦，所以养乎心者也。心能入乎境之中而超乎境之外，且能凭虚造为奇境幻遇，以自娱其心……余今年六十矣，虽齿发未衰而躯壳已坏，祁寒盛暑不复可耐。偶尔劳顿，体中便觉不快。略致思索，辄通夕不能成寐。见客问姓名转顾即忘，把卷静坐即尔昏然欲睡。思有所作，握管三四行后意即不相

---

① 马睿：《从经学到美学：中国近代文论知识话语的嬗变》，四川民族出版社 2002 年版，第 309 页。

② 王韬：《寄梁志莛茂才》，《弢园尺牍》，中华书局 1959 年版，第 114 页。

③ 王韬：《与余谦之大令》，《弢园尺牍》，中华书局 1959 年版，第 128 页。

缀属。以此而犹欲著书立说，其可得哉！倦游归来，却扫杜门，谢绝人事，酬应简寂。生平于品竹弹丝，棋枰曲谱，一无所好。日长多暇，所以把玩昕夕，消遣岁月者，不过驱使烟墨，供我诙谐而已。以此《淞滨琐话》又复积如束笋，裒然成集也……余于生老疾病、悲欢离合，已遍尝其境；所不可知者，死耳。向居香海，入秋咳作，气上逆不能着枕，终宵危坐达旦，日在药火炉边作生活，去死几希。长夜辗转，一灯荧碧，几于与鬼为邻。然昏厥瞀眩中，此心湛然，尚觉可用。追思前后所历，显显在目。感恩未报，有怨胥泯，痛知己之云亡，念知音之未寡，则又蹶然以兴，涕泗滂集。故兹之所作，亦聊寄我兴焉而已，非真有命意之所在也。①

在这段话中，王韬写到自己年老多病体衰的窘境，唯一在这难捱的处境中聊以自慰自遣的就是创作小说。充分表明晚年的王韬已看透世事，不再如当初般激进，"《遁窟谰言》大多是寄托之意，而作《淞隐漫录》《淞滨琐话》则基本上已是一种文字游戏，充满了颓唐和虚无"②。

从以上论述可以看出，王韬的小说思想是丰富多元的，也是不断发展的，既有对中国传统小说思想的继承，也有创新，对中国近代小说理论的建构有不可忽视的独特贡献。

第二节　崭新的全球文化视野

王韬是近代中国先进文人最早走向世界、主张向西方学习的杰出代表之一，他游历欧洲两年多，思想观念发生了巨大变化，形成了独特而又具有鲜明时代特色的全球文化观念。王韬的三部文言小说集，在今天看来也许有些平淡无奇，甚至感觉肤浅。然而如果把这些小说放到中国文化近代化的漫长历程中去考察，"就可能会发现，处于近代这一时期的王韬是难能可贵的近代化开启者或先行者之一"③。这种近代化的标

---

① 王韬：《淞滨琐话·自序》，齐鲁书社 1986 年版，第 3 页。

② 凌硕为：《申报馆与王韬小说之转变》，《求是学刊》2007 年第 1 期。

③ 王一川：《王韬——中国最早的现代性问题思想家》，《南京大学学报》1999 年第 3 期。

志之一就是小说展示的文化视野不再是封闭的、本土的，而是放眼全世界的。尽管这样的作品数量不是很多，但是它的出现表明作者具有了崭新的文化理念、文化视野，它为中国读者打开了一方全新的天地，在中国小说发展史上具有重要的意义。

中国人长期以来沉浸在"天朝型模"的世界观中，即把中国看做世界的中心，而把中国以外的民族看做"化外之民"。即使到了鸦片战争前后，绝大多数官僚士大夫仍抱此观念。但是，1840 年鸦片战争后，国门被打开，中国人被迫睁眼看世界。以林则徐、魏源为代表的地主阶级经世致用派，最先从天朝大国的迷梦中苏醒过来。他们初步认识到中不如西，并进而提出了"师夷长技以制夷"的主张，发出了向西方学习的呐喊。但他们有自己的历史局限：没有机会亲自体验西方，只是承认中国在武器装备上不如外国。从整个价值观上讲，经世派思想家们依然没有摆脱"华尊夷卑"的传统思维格局。

太平天国运动的爆发和第二次鸦片战争中国的惨败，再次激发了中国知识分子对中西差异进行深入的思考，进一步认识到中国的落后。因此，以学习西方先进技术、求强求富为内容的洋务运动随之兴起。洋务运动时期是近代中国人全球文化观念形成的初始阶段。[①] 这种全球性文化观念的变革首先是从地理学开始的，与当时世界地图的传播和普及有很大关系。"天圆地方"说是中国传统"天朝观念"的重要理论支柱之一，这种荒谬的观念主要来自于中国边缘的孤立和近代地理知识的缺乏。洋务运动时期，伴随着西学东渐的浪潮，近代地理知识在较大范围内得以普及。从 19 世纪 60 年代开始，出于国内筹办"夷务"的需要，一些任职于沿海通商口岸的朝廷要员如丁日昌、曾国藩等人首先开始了对世界地图的搜集和整理。进入 19 世纪 70 年代中期以后，世界地图开始随大众传播媒介和近代出版业的兴起而进入市民社会中。1876 年"环游地球客"李圭在其《东行日记》中绘出地球全图，并清晰地列出"中国"的具体位置。1879 年《益闻录》和《万国公报》也竞相登出包括东西两半球的地球全图。与此同时，中国首次出版的亚洲全图开始发行。晚清最早的华文版世界地图集《万国舆图》也于 1887 年付梓。世界地图是全面展示地球全貌的直观载体，它的一再普及是洋务时期一部分中国人全球地理观念日趋成熟的一大标识，其中所引发的自然是时人放眼全球的世界意识。

---

① 肖永宏：《论洋务时期中国人的全球文化观念》，《江海学刊》1995 年第 5 期。

　　洋务时期中国人全球文化观念的转变与形成，也得益于当时世界人文知识的逐步面世。以《万国公报》为例，1874 年的《万国公报》曾以"有和约之十五国与中国相较事"为题，详细列出了 15 个世界主要资本主义国家与中国的人口、面积、钱粮、国债、步兵、进出口货、铁路、电线、轮船吨位等数额。这种数字罗列，第一次把中国和西方各国之间的差距客观而准确无误地传达于众人，这对长期沉醉于"天下第一"美梦中的中国人来说，无疑是当头一棒。当时《列国岁计政要》的售书广告也有感而发，并不无自嘲地以"百不如人"署名。可见，类似这些平淡无奇的知识性介绍已远远超出了一般的人文知识的意义，并进而带来了巨大的思想震动。人们由此已意识到，西方国家的诸多方面强于中国。

　　因此，对世界知识的全新认识已使洋务时期的一部分中国人形成了一个较为完整的全球文化观念。他们开始从传统的"九州"、"天下"观念中走出来，以全新的目光审视世界审视中国。一种视中国为世界一国的国家意识已在洋务时期的一部分中国人的脑海中形成，以中国为中心的地理观所维系的"天朝"意识已开始崩塌。

　　王韬原本也是一个典型的华尊夷卑论的维护者，认为中国文化优于一切其他文化。但王韬由上海到香港和由香港到欧洲的独特经历使王韬较早就开始了由古老的"天朝"观念向近代世界观念的演进。同其他先进的中国人一样，王韬全球文化观念的产生也是从地理空间观念的更新开始的。

　　1862 年，王韬因上书太平天国一事遁迹香港，在这个"西人荟萃，欧亚近事时有所闻"的中西交会之地，王韬研读了大量的西方书刊，掌握了丰富的西方历史地理知识。在参考魏源、徐继畬等人粗泛介绍西方历史、地理沿革情况的著作的基础上，他先后撰成了《西事凡》、《四溟补乘》、《俄志》等几部比较详细介绍西方历史地理的著作。这些著作以更为丰富、准确的近代西方史地知识使王韬的世界地理观更趋完善。1867 年王韬应理雅各之邀请赴欧洲。王韬此行横越数万里，历行数十国。19 世纪中叶的西方资本主义社会给他留下了深刻印象，使他眼界大开。王韬第一次以自由民的身份对欧洲进行实地考察，亲临其境，因而有可能克服其前辈甚至同时代思想家们对西方事物的道听途说和闭门想象的缺陷，对西方社会有更直观而更全面的认识。他对西方政治、经济、科技文化、教育制度及民情风俗的考察是广泛而深入的。"正是由于亲身体验了西方，王韬才可能展开新的全球性沉思，逐渐地超越自身的'天下'视野而形成了新的'全地球'视野……在中国，这种'全地球'视野虽然并不是由王韬第一个提出来的，但却是由他第一个加以专门论述的。在王韬看来，中国正处在一个'全地球'由彼此隔绝而走向一统的新时代。"① 可以说，欧洲之行对王韬的影响是巨大的，它使王韬亲眼目睹了西方国家的真实面貌，看到西方文化同样有其卓越的成就，甚至西方文化在某些方面已经超越中国文化，因此王韬重新构筑了符合实际的全球化观念。王韬认为："今之天下，乃地球合一之天下"②，"六合为一国，四海为一家"。③

王韬认为，中国已进入一个崭新的"地球合一"的时代，生存境遇的全球化将给中国人带来新的发展机会。总之，"关注世界格局，从世界大势中审视中国，置中国于'事变繁极'的世界格局中，在东西方世界的广泛联系中寻求中国振兴的出路，疾呼中国'变法自强'，这是王韬世界观念所表现出的一大主导倾向"。④ 王韬正是在近代历史背景中全球文化观念的形成和自身全球化思想的观照下创作了他的文言小说中的某些篇章。

一　西方资本主义文明与文化的启示

游历海外，使王韬的思想受到极大震动，由此形成了崭新的全球文化观念。在这种开阔的文化视野之下，王韬的文言小说中某些篇章表现出全新的文化理念和文化价值思考，这一切都源于西方资本主义文明和文化的启示。这种启示表现在两方面。

1. 西方科学精神和实用主义的冲击

这主要表现在作者对鬼神的态度和对西方人追求科学实用的羡慕、向往上。王韬在《淞滨琐话·自序》中明确地对鬼神迷信思想进行了否定，认为它们均来源于人的幻想。而在《淞隐漫录·自序》中更充分比较了中西两方观念的不同，痛斥了中国人的迷信思想，而"斯皆西人所悍然不信者，诚以虚言不如实践也"。王韬明确指出，西方人重实践，重科学，他们在这一观念支配下所开创的是另一番天地："西人穷其技巧，造器改用，测天之高，度地之远，辨山冈，区水土，舟车之行，蹑电追风，水火之力，缒幽凿险，信音之速，瞬息千里，化学之

---

① 王一川：《中国的"全球化"理论——王韬的"地球合一"说》，《四川外语学院学报》2001 年第 2 期。

② 王韬：《拟上当事书》，《弢园尺牍》，中华书局 1959 年版，第 208 页。

③ 王韬：《变法中》，《弢园文录外编》，上海书店出版社 2002 年版，第 11 页。

④ 肖永宏：《论王韬的世界观念》，《江海学刊》1996 年第 6 期。

精，顷刻万变，几于神工鬼斧，不可思议。坐而言者，可以起而行，利民生，裨国是，乃其荦荦大者。不此之务，而反索之于支离虚诞，杳渺不可究诘之境，岂独好奇之过哉，其志亦荒矣！"① 西方人以追求实用、科学的精神进行了许多创造发明，而这些对于国计民生、社会发展是大有裨益的。在王韬的小说中多次提到西方先进的事物，如照相机、望远镜、测量仪、蒸汽机、轮船等。可是中国人仍然沉浸于虚无缥缈的幻境之中，不注重实学，这一状况使作者分外痛心、焦虑，认为这种观念是荒废志向，于国于民是有害的。

《仙人岛》中提到："今时海舶，皆用西人驾驶，往还皆有定期，所止海岛皆有居人。"② 此处说明西方人的航海技术已经很发达，都有固定航线、固定往返时间。《严寿珠》叙述严寿珠与栾生乘轮船去游西湖，严寿珠指出轮船是西洋之物。书中写道：

> 寿珠诘生曰："此船之制，为西洋所特创，推原其本，果何自昉欤？"生曰："闻昔时有以铁镬煮水者，水沸热气上腾，将盖掀去，其人因悟热水之气，其力甚猛，倘以铁管传递，纳入器中，闭不使出，则其力必能使轮自转，试之果验。轮舰火车，由是兴焉。有此能化远而为近，其利不綦溥哉。"③

栾生用科学知识解释了轮船疾驶的原理，并且认识到其便捷会带来经济上的巨大利润。《媚梨小传》写英国美女媚梨所学皆为西方的实学，"尤擅长于算学，时出新意，虽畴人家名宿，无不敛手推服"。而媚梨的同学约翰"最精于几何、代数，与女同一师"。④ 可见西方人所学都是于国于民有用的实际学问，不似国人读四书五经，写八股文。小说还写了一则具体事件以证实科学的巨大用途。媚梨在情变后来到中国上海，邂逅中国官员丰玉田，媚梨用自己的科学知识帮助丰玉田在海战中击落敌船：

> 女于算法中尤善测量，能令枪炮命中及远，无一虚发。当海疆告警，边境骚然，女谓客曰："子其行矣。大丈夫立功徼外，正在

---

① 王韬：《淞隐漫录·自序》，人民文学出版社1983年版，第1页。
② 王韬：《淞隐漫录》，人民文学出版社1983年版，第16页。
③ 王韬：《淞滨琐话》，齐鲁书社1986年版，第70页。
④ 王韬：《淞隐漫录》，人民文学出版社1983年版，第305页。

斯时。余也不才，窃愿从君一往。苟不能立靖海氛，甘膺巨罚。"
客曰："卿一弱女子，而勇于赴敌如此，小戎、驷臧之风，复见于
今矣。我乃不如巾帼，负此须眉矣。我其从卿行也。"即附兵舶赴
闽江。途中见有盗舟数艘，方劫掠商船，扬帆疾驶。女以纪限镜仪
测量远近，告驾驶者曰："是可击而沈也。"众皆迂笑之。女愤甚，
命客装储药弹若干，炮移置若干度，三发而沈三舟。众于是乃叹
其神。①

媚梨因为精通算学，用先进仪器进行测算，精准地击沉敌船。众人
之"迂笑"与媚梨之"愤"，可以看出大部分中国人面对先进科学知识
的无知和自大。

《莴蔚山庄》写的是一个庸俗的艳遇故事，但是故事的开头背景却
和《聊斋志异》大不一样：

陈碧秋，泾县人，而寄居南昌，盖其父以名孝廉出宰豫章，既
没，遂家焉。然廉吏身后，家无长物。生了不介意，惟以笔耕糊
口。素与吴子登太史相识，以学问文章互相砥砺。子登雅好西术，
习其方言文字。生独不以为然，曰："集大成者，不亲细务。古者
设舌人之官，能通重译，不过充奔走使令之役耳。君能畴人家言，
何不由此加精于舆图、象纬、制器、格物之学，专门名家，著有成
书，以诏后世，岂不名成而业就哉？"时子登深喜化学，以为穷流
诉源，探奇抉奥，可以致富。生稍得其指授，而尤精于照像法，迥
出子登上。②

此处写陈碧秋建议吴子登在精通西方语言的基础上熟悉西方的舆
图、象纬、制器、格物之学，由此著书流传后世。而陈子登认为西方的
化学可以探寻很多的奥妙，还可以致富。这里体现的很多思想都是大胆
新奇的：翻译介绍西方的科学技术照样可以立世扬名，成就一番功业；
学习、运用西方的科学技术能够发财致富。

王韬第一次在文学作品中对中西文化观念的不同进行了深刻比较，
认为中国的虚无的鬼神观念不实用，不能创造任何有价值的东西。而相

---

① 王韬：《淞隐漫录》，人民文学出版社 1983 年版，第 308 页。
② 同上书，第 345 页。

比之下，西人的文化观念要比中国人进步，他们崇尚科学、实用，致力于先进技术的发明和先进仪器的研制。这些先进的技术和设备不但使人们的生活便利，而且还能带来经济的巨大改变，甚至影响战争的成败。这种思想意识在当时的中国无异于是石破无惊，非常大胆的，它突破了中国人的文化中心主义，唯我独尊的"华尊夷卑"论的精神枷锁，显示了王韬全新的文化理念，一种理智的、开放的而富有进取心的文化意识。在中国文学近代化的过程中，这一观念的构筑具有深远意义。

2. 西方经济观念的输入与反省

王韬游历西方引发了价值观的全面改变，他对中国人固有的思维方式进行了深刻反省，如《双尾马》、《泰西诸戏剧类记》两篇。

《双尾马》写一个汉人游蒙古时偶至肆中，见一马颇神骏，而后垂双尾，遂重金购买。由京师带到上海，侨居北城外，把马放在西人厩中，常以此马来炫耀示人，实欲以奇货居之。有一个西方商人以三倍的价钱买走，然后将此马运往海外，先到日本，招人观赏，每人交一金钱，借以谋利。后又由旧金山运到纽约，又到英国，环历泰西各国，仅凭一马赚足钱囊。作者就此事大发感慨地说："噫！是人心计亦殊工矣。余按西人好事，千百倍蓰于华人。"① 作者明确意识到西方人的思维方式、经济观念远胜于华人。作者又举了三个事例说明这种巨大差异及这种差异带来的不同后果。第一则事例：安徽一个长人詹五，他在上海时仅以制墨糊口，颇为艰难，后被英国商人发现，把他带到西方，遍历欧洲，留连四五年，居然是"赤手坐致数千金，使长大不至于空负此躯壳者"。② 长人詹五的生活得到极大改善，收入明显提高，而这一切都源于西方商人的发现及运作方式，是他充分挖掘了长人潜在的商业价值，而他自己当然也获利颇巨。第二则事例：在英国伦敦水晶宫中，有一个三足马，前一后二，不能服辕奔走。一开始华人发现了此马，认为它无用而将它扔掉。可是西方人得到这马却像得到宝贝一样，把它放在宽大的马厩里，给它提供上好的粮草，又给它画像，让过往游人看，如果进去观赏必先交钱。这两则故事都说明了中西方人不同的价值观念导致了经济效益的巨大差异。第三则事例：上海城隍庙西园有一个三足羊，前一后二，与三足马相同，这只羊虽三足而善于奔走，常与群羊斗，战无不胜。在西方人眼里这一定是个宝物，但可惜它的命运不像双尾马、三

———————————

① 王韬：《遁窟谰言》，河北人民出版社1991年版，第207页。

② 同上。

足马那样好，没有遇到西方人发现它，而华人看到它，"虽以为奇，然竟无有过而问价者"，唯曰"溷迹于泥涂而已"，因而作者感叹"则所遇抑何不幸也！"① 这篇文章中所写的双尾马、长人詹五、三足马、三足羊的故事都是发人深省、耐人寻味的，它表明了一种文化的对照，文化的差异，以及由此引发的不同的际遇和后果。中国人见到异人异物，着眼点只在于它的奇，而不去开发利用它潜在的商业价值，而西方人总是竭尽所能极力挖掘异人异物的经济价值，充分显示了他们精明、先进的商业意识。所以王韬在文章最后议论说："愿世人勿以少见多怪者，自小其眼孔也"②，应该放眼世界，开拓思路，改变本民族传统的思维方式，提高自己的经济意识、商业头脑，创造经济效益。这篇作品虽然比较简短，但它包含了近代社会文化转型时期一部分先进的中国人在意识形态方面的深刻变革，显示了王韬开放的商业意识，表明他在经济思想方面已经实现了从传统形态到现代形态的飞跃。中国传统的思想是重农轻商，看不起商人、商业行为，而王韬在欧洲游历，发现富强之邦如英国者竟然立足于"日竞新奇巧异之艺"、"商贾之迹几遍天下"的基础之上以后，很快意识到古老的以农为本和重义轻利观念已根本不能适应中国在新的国际环境里自强更新，于是他以开放的姿态呼唤和赞颂工商文明，提出"商富即国富"、"恃商为国本"。③ 王韬的这种思想继承了清初启蒙思想家黄宗羲的农工商皆本的思想，但又有所超越，他把商的地位提到一国之本的地步，对"商"给予不遗余力的赞颂，将"商"的兴旺发达看做富国强民、保国御侮的前提条件，的确是独具慧眼和胆量。《双尾马》包含着王韬全球文化视野下对中国传统文化的反思，对广大读者的有益的文化启迪，表明了王韬站在中西文化交流前沿的深刻思考及自觉的文化输入。

《泰西诸戏剧类记》中写泰西的缘绳之戏。法国人都比从 5 岁开始学习绳技，日渐精妙，闻名一时。都比挟其绳技，周游列国，观者争输金钱，获利无算。后来他又到了香港、美利坚，尤以美利坚的表演最为出色。都比把长绳系于尼押格尔拉江两岸，离水 20 余丈，都比行于绳上，盘旋戏舞，忽坐忽眠。当时观众竟达 2.5 万人，可知其获利惊人。作品还描写了车利尼的马戏团举行的马戏表演也精彩绝伦，"斯技也而

---

① 王韬：《遁窟谰言》，河北人民出版社 1991 年版，第 208 页。

② 同上。

③ 王韬：《弢园文录外编》，上海书店出版社 2002 年版，第 248 页。

进乎神矣"①，马可以随音乐节拍步行，一个十六七岁的女子在马背上坐卧起立，一任其意，又让马跨木栏，女子又两足分踏两马，纵辔疾驰。如此精美的表演自然是观者如潮。另外，作者又详细记叙了泰西魔术师瓦纳的高超魔术表演。作者记叙这些海外技艺并非只停留在表面的猎奇，而是引发自觉的文化反思："如都比，如车利尼，如瓦纳，皆以一技之长负盛名，邀厚值。而中国之具此能事者，仅糊基口，救死不赡。噫，何相去悬殊哉！"② 指出了中国人商业精神的缺乏，对一技之长没有进行足够的提高，以吸引更多的观众。作者谈到这些杂技在中国早已有之，比如绳技，"按绳戏在中国自古有之，始行于战国之季，非特泰西为独擅也。汉代以为百戏之一，张衡《西京赋》云：'走索上而相逢。'李善注：索上长绳系两头于梁，举其中央，两人各从一头上，交相度，所谓舞绳者也"。③ 另外，像马戏一类杂技演出中国早期也有，"唐睿宗时，婆罗门国戏人能倒行以足舞"。④ 但很可惜这些技艺在中国并没有随着时间推移而日渐精深，缺乏吸引人的魅力。而"近日西人戏术之优者，若转盘，若缘撞，若登梯，若吞刀吐火，若搬演杂剧，回巧献技，尽态极妍，有鬼神不能测其机，幽冥不能穷其幻者"⑤，赞扬了西方人对这些杂技艺术的提高，而这正是"负盛名，邀厚值"的关键所在，表现了西方人极富有进取精神和商业头脑。中国人一方面本就缺乏商业精神，不懂得充分利用技术的巨大经济价值；另一方面又安于现状，不思进取，不能积极主动地提高一技之长，获得更多的观众，更不会挟一技之长去周游列国，因而经济效益相差很大。《双尾马》仅仅批判了中国人缺乏商业头脑，而《泰西诸戏剧类记》则又多了一个角度，那就是在商业经营中缺乏进取意识，故步自封，表达了作者对国人不思进取、安于现状、头脑僵化的不满，以及对西方人精明的商业意识、积极进取精神的羡慕。

　　总之，这两篇小说通过中西文化的明显对比，显示了价值观念及思维方式的巨大差异，而西方人明显是优于我们的。这种认识、反思在当时无疑具有巨大的启蒙作用。"王韬的重要性还不仅仅在于他是体验西方的先行者，更重要的是，他应被视为中国现代知识分子中最早的集

---

① 王韬：《淞隐漫录》，人民文学出版社 1983 年版，第 382 页。

② 同上书，第 383 页。

③ 同上书，第 382 页。

④ 同上书，第 383 页。

⑤ 同上。

中、全面和系统地思考并阐述现代性问题的人之一。"① 固然，这种思想在王韬的政论文之中已有所论及，但作为小说这种更通俗的文体、更易为广大民众所接受的文体，它的传播效应，自是政论文所不能相提并论的。

二 中西文化观照中的民族自豪感、平等意识

固然，在王韬的三部文言小说集中，某些篇章暴露了我们民族的思维方式、价值观念落后的一面，但是，王韬并不因为我们民族的落后而感到自惭形秽，他的着眼点在于通过所写让人们意识到国家的落后和不足，从而借鉴、学习西方，奋起直追，所以对王韬的定位应是一个爱国者。他是以一个爱国者的身份关注中西方的巨大差异，希望给人们以启迪，希望国人放眼世界，认识到本民族的故步自封、思维僵化，进而有所改变。也因为王韬是一个爱国者，所以在他的一些文言小说里，时时闪耀着一种民族的自豪感与平等意识。如《范遗民》中提到中西两方的残疾人情况，文章先是谈到西方人不以残而废，而是设法弥补造物者的缺陷，如盲人读凸字，手之所及，背诵如流。无手之人用脚趾夹笔，教以书画，运笔如飞，字则体法端妍，画则意态生活，比如比利时王宫中有一画匠，无手，以脚趾调色点染。所有这些残疾人都残而不废，奋发自强，充分实现自我价值。作者笔锋一转，"然西人固巧，而华人之聪慧者，亦未必虚出其下"。② 作者写中国人范遗民生下来便是盲人，但他同样也是刻苦学习，在母亲的教导下，通贯经史，后设帐做童子师，口授经书，无舛错者。这篇文章在中西双方观照下写了残疾人的作为，表现出中西两方都有自强不息、奋发有为的杰出残疾人士，表现出一种文化认识上的平等意识。

《海外美人》中写陆梅舫为了畅游海外自造坚舟的故事令人振奋：

> 众舵工建议："与乘华船，不如用西舶；与用夹板，不如购轮舟，如此可绕地球一周而极天下之大观矣"。生哑然笑曰："自西人未入中土，我家已世代航海为业，何必恃双轮之迅驶，而始能作万里之环行哉？"爰召巧匠，购坚木，出己意创造一舟：船身长二十

---

① 王一川：《王韬——中国最早的现代性问题思想家》，《南京大学学报》1999 年第 3 期。

② 王韬：《遁窟谰言》，河北人民出版社 1991 年版，第 255 页。

八丈，按二十八宿之方位，船底亦用轮轴，依二十四气运行；船之首尾设有日月五星二气筒，上下皆用空气阻力，而无藉煤火。驾舟者悉穿八卦道衣，船中俱然电灯，照耀逾于日昼。①

陆梅舫坚持不买西方轮船，而用自造船只环游地球的壮举表现了一种强烈的民族自信心、民族平等意识。早在 1862 年王韬便提出："中国商人不要消极地接受对外贸易，而要使用中国建造的船舶，由中国保险公司承保，学后自己向海外发展。"② 陆梅舫的行为正是王韬这一提议的实践，它表现了国人平等的文化意识，积极的对外心态。

《媚梨小传》中，媚梨是个英国女子，在经历婚变后她想去漫游天下忘却伤心事，"素闻中土繁华，远胜欧洲，其人物之美丽，服饰之灿烂，山川之秀奇，物产之富庶，于天下首屈一指焉"。③小说以一个西方女子的眼光写出了中国的诸多优势，反映出了潜藏于王韬思想中的民族自豪感。《海底奇境》也反映了这种民族自豪感和平等意识。主人公聂瑞图在游历欧洲时，邂逅瑞国女子兰娜。兰娜对他一见钟情，热情相待，表现了对中国人的友好，因为她说："余企慕中华文化久矣。"④ 虽然中华在当时并不发达，但仍以其独特的东方魅力吸引着媚梨、兰娜这样的外国人，表现了当时外国人的一种真实心态，以及王韬固有的民族自豪感和平等意识。在小说中还写到聂瑞图拿兰娜所赠之物去售，一人曰："顾此惟法国方有之，足下何从而得哉？"聂瑞图曰："中华宝物流入外洋，岂法王内廷之珍不能入吾手矣？"⑤ 这个细节更是表现了一种民族的自尊、自爱，维护自己民族的凛然正气。中华民族固然不够富强，但它仍是值得每一个中国人去捍卫的。

三　广大国人渴望了解世界的强烈愿望和异域见闻录

随着人们对世界地理知识的了解，随着西方文化的逐步传播，洋务运动时期广大国人渴望走出国门，畅游全球，一览中国之外的世界。在王韬的文言小说中，《闵玉叔》、《海外美人》、《海底奇境》、《海外壮

---

① 王韬：《淞隐漫录》，人民文学出版社 1983 年版，第 193 页。
② 柯文：《在传统与现代性之间——王韬与晚清改革》，江苏人民出版社 2006 年版，第 68 页。
③ 王韬：《淞隐漫录》，人民文学出版社 1983 年版，第 307 页。
④ 同上书，第 352 页。
⑤ 同上书，第 353 页。

游》、《乐国纪游》、《岛俗》、《海岛》、《消夏湾》等都表现了 19 世纪中后期广大国人希望走向世界的强烈愿望。在海外畅游中，他们终于了解了世界之大，异域风情之纷繁，增长了见识，开阔了眼界，建立了与他国人民的友谊。

1. 渴望了解世界的强烈愿望

希望了解整个世界，是当时先进中国人的迫切愿望。《闵玉叔》中写道，闵玉叔偶阅谢清高《海录》，跃然而起曰："海外必多奇境，愿一览其风景，以扩耳闻。"① 自此以后遇到里中人从海上归来者，必询问其行程，海外风物。偏偏里中人又夸述其瑰异，粉饰有加，闵玉叔更是神往不已。在秋试之后，便和一同试士子乘船出洋。《海外美人》中写陆梅舫生平好作漫游，思一探海外之奇。而其妻子林氏同样怀有此愿望，每当海舶归来，船上人讲述海外奇闻时，便为之所动。于是夫妇时常谈论出洋之乐，但陆的父母不同意他们出洋。在数年之后，陆的父母去世，陆终于实现心愿，自制巨船，择日出洋。那一日，陆梅舫设宴高会，击铁如意而歌曰："我将西穷欧土兮，东极扶桑，瞻月升而观日出兮，乘风直造乎帝乡。"② 歌声激越，可见其雄心壮志。《乐国纪游》中安若素性情豪爽，曾说："人生当壮岁，不能展翻凌霄日，登玉堂，直入金马门，置身通显，便当乘槎浮海，学司马迁、张骞汗漫游，浮溟渤，升崆峒，导河源，贯月窟，用以自豪。安能以七尺身躯，老死牖下哉！"③ 后来遇到友人自海外归来，为他讲述异域风景，历历如绘。他心里无比向往，只是苦于无资。后来想尽办法，把书画卖掉，凑钱作旅囊，才得以成行。可见其游历海外的决心之大，愿望之强烈。《消夏湾》中嵇仲仙在乘轮船之后，便兴起乘桴浮海之志，每遇海客就去询问海外风景，表现了对海外的强烈兴趣。有一个僧人向他说起瀛洲蓬岛这些仙境，嵇仲仙摇头不信说："按之东西两半球，纵横九万里，有土地处即有人类，各君其国，各子其民，舟楫之所往来，商贾之所荟萃，飙轮四达，计日可至，安有奇境仙区如君所言者哉？"④ 表现了当时人们的科学精神和正确的地理知识，正是这些正确的地理知识才诱发了人们乘船出洋，一览海外风光的强烈愿望。嵇仲仙终于在日本横滨登上美洲的邮船。尽管风浪摧天卷地，但他全然不惧。结果船行 27 日到了嘉邦，

---

① 王韬：《淞隐漫录》，人民文学出版社 1983 年版，第 113 页。
② 同上书，第 193 页。
③ 王韬：《淞滨琐话》，齐鲁书社 1986 年版，第 114 页。
④ 王韬：《淞隐漫录》，人民文学出版社 1983 年版，第 566 页。

此地多是华人，嵇仲仙居数日郁郁不乐。后来又见到一巨舶，一问原来是去英国伦敦的，于是嵇仲仙一下子兴奋起来："我正欲环地球一周耳！"①

闵玉叔、陆梅舫、嵇仲仙、安若素等人希望了解世界、渴望走遍全球的愿望反映了19世纪中后期中国人世界意识的萌生，具有鲜明的时代特点。

2. 游历海外的异域见闻录

这样的作品可以分成两个方面：

（1）以猎奇的心态记叙了海外的一些游历

《闵玉叔》中闵玉叔乘船出洋，中途遇飓风，船漂流到一个不知其名的荒岛，暂住在当地一个于南宋末年逃乱来到此的中原人士家，他们家收留的童子是个黑人，"肤黑发卷，其状如鬼，语又嗫嗫不可"。一天早晨，闵生起来后看见海边有十余艘小船，开船的大多是黑人，中原人士的女儿介绍说："今日为趁墟之期，岁凡四次。往返多或半月，少或十日，俱以谷果菜蔬易野味供烹饪，或得宝物，则易金钱。"于是闵生与其女登舟共往墟市。"市场周围约数十里，各国之人麇至，虬髯侠客，碧眼贾胡，无不出其中。亦有金衣公子，挟弹寻欢；玉貌佳人，当垆卖笑。"② 可见这个墟市的繁华热闹，聚集了多方人士，是一个巨大的市场贸易中心。这篇小说没有明确指出这里是何国何人，但它毕竟是不同于中华大地的另一番世界。

《海岛》写香港的徐氏子去金山，中途也为风所阻，暂时到了一个海岛。海岛上并无人烟，只有成群的猿猴，这些猿猴对徐氏子非常友善，帮他觅食，为他引路，这一篇纯属记录海外的奇闻怪事。《岛俗》叙述了张氏在海运中忽遭飓风到了一个海岛，只见岛上的人都是"异言异服者"，赤足而立。据通事讲，此处一岛，并无所属，而最近于日本，故言语文字，风俗衣冠，皆同于日本。"岛中人家，比屋而居，屋以板构，形殊低矮，男女老稚，杂处一屋中。见客至，亦不避，以烟茗进，意甚殷渥也……其地米谷蔬果无不备，且价值甚贱。居民无金银，所用钱，间杂以贝，光可以鉴。妇女眉目，甚有端好者，岛中不知婚娶礼，惟以相悦为偶。"③ 可见当地人的一种比较原始的、淳朴的生活状态。

---

① 王韬：《淞隐漫录》，人民文学出版社1983年版，第567页。

② 同上书，第115页。

③ 王韬：《遁窟谰言》，河北人民出版社1991年版，第283—284页。

他们为张氏一行人提供了粮食及日常用品，颇为友好。

　　《海外美人》中陆梅舫携妻入洋，先到了一个日本外岛，作者描述此地"男女皆曳金齿屐，肌肤白皙，眉目姣好，惟画眉染齿，风韵稍减"。① 陆生见到一个通华语的老者，老者介绍明代有三个贵官士兵至此，后都服药死，但死而身不朽，遗命建一亭，置尸其中。陆去拜祭，不料其中一尸身竟半坐起来还礼。后陆生又到了马达屿，在那里，遇见一场武术比赛，陆妻忍不住上台比试，不幸和对手一起身亡。最后陆生一人到了意大利，遇见一个同乡，其妻妾皆美丽异常，同乡介绍她们都是经过修人体之术变美丽的。

　　《闵玉叔》、《海岛》、《岛俗》、《海外美人》等篇章中主人公所经历的异域都是不知名的海岛，仅仅是初步显示了海外的广阔世界、另类风光。即使《海外美人》旅途所见，也是从猎奇的角度来记叙，甚至有些神异色彩，并没有能够体现出资本主义国家先进的物质文明和精神文明。

　　（2）以赞赏的心态描绘西方世界

　　《阿怜阿爱》、《海外壮游》则是触及了西方国家的先进事物，表现出对西方资本主义国家物质文明与精神文明的赞赏与羡慕。《阿怜阿爱》中提到琴溪某公子先是在游日本后开阔眼界，之后又环游美洲，"目之所经，身之所历，皆属见所未见，闻所未闻，因是深悉洋务，洞垣一方，于格致、机器、舆图、天算之学，咸欲闻其阃奥，穷厥渊流。而于语言文字，先入为门，久之，竟在操西国土音"。② 小说中首次提到"洋务"，提到西方的格致、机器、舆图、天算之学，以及国人对它们的极大兴趣。可见打开国门之后，西学东渐是势不可挡的，西方的资本主义文明与文化以其无法抗拒的优越俘获了中国人。《海外壮游》中钱思衍到了英国，正好遇见当地举行的阅兵仪式，"先以废舶立帜海中，然后发炮击之，命中及远，不爽累黍。此演水师也。至操陆兵，悉以新制神枪，一军齐放，有若万道火龙"。钱生见之，不胜叹异，充分展示了西方武器的精良、先进。而后钱生去游苏格兰之京都，正巧赶上丹神盛集，"丹神者，西国语男女相聚舞蹈之名"，是一场盛大的舞会。作者详细描绘了舞蹈艺术的高超、绝妙："舞法变幻莫测，有如鱼禺或如蝉联，或参差如雁行，或分歧如燕剪，或错落如行星经天，或疏落如围

──────────

① 王韬：《淞隐漫录》，人民文学出版社1983年版，第194页。

② 同上书，第214页。

棋布局，或为圆围，或为方阵。"① 可见西方人舞艺的精妙绝伦及男女之间相聚舞蹈的情形。后钱生又去了伦敦，参观了博物院、图书馆、机器局、制造局、玻璃屋等场所，大开眼界。钱生之所见展示了西方资本主义国家物质文明与精神文明的一角。

3. 记叙中西方人民的真挚情谊

这些海外游客不但开阔了眼界，增长了见识，而且也和所经国家的人民建立了深厚感情。如《海外壮游》中钱生到了苏格兰后，有一名家女周西，对钱生一见如旧相识，"邀生至其舍，日则出游，夕则张宴，名胜之所，涉历几遍，选异探幽，殊惬不禁绝"。② 后来钱生与周西一同去伦敦，在中途遇见琴师媚梨女士，知钱生将游伦敦，也愿同去。后来媚梨又陪伴钱生一同游览巴黎。这些都表现了中西方人民之间纯洁真挚的友情。而《海底奇境》所写中西方人民之间的友谊更为感人至深。金陵巨富聂瑞图在瑞国遇见美丽聪慧的兰娜，一见聂，兰娜恍然如旧相识，邀至其家，又把一些珍贵珠宝赠送给聂。后来聂与兰娜分别后独自踏上行程，不慎落入海底，在海底意外遇见兰娜。原来兰娜自分别后心情抑郁，为消除烦恼，外出旅游，未料失足落水，其情之深可见一斑。后来兰娜弹琴唱歌送别聂，歌罢，涕不能抑。临别兰娜又送给聂四五囊奇珍异宝，聂到上海后把这些珠宝仅售百分之一，已得万金。可见兰娜对聂的情义之厚。而聂当时面对离别，也是悲痛万分，"不禁大号"。③ 兰娜对聂的一番深情始于友情止于爱情，表现了中西方人民之间对美好感情、淳朴友谊的共同向往和追求。

四　塑造了海外人物，尤其是女性形象令人耳目一新

王韬笔下的海外女性大多聪明美丽，有个性、独立自主，敢作敢当。如《纪日本女子阿传》写了日本农家女阿传，貌美而性荡，与浪之助成野鸳鸯，父母不能阻止，竟偷嫁之结为伉俪。后来浪之助害癫病，阿传并不嫌弃他，多方求医照顾他，但其放荡习性一如既往，先后和船员吉藏、绢商私通。丈夫死后，阿传更是肆意淫荡，竟倚门为娼。后吉藏留宿，阿传索金，吉藏不给，而且吉藏又讽刺其夫死后的淫行。阿传一怒之下，乘其酒醉，杀掉了他，被处死刑。所写阿传是一个追求

① 王韬：《淞隐漫录》，人民文学出版社 1983 年版，第 357 页。
② 同上书，第 358 页。
③ 同上书，第 353 页。

极度个人自由、敢爱敢恨、敢作敢为的女子，与中国传统女性的三从四德、忍辱负重形成鲜明对比。

《媚梨小传》塑造了同样是敢作敢为、追求自由幸福的媚梨的形象。媚梨是一个英国美女，先与同学约翰两情相悦，时常幽会。但父母以门第不合为由不同意，把她许给富人西门，媚梨也终于动了心同意嫁给西门。不料结婚那天，约翰送给西门一封信，全是媚梨写给他的情书，二人幽会情节尽在其中，西门于是开枪自杀。媚梨为医治伤痛，远赴中国，嫁给一个华人贵官，但是约翰也随后寻来，决意杀掉媚梨。而媚梨也不甘示弱，自备手枪决意与之拼命以报杀夫之仇："此人以计杀我婿，几陷我于死地，智狡而狠，岂复有些子情意哉？今日之来，殆为我也。我今已得所归，岂复甘从汝敌人！俟其来，当以一言绝之；设或不然，拼一命以殉彼，借以报我婿之仇，庶可见我婿于九幽之下。"①最后两人同时开枪，双双死去。这篇文章反映了西方社会的女性为争取爱情的自由所进行的坚决斗争，这和欧洲当时妇女解放的思潮是息息相通的，对正处于半封建半殖民社会的中国女性无疑具有巨大的鼓舞作用。而且，这样的作品对以后的文学创作也是有一定影响的，"媚梨以其饱满酣畅的艺术魅力……极大地拓展了晚清文人小说的人物世界，而且它所张扬的那种女性意识和近代精神，对于随之而来的五四新文学中以丁玲、萧红等为代表的张扬生命权利和女性意识的小说写作，不只具有开拓意义和借鉴意义"。②

《东瀛才女》写了日本女子小华生多才多艺，读书史，解吟咏，书法秀逸，歌艺出众。她所作的四绝句和词才情高妙，不同凡响，令作者感叹："明慧如此，即中华女子，尚所罕见，况日本乎哉？"而且小华生心性高傲，"遇俗贾市商，辄不酬接，甚或加以白眼"③，表明了她率性而为，不同流俗，极具个性。《花蹊女史小传》中日本才女迹见泷摄更是女中翘楚，颇善书画，名闻一时。后到东京教授学生以书画，新建女子学校，广招女学生，达数百人，"裙钗争以识字为荣"，一时成为当时风尚。学生中不但有华族贵人，而且也有西洋女子。后来她声名日著，常出入皇宫，当代贵介女子也纷纷登门拜访，车马盈门。"天下之大，四海为大，须眉男子毕生无闻者，亦复何限，而女史以一巾帼，名

---

① 王韬：《淞隐漫录》，人民文学出版社 1983 年版，第 309 页。
② 段怀清：《传教士与晚清口岸文人》，广东人民出版社 2007 年版，第 110 页。
③ 王韬：《淞隐漫录》，人民文学出版社 1983 年版，第 504 页。

达天阁，华族贵人，咸执弟子礼，西洋数万里外之人，亦知爱重其笔墨，令女就学焉，岂不盛哉！如女史者，可不谓旷世奇女子也！"① 王韬由衷地赞赏了这种独立自强的女性。

阿传、媚梨、小华生、花蹊女史，这些外国女子或者个性张扬，敢作敢为，或者才情高超，拥有自己毕生孜孜以求的独立事业，这样的女子形象所体现的文化意识显然不同于中国的传统观念。在中国传统文化中男尊女卑、三从四德的观念渗透到社会生活和社会习俗的各个方面，规范着女性的行为举止、心理情操、是非善恶观念、价值取向等，所以中国女性的生存状态分外压抑克制，不够自强自立。王韬在对几个异域女子的描写和赞赏中实际上包含了对中国近代女性形象的审视和反思。

王韬足迹遍及海外十几个国家，是近代中国最早走向世界的作家。在全球化文化观念的观照下，他的文言小说内容比《聊斋志异》显然有所突破，异国文化和异国人物被纳入王韬的文化视野。这些作品虽然数量不多，但他们所体现的新锐思想、新奇风光、新鲜人物等，对仍处于封闭状态下的中国读者有振聋发聩之功，对尽快结束中西文化相互对峙和中国文化长期以来封闭、自给自足的现状有一定的启蒙意义。这些作品也为我国的文言小说开拓了选材范围，呈现出一种开放和多元的文化心态。

第三节　近代转型时期文人的特殊心态

近代是中国社会、文化的转型时期，"作为文化的人格化代表和文化的创造、传播者的近代知识分子，在近代文化转型过程中，他们的文化价值观念、文化心态和角色地位都经历了一个艰难的蜕变过程，由传统型的士大夫角色转变为近代意义上的知识分子，从而推动了近代文化与近代社会的转型与发展"。② 王韬正是生于这样一个"介于传统与近代之间"的时代，他的思想在某种程度上反映了这个时期人们特殊的思想状况。

1873 年，英人理雅各回国，45 岁的王韬最终结束了长达 24 年的

① 王韬：《淞隐漫录》，人民文学出版社 1983 年版，第 557 页。
② 王继平：《论晚清知识分子的文化转型》，《湘潭大学学报》2000 年第 5 期。

"佣书"生涯,他已饱经沧桑,遍览西学,完成了从封建士子到近代资产阶级启蒙思想家的转变,成为积极倡导学习西方、变法以自强的勇士。但是,王韬毕竟早年接受过系统的封建教育,他是在传统知识架构下去理解、接纳西方事物和西方思想的。因此在更深的层次上,王韬还是一个传统文化的保守者,他仍是一个儒家学说的忠实信奉者。早年他在游历英国,应邀前往牛津大学讲学时,就说:"孔子之道,人道也。有人有此道。人类一日不变,则其道一日不变。"他认为孔子的"人道"比泰西诸教的"天道"进步得多,西方人讲上帝最终还得"归本于人。非先尽乎人事,亦不能求天降福,是则仍系乎人而已"。① 王韬甚至把儒教凌驾于其他教之上:"道也者,人道也,不外乎人情者也,苟外乎人情,断不能行之久远。故佛教、道教、天方教、天主教有盛必有衰,而儒教之所谓人道者,当于天道同尽。天不变,道也不变。"② 所以,对传统文化的执着又常常羁绊着他背离传统的步伐,使他每走一步都显得矛盾重重。一方面,在西方文化的冲击下,以王韬为代表的新型文化人对传统文化产生了一种认同危机,承认西方文化的价值,表现出对传统文化的反叛;另一方面,他们对传统文化依然深深依恋,有一种血脉相连的无法割舍的情愫。我们从王韬的三部文言小说集中,可以清晰地看到王韬作为近代文化转型时期新型文化人的这种特殊心态。

一　妇女观

王韬是中国近代的一位具有维新思想的文人,他游历过西方,亲眼目睹过资本主义国家的女性,了解她们的生活状况、精神面貌。因此,西方男女平等、民主自由的思想赋予王韬笔下的女性形象以新的时代特点:她们大多聪慧过人,才艺出众,不屈服于命运,自立自强,自尊自爱,有的甚至关心国家大事,有远见卓识。小说所表现的这种女性形象,表明作者突破了"男尊女卑"、"女子无才便是德"的传统封建观念,在一定程度上接受了西方妇女解放思想的影响。大致来说,王韬在小说中塑造了这样几种女性形象:

1. 有学问、有技艺、有才气,胜过一般男子

《白玉娇》中写孔继钦臂力过人,虽数十人无不避易,后来又遇到高僧智恒授以内功,习飞剑之术,武艺大有长进。智恒对他说:"以此

---

① 王韬:《漫游随录·扶桑游记》,湖南人民出版社1982年版,第100页。
② 同上书,第231页。

游天下，无敌手矣。"① 但是后来见到白玉娇，居然不能胜之。白玉娇轻松应对，使孔继钦黯然而退。《徐希淑》中写徐希淑工书画，能诗，"及笄姿致明秀，耽习赵董两文，敏行楷，尤喜摹文淑山水花卉，偶尔涉笔无不工雅绝伦，见者咸啧啧叹赏，争浼舅氏，乞其寸笺尺幅，珍同拱璧"。②《姚女》中姚氏女与陈生结婚后，姚氏女让陈生作一文，陈生支吾数日，才勉强交稿。姚氏女也援笔立成一文，陈生视之，胜己作何止百倍，瞠目不敢接。姚氏女见陈生文拙，于是"令纵观说部，时与讲解"③，指点陈生写文章，结果陈生参加县、府考试，皆列前茅。更有甚者，写女子自己进入考场一展才华，如《徐慧仙》中徐慧仙"耻其夫之富而不文也，纳粟为上舍生，促往应试，潜易男装，代入矮屋中，三场毕，幸人无知者，榜出，竟列高第"。④《冯香妍》中冯香妍自小貌美质慧，父亲早晚授之读，书史经目一过，即能背诵，胜于塾中十倍。结婚后，代夫应试，高列前茅，使丈夫做了知县。《王蟾香》中王蟾香也是代夫入场，三场既毕，王蟾香让丈夫将文章遍呈诸名宿，咸击节叹赏，决其必售，榜出，居前列。后来王蟾香丈夫因此做了四川知县、监察御史，政绩斐然，而这一切"其实皆内助之力居多也"。⑤

2. 机智勇敢，从容对"贼"，有一种巾帼不让须眉的气概

《江楚香》中江楚香武艺高强，嫁给杨氏子后，在一次行路中，遇巨盗打劫，杨家仆人都瑟缩无人色，而江楚香从车上掀开帘子大声喝道："鼠辈敢尔！"⑥ 从容取出一弓仅数寸许，连发九弹，杀九贼。在那些男子面前尽显勇敢无畏的本色。《月娇》中王月娇在"贼"进攻南京时，说："死当为醉饱鬼，不愿污贼刀也。"后来"贼"破门而入，婢媪尽逃，月娇着艳服端坐中亭，"贼"逼与欢，王月娇佯作要与"贼"喝合欢酒，乘机抽刀杀"贼"，自己也自缢于楼。作者在文后评论道："月娇乃一勾栏中妓女耳，犹且不屑与'贼'偶，矢志捐生，誓不为'贼'所污，何其烈！吾知世之号为须眉男子，有愧于此妓者多矣。至于从容杯酒之间，亲决'贼'首，谈笑自如，犹见其难，谓之烈女也，

---

① 王韬：《遁窟谰言》，河北人民出版社1991年版，第161页。
② 王韬：《淞滨琐话》，齐鲁书社1986年版，第98页。
③ 王韬：《遁窟谰言》，河北人民出版社1991年版，第176页。
④ 王韬：《淞隐漫录》，人民文学出版社1983年版，第192页。
⑤ 同上书，第273页。
⑥ 王韬：《遁窟谰言》，河北人民出版社1991年版，第12页。

岂过誉哉!"① 表明了作者对一介女子勇敢对敌的钦佩和赞赏。《赵碧娘》中赵碧娘在金陵沦陷时,被"贼"所劫,赵碧娘蓄意除"贼"。在选入绣馆后,为"贼"制冠履,碧娘乃为"贼"精制二冠,而阴以秽布做衬,希望用以魇之。后来被发现,"东贼"下令点天灯惩罚她,为避免如此惨刑,赵碧娘自缢而死。作者借逸史氏之口说:"碧娘一弱女子耳,然其决意偷生,蓄志杀'贼',贞义激烈,岂出古人下哉!"②《邱小娟》中邱小娟武功高强而且有计谋,在粤寇来侵时,她对丈夫说:"此间正当冲要之区,非可久居。"于是迁到了附近的村堡中,不久粤寇南犯,连陷郡县,果如其言。有贼之骑至近村者,村人歼之,邱小娟遂命村人先自为备,掘堑筑砦,固守以拒贼。后来贼果然率队而来,邱小娟告诫村人毋妄动,自与丈夫设伏要道,俟贼过半,突出杀之,贼轻其人少,环围之三匝。邱小娟"左右驰骤,每过处贼首自殒。贼但睹刀光如匹练,竟莫辨人影也"。③ 其丈夫杀贼不如她。结果自此战之后,贼再不敢来侵犯,一村赖以保全。可见邱小娟的见识、胆量、领导组织能力非同一般,居然可以和实力雄厚的粤寇一决高低,并且大获全胜。《姚云纤》中姚云纤在"贼"窜入杭郡时,姚全家都被"贼"抓去,独姚云纤逃身。姚云纤决心救回父母,她易男子装束,孤身入贼中,却没见到父母,愤恨之极,发誓尽杀贼而后快。后被伪天王发现,"女知事不谐,碎琵琶出匕首,掷以遥掷伪天王"④,但没有刺中。面对大兵追杀,她只好设法逃离。一个弱女子,居然敢一个人独闯虎穴去救父母,何其勇敢壮烈!

3. 追求自由爱情,敢于反抗

《玉儿小传》中玉儿是个绳妓,某相国公子垂涎其美,欲得之,凡珠玉纨绮之属可以博玉儿欢者,昇钜万计。父母既动于利,又怵相国之势,和玉儿相商,玉儿说:"爷娘不欲儿活耶!"⑤ 坚决不同意。后来玉儿爱上了徐孝廉,二人心心相印。相国公子知道后大为恼怒,叫来玉儿父母,密谋把玉儿灌醉,使公子遂意。不料玉儿偷听到,在给公子表演绳技时,面对众人大声指责相国公子及父母,把公子所送之物全部掷下,割喉自尽。玉儿为了追求自由爱情宁愿以死明志,令人可叹可敬。

---

① 王韬:《遁窟谰言》,河北人民出版社 1991 年版,第 34 页。
② 同上书,第 68 页。
③ 王韬:《淞滨琐话》,齐鲁书社 1986 年版,第 81 页。
④ 王韬:《淞隐漫录》,人民文学出版社 1983 年版,第 321 页。
⑤ 同上书,第 580 页。

《陈霞仙》中陈霞仙的词笺被风吹到顾生家中，顾生寄和一词。后来陈霞仙在舅父宴请诸士人赏菊的时候，见到了顾生，通过对其风度举止言谈的观察后，主动对舅母提出自己婚姻的想法，说自己"与彼正相等耳"。① 于是舅母派人去提亲，终于成就了一桩美满姻缘。显然，陈霞仙是一个有心计、对自己婚姻敢做主的女子。《髻云》中髻云是一位船家女子，被邑中的武弁赵云骧看中，想娶为箓室。赵横行乡里，臭名远扬。髻云之父与髻云相商，髻云愤然说："渠直狗彘之不若，乃欲强人为妾媵乎？"② 坚决反对。为了避免赵的陷害，髻云远走高飞，投奔金陵亲戚家。后来经人撮合，她和陆士子联姻，获得爱情的幸福。《玉香》中玉香爱上王生，主动派人去王家提亲。但王生贫穷，无钱作聘礼，玉香抑郁而死。死后其鬼魂来到王生家，终于成就前世梦想。玉香对爱情的追求是何等痴心、何等执着！《陈仲蘧》中王娴爱上了陈仲蘧，而陈仲蘧也惊叹其艳，二人心心相许。无奈王娴之母不同意，嫌陈仲蘧家贫，王娴说："事若不成，妾当以死相继。"③ 后来王娴之父把她许给了一个友人之子。恰逢陈仲蘧又去京城赶考，王娴无计可施，跳江自尽。《冯香妍》中冯香妍与同塾杨氏儿情投意合，其主动赠以诗表明心迹。后来冯父为她定下一门亲事，准备择日而娶，冯香妍连夜逃离家乡，后来遇到同样逃婚的杨氏儿，二人终于结合。《陆碧珊》中才女陆碧珊本已许给佻达无行的孙氏子，但她自己却爱上了陆芷生，碧珊很大胆主动，"先作诗以挑之，生立即口占相答"。后来碧珊嫁期已近，"誓以一死报生"，"此志果坚，人间天上，会有见期，否则与其偷活红尘，不如埋愁黄土"④，愿意效仿卓文君同陆芷生私奔，但陆芷生婉转拒绝了她。陆碧珊怀着对爱情的忠贞，对幸福可望而不可即的伤感，自尽而死。

4. 兰心蕙质，帮助家人

王韬的小说中有很多作品写到女性的聪慧、有心计，凭借自己的才智帮助、挽救家人，表现出作者对女性的敬佩、赞叹，不是从传统的"男尊女卑"的角度去写她们，而是以一种男女平等的眼光来欣赏。《珠屏》中珠屏是一个名妓，与姚公子两情相悦，遂订终身。但姚公子耽饮好赌，性情豪侠，一掷数百金，不到一月，腰中十万贯即将告罄。

---

① 王韬：《淞隐漫录》，人民文学出版社1983年版，第426页。
② 王韬：《遁窟谰言》，河北人民出版社1991年版，第300页。
③ 王韬：《淞滨琐话》，齐鲁书社1986年版，第353页。
④ 王韬：《淞隐漫录》，人民文学出版社1983年版，第99页。

珠屏深为忧虑，巧用计谋帮助姚公子赢回不下万金。第二日，珠屏又请众客来聚，从容对诸客说："妾今日邀诸人饮酒者，为姚公子戒赌也。请公子先饮此觞。"随后又自出三千金送给假母以作赎出之资，然后与姚公子一同骑马南归。抵家后，公子果然戒赌。作者最后评论说："珠屏可谓奇慧女子哉！万金之失，一掷而立复，此固可一而不可再也。捧觞为寿，以戒赌为公子勉，既酬母恩，即拔火坑，勇断不凡，其智更不可及。"① 对珠屏的智慧极其敬佩。《李仙源》中媚娘是一个农家女子，嫁给了杨氏子，同村潘某垂涎媚娘姿色，借杨氏子借贷无力偿还之际把他送进监狱。媚娘想找讼师李仙源写讼词，但李仙源也看中了媚娘的姿色，要求她亲自来，"密授所言，讼乃可解"。② 媚娘托一个相识的妓女伪装成农妇去见讼师，和讼师极尽缱绻。于是李仙源为媚娘上下营救，杨氏子终于释归。《某观察》中写到某观察早年时每次考试都不尽如人意，其妻辄加白眼，冷如冰霜。于是观察决心做一番事业。他投笔请缨，隶在帅幕下，削平边患。因战功显著，荐保今职。后来观察之母说明原委，原来是其妻用激将之法，促使其丈夫振作，奋发有为。《金玉蝉》中金玉蝉先是帮助丈夫做小生意，继而做大生意，而后又让丈夫去谋取官职，授湘东观察使。在丈夫居官后，金玉蝉又劝说丈夫居官之道务在除莠安良，提醒丈夫力为整顿，雷厉风行，缴饷所属，缉捕从严。未一年，境内太平，治理良好。《李韵兰》中李韵兰嫁给陆生后，孙某为得到韵兰，陷害陆生入狱。韵兰与一名妓交情甚厚，让她设法与新来的臬使相识，与之狎欢，为陆生说情。后来新臬使到，韵兰拦车喊冤，递上禀词。禀词是韵兰亲自捉刀，辩论明畅，情词哀楚，见者无不动容。于是，陆生被放，而孙某被绳之以法。

5. 有远见卓识，甚至具有朦胧的近代思想

这些女子表现了一种卓越不凡的胸襟和气度，如《丁月卿校书小传》中丁月卿对丈夫说："上马杀贼，下马草檄，此正男儿建功立业之时，以宣立于国家，悉可以儿女私情废公事哉？"③《水仙子》中水仙子与丈夫在战乱中分别，丈夫要去率兵作战。临行前，丈夫哭泣不止，水仙子说："大丈夫当捐躯绝脰，以上报国家，何犹恋恋儿女子，作妇人泣哉！"④ 丁月卿和水仙子都以国事为重，见识高远，有一种慷慨磊落

---

① 王韬：《遁窟谰言》，河北人民出版社 1991 年版，第 58 页。
② 同上书，第 81 页。
③ 王韬：《淞隐漫录》，人民文学出版社 1983 年版，第 452 页。
④ 王韬：《淞滨琐话》，齐鲁书社 1986 年版，第 166 页。

的气质。

在近代中国的文化转型过程中，面对外来文化的冲击，中国的女性在思想深处也有了朦胧的变化，她们也许不能明确说出自己的这种变化，或者说这种变化在她们身上还不是那么明显，但毕竟已经有了朦胧的觉醒，表现出初步的近代意识。《卢双月》中卢双月是一个自立自强的女性，她尽心尽意地侍候多病的母亲，听到老母叹息无子时，卢双月笑着说："阿母何视儿不值一钱也！彼缇萦救父，汉代为除肉刑；木兰从军，隋室尚存乐府。况乎玉环进御，宠冠六宫。白太傅歌云：'姊妹弟兄皆裂土，可怜光彩门户生。遂令天下父母心，不重生男重生女。'安见古今人不相及？儿明作丈夫装，出与当世儒衣儒冠者流，周旋晋接，行将取其金玉锦绣，为天下裙钗吐气。"① 卢双月从古谈到今，以证明女子可以与男子一样周旋应酬，做一番事业。卢双月这一席话可以说已经有点朦胧的男女平等的意思了。再如《严寿珠》中严寿珠在丈夫准备外出时，主动表示自己要一同前去，她说："妾欲一观天下之大，知世界之外，别有乾坤，岂不快哉！"于是丈夫雇巨舶而行，看到轮船在水上来去如飞的样子，严寿珠说："既有轮船，则帆舶可尽废，妾意中国何不自行制造，乃犹必假手于人哉？"② 严寿珠的话表现了她强烈的爱国意识、朦胧的振兴民族工商业的进步思想。

王韬所塑造的这几种女性形象都体现了他的女性思想：主张男女平等，提倡妇女解放，承认妇女有独立的人格、尊严、地位等，赞赏她们的优秀秉性，是以一种平等、欣赏的态度来塑造这些女性形象的。这表明了在近代社会文化转型过程中，王韬作为一个资产阶级启蒙思想家的进步之处。但是，由于传统思想的根深蒂固，他的妇女观中又不可避免地带有浓重的传统的痕迹，具体表现在其小说中就是宣扬贞孝节烈的观念。在三部小说集中塑造了许多惨烈、悲壮的节妇、烈妇形象，作者对她们极力称赞。如《周贞女》中，周贞女丽质艳名，许字于某农家子，此人蠢陋不知书，但周贞女不以为意，泰然自若。后来一程姓富商看中周女，出巨资让媒人游说，媒人设法让农家子写下休书，于是周贞女之母接纳了程姓的聘礼。周贞女得知后，在结婚的前一夕，自尽而死。《甘姬小传》中甘姬与甘应槐结婚后伉俪相得，后来赭寇南下，甘应槐去前方作战，阵亡。甘姬痛不欲生，矢志守节，却又被假母以五百金许

---

① 王韬：《淞滨琐话》，齐鲁书社1986年版，第396页。
② 同上书，第69页。

以一武弁，甘姬为了对死去丈夫的忠贞，自尽而死。《记双烈》中写了
两个烈女，其中一个是慧娘，其父从小便以《女诫》、《烈女传》等教
育女儿。慧娘嫁人后丈夫去外地做幕僚，丈夫的友人前来调戏慧娘，不
成，便四处造谣说慧娘与他人有私情，慧娘因此而自尽。另一个烈女是
张烈妇，其仆人夜来求欢，张烈妇机智应变，刺杀了仆人。作者之所以
写这两个人，是因为"表彰节烈，登之彤史，此士大夫之责也"。① 很
明显，作者是为封建的节烈观念做宣传。《李贞姑下坛自述始末记》中
李贞姑自述生平坎坷，自小父亲便教以《内经》、《女则》，遂慨然以礼
教自任。虽然落入妓家，但守身如玉，不及于乱。后来被贼俘虏，她寻
机投湖自尽。作者评论她的贞节之志令人佩服："然虽堕风尘而仍以洁
白自矢，皭然不污，洵火坑中一朵清莲花哉！其志可嘉已。"② 《莺红》
更是直接宣扬从一而终的封建礼教。莺红是个才女，在战乱中被掠卖为
武人妾。武人死后，某公子托人说媒，莺红自认配不上，认为："且所
贵乎女子者，从一也。"③ 自尽，年仅18岁。《巫史》写巫史是个农家
女，许字孔姓，在战乱中孔氏子被贼人掳去，不知存亡。巫史闻之痛不
欲生，缟衣素服，绝去铅华，立志守节。同村无赖子台某每调戏巫史，
她都是冷若冰霜，后台某做了伪乡官，强行要与巫史欢，巫史投水而
死。作者评论说："巫史抗节捐躯，志操皦然，其事已由采访局汇案请
旌，准其入祠，千秋奉祀，奕叶流芳。"④ 《汪女》写汪女自幼许字陶
生，陶生家贫，无所为计，不得已来汪家借贷，汪女暗藏银票在裘衣
里，陶生去典铺时被发现暗藏银票，而陶生不知其所以然，于是被押往
官府，死于监狱中。汪女闻讯，素服投案，痛斥县令糊涂断案，致使无
辜冤死，然后袖出小刀，自刎于案前。作者评论道："贞烈哉汪女也！
志坚从一，心不悔贫。"⑤ 《宁蕊香》叙述宁蕊香少时许字于江氏子，江
氏子在战乱中逃出，十年来杳无消息。但宁蕊香仍矢志不嫁，她说：
"生为江氏人，死为江氏鬼。"其媵子说："江氏子寄迹泰洲，十载于
兹，绝无音讯，宁知尚在人间耶？"宁蕊香说："死则为之守耳。"后来
媵子病死，宁蕊香无钱埋葬，只好说："有能为我任丧葬事者，我即嫁

---

① 王韬：《淞滨琐话》，齐鲁书社1986年版，第308页。
② 同上书，第352页。
③ 王韬：《遁窟谰言》，河北人民出版社1991年版，第25页。
④ 同上书，第108页。
⑤ 同上书，第143页。

之。"① 姚公子愿纳为妾，但宁蕊香在办完妳子的丧事后，投河自尽。为了年少时父母的一纸承诺，居然就告别人世，可见封建礼教的熏染之深！

这些篇章都反映了王韬在大力宣传封建的贞节烈妇观念，集中体现了王韬思想中落后的一面。可见王韬在妇女问题上是充满矛盾的：他一方面在小说中赞扬妇女的独立人格，有学有艺，有远见卓识，巾帼不让须眉，勇于追求自由爱情的精神；另一方面他又在小说中大谈贞妇烈妇，宣扬贞烈观念，把妇女继续置于封建纲常伦理的禁锢之下。

二　婚姻爱情观

在这三部文言小说集中，以描写恋爱婚姻为主题的作品数量很多，大约占1/3。与《聊斋志异》不同，蒲松龄笔下的爱情故事多是人与花妖、人与鬼、人与神仙的恋爱故事，而王韬的三部文言小说则是："其笔致又纯为《聊斋》者流，一时传布颇广远，然所记载，则以狐鬼渐稀，而烟花粉黛之事盛矣。"② 王韬描写婚姻爱情小说的作品大多是以现实生活中的人物为主人公的。这些作品所包含的婚姻爱情观体现了一位思想开放的近代新型文化人对两性关系的新认识。具体而言，有如下几个方面：

1. 讴歌真爱，赞扬生死不渝、始终如一的爱情

小说中的痴男怨女，为了爱情，不在乎门第、功名、钱财等；为了爱情，他们历经坎坷，在所不惜，表现了对真情的重视，对"存天理，灭人欲"的反叛。

有的作品歌颂了青年男女之间患难与共的真情，如《陆芷卿》叙述名妓陆芷卿与李茂才二人心心相印，不料陆芷卿被牵连进一个巨盗之案，李茂才全力营救，陆芷卿才得以脱身。李茂才因为营救花费颇多，家计颇为萧条，而陆芷卿仍坚决和他生活在一起，"布蔬自安，绝无怨容。笔耕针褛，倡随笃于寻常"。作者赞赏二人的真情是"患难不渝，其情亦大有过人者，是又非薄幸所可即矣"。③ 有的作品反映了青年男女经过重重曲折、磨难，勇敢抗争，终于得以结合，如《梅无瑕》是

---

① 王韬：《遁窟谰言》，河北人民出版社1991年版，第157页。
② 鲁迅：《中国小说史略》，上海古籍出版社1998年版，第154页。
③ 王韬：《遁窟谰言》，河北人民出版社1991年版，第69页。

一曲感人至深的爱情之歌。林彬爱上了舅家的女儿梅无瑕，二人书信往来，情真意切。后来林彬去京城考试，仍时刻思念着梅无瑕，而梅无瑕在家中被一贵公子看中，父亲强令婚娶，梅无瑕毁妆绝粒，以死相抗，奄奄一息。幸亏林彬及时赶回，边哭边喊："阿妹！彬在斯，彬在斯！"① 梅无瑕因为林彬的到来而神清气爽。后来面对贵公子的强行索婚，林彬勇敢面对，二人终成伉俪。《小倩》写小倩与蒋紫沧互相爱慕，但小倩父母嫌弃蒋紫沧家贫，把小倩许给叶公子。而蒋紫沧一直思念着小倩，在小倩出嫁前夕，蒋紫沧突发狂疾，咯血而死。小倩在嫁给叶公子后只是嘤嘤哭泣，不料叶公子忽然死去，后来苏醒，已是蒋紫沧的灵魂附于体。二人历经曲折，终于成为恩爱夫妻。有的作品反映了主人公对爱情的执着。如《孙伯篪》就是刻画了这样一个宁做鸳鸯不羡仙的痴男形象。孙伯篪与表妹结婚后，表妹不幸早夭。孙伯篪在妻子死后满怀相思，一日忽然见到她，原来她学道求仙而去，并非真死，许诺以后来度孙伯篪。孙说："余不愿求仙，而愿得卿。卿所住处，余亦愿往，虽水复山重，而不惮也。"② 孙伯篪一直未再娶，十年后仙逝。有的作品则是歌颂了青年男女为了追求美好的爱情不惜牺牲生命的可贵勇气，如《眉修小传》写妓女眉修和楚生一见钟情，誓不相负。后来楚生公车北上，事务繁忙，无暇归来。眉修日盼夜想，相思成疾，整日以泪洗面。不久，楚生捎来一封信，眉修读罢，居然焚灰和以咽之说："使沁入肺腑。"可见她的痴情！后来楚生归来的时候，眉修已是奄奄一息，最后死在了楚生的怀抱中，楚生在其碑文上刻下："楚蘅麋室眉修夫人之墓。"作者在文后评论说："生不克遂其愿，没得以传其名，眉修有知，当亦无憾。"③ 爱到可以相思而死，足见爱得深切，而楚生所刻的铭文也足以说明他是一个有情有义的男子。《钱蕙荪》是一曲双双为爱而死的孔雀东南飞。钱蕙荪才貌出众，与表兄梁生相爱，但梁生之父不同意。后来秦公子看中了钱蕙荪，钱父自作主张，同意了婚事。订亲之日，钱蕙荪叹曰："催命符至矣！余此身已许下梁君，宁肯他适哉！事至此，惟有赴地府以成佳偶耳！"而梁生听到钱蕙荪将嫁的消息是"呆立若木鸡"。随后他飞快地跑到钱蕙荪身边，二人"相视默然，不作一语。女泪眦荧荧，如不胜悲，微吟曰：'他生未卜此生休'，记

---

① 王韬：《淞隐漫录》，人民文学出版社 1983 年版，第 121 页。

② 王韬：《遁窟谰言》，河北人民出版社 1991 年版，第 162 页。

③ 同上书，第 265 页。

取明宵是妾断送时也！苟有一毫辜负君者，有如日"。第二日，钱蕙荪自尽，而梁生闻此哀痛欲绝，也随后自尽。两家父母将二人合葬，"葬后，挺生两树，东西屹立，连理交枝。风清月白之夜，时见生女携手出游"。①《吴也仙》写吴也仙与邻家子三径生时相往来，二人逐渐相爱，但三径生父母不同意，为他定下另一女，而吴也仙也随父母回到老家，被母亲许给徐家，吴也仙在嫁之前，投河而死。三径生闻知，痛不欲生，父母亲朋百般劝导，终不可解。后来三径生去吴也仙的墓地祭奠，"哭几失声，泪尽而继之以血"。在归来的路上对老仆说："我不归矣。善语高堂，勿以我为念。我死，当与合葬。"② 在那个时代，广大青年男女为了追求美好的爱情，也许还找不到更有效的方式，所以大多以死来反抗，以表示自己对爱情的忠贞、志诚。

这些作品中的青年男女都对真情真爱勇敢地追求、抗争，为了爱情，可以不计生死。这些青年男女形象真实地反映了 19 世纪广大青年男女对美好爱情、幸福生活的渴望，也表达了王韬对封建礼教的控诉。

2. 新型的婚姻追求

19 世纪中期，随着洋务运动的开展和西学东渐的逐步蔓延，人们的意识形态开始有了一些根本的变化。在婚姻观念中，人们更在意婚姻的质量，强调婚后的感情和谐、专一，反对一夫多妻、传宗接代的思想，关注父母对儿女的婚姻态度，表现出民主、自由具有近代特点的婚姻追求。

追求一夫一妻的恩爱幸福，不在意子嗣的延续，对一夫多妻、传宗接代的传统观念无疑是一种大胆的挑战。《卢双月》中卢双月与梦斗结婚后，卢双月不育，想为梦斗纳妾续嗣，梦斗闻之不悦曰："我两人即使百年相聚，亦复岁月几何？我正恐伉俪之乐，或有所分，又安肯以良晨令节春月秋花，使与他人消受哉！"③ 梦斗的话无疑体现了近代知识分子对一夫一妻二人世界的真切渴望，以及对子嗣的不屑。《陈霞仙》也同样如此，陈霞仙与顾生结婚后，二人相得甚欢，虽然事事不如意，而顾生仍怡然自得，说："俗财易得，美妻难求，况才贤如卿者哉？"陈患不育，生年四十，犹无子嗣，女力劝生纳妾，顾生终不应，曰："百岁欢娱，能有几何，岂可使他人间之哉？"④ 这是一个具有近代思想

---

① 王韬：《淞隐漫录》，人民文学出版社 1983 年版，第 447 页。
② 同上书，第 497 页。
③ 王韬：《淞滨琐话》，齐鲁书社 1986 年版，第 42 页。
④ 王韬：《淞隐漫录》，人民文学出版社 1983 年版，第 427 页。

的爱妻子的男子，表现了对传统思想的蔑视。

在《弢园文录外编》中的《原人》一文中，王韬表述了他关于社会伦理思想的主要内容，即明确地主张和强调家庭的一夫一妇，社会的男女并重，他说："《大学》一篇，首言治国平天下而必本之于修身齐家，此盖以身作则，实有见夫平治之端必自齐家始。欲家之齐，则女子惟一夫，夫惟一妇，所谓夫夫妇妇而家道正矣。天之道一阴而一阳，人之道一男而一女。故《诗》始《关雎》，《易》首乾坤，皆于男女夫妇间再三致意焉。"① 这是王韬从传统的儒家"修身齐家治国平天下"的观念出发，提出其一夫一妇的伦理观，是对"夫为妻纲"一夫多妻制的大胆否定。王韬的这一观点，建立在他"男女并重"的认识之上，"自后世媵妾之制兴，而自天子以至于士，极欲穷奢不可致诘……庶人拥多赀享厚俸者，粉白黛绿列屋而闲居，妒家负恃争妍取怜。呜呼，以此观之，几等妇女为玩好之物，其于天地生人男女并重大不刺谬哉！"② 中国在长期的封建社会发展过程中，形成了一夫多妻制的陋俗，其伦理思想基础是男尊女卑，三纲五常。因而女子成为社会中受歧视、受摧残的对象，没有独立人格可言，成为男性享乐支配的工具，其主要表现形式之一便是多纳妻妾："上自天子，下至庶人，莫不有妾"，"天子立六宫，三夫人，九嫔，二十七世好，八十一御妻"③，降至有清一代纳妾之风依然十分盛行。一夫多妻制这种封建落后的婚姻形式，已不适应社会发展现实。王韬清醒地认识到这一问题，适时地指出一夫一妇是社会生活的自然法则，是天经地义的，并以儒家一贯宣扬的修齐治平观点加以论证，使他的立论有了很强的说服力。与一夫一妇男女并重的伦理思想相联系，王韬还在《原人》一文中阐述了他对子嗣问题的看法："或者纳妾以冀生育，继宗祧，此其不得已之事，何不可行？不知纳妾以求子，不如行善以延嗣之为速也。"④ 又说："人岂必之儿孙传哉？余苟得以空文传世，使五百年后姓名犹挂人齿颊，则胜一盂麦饭多多矣！"⑤ 封建伦理中男尊女卑的观念，很自然地导致"不孝有三，无后为大"的结论，并进一步自然地为多纳妻妾以求传宗接代，找到了"合理"的依据，这是一个貌似符合逻辑实际背离社会自然法则的怪圈，王韬毫

---

① 王韬：《弢园文录外编》，上海书店出版社 2002 年版，第 3 页。
② 同上书，第 4 页。
③ 《礼记》，天津古籍书店 1988 年版，第 13 页。
④ 王韬：《弢园文录外编》，上海书店出版社 2002 年版，第 5 页。
⑤ 王韬：《瓮牖余谈》，清光绪元年申报馆铅印本，第 2 页。

不隐瞒地蔑视"传宗接代"的陈腐观念，这不啻是响彻在封建末世的一声惊雷。"早期洋务思想家关注妇女问题者不乏其人，但他们的认识程度和主张与王韬相比，都有相当的距离。"①

有些作品写到了在儿女婚姻中，父母态度开明、民主，为儿女幸福着想，不再局限于门第、贫富等旧观念。如《合记珠琴事》中记叙香珠聪明美丽，北方某显宦，声势煊赫，炙手可热，到处猎艳，看中香珠，而以千金为聘。不料香珠之父不同意，媒人说："汝一小家女，嫁作贵人妇，一生吃著不尽，而犹不愿，抑何呆也？"其父怒曰："我虽业贱，然生女当求匹偶，鸳鸯作对，蛩蚷相怜，岂肯以野鸦飞入鸾凤队中哉？世间龌龊者流借小儿女作钱树子，吾其耻然之。"②香珠之父虽仅是个小生意人，所说这一番话却是句句在理，他要给女儿找一个相匹配的男人，二人和睦相处，而不是只找一棵摇钱树，这是个为女儿婚姻幸福着想的父亲。后来事情的发展证明了这位父亲的远见，这位显宦后来娶了当时的名妓斌琴做妾，金屋藏娇。大妇是一个悍妇，把她骗到家中，用各种伎俩离间显宦与斌琴，使显宦逐渐对斌琴冷漠，不与她住一室，使她与婢女同卧，斌琴最终冤愤而死。而香珠后来嫁给一个普通的男子，二人恩爱和睦。作者评论说："然则始笑其父呆者，不且转而称其父智乎哉？"③赞扬了其父对女儿婚姻问题的明智，不贪富贵，以为二人的真爱、和睦才是最重要的。《吴琼仙》中同时有周、孙二家子来求婚，吴琼仙之父一时拿不准二人孰优孰劣，于是同召二子来设宴款待，一观其优劣。结果在宴席上，孙郎雍容有礼，文采斐然，而周子意态骄慢，不能成只字，于是吴父许婚于孙郎。这些作品的出现表明了在近代随着观念的逐步解放，父母对儿女婚姻态度的改变。

3. 对情欲的看法

有些作品对"人之大欲"公开承认与肯定。《萧补烟》中萧补烟不好色，认为："男女居室，天下之至秽也，何必自寻苦海，堕冤孽障中。"其友乘其酒醉，让妓伴，但萧不为所动曰："目中有妓，心中无妓。"后来一狐仙幻化的老翁将萧生带到家中，萧生见到座中的四位雏姬，"心为微动"。晚上，一女前来就宿，萧生"不觉心大动，遂与之缱绻"。第二天老翁说："饮食男女，人之大欲存焉。"让萧生与此女结

---

① 鞠方安：《王韬的社会伦理思想探析》，《北京社会科学》1999 年第 2 期。
② 王韬：《淞隐漫录》，人民文学出版社 1983 年版，第 484 页。
③ 同上书，第 486 页。

婚，萧生推辞说此生立志不娶，老翁说："愚哉，君也。神仙亦有眷属，
蓝桥玉杵，台岭胡麻，尚觅伴侣于人间。"① 于是二人成婚。这么一个
不近女色的男人最终也禁不住诱惑，可见"人之大欲存焉"的天经地
义。再如《三元宫僧》记叙三元宫僧人年少善歌，好与妓女往来，被
县令驱逐出境。作者议论说："何诸君之严于责僧，而独宽于责妓？夫
僧不过少数根头发耳，其饮食男女，固无殊乎人也！鸠摩罗什一交而生
二子，岂无情者哉？"② 明确指出僧人的"饮食男女"也和正常人一样，
不应指责，表现了对人欲的大胆肯定。

　　有的作品则写了友情比性爱的愉悦。《蕊仙》中萧溪香夜晚遇到女
鬼，二人诗词唱和，十分欢悦。萧溪香请就枕，女鬼说："阒然奄逝，
岂复有生人之乐，抑亦于君不利，为闺中良友足矣。"二人每夜相处，
相谈甚欢，几近一年，"虽无床笫之欢，而闺阁之间，事有甚于画眉
者"。③ 这种男女之间的感受非常新鲜，它表明了一种男女之间纯粹的
友情的欢乐，相对于床笫之欢，它也有它的愉悦之处，它更注重于精神
上的交流、愉悦是对男女关系的一种新型探索、追求。

　　以上所言都是王韬文言小说中婚恋观中积极进步的一面，显示了王
韬对传统礼教的大胆反叛，对幸福美满的新型婚姻的憧憬。但是，我们
必须看到，在王韬的小说中，也大肆渲染了很多封建的、落后的思想观
念，比如对贤妻美妾、一夫多妻的大力描述，与他本人所倡导的一夫一
妻的伦理相矛盾，也与他在其他小说中所宣扬的一夫一妻观念相矛盾，
这都表现了文化转型时期文人心理的二重性。《凌波女史》凌波与李贞
渝私誓日后当事一人，后李贞渝与陆生结婚，凌波闷闷不乐，最终凌波
也嫁给了陆生。二人俱无所出，陆生以嗣续为念，又纳二妾。《葛天
民》中葛天民先后娶到阿菱、香禅，二女共一夫。《徐希淑》中钟秀与
徐希淑同时嫁与才子钱士章，《乐园纪游》中安若素怀拥四妾，《花妖》
中李子先娶了四个花妖，后又娶了一个能生育的农家女。《画妖》中描
写四美誓必共嫁一人，结果同日嫁给卢思述。《顾慧仙》中顾慧仙主动
为丈夫李述瑞纳了他一向喜欢的孙妍春，李生每日与二女诗词唱和，以
文字自娱，"生辄顾而乐之，以为虽南面不易也"。④ 但即使这样，李生
仍不满足，后又纳颇具姿色的阿秀为妾。

---

① 王韬：《淞隐漫录》，人民文学出版社 1983 年版，第 95 页。
② 王韬：《遁窟谰言》，河北人民出版社 1991 年版，第 221 页。
③ 同上书，第 60 页。
④ 王韬：《淞滨琐话》，齐鲁书社 1986 年版，第 206 页。

　　王韬在这些小说中对一夫多妻、贤妻美妾表现出一种眷恋与向往。当近代文人在经历由传统文化向近代文化转型时，与传统的决裂不会是毫无牵绊的一刀两断，而总是藕断丝连。在理智上他们追求现代文化价值，但在情感上仍对传统文化形态有些依依不舍，这从一个侧面说明了中国近代化步履的艰难与缓慢。

三　科举观

　　王韬在小说中所表现的科举观也是充满矛盾的。一方面，他在小说中表现了对封建科举制度、八股文的鄙视；另一方面，他又让笔下的正面人物通过科举中第而扬眉吐气，飞黄腾达。

　　王韬早年参加过科举考试，对科举制度本就不满，后来又游历西方，对英、法、日等国的教育制度有深入的了解，通过对比，更引发了他对科举制度的猛烈抨击。首先他认为科举制度是埋没人才、人才不出的根源："本朝试科以制艺，实沿明代旧习，遂使英贤杰士壮志消磨，皓首穷经，未蒙推选，不知湮没几何人品矣！"① "国家以时文取士，数百年来莫不敢废。士之习此者，多有青年就学，皓首无成者。"② 王韬批判科举制度埋没人才，即是因为他认识到了科举考试仅通过"时文"来取士，实在是"取士之途太隘"。其次，他批判科举选才"用非所习"。对科举选才"用非所习"弊端的批判是到了近代方蔚然成风的，这主要是由于到了近代，中国的人才观念发生了明显的变化：一方面是人才的评论标准"从传统的道德文章的伦理尺度转变为通今致用的社会功利尺度"③；另一方面，人才自身的知识结构突破了经、史、文章的传统知识框架，西方的自然科学占了重要地位。而这种变化的主要成因在于随着国门的洞开，一些西学知识影响了当时的一批先进文人。王韬就属于这批先进的文人之列。而此时的清政府依然通过科举选拔人才，仍然沿袭八股文体，将命题的范围囿于"四书五经"之内，这势必造成中国知识分子的知识结构大大落后于世界潮流。不仅如此，王韬也认识到"时文"所造就出来的所谓"人才"，即使连治国理财也是茫然无所知的，"所习非所用，所用非所长，问以钱谷不知，问以兵刑不知，出门茫然，一举步即不识南北东西之向背哉！""今日以无用之时文为进

　　①　王韬：《与杨莘圃》，《弢园尺牍》，中华书局1959年版，第1页。
　　②　王韬：《弢园文录外编》，上海书店出版社2002年版，第158页。
　　③　徐书业：《论早期改良派的教育思想》，《华东师范大学学报》1990年第1期。

身之阶，及问其何以察史，何以治民，则茫然莫对也。"① 王韬不无激愤地痛斥道："岁以时文取士，特不知时文究属何用，居然名之曰士，而其实则一物不知也。岁取数千数百之士，实则岁取数千数百贸然无知之人而已矣!"② 王韬把科举所选择出来的"士"几乎视为"一物不知"的废物，固然是出于义愤，有失偏颇，但就其对当时科举弊端的批判来说，其进步意义是显而易见的。王韬及同时期的先进文人，勇于跳出传统的藩篱向中国运行千年的科举制度发起挑战，在思想界起到了振聋发聩的作用，特别是他明确地提出了"废时文"的主张，把对科举制度的批判提到了一个新的高度。

正是因为王韬对科举制度有深刻的认识和猛烈的抨击，所以他在小说中表露的思想是极其尖锐的，比之蒲松龄对科举制度的批判又提高了一步。蒲松龄屡困场屋而功名之心不灰，他憎恨的不过是科举制度的不公正和黑暗，并不反对科举制度本身。而王韬则不然，他从根本上反对科举制度，认为它埋没人才、用非所习。因此，他"愤帖括之无用，年未弱冠，即弃而不为"。③ 他在小说中也揭露了科举的腐败和弊端，如《徐慧仙》中写考试的试卷居然被人割裂，连神灵伍子胥都因收了人家的香火钱，替舞弊者说情。《袁野宾》中李去骥学富五车，文采斐然，所作之文，士林争相传阅，但是"唯于帖括一道，无论题之大小，洒洒洋洋，直抒胸臆，动辄千百言，耻为程墨所拘"④，因此，"每以违式被换"，屡试不中。《菊隐山庄》中吴秀才，学习优赡，名下士无其比也，然而一直没有考中。年三十，犹困诸生。真正有才学的人反而不被录取，可见科举制度埋没人才之多。《徐太史》中，徐太史科场文学"惨淡经营，出示人，无不击赏"，却"榜发竟黜"。⑤ 后来皇帝不惬新科文章，将主试以下分别议处，特派大学士礼部尚书督率翰苑编十余人，将被黜各卷重行检阅，徐太史得以名列第二。此事反映了科举制度的不公正，使英雄失志。这些作品都揭露了科举制度的腐败与弊端。但王韬更多地是从根本上否定科举制度，因此他在小说中对科举制度极尽讽刺、痛斥，出现了许多鄙视科举的人物形象。如《碧蕣》中碧蕣对辛生说："八股之学，殊无所用，习之者病，工之者死，诚如可用，何不以八股

---

① 王韬:《弢园文录外编》，上海书店出版社2002年版，第8页。
② 同上书，第28页。
③ 王韬:《淞隐漫录·自序》，人民文学出版社1983年版，第2页。
④ 王韬:《淞滨琐话》，齐鲁书社1986年版，第123页。
⑤ 同上书，第266页。

文退'贼'耶?"①以犀利语言挖苦了八股文的无用及危害。《仇慕娘》中卫文庄在练习八股之时愤然说:"此等恶劣文学,几如犬吠驴鸣,强使人把卷吟哦,执笔摹仿,宁死不能学也!"②《萧补烟》中萧补烟每见帖括,即笑曰:"此真足以窒性灵而锢思者也。"③《海外壮游》中钱思衍鄙视八股文,谓人曰:"此帖括章句之学,殊不足法。"但父亲望其成名,所以钱不得已攻读,"未几,获隽秋试,遽登贤书,贺者盈门,钱生每读己文,汗流浃背曰:'此驴鸣牛吠耳,何以见人!'"④《白玉楼》中杨兰士自小聪慧,文才出众,但五上京城竟不得第,百无聊赖,独游西山,梦到一鬼使来召,杨来到阎王府见到自己的命运:"注生当以布衣终,若读书应试,惟一青其衿,如以非分得明经孝廉者,则诚其寿,科名世俗以为荣,自天上视,则更入一重障碍,适足以辱耳,故减其寿数,使亡速离尘世,早列仙班,不至于沉溺也。"⑤杨生至此绝意仕进。这些直接痛斥八股文、鄙视科举的人物形象在王韬之前的时代或是王韬同时代都是很难见到的。

《翠驼岛》中写吴钟生到了海外一岛,见到汉代到此隐居的华人,华人之王听到吴生说现今盛行八股文,慨然曰:"人无经济,胸虽藏万卷无益也,况下习帖括,而嘤嘤然自鸣异耶!……何物竖儒,竟开八股之学,以愚黔首,困顿英雄,使人束书不观,此与祖龙一炬,同为斯文之劫。"⑥"将科举与政治进行因果联系的批判,在王韬小说中具有明显的一致性,而这种批判精神在《聊斋志异》中是看不到的。但发展到1902年的'小说界革命'后,便成了一种普遍现象。从王韬小说开始的这种批判性,恰好表明他的小说在思想上、精神上的近代性的开始。"⑦

尽管如此,王韬却又让小说中的一些人物通过科举中第而扬眉吐气,喜结良缘,又表现了在下意识中对科举制度并没有完全的摒弃。如《徐双英》中徐双英转世做了男子,自小聪颖,9岁入学做秀才,13岁应试做榜元,16岁捷南宫,不久升任御史,喜结良缘。《徐太史》中徐

---

① 王韬:《遁窟谰言》,河北人民出版社1991年版,第37页。
② 同上书,第43页。
③ 王韬:《淞隐漫录》,人民文学出版社1983年版,第93页。
④ 同上书,第355页。
⑤ 同上书,第573页。
⑥ 王韬:《遁窟谰言》,河北人民出版社1991年版,第83页。
⑦ 萧相恺:《中国文言小说家评传》,中州古籍出版社2004年版,第816页。

太史终因皇帝的干预重批试卷，终于科场得意，苦尽甘来，授职编修。其夫人呜咽说："从今而后，可一吐气矣。"① 后又任福建学政，终于在以前常欺凌他的两个舅家儿子面前扬眉吐气，而这一切都依赖于科举。《蓉隐词人》中吴君向其姑借钱，其姑怀疑是他偷了她的钗。吴君愤然，"思立掇巍科，以遂平生之志，释群小之疑"②，日夜读书，终于得中，授予翰林。归来后其姑见其富贵，颇悔前事，遗馈盛丰，亟自引咎。《艳秋》中艳秋命运坎坷，先是被坏人卖到妓院，誓死不从，后寻机跳水，被官人救起，以做义女，偶然见到施生，二人一见钟情。后施生捷南宫，二人终成眷属。施生又被拜为同河南巡抚，艳秋为一品夫人，终于苦尽甘来，荣华富贵。《髻云》中髻云为逃婚来到姑姑家，与陆士子结婚。后来陆士子登贤书，联捷成进士，特授湖南湘阴令，也总算是在经历劫难后，终于富贵。以上这些篇章的主人公都是通过科举及第登上仕途，他们在经历惨淡后，终于苦尽甘来扬眉吐气。他们命运的转机是通过科举制度。从这里我们可看出，尽管王韬在其他书籍中，对科举制大肆批判攻击，在其小说中也表达了同样思想，但在内心深处仍然有一点连他自己都不愿承认的藕断丝连，有一种自己也觉察不到的怀念。

　　实际上，王韬在 1844 年 16 岁第一次参加童子试时，崭露头角，信心大增。1845 年再次应试，考中秀才，更是喜不自禁，对未来仕途充满了憧憬。但 1846 年在举人考试中他名落孙山。这一次对他打击很大，至此他决意不再参加科举考试了，对科举进行了否定，表示自己无意功名。在给友人劝其重考的一封回信中他写道："于时文中求经济，吾未见其句，足下勿挟尺寸之见，令人堕实而废时则幸甚。"③ 1849 年，王韬来到上海，佣书墨海书馆，虽然薪金丰厚，但担负整个家庭的生活之需则难免捉襟见肘，生活一度非常贫困。面对如此困境，王韬深藏心底的功名心又悄然复苏，他在《寄周丈侣梅》信中说："遁迹海滨……见人家泥金遍贴，功名之念未尝不稍动于中。"④ 1856 年他竟然在丢弃八股帖括 10 年后，重又到昆山参加科举考试。如此仓促上阵，自然是一无所得。在 30 岁生日前几天的日记中，他还梦见自己："应省试获

---

① 王韬：《淞滨琐话》，齐鲁书社 1986 年版，第 268 页。
② 王韬：《遁窟谰言》，河北人民出版社 1991 年版，第 231 页。
③ 王韬：《与杨莘圃》，《弢园尺牍》，中华书局 1959 年版，第 3 页。
④ 张海林：《王韬评传》，南京大学出版社 1993 年版，第 44 页。

第"，"予醒后，历历不忘"。① 念念不忘的功名心使他在 1859 年又参加了一次考试，结果更糟糕。所以从王韬的经历可以看出，在生活贫困、不如意的时候他首先想到的是通过科举来改变命运。尽管后来在接触近西学后他对科举有了根本的否定性的认识，但从前的那段不得意的经历，那一直未能实现的梦想，一直郁结在他心中。王韬让小说中的一些人物通过科举中第而扬眉吐气实际上成为他创作时一种心理的宣泄、补偿。

四　政治观

王韬的政治观也显现出一种矛盾性，表现在他对清政府黑暗腐败的揭露，对清政府政权的否定，但同时又表示出一种对清政府的认同与谄媚，那就是斥责太平天国为"贼"，显然这是站在清朝政府立场上的一种指责。

晚清官场的腐败与黑暗是令人触目惊心的。王韬来自社会下层，中年以后又与清朝地方官多有周旋，深知封建官吏的贪狠暴戾和下层平民百姓的艰难，所以他在小说中不遗余力地抨击了清政府官场的黑暗、腐败。《梦中梦》借助落第秀才的梦想，勾勒出封建社会读书人步入官场之后的堕落和仕宦生涯的龌龊。在梦中，卜元考中进士之日，便开始收取地方官贿赂，私囊顿充，以黄金寄妻子扩建房舍。昏庸的皇帝有眼无珠，对这种利欲熏心的官员不仅不立加革斥反而大加官职。先是授翰林，继则外放他做江苏学政，随后一路青云直上，一直升到内阁大学士。地方官吏纷纷奔走其门下，各省大员个个争献殷勤，"金帛珠玉玩器堆列数屋"。② 他把持朝政，卖官鬻爵，公报私仇，欺压百姓，无恶不作。

王韬在小说中为读者描绘了一系列像卜元这样的人物。《蕊玉》中某观察大人为升官而陷同乡僚属于罪，夺其女以献王爷。《汪女》中某县令视人命如草芥，糊涂判案，善恶不分，以致良家女子被迫当堂自杀抗议。《夜来香》中某御史大人嫖妓求欢不成，恼羞成怒，竟诬陷妓女藏匪窝赃，硬将其打入牢狱。《返生草》中某提督喜好女色，纠集手下数十人直入民家，抢夺民女，民女不堪其辱，吞烟自尽。《吴琼仙》中的显宦周氏之子无才而求婚不成，周氏之子恼羞成怒，对孙月州进行报

---

① 方行、汤志均：《王韬日记》，中华书局 1987 年版，第 29 页。
② 王韬：《淞滨琐话》，齐鲁书社 1986 年版，第 280 页。

复，罗织罪名，加以证陷，以致孙被革除功名，充军辽阳，而吴琼仙最后也被富商逼迫至死。形形色色的各级官吏丑态百出、面目狰狞。《因循岛》更是以辛辣的笔调和象征性的手法揭露了清王朝的真实面目。所谓"因循岛"实际上就是因循守旧的清王朝的写照。小说勾勒了封建官吏的群像，县令出访，"见前后引随者皆兽面人身，舆中端坐一狼，衣冠颇整"，太守官衙，"前门标'清政府'三字，两旁隐隐有卧狼数头"，"爱食人脂膏"，作者还有意证明这批异种官吏都是"外来的"。"忽来狼怪数百群，分占各处，大者为省吏，次者为郡守，为邑宰。所用幕客差役，大半狼类"。① 作者显然是以此影射清政府的异族统治。此文用隐喻的文笔，勾画出封建官吏的种种丑态，寄托了作者对晚清统治集团的失望和愤怒。

以上这些作品表现了王韬的政治观，对一个没落的封建王朝的痛恨；但同时他又站在清政府的立场上，在写到太平军时称他们为"贼"，为"匪"，为"粤逆"。

就王韬本人来说，他对太平天国的态度是非常复杂暧昧的。据美国柯文所撰《在传统与现代性之间——王韬与晚清改革》中所言："太平天国造反可能是世界史上规模最大的一次内乱"，"就对生命和财产的破坏而言，太平天国造反者在人类历史上罕有其匹。长江下游广大地区、城乡都被彻底破坏，战斗双方均草菅人命，而帝国军队更甚。几百万人被屠杀，更多的人死于饥饿和疾病。当时的外国人估计，死亡总数所在 2000 万到 3000 万之间，虽然这些数字纯系猜测而得，很有可能有夸大之处，但有非常坚实的证据证明，在某些地区大多数居民灭绝了，例如来自安徽南部的一个幸存者以如下耸人听闻的文字描绘当时的场景：方圆数十里不见人烟，该县原有人口逾 30 万，当贼被赶走时，却只幸存了 6000 多人"。② 也许正因为太平军起义造成的这样一种生灵涂炭的局面，也许是一开始就附着于清政府集团的一方，在太平天国起义爆发后，王韬曾作诗言志说："男儿生不必封万户侯，死不必崇千尺邱。但愿杀贼誓报国，上纾当宁南顾忧。"③ 在他的日记中更有要"生刮"太平军一类的字眼，如他在 1860 年 3 月 30 日的日记中写道："一

① 王韬：《淞滨琐话》，齐鲁书社 1986 年版，第 275 页。
② 柯文：《在传统与现代性之间——王韬与晚清改革》，江苏人民出版社 2006 年版，第 22 页。
③ 王韬：《闻客谭近事有感》，《蘅华馆诗录》卷二，清光绪十六年（1890）铅印本。

片佳山水，蹂躏至是，可为扼腕，愿从大侠，出箧中匕首剜其腹也。”①

显然，王韬一开始是站在清王朝这一方的。但后来随着王韬对太平天国了解的加深和他对清王朝提拔他的彻底失望，他心中的天平又逐渐倾斜于太平天国一方。王韬去过太平天国占领区，亲眼目睹过太平天国治下商业繁兴、“百货之屯”的实情，也略知太平天国尊称基督教徒为“洋兄弟”，尊称文化人为“先生”的基本政策。而与他经历相仿，1854年和他在墨海书馆曾一同研读过《圣经》的洪仁玕，此时升为太平天国总理一事，更使他对太平天国有了一些好的印象。王韬曾经为镇压太平天国起义多次给清朝地方官出谋划策，其目的就是希望清朝地方官吏拔擢他于布衣之中，以便他进一步施展抱负。尽管清政府也采用了他的计策，但并没有任用他。于是王韬铤而走险上书太平天国，结果此事被清政府发现，只好逃亡香港。终其一生，他都否认自己曾上书太平天国。他上书太平天国的目的一方面是因为对太平天国看法的改变，另一方面则是为了能得到重用，一显身手。

所以从王韬的经历来看，他对太平天国的态度是暧昧模糊不清的。但在小说中他的感情倾向却是异常明显，一概称为贼、匪，记叙他们烧杀抢劫的种种令人发指的暴行。这些作品写于太平天国起义失败之后，王韬戴着一项“罪臣”的帽子，始终是清政府所通缉的在逃之人。直到1883年，在丁日昌、马建忠等人斡旋下，经李鸿章默许，他才得以结束长达23年之久的海外流亡生活，回到上海。在大势面前，在显然是清政府的天下这个事实面前，在20多年被通缉的重压之下，他指控太平天国起义军为“贼”自然有向清政府洗刷自己、表明自己心迹的意思，期望能够得到清廷的宽恕和重用，因此在小说中“匪”、“贼”、“逆”之类感情倾向明显的字眼比比皆是。

其实王韬称他们为“贼”也并不完全是谄媚，也是王韬本身固有的封建意识和观念并未褪尽，是一种自觉的认同，他的敌视在一定程度上也是发自内心的。

总之，在王韬身上典型地表现出在近代社会文化转型时期，那种新的将生未生，旧的欲死未死的特殊文化意识和精神心态，这种特殊的文化心态决定了王韬的文言小说在诸多方面都存在着深刻的矛盾。

① 方行、汤志均：《王韬日记》，中华书局1987年版，第151页。

第四节　文化迷惘之中的突围

王韬经历了中学与西学，传统与现代，每一个方面在他身上都有着深深的烙印。在内心深处，重重的矛盾使他对未来、对自身都充满着一种不可名状的迷惘。在那个特定的时代，他代表了一个先进的中国人在向现代化迈进时种种的彷徨、苦闷，有着看不清前途、无法把握未来的恐慌。虽然他热情洋溢地提出了种种富国强民的改革方案，极力鼓吹变法图强，但是他毕竟不是官场中人，不掌握实权，不能使自己的改革方案付诸现实，甚至于他长时间戴着一顶"罪臣"的帽子流亡香港，所以他空有满腹经纶、报国壮志，却一直无从实现。这一切使处于文化冲突之际的王韬在迷惘中渴望着突围，渴望着心灵的救赎。在他的三部文言小说集中，这种复杂的思想在很多篇章中表露无遗。

一　对侠文化的崇尚

综观中国漫长的封建社会，侠一直处于一种不被重视的地位。尽管在诸子百家争鸣的春秋战国时代群侠纷起，一度活跃在政治舞台上，鲁仲连以游说行侠，侯嬴以智谋行侠，荆轲以胆略行侠……他们都以侠名著称于世。但随着秦统一天下，专制封建王朝的建立与日益巩固，侠渐渐失去了存在的土壤，受到封建统治者残酷的镇压与捕杀。尽管侠是封建正统社会的另类人物，但是侠文化并不因统治阶级的主观意志而被消灭。从春秋战国时代出现的游侠之士开始，在广大人民中就出现了侠崇拜现象。侠崇拜的原因大致有二：一是在古代社会，尤其是黑暗专制的年代，广大百姓面对权豪恶霸的欺凌往往无能为力，不能自保，只有侠能挺身而出，救人急难，慷慨相助，这是引起侠崇拜的主要原因。二是侠在处理人际关系方面，具有超出世俗的卓异人格。世俗社会中的人际交往常常以利为目的，而且言行不一，极端虚伪，缺乏正义感。侠不是以利为目的，而是以义为本，重信守诺，舍己助人。侠崇拜反映了广大民众想改变世间病态人格的愿望。侠崇拜作为一种民族的文化心理和文化精神在历代文学作品中都有所反映，从司马迁的《游侠列传》到唐传奇、宋元文言小说、明代白话短篇小说中的某些作品，都可以看出侠文化作品长盛不衰。凡是歌颂侠义精神的作家，大多都有过不幸与坎坷的生平遭际，都无法实现自己的政治抱负，内心郁结，于是把侠客作为自己理想中的反抗对象，来抨击社会的黑暗。

王韬文言小说中的侠文化作品便是继承了我国侠文化史上的这种传统。王韬一生命运多舛，空负才学而无处施展，对社会的黑暗腐败有深刻认识却又无力挽救。同时，他又看不到前途，找不到救世的良方，于是滋生出种种幻想。他渴望侠客尤其是剑侠的出现，希望剑侠能铲除人间的腐败和不平，伸张正义，拯救社会黑暗，一切的罪恶都会得到他们的审判与铲除。

这类代表性的作品有《粉城公主》、《廖剑仙》、《剑仙聂碧云》、《乐仲瞻》、《剧盗》、《诸葛炉》等。《粉城公主》中粉城公主原姓张，自幼习剑术，其父做官时被奸臣所陷害，合族被戮，粉城公主只身逃往山林，聚集天下义士矢志为天下百姓杀尽贪官污吏。她派遣义士四下活动，暗中查访天下贪官污吏消息，一旦抓到他们就严刑惩处，为天下人复仇吐气。《廖剑仙》中廖蔺仙少时即以任侠名，因为路见不平，怒杀虐骂杀夫的悍妇，逃到山中，习剑十年。后出山，其友左子湘喜欢的妓女被周观察横刀夺爱，左生愤然，廖蔺仙砍去周观察手足，使其成为废人。后廖又击毁鄱阳湖水怪，为民除害。《剑仙聂碧云》中聂碧云是一个女剑客，她的父亲为毒龙所害，她历经艰险，终于除掉毒龙，为父雪仇。后又替民间斩除蛟、旱魃、狐妖等害物，为民除害。《乐仲瞻》中乐仲瞻负义气，尚豪侠，疾恶如仇，杀淫妇，烧毁不守清规戒律的尼庵。《剧盗》中俞生性豪侠，好急人之难，慷慨赴之，不计利害。一日遇到西客数十人被劫贼掠去三万金，俞生大力相助，帮其找回。《诸葛炉》叙述秦生家有祖传诸葛炉，能报时，从不轻易示人。在战乱中，同里陈生纠集一帮无赖，抢走了诸葛炉。秦生自失炉后，郁郁寡欢，渐患心疾。一日见到一位相士，相士得知其病因后，用法术帮助秦生拿回了诸葛炉，并且惩治了陈生。

粉城公主、廖蔺仙、聂碧云、乐仲瞻、俞生、相士等人都有着共同的特点：路见不平，拔刀相助，维护人间公道、正义。在社会黑暗、混乱，官府无道、治理无方的情况下，这些侠客只有凭借自己的努力，为当时的弱势群体披荆斩棘，开拓一方湛湛青天。在他们身上无疑寄托了王韬的理想和愿望。

二 佛道思想的滋生

王韬在青年时期曾有着强烈的功名思想，但是科举落第的打击，向清政府献策却又不被重用，上书太平天国又惨遭败露，一直流亡在外的坎坷经历，使得王韬在迷惘之中有些心灰意冷，无所适从。实际上，王韬在历经生活的种种磨难之后，一直有出世之心，"到了晚年，出世思想几乎占据绝对优势"。① 在与友人的书信中，常有此想法，"数百年后，如烟如泡，一切皆当作如是观"。② 因此，在小说中王韬所表现的对功名富贵的态度大多是异常冷漠的。他小说中的很多主人公最后结局都是入山修道或升仙而去。如《徐麟士》记叙了徐麟士在梦中除掉称霸一时的水怪，建立一番功业，得到珠宝金玉不计其数，歌舞升平，热闹非凡。他在梦醒后悟道："世上功名富贵，一切皆作如是观。"③ 终于领悟到功名富贵不过如此而已。《田荔裳》写田荔裳在娶了两个花妖后，想去参加科举考试，二女劝止曰："君今日左对尹邢，右拥施旦，室藏佳酿，园有名花，每值良辰美景，月夕花朝，置酒并酌，怡然共乐，君唱于前，妾和于后，讵非天壤间一大快事哉！恐阆苑神仙，亦无此乐趣也；何必役道途，再作春明之梦。即使入词林，登玉堂，亦不过世上浮荣耳，何足为重轻。如君必欲行，真身有俗骨哉！"④ 田荔裳于是打消了念头，与妻妾尽享眼前风月，不再考虑功名之事。《袁野宾》中李生在山中遇到一个道士高人袁野宾，李生与袁野宾之女结婚后，二人潜心修炼，终成正果，飞升而去。《仙人岛》中崔生在出海航行中，遇风浪，漂泊到一个海岛，遇到一对老夫妇及他们的女儿，其女说自己在这里已经是 600 年了。她所读之书都是《黄庭》、《玉枢》、《参同契》、《悟真篇》等。崔生与女结婚后 20 年，回到故乡，却无一相识者，"询旧时之戚族友朋，尽已物故；即有一二存者，亦已潦倒龙钟，鸡皮鹤发，觑面不复可辨"。于是崔生"慨念人世荣华，如飘风过耳，殊不可待；一切所有，皆如寄耳"⑤，随后出家为道士。《徐双芙》中徐双芙自幼喜读奇门遁甲等书，后遇一老尼赠异书，方悟道，通奇术。后来徐双芙轮回转世做了男子，当了大官，尽享荣华富贵。最后徐双芙的原躯醒来，感叹说："三十年富贵，正如一场大梦耳！"⑥《李珊臣》叙述李珊臣在娶到二美女后，想去参加科举考试，二女说："君真俗骨难医哉！读异书，对名花，此乐虽南面王不易也。又何必厕身于功

---

① 张海林：《王韬评传》，南京大学出版社 1993 年版，第 322 页。
② 王韬：《弢园老民自传》，江苏人民出版社 1999 年版，第 25 页。
③ 王韬：《淞滨琐话》，齐鲁书社 1986 年版，第 4 页。
④ 同上书，第 18 页。
⑤ 王韬：《淞隐漫录》，人民文学出版社 1983 年版，第 15 页。
⑥ 同上书，第 92 页。

名一途哉!"① 于是李珊臣断绝了进取之意。《乐仲瞻》中乐仲瞻在和顾佛奴结婚后，回到故乡，看到家乡在经过赭寇之乱后的萧条景况时，乐仲瞻"恻怛之余，悟道益深"。对顾佛奴说:"余视人世浮荣，如飘风过之吹马耳，石火电光，镜花水月，一切皆幻。余今夙愿已偿，了无挂碍，拟欲入深山密林，寻前时道者，当必有所遇焉。卿其能从我乎?"顾佛奴说:"是我心也。奴自死复生，真如一梦。遍尝世味，有同嚼蜡，敝屣形骸，芥视富贵，固已久矣，岂待君一言而后快哉!"② 二人同登峨眉山，不知所终。《玉箫再世》中玉箫割股疗病、救治丈夫，但丈夫还是病逝，玉箫自尽。不料其夫又生还，而玉箫已转世为陆家女。后来其夫娶了陆家女，携陆家女来到玉箫坟前说:"此即卿之前身也。"陆家女恍然大悟，有出尘之想:"人世光阴，真不可待。"③ 与丈夫一起入山修道。《黄粱续梦》叙写燕湘云梦到自己科场高中，位极人臣，尽享荣华富贵，醒后叹曰:"人间四十年富贵，不过如斯耳。"④ 后绝意仕进，入山访道。

这些人物都视功名富贵如一场春梦，如浮云飘风，言语间充满了对碌碌红尘的厌倦、摒弃，希望到一个宁静的世界，远离繁华喧嚣，逃脱战乱及人生痛苦与无奈。在有些篇章里王韬描绘了他所向往的理想世界，如《消夏湾》中嵇仲仙游历海外，途中漂到一个海岛。这里风景清幽，松柏参天，青翠欲滴，天气晴和，林鸟啁啾，山果累累，溪涧回环，炊烟缕缕，一派世外桃源的景象。这里居住的隐士是从南宋时兵败漂流过来的，仍有古风古韵。老者引领嵇仲仙去清凉的消夏湾避暑，又去竹院荷亭消遣，香气宜人，美不胜收。嵇仲仙"自此不愿再履人间，遂逍遥海外以终老云"。⑤ 嵇仲仙留恋的不只是那里的秀丽风光，还有那与世无争、自由安适的生活状态。《仙人岛》也是作者描摹的理想境界。崔生也是因航海途中遇风浪，被抛到一个海岛。海岛上有隐居在此几百年的老夫妇及他们的女儿，"此岛中无寒暑，无昼夜，珍禽驯兽，多中土之所未识。亦无历日，以花开花谢，树之荣落为春秋。崔自与女居，饥则食，渴则饮，倦则眠，醒则走，约略二十年，而容转少"。⑥

① 王韬:《淞隐漫录》，人民文学出版社 1983 年版，第 244 页。
② 同上书，第 369 页。
③ 同上书，第 34 页。
④ 王韬:《遁窟谰言》，河北人民出版社 1991 年版，第 168 页。
⑤ 王韬:《淞隐漫录》，人民文学出版社 1983 年版，第 569 页。
⑥ 同上书，第 15 页。

这是一个多么无忧无虑自由自在的人间仙境！难怪老夫妇催促崔生回故乡时，崔生不愿回去。《闵玉叔》中闵玉叔经历亦然，他漂流到一个海岛上，这里居住的也是南宋时避乱而来的人，他们衣食简朴，没有太多的物欲。"山中晨夕三餐，皆供白粲，并无肴馔可供下箸……屋后有二酒窖，酒自石隙出，涓涓不绝，下注缸中，从无盈溢时；惟有红白二色，红者为白花酿，白者为五谷酿，味俱甘芳醇厚，多饮亦无醉意，但觉微倦易眠耳……生居十余日，了无所事，顿觉尘虑胥捐，俗气尽涤。"① 在这里，没有季节的变化，四时都如春日，绿树成荫，奇花斗妍，翠鸟千百，飞鸣树枝间，从未见有开落荣谢时。这样的自然、人文环境使闵玉叔彻底放松心情，各种红尘中的烦恼都被洗涤一空。

类似的篇章还有诸如《翠驼岛》、《仙井》、《红云别墅》、《白玉楼》等，在这些作品中，王韬塑造了一个世外桃源般的理想境界，他在现实中的郁闷、愤恨、失望，全都寄托在这样的境界之中。在这个理想境界里，充满着道家自然无为的气息；在这个安详的乐土里，不知日月历法，没有四季变化，风光秀丽优美；人们自由自在地生活着，没有任何人世间的烦恼、忧愁，没有所谓的八股帖括，没有功名利禄的纠缠，人们清心寡欲，恬淡悠然。这样一个极度理想化的世界显然是不可能存在的，是作者的一种美好幻想。王韬通过这样一种创作的梦幻与自慰，来麻痹自己在现实中的痛苦与烦恼，求得心灵的平衡。

三　烟花粉黛之事的兴盛

处于文化大裂变之际的王韬，虽然渴望剑侠的出现来除暴安良，使天下太平，但那只是他的一厢情愿；虽然他向往一个清静无为的世外桃源可以任意逍遥，但那毕竟是一座空中楼阁，真正能让他释怀的、能让他在现实中有所宣泄的是那些青楼女子。在这三部文言小说集中，有大量描写妓女与狎妓的作品。妓女作品的大量出现，也和当时整个的社会文化环境有关。清朝自乾隆以后，出现娼妓颇盛的现象，各大都市都有遍布城隅的秦楼楚馆，文人出入妓院是很平常的事。因此反映妓女的笔记、杂记日渐增多，如珠泉居士的《续板桥杂记》、《雪鸿小记》，捧花生的《秦淮画舫录》，许豫的《白门新柳记》，西溪山人的《吴门画舫录》，二石生的《十州春语》，蜀西樵也的《燕台花事录》，谬艮的《珠江名花小传》等，这些作品分别写了南京、扬州、苏州、宁波、北京、

① 王韬：《淞隐漫录》，人民文学出版社1983年版，第114页。

广州的妓女生活。王韬晚年所居的上海更是妓院云集。据记载，同光年间这里的烟馆、妓院超过千家。王韬自述说："沪上为繁华渊薮，城外环马场一带，杰阁层楼，连甍接栋，莫不春藏杨柳之家，人闲枇杷之院。每至夕照将沉，晚妆甫罢，车流水，马游龙，以遨游乎申园之间。迨乎灯火星繁，笙歌雷沸，酒肴浓于雾沛，麝兰溢而香霏。当此时也，其乐何极，于中绮罗结队，粉黛成云，莫不尽态极妍，逞娇斗媚。皆目以为姿堪绝世，笑可倾城。盖楼指记之，其拔艳帜而饮芳名者，固不知其凡几矣。"① 这样的社会生活和文人风尚影响到文学创作，就出现了所谓的"狭邪小说"，如《青楼梦》、《花月痕》、《海上花列传》等。王韬本人的经历也为他创作此类作品提供了大量素材。王韬 19 岁时在南京应考，便堕入青楼妓院，初步形成他的"风流才子"的性情。入墨海书馆以后，五光十色、充斥着香艳气息的上海使王韬与妓女的来往更加密切。1860 年，他写了《海陬冶游录》专门记述上海妓女的情况，1878 年他又写了《花国剧谈》，仍然是追忆上海诸妓女的往事。晚年他与妓女的交往更加频繁，因此在三部文言小说集中，有不少描写妓女的作品。这些作品大致可分为两类。

第一类是以虚构的手法描写妓女的爱情故事、人生经历，属于小说。很多作品赞扬了妓女的聪明才智、侠肝义胆，对她们的不幸遭遇深表同情。《小云轶事》写小云因为父母病亡，沦落为妓，但她不卖身，喜好才士，能急人所难，乐于帮助别人，是一个"女侠客"。《眉绣二校书合传》中描写了两个有个性、重情义的妓女。眉君选择客人很严格，有不合心意的，即使出重资，也不肯顾盼。她只和琴川花影词人交好，后来花影词人以五千金把她赎出纳为妾。李绣金是个重情义的女子，她最爱钱生，一开始钱生无钱赎她，后来做了太守，佯作贫困潦倒状，绣金赠钱五百金，还安慰他说："天生君才必有用"②，于是钱生纳她为妾。《夜来香》写夜来香艳名一时，被某军门赏识，为之脱籍，但夜来香不屑做妾之列，二人不欢而散。后自立门户，喜爱才子，"有贫者，则供其行李之乏困"，"或有录遗被斥者，则为言之当道，仍得入场获隽"。有不合心意的人，"虽受其金钱，辄摈之为门外汉"③，因此得罪了某狱史、某当道，被诬陷而没收家产，终于不胜摧残，病死。

① 王韬：《谈艳上》，《淞滨琐话》，齐鲁书社 1986 年版，第 168 页。
② 王韬：《淞隐漫录》，人民文学出版社 1983 年版，第 88 页。
③ 同上书，第 253 页。

《胡姬嫣云小传》塑造了一个勇于抗争但又薄命的妓女形象。胡姬本是良家女，因家贫，渐做妓女生涯，遇巨富任公子，缠头之赠不可胜记。有巨盗孙二闻风去劫，不料让胡姬裸体斗败，而任公子吓得缩成一团。但孙二后来又报复胡姬，使她受了重伤，而任公子再不敢来。胡姬后来嫁给了渤海生，但不久便病死。《返生草》刻画了一个洁身自好、心高气远、刚烈的妓女魏红。魏红每遇纨绔子弟辄以白眼对之。有客人求见，必先试一绝句。沈生去见了魏红，二人相谈甚欢，虽同宿一床而不及于乱。魏红说："妾虽堕风尘，犹子身，必得如郎君者而事之，愿斯足矣。然居妾媵列，心所弗甘也。"①沈生准备娶魏红时，不料魏红被某军门强行夺走，魏红寻机自尽。沈生以返生草救活了魏红，遂为夫妇。《苏小丽》则是反映了妓女的不幸遭遇。苏小丽是名妓，不以金钱看人，吴生家贫，但苏小丽仍喜欢他，甚至出私钱代他给鸨母作缠头费，但是吴生非常懦弱，竟不能把苏小丽赎出。苏小丽最后只能失望地诘问："君一男子，竟不能出妾于火坑乎？"②描写了一个不能掌握命运，任人玩弄、惨遭抛弃的妓女的人生经历，斥责了男人的无情与懦弱。另外《严寿珠》、《金玉蟾》、《珠屏》等刻画了有远见卓识、聪明大度的妓女形象，《月娇》写了机智杀贼的月娇等。这些妓女的才智、个性令人赞叹，同时她们的遭遇也令人同情。

第二类是以纪实的手法对众多妓女进行客观描写。这些实录都是作者多年游历妓院的真实写照，不但有中国妓女，还有外国妓女。记录中国妓女的有《画船纪艳》、《谈艳》、《记沪上在籍脱籍诸校书》、《红豆蔻轩薄幸诗》、《三十六鸳鸯谱》、《二十四花史》、《二十四花神》；写日本妓女的有《东瀛艳谱》、《桥北十七名花谱》、《柳桥艳迹记》等。这些妓女实录的篇章有如下三个特点：

第一，这类作品多是简单地记叙每一个妓女的姓名、相貌、性情、身世、大致经历及作者对她们的评论，多是罗列一大群人物，所以通常是群像，没有什么人物形象的塑造。不过在具体写法上，也有分别，各个妓女的记叙情况有详有略，有贬有褒，有同情有猥亵，不一而足。这些作品在文学上价值不高，但有较高的史料价值，比如《谈艳》记叙了上海妓女的十大帮派：苏帮、宁帮、扬州帮、金陵帮、湖州帮、湖北帮、江西帮等，并分别谈论了各个帮派的特点。《桥北十七名花谱》、

① 王韬：《淞隐漫录》，人民文学出版社1983年版，第333页。
② 王韬：《遁窟谰言》，河北人民出版社1991年版，第210页。

《柳桥艳迹记》介绍了日本东京妓女、妓院的情况，柳桥的地理概况、市容市貌、妓女特点、待客之道等，非常详尽，对研究国内外妓女生活史有很大帮助。

第二，在这些客观实录里，常常可以看到王韬的自吹自擂、沾沾自喜及封建社会末世文人那种不知羞耻的炫耀。实录中多处地方都写到妓女们对王韬情有独钟，格外垂青，尽管他又老又贫。如《红豆蔻轩薄幸诗》中阿娜在众多的客人中"独昵就予。杯盘间错，色授魂与，情殷意挚，几乎颠倒不能自持"。① 从而引起其他客人争风吃醋。宫小婷也是对作者格外恩惠，情深意长，"此间多髯头大腹贾，见令人作三日恶。以君诙谐谈吐，故愿时临存耳，岂有他哉"！② 褚金福也并不因作者是一介贫士而不屑，反而一见之下"即垂青眼，喜与余谈诗，每至月斜犹不倦，虽招者红笺纷至，弗顾也"。③ 高二官"于众客中特属意余。款待殷勤。时嘱余往"。④ 丁金宝也因倾慕作者文名，相待甚厚，"畀以金，固辞不授"，"余每至，必沦佳茗，供佳点。花晨月夕，特设盛馔。姬善弹琴，酒后必为余鼓一二弄，以破愁思。如是者几阅一年，余未尝费一缠头也"。⑤ 可见作者的炫耀之情。

第三，这些作品也表达了风流云散、美人不常在的今昔之感，抒发了对往事的伤感追忆。《记沪上在籍脱籍诸校书》中作者感叹说："自余相识诸词媛，风流云散，天各一方。虽幸东风之有主，而深嗟北里之空群，殊令人不无今昔之感矣。兹观昔年花榜中人，不禁感慨系之。"⑥《谈艳上》："余自道光末季，以迄于今，身历花丛凡四十年，其间岂无盛衰之感！而以今证昔，觉欢场之非故，花样之重新，殊令人望古遥集，慨想低徊而不能置焉。顾曲无人，红乐绝响，知音谁是，蓝本已亡，嗟乎！此曲已成《广陵散》矣。"⑦《红豆蔻轩薄幸诗上》慨叹美人不再："呜呼！烟云世界，变无须臾，蜃蛤楼台，消亡顷刻，天下事皆作如是观。"⑧《二十四花史上》："逮乎境过情迁，哀来乐往。叹繁华之

①　王韬：《淞滨琐话》，齐鲁书社1986年版，第234页。
②　同上书，第240页。
③　同上书，第243页。
④　同上书，第245页。
⑤　同上。
⑥　同上书，第195页。
⑦　同上书，第168页。
⑧　同上书，第232页。

转觳，悲踪迹之飘蓬，追忆影尘，曷禁怅惘？"①

　　总之，这类狎妓的作品大多流露出对灯红酒绿、狎妓夜欢、声色之欲的欣赏与追逐，充满了一种庸俗堕落的气息，大大削弱了作品的思想性。

　　但是，作者在内心深处，其实并不完全认同这种生活状态，他并没有与那些嫖客、妓女、那些色情的气息真正融为一体，他不过是为了排遣内心的苦闷与彷徨，为了消解壮志难酬的悲哀。在《二十四花史上》中王韬把自己这种狎妓的真实心态阐述得非常详细：

> 　　天南遁叟曰：当庚申辛酉间，江浙沦陷，凡士女之自远近至者，群萃于沪渎一隅。重开香国，再辟花丛，其在城中者，亦复舍彼而趋此，由南而徙北，弹指楼台，几同蜃蛤；塞空世界，尽是琉璃。嗟红粉之情迷，觉金银之气溢。吁！其盛矣！余于其时虽亦谈北里之风月，访南部之烟花，逐队随行，寻芳买笑，然而闲情徒寄，绮憾难平，方且欲绝温峤之裾，着祖荻之鞭，击渡江之楫，挥回日之戈，投笔从戎，上马杀贼。所志未遂，弥怀郁伊，此所以散弥天之花雨，如坐摩登；聆遍地之笙歌，如参梵呗。犹浮云之国太虚，无痕可迹；若至水之印明月，澈底皆澄。文字之障，概从屏弃已。在昔蛾眉谣诼，同是伤心。而今马齿衰残，不堪回首。五千里外，老友书来，熏香百回，摄具再拜，展读未终，不觉悲从中来，欷歔弗置。即此一编之艳志，足补我二十载之绮游矣！②

　　可见，王韬置身于烟花丛中情绪是很复杂的，一方面是郁怀难抒、壮志难酬所致，沉湎于追欢买笑中不能自拔；另一方面却又情思游离，在放纵与荒唐中参悟人生，一切的歌舞升平、繁华风月都难以从根本上撼动他；而回想这几十年狎妓的碌碌无为，如今的风烛残年，更觉难以回首，不胜悲凉。所以记录这几十年的艳游生涯，在某种程度上也是一种伤怀，暗含着无奈的放纵和失落。

---

① 王韬：《淞隐漫录》，人民文学出版社 1983 年版，第 459 页。
② 王韬：《淞滨琐话》，齐鲁书社 1986 年版，第 464 页。

第五节　新兴传播方式的现代化变革

从传播角度来看，王韬的小说创作最特别之处是采用了新的传播方式。王韬是中国近代第一个在报纸上连载小说的作家，申报馆接着又推出小说单行本，开创了近代报业与小说家合作的先河。在王韬之前已经有报载小说，1873 年《昕夕闲谈》连载于《瀛寰琐记》，1882 年《野叟曝言》连载于《沪报》，但《瀛寰琐记》是长篇翻译小说，《昕夕闲谈》则是先有全书再在报纸上连载。《淞隐漫录》并不是先有全书，逐一刊登，而是在刊登过程中有新作问世，这一点和之前的小说刊载存在显著区别。因此，王韬的《淞隐漫录》可以说是中国近代第一部严格意义上的连载小说。

《淞隐漫录》的全部篇目和《淞滨琐话》的一部分都曾以单篇形式发表在《申报》发行的《点石斋画报》上，这个画报由申报馆经营，创刊号发行于 1884 年 5 月 8 日（光绪十年四月十四）。同日，《申报》在第一版显著位置介绍了《点石斋画报》的特点："特请善画名手，选择新闻中可惊可喜之事，绘制成图，并附事由，点石斋印刷，每月定以数次，每次八图，由送报者随报出售，每本收回工料洋五分。其摹绘之精，笔法之细，补景之工，谅购阅诸君自能有目共赏，无俟赘述。"① 为了吸引更多读者，《画报》从第 6 期（光绪十年六月二十七日）开始登载王韬的《淞隐漫录》，并且配图一幅，到第 125 期（光绪十三年七月二十六）全部登完。对在《点石斋画报》上刊登王韬小说的举动，《画报》主办者美查非常满意，认为刊登在该画报上的《淞隐漫录》较《聊斋志异》有过之而无不及。在《淞隐漫录》刊登之前，王韬的作品《普法战纪》和《遁窟谰言》已经多次出版，广为人知，王韬也成为沪上的文化名人。如果说此前刊登的时事、新知、奇闻迎合了市井小民的趣味，那么《淞隐漫录》的刊登无疑更符合文人士大夫的需求，因此大受欢迎。第 126 期开始刊登的是《淞隐续录》（结集后叫《淞滨琐话》）。不同的是，《点石斋画报》其他图像是以图中有文、图文共存的形式出现的，而《淞隐漫录》、《淞隐续录》先图后文，图文分开。作为小说的文字和作为诠释图像的文字，其篇幅自然不可同日而语。

---

① 《申报》1884 年 5 月 8 日。

报纸的介入，对王韬小说的传播方式、创作主体心理、题材内容、创作形式、创作意义都带来很大改变。

一　小说传播的变化

《点石斋画报》的介入加快了王韬小说的面世速度。在中国古代印刷术没有发明之前，所有书籍全靠抄写复制，传播速度很慢。唐宋以后虽有印刷术的出现，但毕竟是手工操作，速度慢、工效低、成本高。受人力、物力、财力等条件所限，古代许多作品难以付梓印行。即使到了明清时期，人工抄写仍然是文学传播的重要手段，明清小说大都是先以抄本的形式流传开的。书籍大多在士大夫范围内流传，手抄、雕板或木活字、铜活字排版，手工印刷，在数量上和速度上都严重限制了文化的广泛传播。到晚清，印刷出版业的发达使文学作品的发表变得轻而易举，不再有从前人工抄、刻那样的困难。一部作品可以大量地复制，并能得到迅速、广泛的流传。而近代报刊这一新的媒介，与一般书籍相比，报刊的传播速度更快。《淞隐漫录》在报纸上的刊行打破了中国两千年来的传统出版发行方式，扩大了小说的传播速度。《淞隐漫录》是边写边刊的，和以往完成全书再交坊间印刷出版的情况不一样。报刊连载加快了读者对作者和作品的了解。而且《申报》连载后小说又出版了单行本，这种先连载后单独发行的方式使得读者在很长一段时间内都能够接触到小说，扩大了小说的影响力。自《淞隐漫录》起，近代报刊为小说的传播提供了重要媒介，大大加快了小说面世的速度，在小说史上揭开了新的一页。

借助于《点石斋画报》的发行，王韬小说的传播范围大大扩大。《点石斋画报》为中国最早的旬刊画报，它将图文结合在一起，以传播时事、新知、奇闻与果报思想为主，在社会上影响巨大，为广大国人所喜闻乐见，读者数量很多。《淞隐漫录》的连载取得了巨大成功，这当然和王韬在上海文化界、思想界的影响有关，王韬回上海时的身份毕竟已经是一个声名显赫的报人和洋务专家；更重要的是，和申报馆之《点石斋画报》的推动有直接关系。美查在王韬的每篇小说脱稿后，即请人绘图，使得文字和图画迅速结合在一起，共同出现在画报上，为小说连载增添了新形式。《点石斋画报》附刊了《淞隐漫录》后，在一定程度上调整了它的版面上图与文的比例，文字的比重更多，使其更具可读性，在改变版面风格的同时扩大了读者队伍。在画报上连载的《淞隐漫录》受到热烈欢迎，以致结集后一版再版，还被人盗版，与《点石斋画报》这个载体和《申报》的广告造势不无关系。

二　作家创作心理的改变

由于传播方式的改变，作家的创作心理也逐渐有了变化。首先是表现在对待读者的态度上，作家开始关注、重视读者的感受和兴趣，有了明确的读者意识。作家和读者是文学传播中相互依赖而不可分割的两个重要环节，作家的独立人格通过文学作品感染着读者，造就属于自己的读者群体；读者的审美需求反过来也牵引着作家的创作思路，干预着作家的创作指向。以前的文言小说多为游戏笔墨、自抒胸臆之作，和读者的关系不太密切。但在近代，随着新的传播媒介报纸的介入，读者的功能提高了。中国报刊自一开始产生，就直接面对市场，带有明显的经济利益，直接感受社会对自身的要求。创刊者们为获取更多赢利，必然关注市场，必然会受到读者市场的制约。作为报刊的编辑、出版人员，无时不在关注着报纸、杂志的销路，密切注视着刊物同大众口味的贴近，并由此随时调整自己以适应市场的需要。同样，以报刊为载体的小说，也必须适应市场的需要，这就使得小说家们不得不面对广大民众，也需要了解市民口味，迎合读者心理，贴近社会，贴近民众。因此，小说的内容也往往会因读者的阅读兴趣而做出应和的趋向，文学的发展走向与重心发生了转变。"就作者而言，边作边刊在一定程度上打破了其在创作过程中唯一的中心地位，作品不单纯是其'言志'的结果，还关联着大量的外在因素。当作者在创作中开始适应与媒体和读者的交流，逐渐自我调整的过程中，他已经开始将古典的创作方式现代化。……由此，小说创作进入作者—媒体—读者的多元模式，媒体在其中占主导地位。"① 在报刊的连载过程中，作家最初的写作动因已经不那么单纯，不再只是写给自己看，或者在小范围的朋友圈内传阅，作品还要成为众多读者品评的对象。"当小说依附报刊成为一种商品以后，作家在创作过程中就不得不考虑读者的需求这一重要因素了，于是在'作家—作品—读者'这三对文学关系中，读者的地位得到了空前的提高，即读者开始以一种无形的力量介入到作家的创作中了。这是中国文学近代化过程中非常突出的一个现象。"②

---

① 凌硕为：《申报馆与王韬小说之转变》，《求是学刊》2007年第1期。

② 温明明、曹旭超：《中国近代小说传媒的变化及意义》，《读与写杂志》2007年第6期。

其次，作家创作心理的变化表现在对自身的认可上。对作家本人来说，所带来的变化是身份的认同感和创作地位的提高。写小说不再是小道末技，应邀为报纸创作小说，提高了作家的创作地位。王韬之所以在《点石斋画报》刊载小说，完全是因为报馆主人美查的盛情邀请。同时，小说稿酬在经济上给予了作者生活的保障，小说家不再仰人鼻息，受人供养，寄人篱下。而且，"在晚清，并非所有的文艺创作都能拿稿费，只有小说创作因得到广大读者欢迎、发行量大，出版商有利可图，才付给稿费"。① 他们靠小说的稿酬而立足于世，由此获得了新的人生价值。这种创作情形无疑使他们在创作中更为轻松。"稿费制直接刺激了作家们的创作，经济利益使得他们迅速摆脱鄙视小说的心态，走出'小说是小道'的心理阴影，也在客观上提高了小说的文体声望。"② 对比一下《遁窟谰言》和后来报载的《淞隐漫录》和《淞滨琐话》就会发现，前者较为郁结严肃，后两者却相对显得随意休闲。虽然这不排除王韬前后思想的变化，但是邀稿写作给予稿酬的报刊的登场，也绝对是不可忽视的因素。

三　创作内容与形式的改变

报刊在与小说结合后，由于报刊有自己的固定读者群和版面要求，所以小说在内容和形式方面做出了一些改变。

首先，为了在内容上适应广大市民的口味，《淞隐漫录》、《淞滨琐话》增多了冶游类作品。从《遁窟谰言》和《淞隐漫录》、《淞滨琐话》的比较中可以看出，《遁窟谰言》写狭邪类的花榜作品只有一篇《三丽人合传》，记叙了3个妓女，而在《淞隐漫录》中有《眉绣二校书合传》、《申江十美》、《阿怜阿爱》、《桥北十七名花谱》、《东瀛才女》、《二十四花史上》、《二十四花史下》、《十二花神》、《合记珠琴事》、《三十六鸳鸯谱上》、《三十六鸳鸯谱中》、《三十六鸳鸯谱下》、《名优类志》、《画船纪艳》14篇，记叙了共计126名妓女。《淞滨琐话》有《谈艳上》、《谈艳中》、《谈艳下》、《沪上诸校书》、《薄幸诗上》、《薄幸诗中》、《薄幸诗下》、《东瀛艳谱上》、《东瀛艳谱下》、《燕台评春录上》、《燕台评春录下》、《珠江画船记》、《瑶台小录上》、《瑶

① 陈平原：《中国现代小说的起点——清末民初小说研究》，北京大学出版社2005年版，第79页。
② 王国伟：《吴趼人小说研究》，齐鲁书社2007年版，第114页。

台小录中》、《瑶台小录下》15 篇，记叙了共计 228 名妓女。此类作品
数量的增多，是和当时上海的社会风气有密切关系的。近代上海的娼妓
业特别发达，妓院林立，狎妓已经是十里洋场文人生活的重要部分。娼
妓业的畸形发展，妓女嫖客人数大增，人们对与妓女嫖客相关的文学需
求也随之增加。王韬小说中这类作品的增多显然是为了迎合当时沪上好
冶游的风气，满足读者的兴趣。

其次，以报刊为载体的小说也需要在形式上有所改变，以适应报刊
的需要。由此，产生了与传统小说相异的报刊小说。"小说要在报刊上
连载，首先必须符合版面要求，因此报载对小说带来的最直观的改变当
属篇幅的齐整化。"① 《淞隐漫录》和《淞滨琐话》以附页的形式附在
《点石斋画报》之后，为了保持每期的独立完整，每篇小说必须占满而
又不能超出版面，这对小说是一个苛刻的要求。为了适应报纸版面，王
韬在创作中有意识地对每篇小说的字数进行控制，从而使小说字数大致
固定，每篇字数多少变化不大。将非报载的《遁窟谰言》与报载的
《淞隐漫录》作一比较就会发现，前者字数参差不齐，少则二三百字，
多则近两千字。而报载的《淞隐漫录》的字数差距不大，大多在
2000—2500 字之间。

四　创作意义具有了新的内涵

首先，小说成为商品，有了规范的商业意义。古代的中国小说家是
无法完全依靠出卖自己创作的小说来谋生的。传统小说虽然先天就具有
商业化的品性，但古代小说家并不能以此而生存。传统的小说创作以获
利为目的的并不多，即使如冯梦龙、凌濛初等带有获利目的，也并非以
此为主业并借以谋生。中国古代不乏卖文获酬的情况，获得的回报也多
少不一，名气大的文人，一般被人邀请撰写诸如墓志铭等各种文章，报
酬也很丰厚，无名的读书人，帮人代写书信，得几个补贴生活的小钱。
这种通过写作取酬的情况在我国可谓由来已久，但总的来说，这种文字
的买卖相对较为随意，并未形成具有社会契约性质的稿酬规定。到了近
代，随着印刷技术的提高和新闻出版事业的繁荣，报刊用稿大为增加，
支付稿酬逐渐变成具有社会契约性质的规定，并最终在清末以制度的形
式确立。王韬一向经济不算宽裕，晚年为刊印毕生的著作还需到处请求
权贵的资助，囊中羞涩的经济状况使他对赢利之事不会拒绝，因此申报

---

① 张袁月：《从报刊媒体影响看王韬的小说》，《明清小说研究》2010 年第 4 期。

馆要连载他的小说并付给高额的稿费，他欣然接受。王韬在致盛宣怀的信中说："七月抄《淞隐漫录》已盈十二卷，主者意将告止。因画报阅者渐少，月不满万五千册，颇费支持。然韬月中之入，又少佛饼四十枚矣。"① 王韬担任格致书院山长一年薪金才一百元，一月写三篇小说就有40元稿费，这笔收入不可谓不高。当时王韬所租上海市中心环马场"楼房三椽"月租为18元，《点石斋画报》的公开稿费是每幅画（带文字说明）2元，申报馆报人最高月薪也仅40元，可见这笔稿费的确不低。② 王韬的小说创作也就摆脱了传统的游戏笔墨、自我抒怀，而具有了商业意义。

其次，报纸的介入使小说创作具有了新的交流意义。"《点石斋画报》的小说连载已经不再是传统的小说创作活动，王韬已经自觉地将它作为文人圈中的文字游戏，对他而言，小说不再完全是个人思想情感的表达，而在一定程度上已经变成一定范围内公共情感、话题交流共享的载体。"③ 王韬的连载小说中经常有沪上人所熟悉的人物，这大大增加了读者的谈资，成为文人间共享的话题资源，阅读的过程也成为他们与这些名人显达之间的某种交流。这些人物大致有两类：第一类是王韬的朋友，多为名士或官员，如龚孝拱、蒋剑人、沈梅史、钱昕伯、蔡尔康、黄协埙、何桂笙、邹弢、管秋初、吴沐庵、杨墨林、耿苍龄、袁祖志、毕以锷、文廷式等。《江楚香》是以王韬好友之一杨墨林和他的一个小妾的故事来创作的，在小说的结尾，王韬以逸史氏的身份来评论："墨林太守，余一知己也，乙卯冬间来游金间，间道沪渎，一见如旧相识，遂效戴宏正故事，结金兰交。"④《菊隐山庄》是以王韬另一好友吴沐庵的奇遇来创作的，小说中说："常州吴秀才，学问优赡，性情豪迈，名下士无其比也。然颠跋名场，苦不得售，年三十余，犹困诸生。因避乱徙家海上，为人幕宾。"⑤《悼红仙史》是以好友管秋初的奇遇来创作的。《阿怜阿爱》的男主人公为王韬在日本认识的吴翰涛。《丁月卿校书小传》的主人公"山阴瘦腰生"即沈梅史。《龚蒋两君轶事》写的是龚孝拱与蒋剑人的故事。这些作品有的是实录，有的则有很多虚构成

---

① 王尔敏、陈善伟编：《近代名人手札真迹——盛宣怀珍藏书牍初编》第8册，王韬手札。

② 张敏：《晚清新型文化人生活研究——以王韬为例》，《史林》2000年第2期。

③ 凌硕为：《申报馆与王韬小说之转变》，《求是学刊》2007年第1期。

④ 王韬：《遁窟谰言》，河北人民出版社1991年版，第12页。

⑤ 同上书，第201页。

分。第二类是沪上人熟悉的校书,如王莲舫、陆月舫、吴佩香、王佩兰、顾兰荪等。这些靠色艺谋生的女性,是当时社会上最主要的大众情人和新闻人物。她们的婚姻、风流韵事、隐私秘情,常为人们所津津乐道。这两种人多为沪上文化圈所熟悉,连载小说对他们的描述引发了人们对共同熟悉人物的集体想象和评论,成为一种新的交流方式,在话题的反馈和谈资中,又进一步增强了作家创作的热情。

第六节　在近代小说史上的地位及影响

文言小说和白话小说相比,特征之一是文言小说作者是文化修养较高的文人,是文人个人直接创作的,作者的主体意识得到更充分的表现,真实反映了文人的心态和时代精神。从文言小说的发展历程中,我们可以看到不同时代作家的思想个性。到了近代,随着西学东渐,知识分子的眼界比过去大为开阔,思想意识也开始从传统向现代过渡,王韬的文言小说就反映了一个游历海外、深谙西学的资产阶级启蒙思想家的心态,他站在中西文化交流的前沿,对中国的传统文化进行了深刻反思,对现代文明热切地呼唤,作品中所表现的主体意识是过去的任何朝代所不具备的。

和清代中后期其他作家的文言小说相比,王韬的文言小说也显示出超越众人的主体意识。纪昀的《阅微草堂笔记》写作目的是为了宣扬封建伦理道德,劝善惩恶,以巩固封建秩序,另外还有许多宣扬封建迷信和因果报应的东西,所以这部文言小说的主要思想倾向是很保守的。沈复的《浮生六记》是一部自传体的文言小说,题材比较狭窄,主要是表现作者夫妇情爱之美,同时也表现了文人雅士的生活情调和审美意趣。宣鼎的《夜雨秋灯录》在题材上基本上仍是沿袭传统,如抨击社会的黑暗,赞扬妇女对爱情的追求等,有些作品受佛道思想和迷信观念影响比较大。而王韬,由于他对中西文化的深切领悟、游历海外的特殊经历,使他的文言小说具有了那个时代其他作家所不具备的内涵,呈现出一种崭新的全球文化意识、多元的文化心态。

王韬的文言小说在中国近代小说史上的地位和影响主要表现在以下几个方面。

一 自觉描写异国形象的作品最早为读者提供了
关于现代性问题的想象和思考

在王韬有限的海外题材小说中，第一次通过小说这种通俗的文学形式使中国广大读者对异域有了一个明确的感性认识。而且更重要的是，通过描写异国形象，王韬借此传达了他对西方文明的新思考，希望能够启迪广大国人的思想。诚如王一川先生所说："他在现代较早尝试把文言短篇小说这种原本位处边缘的闲适文体，运用来直接表现个人对于社会世相、国计民生和文化前途的痛切体验与思考，尤其是表达他个人对中国的现代性境遇的独特体验和沉思，从而产生了为蒲松龄《聊斋志异》所没有的那种直接而强烈的社会批判效果……他的真正与众不同处在于，他急切地要表达的决不是什么纯粹个人身世伤悲，而是自己浪迹天涯'三十年来所见所闻，可惊可愕之事'，是他获得的对于中国文化的空前危机境遇的痛苦体验及相应的拯救意向。"① 这种"对于中国文化的空前危机境遇的痛苦体验及相应的拯救意向"最明显的表现就是存在于王韬海外小说中关于中西文化的比较与想象中。王韬的观照视野已经超越了传统题材而具有了现代意义。《双尾马》、《泰西诸戏剧类记》在对西方的描述中引发了中国人经济观念的反思和警醒；《闵玉叔》、《海外美人》、《海底奇境》、《海外壮游》、《乐国纪游》、《岛俗》、《海岛》、《消夏湾》则反映了近代国人希望了解世界的强烈愿望；《纪日本女子阿传》、《媚梨小传》、《花蹊女史小传》则塑造了敢作敢为、追求自由幸福或才华横溢的不同于中国传统女性的异国女性形象。这些小说关于异国文化、异国风物、异国人物的记叙，都启发了国人关于现代性问题的想象和思考，而这正是近代文学发展历程中必不可少的一部分，是以前的文言小说所不具备的。

二 首次与报纸结合，开创了中国小说传播方式
现代化的新纪元

王韬是中国第一个在报纸上连载小说的作家，从这个意义上讲，王韬的小说创作是后来报章小说的滥觞。王韬的小说与报纸的结合，改变

① 王一川：《王韬——中国最早的现代性问题思想家》，《南京大学学报》1999 年第3 期。

了传统小说仅在朋友间小范围流传的情形，大大拓展了读者的范围。而在这样的创作过程中，作家的创作心理也相应地发生变化，开始有了读者意识，创作时能更多考虑读者的需求。文学创作由此进入一个新的时代。"尽管这种开创性的方式在当时没有引起广泛的响应，但它已经开启了历史的闸门，当梁启超等人重新将它激活之时，它便不可阻挡地成为时代的主流。"① 晚清小说的一个重要特征就是报刊成为小说的主要载体。新闻事业的发展给小说带来了新的传播方式，小说与报刊的联系变得密切起来。报载小说已成为晚清小说不可或缺的重要组成部分。"可以说，近代报刊促成了中国小说传播媒介和方式的变革，并为中国小说的现代化开了先河。没有近代报刊对于小说事业的关注和支持，就没有近代小说的繁荣和发展，或许中国小说的现代化进程还要延迟若干年。"② 王韬在近代中国最早尝试了这种创作方式，而且其小说的传播和接受过程依托了报刊这一新兴媒体无疑是一次成功的运作，无论是报馆还是王韬本人都收益颇多。这对后来的报刊小说的影响是极为深远的。

三　对晚清狭邪小说的兴起有一定影响

晚清狭邪小说的兴起有多种原因。"与狭邪小说的兴起关系更为密切的是当时文人的狎妓风尚。不仅如此，当时的文人还热衷于记录妓家掌故。单从文言笔记小说来看，数量就已相当可观。"③ 当时的上海是全国娼妓业最繁盛的地方。王韬曾两度长期居住在上海，由于饱经忧患，心志渐灰，因此常作"狭邪之游"，借以消忧释愤，同妓女交往甚多，视访艳狎妓为家常便饭，他的《花国剧谈》、《艳史丛钞》、《海陬冶游录》，就是专门描写上海妓女生活的作品。《海陬冶游录》当时在上海文化圈流传较广，此后以此类题材为创作对象的作品一时云集，如蔡尔康的《春江花月志》、忏情侍者的《海上群芳谱》等。与此一脉相承，王韬在他的三部传奇小说集中自然也有不少才子与妓女的爱情故事，或者对妓女生活的描写。《淞隐漫录》和《淞滨琐话》中此类题材的作品，占这两部小说总量的近1/3。鲁迅先生所谓"烟花粉黛之事盛矣"，就是指它以描写妓女生活和男女爱情为主。王韬的这类小说，主

---

① 凌硕为：《申报馆与王韬小说之转变》，《求是学刊》2007 年第 1 期。
② 郭浩帆：《清末民初小说与报刊业之关系探略》，《文史哲》2004 年第 3 期。
③ 杜志军：《近代狭邪小说兴起原因新探》，《明清小说研究》1999 年第 3 期。

要是写中国的妓女生活，也有西方和日本的妓女生活。《淞滨琐话》卷七《谈艳》（上、中、下）专记沪上名妓，作者以身历出之，详细而切实。《记沪上在籍脱籍诸校书》还收录了所定书寓花榜及三十六花榜。卷九《红豆蔻轩薄幸诗》（上、中、下）记上海等地名妓，《东瀛艳谱》（上、下）记日本名妓（东渡日本时所见者），卷十一《燕台评春录》（上、下）记北京妓女，《珠江花舫记》则是有关广州妓女的记载。张俊先生谈到王韬的文言小说时说："尤其是对烟花女子的描写，构成了《淞隐漫录》和《淞滨琐话》的一大特色……或描写妓女的凄惨生活，或同情她们的不幸遭遇，或颂扬她们的品德识见，有一定社会意义。其创作倾向，与狭邪小说《青楼梦》、《海上花列传》等基本相似。"① 可以说，作为一个声名显赫的文人，王韬对此类小说的创作偏重影响了当时文人的创作风气，进而在一定程度上影响了狭邪小说的兴起。

四　是一部典型的近代中国社会文化转型时期文人的心态史

　　王韬身份的多重性、经历的特殊性，学贯中西的文化背景，使他在创作小说时具有更能充分代表时代脉搏的主体意识，体现了近代社会文化转型时期文人复杂的心态历程。如前文所述，作为文化的人格化代表和文化的创造、传播者的近代知识分子，在近代社会文化转型过程中，也经历了一个痛苦的文化转型过程，他们的文化价值观念、文化心态和角色地位都经历了一个艰难的蜕变过程。王韬在早期是典型的封建士子，随着对西学的接触和深入了解，逐渐开始了从传统士大夫到近代知识分子之间的转变，成为所谓的新型文化人。王韬的身份转型使他的文学作品既保留了很多旧思想的痕迹，同时又注入了许多新的因素。新与旧，先进与落后，互相交织，成为一个特殊时代文人的真实心理写照。一方面他对传统文化产生深刻的怀疑与否定，承认西方文化的价值；另一方面他又对传统文化眷恋不舍。王韬的文言小说正是反映了文化转型时期知识分子的这种特殊心态，他在妇女观、婚姻爱情观、科举观、政治观等几个方面都体现出经过了西方文化洗礼的崭新的价值观念，但同时旧思想旧观念并未完全褪去。所以，王韬的小说是一部典型的中国社会文化转型时期近代文人的心态史，展示了在中国社会由传统向现代化的迈进过程中文化前沿的冲突与反思，复古与革新。

---

① 张俊：《清代小说史》，浙江古籍出版社 1997 年版，第 461 页。

　　综上所述，王韬的文言小说站在一个维新思想家的高度，赋予了文言小说鲜明的时代内涵，最早为读者开启了关于现代性问题的想象和思考，开创了中国小说传播方式现代化的新纪元，其创作方式、创作倾向影响了以后的小说创作，是一部近代社会转型时期文人独特的心态史。因此，尽管他的小说中也存在着种种不足之处，但是它对以往和同时代作家文言小说的超越和创新却是难能可贵的。在中国古代小说向近现代小说发展的过程中，王韬的意义不容忽视，他是承前启后的人物之一，在中国小说发展的历程中是有着重要贡献的。

第三章　王韬诗歌研究

王韬的诗歌总集《蘅华馆诗录》有三种版本，第一种是刊于光绪六年（1880）的五卷本（庚辰本），包括洪士伟的序、王韬的自序、弢园老民自传、诗评（共18位友人的18篇诗评）、赠诗（包括20位日本友人在内的68首诗）、诗五卷及附存一卷。五卷共542首诗，附存一卷17首诗，共559首。第二种是刊于光绪十六年（1890）的六卷本（庚寅本），包括洪士伟的序、诗评（共20篇诗评）、蘅华馆诗录自序、重订蘅华馆诗录后序、诗六卷，共629首诗。第三种是日本明治十四年（1881）日本诗人石川鸿斋作序而刊行的版本，此版本和庚辰本同。本章所论内容采用的是光绪十六年（1890）的六卷本。

此外，还有《弢园未刻诗稿》、《弢园集外诗存》和《弢园诗词》三种稿本，这三种目前学术界均未提到，现藏于上海图书馆。《弢园未刻诗稿》一卷，存诗33首，均见于《蘅华馆诗录》六卷本。《弢园集外诗存》一卷，存诗52首，是王韬专为当时所熟悉的女校书写的，不见于《蘅华馆诗录》、《弢园诗词》一卷，存诗123首，经过笔者仔细比对，发现其中见于《蘅华馆诗录》的有64首，见于《弢园集外诗存》的有34首，其中不见于《蘅华馆诗录》、《弢园集外诗存》的有25首，多为题赠之作，另外还收录了《眉珠庵词》33首。因此，现存王韬诗作总的数量是706首，词33首。

第一节　王韬的诗学思想

王韬的诗歌思想和主张主要见于他的《蘅华馆诗录自序》、《重订蘅华馆诗录后序》、《蘅华馆诗录·我诗》、《湖山侗翁诗集序》、《读离骚书后》、《跋漱村诗集后》及其他诗文中偶见的议论中。王韬的诗学思想具有强烈的批判性和鲜明的时代特色，在一定程度上摆脱了传统的因袭，对近代诗歌理论的建构具有重要意义。

一　性情至上："不与古合，而我之性情乃足以自见"

中国诗歌自从《诗经》以来，一直沿着以抒情为主的方向在发展，因此，关于诗歌的本位，传统的观点一直认为诗歌是表现情的，如张耒《上文潞公献所著诗书》："夫诗之兴，出于人之情。"① 杨维桢《剡韶诗序》："诗本情性，有性此有情，有情此有诗。"② 归有光《沈次谷先生诗序》："夫诗者，出于情而已矣。"③ 汤显祖《耳伯麻姑游诗序》："世总为情，情生诗歌。"④ 袁枚《随园诗话》："诗者，性情也。"⑤ 由此我们可以看到，在中国的传统诗学中，诗的本位是情，乃人们的共识。

王韬在谈及诗时多次提到"性情"二字，在他的《蘅华馆诗录自序》中说："余不能诗，而诗亦不尽与古合，正惟不与古合，而我之性情乃足以自见。"⑥《重订蘅华馆诗录后序》中又说道："呜呼！余敢以此自信为诗而竟欲问世哉？惟是毕生境遇所经悉在，于是展卷披吟，仿佛可忆存之，聊足以见我性情云尔。"⑦《弢园尺牍·与王紫虚茂才书》中写道："春鸟秋虫，感时流响，本何足存，弟诗以见性情，未忍遽捐，若妄立门户，以自鸣高，则蒙岂敢。"⑧ 在为友人蒋敦复的诗集写的《啸古堂诗集·前四卷序》中点评说："骨才高雄，华实并茂，于绮丽隽逸中时有清刚之气。所微嫌者乐府拟古之作居其半，而自见真性情真面目处反少然。"⑨

王韬的性情论显然是承袭了前人关于诗歌创作性情本位的思想，但仔细分析，王韬的性情论又有自己独特的丰富内涵。王韬所说的性情具体来讲包含以下四个方面。

1. 性情贵真："我诗贵笃挚"

在我国古典传统的美学思想中，反复强调"天成"、"自然"、"天

---

① 张耒：《张耒集》，中华书局1998年版，第839页。

② 刘美华：《杨维桢诗学研究》，文史哲出版社1983年版，第35页。

③ 归有光：《震川先生集上》，上海古籍出版社2007年版，第30页。

④ 陈良运：《中国历代诗学论著选》，百花洲文艺出版社1995年版，第717页。

⑤ 袁枚：《随园诗话》，北京燕山出版社2001年版，第1049页。

⑥ 王韬：《蘅华馆诗录·自序》，《蘅华馆诗录》，清光绪十六年（1890）铅印本。

⑦ 同上。

⑧ 王韬：《弢园老民自传》，江苏人民出版社1999年版，第202页。

⑨《续修四库全书》第1535卷。

籁"、"不隔",都含有文艺创作必须注重的真情实感的意思。这是因为真诚同感人感己联系在一起;不真诚,则不足以感己,更不足以感人。能够体会和表现文艺作品的真性情,就导致了作者沟通读者共鸣的无形渠道。王韬之所以在年迈之时编订诗集及重新编订诗集是因为"盖此四十余年来,耳目之所见闻,友朋之所酬酢,身世之所阅历,游涉之所经行,离合悲欢,死生聚散,自少而壮,自壮而老,皆在此数十篇中,故弗忍遽行捐弃也"。① 正因为他的诗集真实地记录了他一生的行藏际遇,悲欢离合,是人生的如实写照,因而王韬对自己的诗集珍爱有加。

他在《蘅华馆诗录》卷三《我诗》吟道:"客来问我诗,我诗贵笃挚。譬如和太羹,其中有至味。平生所遭逢,自言无少讳。满胸家国忧,一把辛酸泪。书必读万卷,笔不着一字。从未区宋唐,惟在别真伪……但知吟乱离,不能饰平治。但知乐饥寒,不能炫富贵。"王韬认为在自己诗中体现的"笃挚"是诗的"至味",而这种"笃挚"就是"从未区宋唐,惟在别真伪"的真诚,是"但知吟乱离,不能饰平治。但知乐饥寒,不能炫富贵"的毫无虚饰。洪士伟在《蘅华馆诗录·序》中也这样写道:"诗缘情而作也,夫人必有不能已之情,然后有可以传之诗……则知其诗无工拙,以有真性灵真情韵为工拙"②,他认为,王韬之诗的价值就在于他所表露的真性情,而这足以传世足以感人。可以说,王韬的诗都是他真性情的自然流露,毫无讳饰。当然,如果穷根究底的话,也会发现王韬对自己上书太平天国这一段历史在诗中是极力隐瞒、极力辩解的。其中当然有不得已的苦衷,我们不能强求王韬把自己所谓的污点也展露在众人面前。

2. 性情贵奇:"自有一家面目在"、"能以一己之神明入乎其中"

王韬说:"诗至今日,殆可不作,然自有所为我之诗者,足以写怀抱,言阅历,平生须眉,历历如在。因此风云月露,草木山川,而有一己之神明入乎其中,则自异矣。原不必别创一格,号称初祖,然后翘然殊与众也。""窃尝谓所贵乎诗者与苟同,宁立异,必自浅至深,由粗而精。历观古人作,亦有不尽佳,要其研精殚力,积数年十年而后成,自有一家面目在,夫岂徒缔章饰句为事哉?"③ 所谓"一己之神明"、"自有一家面目在"就是要诗人按照自己的个性,按照艺术创造的客观

① 王韬:《重订蘅华馆诗录·后序》,《蘅华馆诗录》,清光绪十六年(1890)铅印本。
② 洪士伟:《蘅华馆诗录·序》,《蘅华馆诗录》,清光绪十六年(1890)铅印本。
③ 王韬:《蘅华馆诗录·自序》,《蘅华馆诗录》,清光绪十六年(1890)铅印本。

规律，去认识生活反映生活，不因袭前人，充分发挥个人的艺术独创性，强调诗歌要有自己的艺术个性，要展现独特的自我。王韬又说："余谓诗之奇者不在格奇、句奇，而在意奇。此亦专从性情出，必先见我之所独见，而后乃能言人之所未言。夫尊韩推杜，则不离于模拟；模山范水，则不脱于蹊径；俪青配白，则不出乎辞藻，皆未足以奇也。盖以山水风月花木虫鱼，尽人所同见，君臣父子夫妇朋友，尽人所同具，而能以一己之神明入乎其中，则历千古而常新，而后始得称之为奇。……余于诗亦欲以奇鸣，而构思似创，著纸即陈，数十年来浮湛于忧患羁旅中。"①"吾人得天地之灵气以生性情，自在肺腑中流出，苟小时不识字作牧童贩竖随口所唱田歌秧曲，必极自然，有三百篇遗，意夫风云月露皆文章也，惟人能以神明入乎其中，默默与造化消息相通，然后有所感触为诗歌。至性至情自然流露，大之可以动天地泣鬼神，小之亦能铮铮金石陶写性灵。"② 王韬追求的"奇"就是"意奇"，而"意奇"出自性情，即要"见我之所独见，而后乃能言人之所未言"，具体而言，就是在平常的山水风月花木虫鱼中能够"以一己之神明入乎其中"，这样才成为"奇"。很显然，王韬认为文章之高下不在于卖弄辞藻堆积典故，而在于表达自己的独特性情、见识。即使一草一木，一山一川，因为有了个人的独特性情、见识，也会面貌迥异，熠熠生辉。

黄遵宪曾高度评价王韬的诗："弟每读近人诗，求其无龌龊气，无羞涩态者，殊不可多得。先生之诗，尽洗而空之，凡意中之所欲言，笔皆随之，宛转屈曲，夭矫灵变而无不达，古人中惟苏长工、袁才子有此快事，然其身世之所经，耳目之所见，奇奇怪怪，皆不及君子远甚也。"③ 评价虽有过誉之嫌，但的确指出了王韬诗歌创作中浑然天成、不扭捏作态、笔随性情、境界奇远的特点。

同时，正如黄霖先生所指出的："从表面来看王韬的文学思想与袁宏道、袁枚以来的性灵说，乃至与龚自珍的尊情说并无二致，但实际上王韬的'自抒胸臆'表现自我的理论与两袁及龚自珍是有所差异的。"④ 袁宏道、袁枚与龚自珍的尊重性情是在封建社会这个范围之内反传统、反束缚，追求个性解放，追求心灵的自由。而王韬游历欧洲、日本，对西方文化知之甚多，他的自我表现意识虽然仍是承袭前人，但已经注入

① 王韬：《跋潊村诗集后》，《弢园文录外编》，上海书店出版社 2002 年版，第 268 页。
② 王韬：《老饕赘语》，光绪十年（1884）稿本。
③ 陈铮编：《致王韬函》，《黄遵宪全集》，中华书局 2005 年版，第 325 页。
④ 黄霖：《近代文学批评史》，上海古籍出版社 1998 年版，第 19 页。

了西方文化的血液，所以王韬提倡的"性情之奇"是具有开放的世界意识的。他的一百多首海外诗就是抒写了他游历海外的独特际遇和情感，令人耳目一新。

3. 反对模拟古人，要有"开拓万古之心胸"

晚清的宋诗派、同光体、中晚唐诗派、汉魏六朝诗派都具有恪守传统的倾向，不能应时而变。"诗界革命"的旗帜黄遵宪曾说："我手写我口，古岂能拘牵"①，而王韬早在黄遵宪之前即已提出了类似的主张。王韬自幼学诗，曾总结道："老民于诗文无所师承，喜即为之下笔，辄不能自休，生平未尝属稿，恒挥毫对客，滂沛千言，忌者或訾其出之太易。"②"长于诗歌，跌宕自豪，不名一家。"③ 王韬从不专门模拟古人之作，总是即兴下笔，纵横旁逸，信手写来，从不忌讳别人的非议。"人或有索观者，立出示之，无所秘；或有加以毁誉者，亦漠然无所动于心。"④ 对清代诗坛模拟之风的盛行，王韬是非常反感的，"诗坛何必分唐宋，酒国还能辨圣贤"。⑤"幸弟于一切诗词古文，信笔立书，不假焦思苦虑。"⑥"然窃见今之所为诗人矣，扯寻以为富，刻画以为工，宗唐祧宋以为高，摹杜范韩以为能，而于己之性情无有也，是则虽多奚为？慨自雅颂降为古风，古风沦为律体，时代既殊，人才亦变。自汉魏六朝迄乎唐宋元明，以诗名者，殆不下数千家，后之学者难乎继矣。"⑦ 在王韬看来，一味模仿古人便绝无个人之性情，时代在变，个人的创作也应有变化。

"古人本无平仄四声，亦无所谓韵，而所制韶濩诸乐，自有天然节奏，《诗》三百篇，皆可被诸管弦。其中所作，不尽文人，虽妇人稚子，讴吟谣咏，亦能入拍。至后世法则愈多，讲论愈密，而愈不能明，所作亦无有及古人万一者耳。"⑧ 王韬认为，作诗不能拘泥于古人的诗法诗论，《诗》三百篇无所依承，反而有一种天然之美。即使学古，也

---

① 黄遵宪：《人境庐诗草·杂感》，郭绍虞主编：《中国历代文论选》第 4 册，上海古籍出版社 1980 年版，第 131 页。
② 王韬：《弢园老民自传》，江苏人民出版社 1999 年版，第 7 页。
③ 王韬：《遁窟谰言》，河北人民出版社 1991 年版，第 1 页。
④ 王韬：《弢园尺牍续钞·自序》，《弢园尺牍》，中华书局 1959 年版，第 175 页。
⑤ 王韬：《送秋山俭为归日本即此其留别原韵》，《蘅华馆诗录》卷六，清光绪十六年（1890）铅印本。
⑥ 中国社会科学院近代史研究所编：《王韬致谢绥之函之十》，《近代史资料总 66 号》，中国社会科学出版社 1987 年版，第 22 页。
⑦ 王韬：《蘅华馆诗录·自序》，《蘅华馆诗录》，清光绪十六年（1890）铅印本。
⑧ 王韬：《弢园老民自传》，江苏人民出版社 1999 年版，第 71 页。

要学其神："古人诗各有一家真面目，拟古之作必有工力相敌始肯下笔，非徒袭其貌也。如韩昌黎《石鼓歌》纯用单句，苏子瞻《石鼓歌》纯用偶句，杜工部《北征》诗纯叙事，韩文公《南山》诗纯是虚写，毕竟苏胜于韩，而韩难于杜，读诗知此思过半矣。"① 古人之诗贵在各有其独特的艺术个性，就如韩愈的《石鼓歌》和苏轼的《石鼓歌》迥然不同，杜甫和韩愈的诗也各有特色。今人学习古人之诗应该首先有足够的功力学其神髓，不是仅仅学其外在的形式，要有自己的内涵，"若无开拓万古之心胸，强为执笔寻题觅句，模宋范唐欲以诗炫于人，必无好诗，即工亦皮毛而已"。② 由此可以看出，王韬的尊重性情论含有追求个性和自由的独立精神，与龚自珍的尊情说遥相激荡，共同开启了近代诗坛的新风。

4. 重视诗人人品

我国古代诗论历来强调诗品与人品的统一。刘熙载在《艺概》中说："诗品出于人品。"③ 清代诗人沈德潜在《说诗晬语》也曾说："有第一等襟怀，第一等抱负，斯有第一等真诗。"④ 王韬在《〈湖山侗翁诗集〉序》中写道："人于是服徵君之高，不知徵君秉性恬淡，辞荣乐道，守约安贫，不役于功名，不慕于利禄，其素所抱负然也。故徵君之于诗，才气横溢，天骨开张，力厚而思沉，理精而学邃，境幽而味淡，非寻常作诗者之诗也。而其尤不可及者，则徵君之品也。徵君于诗派源流不名一家，而一展卷间，即知其为湖山之诗，则以有真性情寓乎其中也。因其诗知其人，而兼可论其世，徵君之诗有焉。"⑤ 在王韬看来，真正的性情应该基于高尚的人品和抱负，这种人品应该是性情恬淡，不慕荣华富贵，不求功名利禄的，只有如此恬淡宁静的心境，才能写出"非寻常作诗者之诗"，才能超乎众人之上。

二 赞同诗穷而后工的观点："盖极诗人之穷，宜其诗之工也"

中国古代从孔子开始，就有了"诗可以怨"的传统，钟嵘认为诗

---

① 王韬：《老饕赘语》，光绪十年（1884）稿本。

② 同上。

③ 陈良运：《中国历代诗学论著选》，百花洲文艺出版社 1995 年版，1078 页。

④ 毕桂发：《精选历代诗话评释》，中州古籍出版社 1988 年版，第 408 页。

⑤ 王韬：《湖山侗翁诗集·序》，《弢园文录外编》，上海书店出版社 2002 年版，第 212 页。

歌"使穷贱易安，幽居靡闷"，李白"哀怨起骚人"，杜甫也有"文章憎命达"之句，韩愈提出"不平则鸣"说："和平之音淡薄，而愁思之声要妙；欢愉之辞难工，而穷苦之言易好。"①"不平则鸣"的理论深刻地揭示了文学与现实的关系，论述了时代、社会环境及作家的生平遭际对文学创作的巨大影响。欧阳修发展了韩愈"不平则鸣"的思想，提出了诗"穷而后工"的重要见解："予闻世谓诗人少达而多穷。夫岂然哉？盖世所传诗者，多出于古穷人之辞也。凡士之蕴其所有，而不得施于世者，多喜自放于山巅水涯，外见虫鱼草木风云鸟兽之状类，往往探其奇怪，内有忧思感愤之郁积，其兴于怨刺，以道羁臣寡妇之所叹，而写人情之难言，盖愈穷则愈工。然则非诗之能穷人，殆穷者而后工也。"② 欧阳修从作家与现实生活的关系出发，认为要写出优秀的诗歌就须经历现实中的坎坷与磨难，这样就能使作者经历丰富，情感厚重。作者把亲身的际遇与现实的矛盾及"不得施于世"的内心积郁熔铸诗中，作品内容就会充实饱满，深挚感人，就容易成为好诗。

王韬一生的经历显然使他对"不平"、"穷"有着太深刻的体会，因而也更能赞同"诗穷而后工"这一观点。他在《〈湖山侗翁诗集〉序》中写道："徵君于诗用心甚深，而致力甚专，自壮至老，无一日不吟，而其境遇之坎坷，遭逢之困顿，畏谗惧谤，盖极诗人之穷，宜其诗之工也。"③ 王韬所写诗歌大多是个人经历的真实感受，他的一生遭遇之奇特，飘零之困苦，忧戚之深重，可谓世人之罕见，而全部发端于诗，对诗穷而后工的观点自然深有感触。可以说，他的诗集基本就是其穷苦之音的记录。这一点在《重订蘅华馆诗录后序》中说得非常清楚："余行年五十有三矣，日月逝于上，体貌衰于下。文章未就，事业无成。遥望故乡，相隔万里。头白齿危，未有归期。局促一隅，畴与唱和。亲朋既绝，嗣续永无。魂魄一去，同归秋草。以此思哀，哀可知已。是则因编此诗，而泪又不禁潸潸下也。"④ 王韬总结自己一生之穷愁，可谓字字血泪，由此编订反映自己一生遭际的诗集难免"泪又不禁潸潸

---

① 韩愈：《荆潭唱和诗序》，陈伯海主编：《历代唐诗论评选》，河北大学出版社2003年版，第129页。

② 欧阳修：《梅圣俞诗集序》，何庆善主编：《千古序跋》，安徽文艺出版社2004年版，第42页。

③ 王韬：《湖山侗翁诗集·序》，《弢园文录外编》，上海书店出版社2002年版，第212页。

④ 王韬：《重订蘅华馆诗录·后序》，《蘅华馆诗录》，清光绪十六年（1890）铅印本。

下"。而半林居士在《蘅华馆诗录跋》中也说："恐慌、羁愁、郁结争发泄于五言七字之中，旅况艰辛尽颓唐于短幅长篇之内。"①

三　重视济时用世

王韬在《读离骚书后》中言道："《离骚》，诗赋之祖也，上接风雅，下开汉魏，读之者无不生忠君爱国之心，忧世忘家之念。呜呼！是何以言感人至深也……余少时读《离骚》，每一展卷，凄然陨涕，辄不能终篇，至于废读。"② 年少时读《离骚》的感触对王韬的影响极为深远，在他辗转上海、香港，游历欧美日本期间，一直不忘家国之忧，对国家有着深厚的感情。

王韬在《蘅华馆诗录》卷一《反游仙诗并序》中写道："顾涤庵师尝作《反游仙诗》，大旨谓餐霞饵玉通人寓言不如积硕学为世用，仆本无心仕进，读吾师诗悚然久之。自念秉才既弱，辄遭摈弃，蓬莱清浅，渺若登天，设使浮荣有耀，而此中已摇，则平日所以自励者安在也？至遁迹山林或可藏拙，亦心鄙之矣，因作《反游仙诗》以见志。"可见王韬很赞同其老师顾涤庵的观点，认为诗歌应该为世所用，不能远离现实生活，游离于现实之外，应该有诗人的责任感。"献策既不遇，且自安茅舍。穷则善其身，何事徒悲叱"③，王韬同时认为，如果不能为世所用，那就独善其身。

卷三《我诗》中写道："平生所遭逢，自言无少讳。满胸家国忧，一把辛酸泪。"王韬虽然个人遭遇坎坷，身世不幸，但始终是关注国家命运、民生疾苦的，他的诗集中有很多首诗关乎当前时局，为国家的前途忧心忡忡。

卷四《读江弢叔伏敔堂集即书其后寄潘茂才》中写道："平生服膺惟坡谷，昌黎子美我其师……言情弥真始见我，造格特翀乃能奇"，王韬虽不主张摹唐仿宋，但是对于唐宋诗人，他也是有所偏爱的，他最佩服的是苏轼、黄庭坚、韩愈和杜甫，而这几人共同的特点就是都有用世之心，他们的诗作也或多或少地体现了关注现实的精神。《蘅华馆诗录》中有不少诗都是直接反映社会动乱、民生疾苦和清政府的腐败无能，显然是王韬诗论主张"用世"的具体实践。

---

① 半林居士：《蘅华馆诗录跋》，《蘅华馆诗录》，清光绪十六年（1890）铅印本。
② 王韬：《弢园文录外编》，上海书店出版社 2002 年版，第 232 页。
③ 王韬：《反游仙诗并序》，《蘅华馆诗录》卷一，清光绪十六年（1890）铅印本。

相比王韬文言小说中较多的猎艳游冶之作，王韬诗歌中的这类内容很少，在《蘅华馆诗录》600多首诗中，只有十余首是写狎妓的，虽然也偶有香艳之语，但大多较为平和。这应该也和作者的诗学观有关系，认为诗歌是一种严肃庄重的体裁，宜表现家国之思、时代之愁。

四　讲究学问的渗透

中国诗学历来重视诗人在诗中的本质地位和主体地位，关于诗人的资质和修养的论述，是我国诗论中很重要的一部分内容。建基于以情兴为本位的中国诗学理论认为，诗人的人格基质是产生情兴的基础，而诗人的表现能力则是传达情兴的条件。诗人的人格基质，古人称为"气"。诗人的表现能力，古人则称为"才"。"才"和"气"是中国诗学在主体论上的核心概念，是诗人必备的基本条件。王韬对诗歌主体的认识，与传统诗学观点一样，也认为诗人必须富有才气。王韬在《蘅华馆诗录·自序》中说："性情之用真，而学问亦寓乎其中，然后始可与言诗也。"① 王韬认为，作诗不但要讲究性情，还要在诗中蕴含学问、学识，这样诗歌才有深度。王韬是诗人，更是学贯中西的学者，他在诗歌中常常引经据典，信手拈来，才气灵动。王韬之所以有这种观点，也和清代的诗学背景有密切关系。清代很多诗论家都把具备学问看做诗人的基本素质，如翁方纲《复初斋文集》卷四《言志集序》提出"为诗必以肌理为准"，袁枚《随园诗话》卷十认为："作史有三长，才、学、识缺一不可；余谓诗亦如此"，"可以说，清代诗学比以前的时代更强调学问，有时甚至到了不适当的地步，这是和清代学术的高度繁荣相应的。"② 学问、性情并重，是清代诗学的基本特征之一。王韬对学问的重视体现了时代特色。

"师古与师心的分立乃至对立，是清代诗学进展的主要内容，在这两者之外，求实的观念也是清代诗学的基本组成部分。"③ 总之，通过王韬的诗学观念，可以看出整个清代诗学的投影，在师古、师心、求实的三种诗潮中王韬显然更倾向于师心与求实。王韬的诗学思想，既有对我国传统诗学思想的继承，又有不少对传统诗学思想的突破。可以说，王韬的诗学思想是中国诗歌理论发展史上的一个重要环节。其诗学思想

① 王韬：《蘅华馆诗录·自序》，《蘅华馆诗录》，清光绪十六年（1890）铅印本。
② 刘成：《中国诗学史·清代卷》，鹭江出版社2002年版，第179页。
③ 同上书，第7页。

中的创新精神在清代后期摹唐仿宋的形式主义诗风还大量存在的情况下，具有大胆变革、冲出窠臼的积极意义，也为梁启超和黄遵宪倡导的诗界革命开风气之先。

第二节　性情中人的性情之诗

王韬出身于书香门第，其家乡甫里诗风颇盛。由于家庭及环境的影响，王韬自幼经受良好的诗书教育，有很深的诗歌功底，12 岁学作诗，22 岁时已"积诗凡数百首"。①在成年之前对王韬影响最大的是他的母亲朱氏和父亲王昌桂。母亲朱氏出身于书香之家，能诗会赋，知书识礼，尤善课子。父亲王昌桂是旧式乡村饱学之士，对王韬的培养教育非常用心。除了八股帖括之外，从诸子百家到汉赋唐诗、历代史册，无所不教。加上王韬本人"少时好学，资赋颖敏，迥异凡儿，读书数行俱下，一展卷即终生不忘"②，从小对诗词文章产生了浓厚的兴趣，并接受了系统、良好的教育。13 岁时，王韬来到长洲青萝山馆，从学于顾惺。顾惺学问庞杂，尤善诗词，在乡里颇负诗名，作有诗集《涤庵诗抄》，得到王韬推崇。顾惺在教学中也会教授诗词的创作技巧，并让学生尝试写作。蒙师对诗歌的兴趣自然也影响了王韬，因而王韬在少年时写了大量诗篇。

"在王韬备受称道的《弢园文录外编》、《淞隐漫录》等著作问世之前，他早已是一个颇负盛名的诗人了。"③著名诗人黄遵宪对《蘅华馆诗录》评价很高："在山中，获读《蘅华馆诗录》，如见我故人抵掌快谈。窃以为才人之诗只千古而无对也。"④从《蘅华馆诗录·诗评》中20 首友人的诗评中可以看出，众人对王韬的诗赞誉甚多。如蒋敦复评："大箸清灵婉约，深得灵芬神髓。"李善兰评："读言情诸什，绮丽缠绵，具见锦心绣肠。"然而，遗憾的是，几十年来，虽然关于王韬的研究逐渐升温，有大量的论文、专著问世，但大多是集中在他的政治思想、报刊事业、小说创作等方面，对王韬的诗歌则很少有人重视，几乎所有的文学史著作也都未提及他的诗歌成就。评论其诗歌的研究文章这

---

① 王韬：《蘅华馆诗录·自序》，《蘅华馆诗录》，清光绪十六年（1890）铅印本。
② 王韬：《天南遁叟》，《遁窟谰言》，河北人民出版社 1991 年版，第 1 页。
③ 李景光：《简论王韬的诗》，《社会科学辑刊》1988 年第 4 期。
④ 陈铮编：《致王韬函》，《黄遵宪全集》，中华书局 2005 年版，第 325 页。

些年来只有两篇论文（见本书的绪论部分），对这样一位大家的研究而言，显然有所忽略。究其原因，大概是王韬政论文和小说创作成就的光芒盖过了其诗歌创作，因而一直以来人们重视不够。

王韬现存诗作 706 首，与同时代的其他诗人相比，数量不是很多，但是，王韬独特的人生经历，开阔的视野、卓越的见识使得其诗歌的题材丰富多彩，比前人有所开拓。王韬的诗歌是他的诗学思想的具体实践，是一个性情中人的性情之诗。

王韬是那个时代典型的性情中人，无论他年少轻狂、风流成性、贪花恋酒，还是他对妻子的深情厚谊，对女儿的舐犊情深，对父母的痛切追思，对老师的亦师亦友，对朋友的慷慨应和，对社会乱离的忧戚，对国家不兴的焦虑，对变法的大声疾呼，都足见王韬是一个感情丰富充沛、热爱生命热爱生活热爱祖国的人，对周围的一切有着比常人更深切的体验、更独到的感受，何况他一生际遇传奇，经常人所未经，历他人所未历，因而他的诗具有独特的社会认识价值和现实意义。

一　穷愁之音

王韬谈及自己的诗时说："至于身遭谗谤，目击乱离，怀古伤今，忧离吊逝，往往歌哭无端，悲愉易状，天下伤心人别有怀抱也。"[1]《重订蘅华馆诗录·后序》中又说："是则因编此诗，而泪又不禁涔涔下也。"[2] 可见王韬的诗中所写多是伤心人的伤心怀抱。

王韬一生命运多舛，遭遇坎坷，可以说整部诗集是他一生穷愁潦倒的真实写照，也是他一生行藏的具体展现。对研究、了解王韬的每个时期的生活状况、精神心态有着极为重要的认知意义。

1. 记叙家人及家族的不幸

王韬一生中家人及族人连遭不幸，七世单传无子，女哑。王韬一生为此忧伤嗟叹不止。1847 年，王韬与举人杨隽之女、好友杨醒逋之妹杨保艾结婚，婚后王韬为其改名梦蘅。梦蘅婚后身体不好，王韬对她牵挂有加，《问梦蘅病》（《蘅华馆诗录》卷一）表现了对妻子病情的忧虑：

　　　　无端薄病便添愁，肮脏情怀不自由。帘外有声频侧耳，窗前小

---

① 王韬：《弢园老民自传》，江苏人民出版社 1999 年版，第 7 页。
② 王韬：《重订蘅华馆诗录·后序》，《蘅华馆诗录》，清光绪十六年（1890）铅印本。

坐自梳头。即看鬓影萧疏甚，还耐秋风料峭不。劝汝装绵须及早，新寒昨夜袭妆楼。

　　已是愁中复病中，起还无力卧偏慵。怕临镜槛眉痕淡，教下帘钩树影浓。薄被初熏时有梦，长宵微倦忽闻钟。请看罗袖寒如此，懊恼年来带更松。

1850 年夏，王韬把妻子女儿接到上海，但此时梦蘅已患病，不到半年，不治而逝。王韬痛不欲生，顿感天昏地暗。一年之后作《悲秋曲》（《蘅华馆诗录》卷二）悼念亡妻，详尽地描摹了从新婚到数次离别再到病中的凄凉无奈：

　　沈沈一病入膏肓，从此凄然不下床，岂有灵兰夸妙术，空传海上返魂方。娇喘如丝频诀别，此刻肝肠几寸裂。欲言又止意缠绵，掩泣无声声哽咽。阿母闻知心更悲，吴门鼓櫂来非迟。弥留一见不能语，唤汝千声微有词。桐树半枯木叶下，玉钗已折罗裙化。偕隐难期白首归，长离早把青鸾跨。院落天风响佩环，人海茫茫永不还。银烛窗前明昔昔，旧衣架上黯斑斑。残灯孤馆真凄绝，回廊独立寻踪迹。熏炉香冷飏空帏，绣榻尘多遗坠鸟。空闺小坐易黄昏，愁叠重衾见血痕。寂寞闲庭花影谢，丛残遗箧药囊存。一馆送汝东郊区，含酸独立悄无语。最怜孤鸟不成鸣，底事宵长不肯曙。凄凉无计作悲歌，零落天涯怨更多……

可谓情深语挚，令人断肠。而在 18 年后，王韬怀念亡妻，又写下《瞥见》（《蘅华馆诗录》卷四）："夜坐正思睡，寒灯焰忽闪。瞥见一家人，笑语互相勉。倏尔牵袂至我前，恍惚梦蘅之容颜。"诗作借梦中一家人的欢声笑语衬托了自己眼前的凄凉孤单，"倏尔牵袂至我前"的细节更是诗人日有所思夜有所梦的真情流露。

　　妻子病故后，王韬把母亲和小弟接到上海同住。王韬每日辛苦劳作，希望家庭从此太平生活，小弟早日成才。然而，诸事不遂人愿，弟弟王谘卿来上海后染上了抽鸦片的恶习，整日醉生梦死，不求上进。王韬被他折腾得更加拮据，大伤脑筋。后来，王韬花尽积蓄，帮他娶亲，以期他能有所收敛改正，不料，弟妇"未及三载，遽以疾殒"，年仅 22 岁。王韬为此写诗哀悼《慰舍弟谘卿悼亡》（《蘅华馆诗录》卷二）：

昔我年廿三，鼓盆遽召戚。今汝年廿四，弹琴复中绝。年若境亦同，哀情怆中忆……不意短姻缘，明珠入手失。罡风花乍萎，暝雾月为黑。宵阑成此诗，知汝哀恻恻。

伤痛之下，王谘卿的烟瘾越发不可收拾，未及三载也溘然而逝，年仅 27 岁。这令王韬又遭受了沉重的打击，心情无比悲凉，写下《哭舍弟谘卿》（《蘅华馆诗录》卷三）：

惟我与汝耳，汝今又已矣。汝才非后人，汝质亦素美。少小恃亲爱，失学从此始。趑趄娴礼节，涂饰尚绮靡。此志一务外，遂致疏书史。家贫作蓬转，往还道淞水。在路负驹光，渐壮增马齿。我既困饥驱，汝亦误跹驰。沪上况繁华，鸦雀声如市。碌碌余子中，谁其为国士。猝尔遭乱离，更使烦忧起。一病迄不瘥，虽没其犹视。痛杀北堂母，同谁奉甘旨。三兄殇可嗟，一个弱如此。衰宗安得振，时陨滂沱涕。双鸿迷所向，此痛何时止。

家人一连串地去世使王韬心头愁云密布，而无后的忧虑更让王韬承受着沉重的精神压力。王韬本来有兄弟五人，但三个哥哥均夭折，只剩下他与吸烟成瘾的弟弟王谘卿活至成年。王韬生有二女，次女"生不能言"，是哑女。王谘卿生有三子，但一个也没成活。从传统意义上来讲，王家的血脉香火从此而断，这对当时还未走出传统观念、被传宗接代思想束缚的王韬来说，实在是人生当中一大不幸。因此面对唯一弟弟的去世，他的心情不单纯是一般家人亡故的伤痛，还有对王家香火不盛的哀怨和无奈。

1873 年，王韬的姐姐王伯芬（名娸，字伯芬）患喉症去世，年仅49 岁。王娸长王韬三岁，嫁吴村周侣梅秀才，生一女一男，女沉溺于酒死，男吸食鸦片而亡。周侣梅闭门读书，继子女后不久病亡。现在王娸病逝，家骤衰。王韬无限痛苦中写下《哭伯姊》（《蘅华馆诗录》卷四）：

子死夫亡痛相继，手足伤心暌异地。忽然远道寄吾书，读不成词但有泪。其日刚游濠镜回，连山风雨益生哀。从此容颜真渺矣，相思只合梦中来。正期白首重相见，不谓青鸾疾于电。吾生悲悯无穷时，遥天孤雁鸣声变。秋风十二年前别，明月七千里外圆。月不共兮风不知，人间地下两茫然。

王韬仅有两女，王韬的长女苕仙嫁与吴兴钱征，10 年后病逝，年仅 32 岁。对长女的去世，王韬自然是痛不欲生，1877 年作《哭亡女苕仙》（《蘅华馆诗录》卷四），回忆了长女少时的聪慧，新婚的幸福，以及自己在长女死后的痛心：

> 一别谁知成永诀，病骨缠绵望久绝。西风十月海波寒，一纸鱼缄眼中血。回视少女心弥悲，娇痴从此闭深闺。求子不得反失女，天公待我胡不慈。愤来直欲叩阊阖，九阊高远不见答。既厄我名复无后，我生独在空萧飒。

同年，王韬接家书，得知唯一幸存的堂侄恂甫（恂甫是王韬伯父的孙子）与其母于 10 日间相继去世，又哭之以诗《醒逋书来知恂甫母子于十日中相继去世哭之以诗》（《蘅华馆诗录》卷四）。《衰宗》（《蘅华馆诗录》卷四）哭诉了自己家族无后的不幸，悲怆之情令人动容：

> 吾宗二百四十年，今日所存仅一线。树衰早已删旁枝，孑孑惟留此孤干。危乎不绝真如缕，一发乃击千钧穿。闲尝约略展家谱，读未终篇泪如雨。谱作乾隆之初期，相传四代五男儿。时犹多忌讳，隐约其言辞。殉难胜国社，阖门靡孑遗。始祖甫垂髫，逸出为齐赘。至此单传至我父，两家伯仲歌棠棣。伯氏二传忽已斩，惟我孤存在天际。二百册年只一人，我又无子承家祭。嗟此衰宗世所稀，天欲绝之非人为。自明迄今已七叶，乃我不祀吁其悲。问天不语涕沾臆，五十无儿事可知。

2. 叙写自己的生平遭遇与艰辛之情

王韬一生备受磨难，经历了科举不进、家境贫困、疾病缠身、被逼迫离家流亡香港，23 年后才归家。王韬想济世报国却苦无出路，科举不第，上书不成，每一条道路都是充满了最初的热情、奋进与最后的失望失落，最后不得已遁迹天南。

王韬虽然自幼聪明好学，但是科举之路并不顺利。为了维持生计，年仅 18 岁的王韬来到离家 20 里的锦溪教学，以贴补家用。王韬对自己的处境是不太满意的，认为自己开馆授课是大材小用，形同乞食。因此这一阶段他写的诗充满了淡淡的忧愁和失意。如《夜坐》（《蘅华馆诗录》卷一）写道：

> 安置诗筒并酒尊，孰怜乞食滞江村。瓦铫沸听茶声急，萝壁摇看灯焰昏。花补篱凹疏有影，月斜屋角淡无痕。故乡旧侣应相忆，重聚西窗与细论。

这首诗里提到"乞食"，可见王韬对自己处境相当不满，觉得自己遭遇惨淡。对此他当然心有不甘，而结束这种乞食生活的道路只有一种，那就是通过科举之路出人头地，光宗耀祖。因此，王韬思来想去，准备再次搏击。1846 年夏，为了准备举人考试，王韬暂回甫里，借住于迦陵精舍，闭门苦读。王韬此时对自己的前途是充满怀疑的，这时期的诗也写得较为灰暗低沉，如《夏日读书迦陵精舍》（《蘅华馆诗录》卷一）组诗，其中第一首这样写道：

> 复作归欤想，扁舟至里门。蹉跎惭未补，文字向谁论。岸远疑无树，云深若有村。暮鸦斜照外，帆影总昏昏。

暮鸦、斜照、昏暗的帆影，正是诗人感觉前途未卜的精神世界的写照，而"蹉跎惭未补，文字向谁论"，更有一种怀才不遇、无法施展抱负的忧戚。

1847 年秋天，王韬前往金陵应试，不料名落孙山。被科举挫败的打击令王韬抑郁不振，很长时间沉浸在苦闷之中无法解脱，这一时期的诗，充斥着落魄文人那种难以排遣的抑郁忧伤。如《反游仙诗》（《蘅华馆诗录》卷一）：

> 清操可长存，浮荣知易谢。虫鸟变春秋，裘葛思冬夏。蓬岛至苍茫，桑田徵变化。西笑向长安，顾言税我驾。献策既不遇，且自安茅舍。穷则善其身，何事徒悲咤。

为了生计，王韬不得不又重操旧业，再次前往锦溪设馆授徒。锦溪授徒，虽然清闲，但王韬仍未能从科场失利的阴影中走出来，无法摆脱内心的抑郁凄凉，所以这一时期的诗仍然较为低沉萎靡。《自花朝后至锦溪春杪未归寄杨醒逋三十韵》（《蘅华馆诗录》卷一）叙写了这一时期清闲但却压抑悲伤的生活：

> 寂寞锦溪路，萧条淞浦滨。远山青喵喵，浅水碧粼粼。橐笔情无限，捻书愿未真。交游长契阔，世事剧艰辛。地僻客朋少，村深风俗醇。庭花看尽放，檐雀喜能驯。检点诗篇富，登临景物新……却病教丸药，谋生愧负薪。芳时怜肮脏，古道叹沉沦。池草碧于黛，野蔷白似银。嗟予处幽僻，往事为君陈。

他消极地看待眼前风景，悲观地解释人生，触目皆愁。天之阴晴，花之萎谢均能使他感慨万千，如《初夏斋居即事》（《蘅华馆诗录》卷一）：

> 前夜雨潇潇，春去苦不知。芍药开何晚，石阑红一枝。雨中色更媚，折供古军持。晓起忽相见，顿减昨日姿。因其已萎后，想其方开时。荣悴固不久，迟暮深足悲，物当保厥真，以全赋畀资……人生亦若是，感慨以系之。

此时的王韬一方面倍感落魄失意，另一方面又思念家人，因此常常夜不能寐，《夏夜不寐口占》（《蘅华馆诗录》卷一）：

> 永夕不成寐，怀人最可怜。帘钩微有月，清影到窗前。

在一夜又一夜的辗转反侧中，王韬的孤独、寂寞和煎熬无限滋生，而对家人的惦念如影随形。王韬虽然风流任性，但也是一个家庭观念很重的传统士人，常和家人书信来往。初至锦溪时曾作诗《接家书后欲寄》（《蘅华馆诗录》卷一）："一纸书来仔细看，先看纸笔署平安。"对家人的牵挂之情溢于言表。而此时王韬因为心绪悲凉，对家人更是想念。《家大人客申江有感》（《蘅华馆诗录》卷一）：

> 接得申江一纸书，故乡米贵信难居。但能饱吃残年饭，自可安休半亩庐。瓮裹寒斋远四剖，箧中故物任三肱（余家三为偷儿所苦）。砚田无恙书仓富，趺脚科头好自如。

为了排解内心的苦闷，王韬经常和一帮同样失意的乡村秀才们饮酒赋诗，设宴游乐。王韬饮酒已经到了"文人无状"的地步。从王韬此时的诗文来看，"酒"字频率出现之多，令人叹为观止。纵酒给王韬的生活带来极大危害，他经常"形疲神倦"、"连日病酒"，三天两头在药罐边生活，他曾作诗《无题》（《蘅华馆诗录》卷一）曰：

> 门前丝柳带寒痕，往事辛酸欲断魂。无计著书且闭户，药炉经卷度朝昏。

在《怀吴江徐仲宝》中也写道："多病惟缘酒，遣愁底事诗。"可见王韬自己也知道自己年纪轻轻便与药为伍是因为纵酒之故，但仍然不能控制自己。

1849 年，王昌桂因病去世，年仅 21 岁的王韬担负起全家生活的重任。但是王韬授课所得的微薄收入无论如何不能维持一家三代的生活开销，因此，王韬只得另谋出路。在麦都思的邀请下，王韬于 1949 年 9 月来到上海墨海书馆，从谙习四书五经的封建士子到翻译西学追求西学的"洋务秀才"，王韬开始了新的人生历程。但是这种新的人生历程的开始是充满苦涩。王韬一直觉得离家赴沪是迫不得已的违心之行。对于佣书西人其在感情上一开始是不认同的，传统的"华尊夷卑"此刻在王韬的思想中是占主要地位的。而对西方列强侵略中国的仇恨更使他不愿与西人共事，但是为了生计，王韬别无选择。他内心的隐痛与矛盾是难以言说的。一首长诗《移家沪上作》（《蘅华馆诗录》卷二）反映了他离开家乡甫里的复杂心情：

> 瘁叶悲陨树，病鸟怆离巢。岂余非人情，甘作秋蓬飘。少小惯为客，里居多无聊。今兹远乡县，独处耐寂寥。顾念白头母，忧子心滔滔。更怜小弱弟，久已诗书抛。吾躬事丛集，此举敢惮劳。日卜一廛宅，涂茨为诛茅。
>
> 昊天胡不吊，鞠凶丁我躬。葛帔走风雪，忍饥敢言穷。一朝落海上，夫岂由余衷。根本诋弗重，饘粥何由充。嗟予事大舛，磨蝎在命宫。动如金跃冶，嘲诮丛吴蒙。岂有伯通庑，令我安赁春。因之决行计，仰视寥天鸿。
>
> 我家居里中，及今阅三世。即我住此庐，亦已逾十岁。先人立门户，辛苦心力瘁。前年遭大水，研田绌生计。含凄急出门，仓卒麻鞋系。门祚感衰微，骨肉惊飘逝。庭树色依依，对之屡挥涕。再

拜从此去，衔哀告家祭。

　　王韬赴沪后，许多朋友"以此为获罪名教，有玷清操，或肆其妄谈，甚者加以丑诋"，还有的与他割席绝交。① 这种外在的压力使王韬内心时时为自己的行为感到惶恐不安。他在墨海书馆与西人共事一天后，常常独伴孤灯，以负罪的心情来审视自己的行为。从赴沪之初到1859 年左右，他的这种自我忏悔的痛苦心情，充满了他的书信和日记。他试图找一条能够"洁身自好"的道路，不再乞食西人，因而于1856年、1859 年两次参加科举考试，但都未中。王韬只能无可奈何地安于现状。此时王韬的生活也较为困顿，他在墨海书馆每年收入约有二百金，负担整个家庭难免捉襟见肘。1857 年以后，他因续娶继室林氏和弟弟娶妻生子，他一人竟有"八口之累"。② 生活的贫困与精神的苦闷使居沪的王韬常常郁郁寡欢，因此诗文中常常愁怨满怀，如《送凤葆初归闽》(《蘅华馆诗录》卷二)：

　　　　读书须识忠孝字，阅世当知经济事。凤生抱负异凡庸，空怀耿耿平生志。饥驱来作江南游，出门便为衣食忧。男儿在世不得意，徒以著述期千秋。

诗中诉说了自己为衣食所累不得志的窘迫处境和郁闷心情。
　　生活的种种不如意使王韬常常借酒消愁、寻花问柳，借以消解内心的苦闷与压抑。这种放纵的生活自然很大程度地影响了王韬的健康。本来他自年幼就体弱多病，此时更是每况愈下。王韬在上海的13 年正是他20 岁到30 多岁的黄金时期，但从他的身体状况看显然已经未老先衰，他患有"酸齿"、"咯血症"、"肝气不畅"、"烂脚"等多种疾病，体态过早发福，被上海滩的朋友戏称为"吴门王胖"。到35 岁时，他已经是"目眊齿腐，面皱发稀"。③ 因而这一时期的诗中他多次提到自己的多病之身。
　　《夏日闺中杂咏》(《蘅华馆诗录》卷二)：

---

① 王韬：《弢园老民自传》，江苏人民出版社1999 年版，第33 页。
② 王韬：《寄应雨耕》，《弢园尺牍》，中华书局1959 年版，第16 页。
③ 陈振国：《长毛状元王韬》，《逸经》第33 期，第42 页。

多病多愁强自宽，不情不绪更无端。宵深枕簟浑如炙，愿祝苍天六月寒。

《病足归里呈顾师》（《蘅华馆诗录》卷二）：

养疴归来已廿旬，穷愁风雨困斯人。半人将作习凿齿，恶疾几同卢照邻。剩有残书盈我箧，竟无良药治兹身。里中咫尺难相见，何日追随杖履春。

但王韬是不甘心就此沉沦的，他想方设法力图改变自己的命运，于是就有了接连上书清朝大吏一事，上书中，他系统阐述自己对时局的看法和挽救方策，希望清朝地方大吏能拔擢他于布衣之中。但是王韬最终一无所获，无奈王韬在 1862 年 2 月化名黄畹上书太平天国，为他们出谋划策。王韬的上书最后落入清军之手，清政府立即着手逮捕王韬。1862 年 10 月，王韬被迫离开上海前往香港，从此开始了长达 23 年的流亡生涯。到了香港之后，王韬对这里的一切都不习惯，家人经常生病，生活极为困窘，王韬在诗中极为详尽地记叙了此时的艰难状况，如《至粤已逾一载辱江南诸故人投书问讯作九言一首寄黄六上舍潘大杨三两茂才》（《蘅华馆诗录》卷三）：

嗟我昔年出门作近游，今乃放眼万里来番州。不因被谤亦不得至此，天之厄我乃非我之尤……有时默念我生之所作，百无一慊悔恨兼惭羞。嗣黄龙飞闰八月来此，迄今十月岁已逾一周。炎方景物种种伤吾意，气候不常迥非中土侔。视天常低视日近若炙，冬或着缔盛夏或披裘。鱼龙怒腾欲雨气腥臊，一黑千里飓起摇陵邱。飞虫细蚋经冬犹不死，炎飙毒雾白昼鸣鸺鹠。我初来时厌此土性恶，常畏烦热委顿病泄呕。瘦妻娇女啼哭思旧土，一家四人卧床无一瘳。半椽矮屋月费钱半万，风逼炊烟入户难开眸。木中蚍虱嚼人若锥利，爬搔肌肤往往至血流。

同时，喜好交友的王韬此时觉得此地可与语之人不多，地不足游。以前的旧朋友大多也因为王韬是清政府通缉的要犯，害怕受牵连，不敢与他继续来往，他给朋友的书信有不少有去无回，为此他曾作诗不无伤感，《与人书不答》（《蘅华馆诗录》卷三）：

未应韩老偏疏我，应是嵇生懒作书。谁惜廖天囚独鹤，翻嫌多事遣双鱼。论交四海轻刘备，乞食穷途泣伍胥。万死投荒豪气在，无求终岁闭门居。元修契顺从来少，赵德符林亦未逢。一字惧为他日累，此才转赖异邦容。文章岂必关科第，风义原难望俗庸。被谴何因缘语祸，敢轻出口诮渠侬。

身处异乡的王韬倍感孤独寂寞，这一时期的诗充斥着悲苦之音。《吾道》（《蘅华馆诗录》卷三）：

吾道非欤窜海涯，穷愁不足祸相加。孤身万里难忘国，残梦千回总到家。末路艰难轻著述，余生暗淡厌年华。客边不见春光好，一任东风送柳花。

在这一时期的诗中，王韬反复强调自己是被文字所害，"乱世文章空贾祸，穷途性命尚忧时"《韬迹》（《蘅华馆诗录》卷三）。"痛绝古来文字祸，从兹笔砚总须焚。"《从兹》（《蘅华馆诗录》卷四）一再为自己辩解。

王韬蛰居香港，转眼已近 20 年。随着岁月流逝，王韬的思乡之情愈加强烈，"虽殒身绝岛，亦必归骨故乡"。[①] 1884 年，经李鸿章默许，王韬终于叶落归根，回到上海。王韬此行回来后倍加小心，决心避免以往"文字贾祸"的教训，不问世事，以归隐的心态度过余生。回沪后，他更号为"淞北逸民"，打算"从此安居庐地，与世无争，为天地间之逸民"。[②] 在此后的诗篇中更是一再流露出归隐终老的想法。

《赠金陵黄瘦竹即题其揖竹图》（《蘅华馆诗录》卷六）：

飘零我亦与君同，年来踪迹如飞蓬。安得偕君成竹隐，杀青著述留寰中。

《题李小池环游地球图》（《蘅华馆诗录》卷六）：

---

① 王韬：《与杨醒逋明经》，《弢园尺牍》，中华书局 1959 年版，第 129 页。
② 王韬：《与温欣园观察》，《弢园尺牍》，中华书局 1959 年版，第 235 页。

　　　　嗟我年来不得意，畏人遁迹天南陬。世间蛮触置弗间，亟思归
隐安锄耰。

　　此时王韬的身体每况愈下，一年之中有大半年药罐在怀，"弟老病
颓唐，几无生人之趣，数月来肝胃气痛、齿痛、腰脊痛，食为锐减，几
欲呼祝宗而祈死矣"。[①] 王韬晚年经济状况颇为拮据，虽身为格致书院
山长，但收入甚微，加上还要付印自己的著作，经济上的紧张、匮乏可
以想见。王韬晚年的诗常带有一生总结喟叹的意味，哀伤年华老去、体
弱多病，显得无限凄凉颓唐。《录梦中赠遗之作》（《蘅华馆诗录》卷
六）：

　　　　飘零空洒忧时泪，孤愤徒成感事篇。燕颔已虚猿臂老，不如归
去伴重泉。

　　而《蘅华馆诗录》卷六中的最后一首诗《久病不痊枕上口占聊以
自挽》更是对自己一生壮志未酬、归隐未成的哀叹：

　　　　巫阳下召太匆匆，六十三年若梦中。著述半生虫鸟语，功名一
笑马牛风。英雄心事埋黄土，儿女私情叩碧穹。归隐未成山未买，
此身合葬鹿城东。

　　作者回顾自己一生的坎坷遭遇、穷愁潦倒，恍如一场梦。无论著
述，无论功名，无论英雄心事，无论儿女私情，都将埋入黄土。因为归
隐的理想一直未能实现，所以王韬希望死后能埋葬在昆山东门外的祖坟
里，在那里也许能得到最终的归隐、休憩。
　　3. 表现自己的羁旅乡愁、飘零之感
　　王韬一生动荡不安，为生计所迫，先是离家赴沪，在上海生活了
13 年；后又被迫遁迹香港，流亡 23 年才得以返沪。终其一生，大多在
异乡，因此对故乡的守望与追怀、羁旅的飘零与愁思也就成为王韬诗歌
中反复吟咏的一个主题。
　　思乡，是中华民族根深蒂固的传统文化心理，也是人类共有的精神

---

　　① 中国社会科学院近代史研究所编：《王韬致谢绥之函之五》，《近代史资料》总 66 号，
中国社会科学出版社 1987 年版，第 19 页。

倾向。而乡愁，则更是文学世界中一个亘古久远、绵延不绝的创作母题。在我国历朝历代的文学作品中，以乡愁为母题的诗词曲赋可谓汗牛充栋、蔚为大观。整个中国古典文学，无处不散发着思乡羁旅之苦，无时不回响着回归家园故国之声。从屈原的思国，到陶渊明的"田园将芜胡不归"；从杜甫的"烽火连三月，家书抵万金"，到李商隐的"近乡情更怯，不敢问来人"；从李煜的"小楼昨夜又东风，故国不堪回首月明中"，到"直把杭州作汴州"，"南朝四百八十寺，多少楼台烟雨中"，情感的不断沉淀，使得思家归国，延续成乡愁这一文学、文化母题。深厚的中国文化传统，加上"有家不得回"的特殊原因，使一直在外飘零的王韬笔下的羁旅乡愁达到了极致：

余生栖海国，残梦落江津。未变尘中貌，空存劫外身。故人成隔世，异地又回春，丹荔黄焦里，思乡倍怆神。（《蘅华馆诗录》卷三《余生》）

东西南北干戈里，转徙飘零吴越间。今日相逢万里外，不堪重话旧家山。（《蘅华馆诗录》卷三《粤中逢包榕坊孝廉》）

即使面对异国的秀丽风光，王韬也难掩思乡之情：

七年孤负故乡春，到眼风光客里新。两戒山川分北极，一洲疆域限南轮。殊方花月离人泪，异国衣冠独客身。何日淞滨容小隐，柴门归卧稳垂纶。（《蘅华馆诗录》卷四《何日》）

我生三十九寒食，强半牢愁在客中。今日况经来海外，何时重复到江东。佳辰杯酒从谁乞，异域桃花未放红。苦向东风问消息，（时家书久不至）不堪回忆怆心胸。（《蘅华馆诗录》卷四《寒食》）

以上诗句抒发的都是有家难归、思念家乡的真实情怀，表达了作者客游他乡的悲苦境遇和凄凉心境。

二　酬唱之情

《蘅华馆诗录》中有很多以题赠应酬、唱和为主题的作品。王韬一生游历丰富，喜好交友，所交之人层次广泛。在诗集中，王韬酬赠的主要有五类人：老师、朋友、官员、外国友人、妓女。这部分诗数量惊人，据笔者统计，共计284首，占王韬诗作总数的近1/2。其中写给王韬的老师顾惺的有 27 首，写给国内朋友的有 143 首，写给外国友人的有 71 首（包括日本友人 62 首，越南友人 5 首，英国友人 4 首），写给政府官员的有 24 首，写给妓女的有 19 首（包括日本妓女 8 首）。

1. 师生情

王韬的老师顾惺是王韬酬赠最多的一个人，王韬写给顾惺的诗表现了他和老师的深厚感情。顾惺与王韬名为师生，实为朋友，王韬云："吾与夫子谊切友生，情深师弟。"① 顾惺病故后，王韬甚为痛惜："木坏山颓之感，于我独深。呜呼！此韬生平一知己也，而今已矣！"② 王韬在日记中常常提起他，在《弢园尺牍》和《弢园尺牍续钞》中辑有许多写给他的信件。而写给顾惺的 27 首诗充分体现了他和顾惺的情谊，如《小饮青萝山馆呈顾涤庵明经师》（《蘅华馆诗录》卷一）一诗，记述了二人围炉饮酒畅谈的情景：

> 欲雪不雪天酿寒，啾啾冻雀愁檐端。地炉活火聊取暖，一尊入口僵欢颜。新坼瓮泥出饷客，香浮色淡味独完……王郎本耻作小户，深杯不厌一吸干。酒阑每易生感慨，敢抒愚论披心肝。

这完全是朋友间的开怀畅饮、促膝谈心的融洽之情。

2. 朋友情

王韬酬赠朋友的诗里，唱和最多的一个朋友是杨醒逋。杨醒逋，号补道人，著有《独悟庵集》，为王韬的发妻杨硕人之胞兄。二人是挚友，常有书信往来，在王韬的文集里提及他的次数也最多。而在《蘅华馆诗录》里写给他的诗数量仅次于顾惺，有 21 首。不论身在上海还是遁迹香港，王韬最先想到的朋友或许就是杨醒逋。

王韬在酬赠朋友的诗里常常倾诉自己的心事，吟咏深厚的友谊：

> 此行虽好总凄孤，仓卒登程半字无。诗酒穷乡惟有子，烽烟满地正多虞。百年运会逢厄局，两戒山川壮霸图。海北天南漂泊里，几时归话故园芜。（《蘅华馆诗录》卷三《到粤后寄里中补道人》）
>
> 空堂相对杂离思，秉烛宵分听漏迟。今夜月光同领略，明朝帆影各参差。功名大有衰门感，文字难期末俗知。淀曲孤云吴苑树，

---

① 王韬：《寄顾涤庵明经师》，《弢园尺牍》，光绪癸巳沪北淞隐庐本。
② 王韬：《与补道人》，《弢园尺牍》，光绪癸巳沪北淞隐庐本。

忆君最是落花时。(《蘅华馆诗录》卷一《送徐仲宝之吴门时亦有锦江之行》)

王韬在赠朋友的诗中有时也充满了诙谐之语,表现了朋友之间言无所忌、轻松打趣的唱和之情。如:"寒烟尚宿晓模糊,剥啄柴门俱索逋。欲乞孙郎书债了,研螺且写调钱付。今朝又是花朝了,今日诗成酒未沽。偶忆孙郎多诺责,酒钱还肯送来无?"(《蘅华馆诗录》卷二《戏寄孙澄之广文》)。再如"尹郎此去是仙乡,特祝东风趁野航。艳福几生修得到,片云吹下杜兰香。(女子姓杜)"(《蘅华馆诗录》卷三《尹大将回嘉善与一平话女子同舟作此调之》)这两首诗写得轻松诙谐,充满了朋友间的肆无忌惮的戏谑。

朋友的不幸病逝自然是令人无限悲慨,王韬为之黯然神伤:

人天渺渺断知闻,花月凄凄已夜分。一别西风嗟隔世,重来宿草哭秋坟。死无后嗣知君痛,生不成名愧我文。冥漠精诚定无间,泉台好把此诗焚。(《蘅华馆诗录》卷二《醒逋招饮独悟庵酒后追悼严规生并示醒逋》)

诗中表现了对逝去朋友的真切怀念与哀伤。

在诗集中王韬也有对朋友的鼓励,充满了昂扬奋发和积极进取的精神:

陈侯才略称纵横,胸中所有皆甲兵。读书思以经济见,处事弗欲文章名。方今滇池盛豺虎,连天击鼓愁边声。元龙豪气薄云汉,揽辔壹志图澄清。轮金既上卜式疏,投笔迳请终军缨。法郎火器出西法,特献长策破敌营。揭来香海喜握手,获倾襟抱聊交情。春风故里二三月,匆匆旋唱骊歌行。书生报国在杀贼,天戈所指奇功成。濡毫为赋铙吹曲,从军逍遥歌升平。(《蘅华馆诗录》卷四《送陈琳川司马从军滇南》)

王韬与朋友间更多的酬赠诗是抒发自己的人生遭遇和人事感慨,多悲凉愤慨之音,如"逢乱离忧百事灰,平生怀抱几时开?万言羞学纵横术,四海谁知经济才。兄弟友朋皆至性,妇人醇酒有奇哀。湘云吴树参差里,珍重江干报札来"(《蘅华馆诗录》卷三《寄湘乡左大》)。

3. 官场应酬之情

王韬酬赠官员的诗多是一些客套奉承之语。如写给马相伯①的《马相伯自朝鲜回赠余发纸赋此志谢》（《蘅华馆诗录》卷六）：

> 羡君偏衣海外锦，崇衔特赐亚一品。仍王官耳非陪臣，今日还乡且共饮。平生好友兼好奇，得君佳纸赠君诗。愿将我诗写万纸，凭君传入高句丽。

写给汤贻汾②的《题汤雨生都督所画红梅花》（《蘅华馆诗录》卷四）：

> 毘陵将军冰雪姿，清操惟许梅花知。平生豪气郁不发，驱使十指生横枝。老干槎枒肯受屈，如竹秀逸松支离……将军节与梅花似，芳心劲骨同争奇。

再如"姚君少有国器名，读书是重科第轻。晚逢流离业益进，词章足与千秋争"（《蘅华馆诗录》卷四《题姚薏田徵君所书诗卷》）。"大罗山人何雄豪，偶然落笔多清超。词章已足了余子，意气往往轻凡曹。"（《蘅华馆诗录》卷四《赠大罗山人即题其小像》）都是对这些官员的客套溢美之词。当然王韬所交往的官员大多都是有真才实干的，诗中所言也不全是客套。

4. 中外友情

王韬在酬赠外国友人的 71 首诗中，讴歌了中外友谊的深厚，如写给英国人麦西士的《送麦西士回国》（《蘅华馆诗录》卷二）：

> 知己平生首数公，海邦物望最为崇。学从天授推无敌，道自西来证大同。有愧龙才怜阮籍，不将奇字诧扬雄。八年聚首情如昨，岁月因循感慨中。

---

① 马相伯，字良，江苏丹阳人，1872 年任上海徐汇公学校长，1881 年任驻日参赞，后改任驻神户领事，1903 年创办震旦学院，1905 年创办复旦公学。马相伯从朝鲜回日本，赠王韬以朝鲜出产的发纸，王韬特赋诗以志谢。

② 汤贻汾，字若仪，号雨生，晚号粥翁，江苏武进人。曾官温州镇副总兵，后寓居南京，太平天国攻破金陵时，投池而死。其人多才多艺，于百家之学均有所造诣，工诗文书画，精于山水，亦能花卉松柏。

题赠越南友人的有《赠越南黎和轩侍郎即送归国》、《送越南潘九霞农部回国即和其辞别原韵》(《蘅华馆诗录》卷四)，表现了与越南人民的友谊：

> 奉使南来识绛帷，屡瞻珠玉快挥毫。文章盖代才无敌，风月当秋品最高。两载贤劳完素志，寸心忠爱托离骚。辎轩尽入皇华咏，为听清音想凤毛……忽唱骊歌远思催，临岐执手重徘徊。

1879 年，王韬的日本之行使他结交了许多日本友人，日本文士对王韬的学问、为人十分欣赏。早在 1873 年王韬的《普法战纪》出版之后，便在日本知识界引起强烈反响。王韬每到一地，都受到热烈欢迎，"夫清国之人游吾邦者，自古多矣，然率皆估客，而限于长崎一方。近来韦布之士来东京，间有之；然其身未至而大名先闻，既至而倾动都邑如先生之盛者，未之有也。抑先生博学宏才，通当世之务，足迹遍海外，能知宇宙大局，游囊所挂，宜其人人影附而响从也"。① 王韬访日也受到中国驻日官员和旅日华人的热情接待，中国驻日公使何如璋、副公使及王韬的昔日好友张思桂、驻日参赞黄遵宪、驻神户领事阮锡恩、驻横滨领事范喜朋、《清史稿》编撰者吴瀚涛等人从各方面为王韬在日本的起居旅行提供方便。与日本朝野的亲密交往及日本友人、海外华人对他表现出来的热情与敬重，颇使在国内遭受冷遇的王韬激动不已。更重要的是，日本朝野对他的热情接待，使王韬觉得同文同种的日本比其他西方国家亲切。他说："东国之贵官文士待予殷拳若是，亦可见两邦之亲睦也。""余以此游，山水之奇固不必言，而友朋之乐则生平所仅见也……朝夕把杯话雨，剪烛谈诗，娓娓不倦，此乐盖羁旅之中所未有也……呜呼！余虽甚潦倒不才，为世所弃，而承日本诸君子视余若魁儒硕彦，巨人长德，固何修而获此。"② "朋友之乐为二十年来所未有。余穷于世，而独为远方异域之人钦慕如此，亦足慰矣。"③ 也许这是王韬一生中最快乐的一段时光，有众星捧月的飘飘然，有宴游间的宾主相谈甚欢的快意，有酒有女人，因而在日本王韬如鱼得水，游兴甚浓，诗兴甚高，《蘅华馆诗录》中第五卷全卷和第六卷一部分都是写王韬在日本

---

① 王韬：《漫游随录·扶桑游记》，湖南人民出版社 1982 年版，第 176 页。
② 王韬：《游晃日乘序》，《弢园文录外编》，上海书店出版社 2002 年版，第 221 页。
③ 王韬：《清华馆文会记》，《弢园文录外编》，上海书店出版社 2002 年版，第 242 页。

的游历情况，其中有很多酬赠诗。这些给日本友人的酬赠诗记叙了王韬和日本人士的深厚友情。

> 先生可比贾长头，头童齿豁与古游。说经谈道众无匹，风云笔底千言道。东京文社君所创，赏罚衮本钺严春秋。浮海东来见君面，奇缘天赐能小留。为投缟纻结金石，慷慨意气尤相投。年来我亦持清议，瞶言家国怀殷忧。论事往往撄众怒，世人欲杀狂奴囚。掉首东游未寂寞，此兴不孤同登楼。（《蘅华馆诗录》卷五《偶访栗本匏菴口占七古一篇赠之》）

王韬在日本畅游四月余，临别自然无限眷恋与不舍：

> 相逢未久遽别离，远道骊歌怆客思。岭表秋风惊去梦，江南暮雨怅新知。怕听折柳阳关曲，休唱飞花驿路词。尚有绮怀忘不得，玉钗银烛酒阑时。
>
> 相思此后隔遥天，无限离情到酒边。百日勾留千载遇，一编游历众人传。诗篇敢谓追摩诘，词句应还愧仲仙。莫听萧孃弹一曲，愁心都付与秋弦。（《蘅华馆诗录》卷五《栗本锄云饯予柳岛酒楼席上作诗赋别》）

王韬对自己日本一行的业绩是颇为自豪的：

> 我之来兮春光非，我之去兮秋风起。秋风起兮游子归，万重山兮千重水。离情渺渺愁凄凄，相思不识何时已。临行把酒劝重游，子其祝我倘无死。子酌我兮金叵罗，我赠子兮玉版纸。上写今日离别词，中有泪痕流不止。瀛洲缥缈神仙居，百日因缘亦足喜。忽然欲去不可留，梦魂一夜归乡里。岂无窈窕解语花，绰约风前艳桃李。泥我饮兮我不辞，含情顾影明灯里。况复文字足相娱，座中往往有佳士。成斋卓荦天下才，诚卿斌媚今无比。鹿门龟谷多雄豪，时排笔阵摩吾垒。两国相通三千年，文士来游自我始。敢云提倡开宗风，结社清华争倒屣。某年日月我去来，大书特书补青史。（《蘅华馆诗录》卷五《成斋编修集诸同人大张祖席于中村楼酒酣作歌留别》）

诗中一方面记叙了和日本友人的友好往来，以及离别的伤感；另一方面，王韬对自己的日本之行也作了一番总结，觉得自己此行一定会名垂青史，值得后世大书特书，是一件值得自豪的壮举。当然，王韬的预见是准确的。毋庸置疑，他为中日两国的文化交流、中日友谊作出了重大贡献。

5. 情人之情

红蕤阁内史是王韬在 1854 年夏天结识的。当时王韬因病去鹿城休养，住在笙村，得以结识红蕤阁内史。王韬在《笙村纪梦》、《重纪梦》中都表达了对这位女子的怀念，"万种相思一纸缄"，"见面分明非梦里"（《蘅华馆诗录》卷二《笙村纪梦》）。"一度相逢一惆怅，欢娱转自荡回肠。"（《蘅华馆诗录》卷二《重纪梦》）王韬的《海陬冶游录》是这位女子亲手校点的，但由于种种原因，二人无法结合。王韬又是多情之人，因此，有时在诗里情不自禁地流露出对红蕤阁内史的惦念和不能结合的遗恨：

> 偶赋闲情点画斜，石阑小坐供茶瓜。团栾怕见西窗月，欢喜空开堂北花。今世缘难重合镜，此生事误已裁纱。红钤小字私封好，自剔寒灯倚玉叉。（《蘅华馆诗录》卷二《有感寄红蕤阁内史仍用前韵》）

6. 游冶之情

喜好冶游的王韬还有一些赠妓女的诗，有的写得有些香艳轻薄："酒半留髡夜未央，罗襦偷解玉肌凉。荻兰桥畔春风软，那识销魂别有香。"（《蘅华馆诗录》卷二《校书明珠微患愠衳戏赠一绝》）有的写王韬对她们的喜爱赏识："雾里看花分外明，吴娘容貌可倾城。洛妃解佩欣初遇，韩椽留香感凤情。玉骨自怜梅并瘦，冰心好与月同盟。年来懒向花丛顾，今日低头总为卿。"（《蘅华馆诗录》卷六《席上赠吴佩香词史》）有的赠妓诗则是同情她们的命运，有一种怜惜之情："阿侬生小住扬州，只解相思不解愁。姊妹飘零夫婿死，天风吹下粤江头。扬州此日等天涯，愁说扬州是妾家。怨杀春风供漂泊，李花今已作杨花。"（《蘅华馆诗录》卷四《有李氏女子自扬州来此作校书赠以二绝句》）王韬在日本期间，不仅金屋藏娇，一直有伴宿妓女，而且经常到新桥、柳桥等妓女聚集的地方，问柳寻花，写下了一些赠妓诗。这些赠妓诗也多侧重写妓女的美貌，如《蘅华馆诗录》卷五《赠小菊》："婀娜风情窈窕姿，玉环态度燕腰肢。"在日本，王韬的最爱是角松，《蘅华馆诗录》卷五《席上赠角松校书》为自己的寻花问柳辩解，序言中说：

> 角松校书，艳绝人寰，众美毕具，风流秀曼，殆无其俦，固新桥巨擘也。余始见之于滨，乃家临水亭，子上即不能忘。余青衫老矣，落拓天涯，苦无知己，今之爱角松者，譬诸天生一种名花不得不爱护珍惜之也。此意甚公，见者幸勿以私心测度也。

正诗曰：

> 姊妹花开并擅名，风流才调果倾城。秋波无限销魂处，媚眼天生百种情。
> 雪作肌肤玉作容，艳名早已噪京东。新桥春色惟卿擅，万绿丛中一点红。

王韬把自己对妓女的爱好，辩解为是出于对一种天生名花的爱好与追求。

王韬的酬赠诗在与各类人的唱和题赠中也抒发了他对时事的看法，有着鲜明的时代特色，反映了近代西学东渐时期的社会现实。如《席上复得长歌一首即和黄公度参赞原韵》（《蘅华馆诗录》卷五）："泰西通市法一变，坐令西学群推尊。"《赠李壬叔即送其之吴门》（《蘅华馆诗录》卷三）："西来绝学当今稀，畴人法在谁能知。"《记李七壬叔所述语》（《蘅华馆诗录》卷二）："大道久凌夷，卮言患日出。福音从西来，一变佛氏说"，明确指出中国之"道"劣于西方之"道"，并把西方之道视作"福音"，这在当时简直是石破天惊。在此基础上，王韬提出了"大同"的命题，"道自西来证大同"（《蘅华馆诗录》卷二《送麦西士回国》），但他此时所说的"大同"是指整个世界经济文化的发展，各国之间交流联系的加强而出现的"合一之机"，没有涉及未来社会制度的设想。不过，这种"大同"世界是由于西方政治、文化、科学之"道"东来后才会出现的。这一点，是与《礼记》中所说的"大同"和历代思想家所说的"大同"有很大区别的，也是与他同时期的许多思想家所难以企及的。

在《赠日本长冈侯护美时方奉使荷兰》（《蘅华馆诗录》卷六）也提及西学："泰西学术固无匹，舍短取长在今日。"可以看出，王韬虽然推崇西学，但是他用一种极为理性的态度看待西学，认为对西学要懂得取舍，这种观点在当时是很可贵的。

显然，王韬的酬赠诗和传统的酬赠诗有所不同，呈现出一种开放的文化姿态，对当时的很多新鲜事物都能及时接纳并诉诸诗中，如在《赠李壬叔即送其之吴门》（《蘅华馆诗录》卷六）中提到"地球绕日月环地"这一尚未被广大国人了解的科学现象，也记叙了朋友环游地球的壮举，"美洲一隅乃新辟，李生杖策向此游。太平洋中极浩渺，岂无岛屿堪搜求。渡海十日至英土，全欧人物指掌收。此行岂仅赛珍异，远扬威德宣怀柔。修和讲睦在忠信，温犀禹鼎穷幽僻"（《蘅华馆诗录》卷六《题李小池环游地球图》）。诗中一方面描写了李生游历欧美、太平洋的经历，另一方面也写了李生此次游历西方是具有重要外交目的的，这样的诗歌内容在古代显然是没有的。

可以看出，王韬的酬赠诗具有一种全球文化的视域，在一定程度上突破了传统意义上的酬唱之作，体现了新的时代精神，开辟了诗歌内容的"新意境"，这和王韬游历欧洲进而形成全新的世界观念不无关联。

三　爱国之忧

作为一个时刻关注中国社会现实，渴望祖国早日富强的诗人，王韬还写了不少忧国忧民的诗篇，记述了当时中国动荡不安的真实情形，抒发了作者的爱国情怀。

王韬诗中的爱国情感和他的成长经历有着密切关系。王韬自幼受传统文化的浸染，"四五岁时，字义都由母氏口述，夏夜纳凉，率为述古人节烈事，老民听至艰苦处，辄哭失声"。[①] 启蒙教育使王韬从小就萌生了心系国家民生的情感，可以说，中国传统文化培养出来的知识分子骨子里就有一种社会责任感和使命感。稍大，王韬的父亲王昌桂就教他背诵四书五经，学作八股文、诗词、笺札。此外，经史子集，旁涉博及，受传统文化影响日深。中国传统文化在培养一个人的社会责任感方面是其他任何文化都难以比拟的，王韬能有那种以天下为己任的气魄，王昌桂可谓功不可没。

另外，家乡甫里（现名角直镇）的文化传统及当地名人对王韬的经世救国的热情也有着潜移默化的影响。吴中历来是文人荟萃之地。早在春秋时期，角直就是吴王夫差的别宫。自唐以降，更是人才辈出。除陆龟蒙、皮日休、罗隐外，宋代著名诗人苏东坡、魏了翁，元代书法家赵

---

① 王韬：《弢园老民自传》，江苏人民出版社1999年版，第7页。

孟颊，明清文人高启、刘基、钟惺、归有光、吴梅村、倪云林、尤侗、沈德潜等，都在这里出生或隐居过，这一切使甪直的土壤中涵藏着深厚的文化传统和丰富的文化营养。其中，对甪直影响最大的莫过于唐代文学家陆龟蒙了。陆龟蒙，号"甫里先生"，著有《笠泽丛书》、《甫里先生集》、《江湖散人传》等。举进士不第，对弊政不满，遂至甪直隐居。陆龟蒙为人耿直，性情高傲，他与隐居于此的诗人皮日休、罗隐诗酒唱和，针砭现实，揭露弊政。他们虽隐居甪直，但心忧天下。他们隐居不忘天下事的忧国忧民之情，清高孤傲、疾恶如仇的性格，刚直不阿、愤世嫉俗的品格，在王韬身上都有体现。陆龟蒙在甪直影响很大，当地人对他极为崇敬，曾筑亭雕其像供之，甪直也因陆龟蒙号"甫里先生"而得名"甫里"（明清时"甪直"一称复兴，与"甫里"混称，现则废"甫里"称"甪直"）。

在这样的文化环境和家庭环境下长大的王韬，自然很早就有济世报国，成就一番功业的志愿。他的诗集中有很多作品表现了忧虑国家命运、关心民生疾苦、渴望建功立业的情怀。

王韬在诗歌中对当时很多动乱事件都有详细描写。1840 年的鸦片战争，英国用坚船利炮打开了中国的门户，从此以后，中国沦为半殖民地半封建社会。上海作为西方国家新辟的"通商口岸"，成为国内外贸易的中心，逐渐出现了畸形的繁荣。1848 年，王韬去上海看望在那里设馆授徒的父亲王昌桂。上海之行使王韬深刻地感受到了处于列强觊觎下的中国的生存危机，引发了无限的忧虑。当他放眼黄浦江，看到一艘艘外国商船和兵舰在中国的江河里自由穿梭的时候，满怀悲愤地写下了四首《春日沪上感事》（《蘅华馆诗录》卷一）：

> 海上潮声日夜流，浮云废垒古今愁。重洋门户关全局，万顷风涛接上游。浩荡东南开互市，转输西北共征求。朝廷自为苍生计，竟出和戎第一筹。
>
> 苍茫水国殢殢春寒，鲸鳄消余宴海澜。闾里共欣兵气静，江山始叹霸才难。殷忧漆室何时已，恸哭伊川此见端。远近帆樯贾胡集，一城斗大枕奔湍。
>
> 烽火当年话劫灰，金银气溢便为灾。中朝魏绛纡谟画，穷海楼兰积忌猜。但出羁縻原下策，能肩忧患始真才。于今筹国讵容误，烂额焦头总可哀。
>
> 海疆患气未全舒，此后岂能防守疏。应有重臣膺管钥，早来绝

域会舟车。士风谁补蛮夷志，波毕今登货殖书。千万漏厄何日塞，空谈国计急边储。

在这四首诗中，年近 20 岁的王韬以深沉的思想、不凡的见解指出了中国面临的种种危机，而这一切都源于朝廷对外屈辱投降的做法。王韬希望能有真正的人才出手救国，"能肩忧患始真才"，满腔爱国之情令人动容。

王韬居沪时期，中国发生了两件惊天动地的历史事件。1851 年 1 月，洪秀全领导的太平天国起义在广西金田拉开序幕，随后，北进东下，一路势如破竹。同年 3 月 19 日，占领南京，改名为天京，正式建立了与清王朝分庭抗礼的农民政权。一波未平一波又起，正当清政府被农民起义弄得筋疲力尽的时候，1856 年，又爆发了第二次鸦片战争。英法联军自南北上，攻占了大沽。1858 年，清王朝被迫签订了丧权辱国的《天津条约》，随后，英法联军攻占北京，清廷向侵略者屈服，签订了更加屈辱的《北京条约》。第二次鸦片战争的彻底失败，充分暴露了中国国力的积弱不振和清政府的腐败无能。

王韬虽是一介书生，但对国事极为关注，"住世难逃世，桃源亦战场。乱离无乐土，烽火又满乡"（《蘅华馆诗录》卷二《闻粤警》）。在诗人心中，国家动乱之时，个人没有桃源，也没有乐土，表现了中国传统文人家国一体的观念。面对国运的衰败，王韬以天下为己任的气魄，酣畅淋漓地表达了自己愿为国家效力的愿望：

男儿生不必封万户侯，死不必崇千尺丘。但愿杀贼誓报国，上纾当宁南顾忧。（《蘅华馆诗录》卷二《闻客谭近事有感》）

王韬对前去镇压太平天国的清军官兵极为关注、忧虑，这一时期写了不少诗即流露了这种心情：

狂飙遍撼粤西东，极目烽烟感慨中。北控雄关当虎豹，南征甲士惨沙虫。谁先薪突陈奇计，空向疆场策战功。今日燎原嗟已及，会看胜算出元戎。

鼓角如雷动地来，氛缠三楚肆奇灾。襄樊险堑成孤注，褒鄂威名非将才。坐使拥兵全局坏，安辞疏寇暮营开。似闻早下贤良诏，应有征书到草莱。（《蘅华馆诗录》卷二《拟杜诸将》）

但王韬的思想毕竟是有一定程度的局限性的，他站在地主阶级的立场上，对犯上作乱的农民起义有一种天生的仇恨。他在诗中对太平天国起义军一概称为"贼"、"寇"，可以看出他的感情倾向。

王韬希望朝廷早日平定叛乱，还天下太平。面对动乱，他希望有名贤出手相救，能够力挽狂澜："会看否极名贤出，手障狂澜挽陆沉。"（《蘅华馆诗录》卷三《何年》）"何人幕府能筹笔，杀贼功成凯旋回。"（《蘅华馆诗录》卷三《杀贼》）但是可惜，朝廷没有杰出的人才，"击楫中流素志违，片帆迅挟浪花飞。江山满目悲残劫，云物遥天有杀机。六代兴亡王气尽，中原战伐霸才稀。怆怀为洒新亭泪，风景依然时事非"（《蘅华馆诗录》卷三《从舟中望金陵诸山》）。诗人只能面对满目苍凉临风洒泪而已。

王韬对国家局势有着清醒的认识，他指出中国之所以遭此大乱，是因为吏治腐败、君臣昏庸、筹备不力，批判的矛头直指最高统治阶层：

> 我生早知有此日，祸福倚伏如相因。寇灾即由吏治始，积弱生玩多因循。朝廷粉饰讳兵事，保疆一切等具文。牧令初无专阃寄，权轻实重名空存。前者曾献二三策，讥以无病为呻吟。事急委任又大谬，坐使虎豹当门阃……平时筹备百无一，空拳赤手岂能军。（《蘅华馆诗录》卷三《我生》）

内忧外患使王韬对国家命运极为担忧，也激发了他"大丈夫生当成功立业"的早年志向，于是他向清政府官员屡屡上书，对剿灭太平军提出了很多具体可行的建议。但可惜人微言轻，因而他在这一时期的诗歌里充满着愤懑不平之意："谁将吾策用，一为达斯情。"（《蘅华馆诗录》卷三《吾策》）"欲叩营门献奇策，书生命不合封侯。"（《蘅华馆诗录》卷三《沪渎杂感》）"几回投笔思杀贼，母老敢许以驰驱。书生献策既不用，庸奴富贵何足重。"（《蘅华馆诗录》卷三《赠何梅屋布衣》）希望朝廷能够用其计策，扭转不利局面。

由于"书生献策既不用"，王韬的梦想始终没能实现。不过即使遁迹香港，王韬仍关注国内战局：

> 天南忽见捷书驰，喜听昆城已进师。不用山中陶甲子，重看江

上汉旌旗。中原戎马伤多事，小劫沧桑感往事。只是欲归归未得，沾巾北望反凄其。(《蘅华馆诗录》卷三《闻官军收复昆山寄里中补道人即用其寄粤原韵》)

无论身在何方，王韬都关注着祖国的安危，这份赤子之心，已然铭心刻骨。

王韬诗中的爱国精神有新的时代特色。近代文学中的爱国观念与古代文学中的爱国观念是不同的。古代的爱国主义往往和忠君联系在一起，这在古代著名的爱国诗人如屈原、杜甫、辛弃疾、陆游等人的作品中表现得十分明显，如陆游《金错刀》"千年史册耻无名，一片丹心报天子"。近代的爱国主义文学则不是这样，作家们总是把批判君权、反封建专制与爱国联系起来。王韬在诗中也把爱国与忠君区分开来。在其《无求》一诗中，有"漂泊天涯归计阻，江湖高卧亦君恩"之句，在《思归》中，又有"江湖终赖圣恩宽"之说。在诗中，他明确指出自己浪迹天涯的坎坷遭遇完全是"君恩"所致，充满讽刺与愤慨。虽然这样的诗句不多，但在那个时代显然是难能可贵的，体现了新的时代精神。"毫无疑问，其诗作的思想高度不仅高出于同时之其他爱国诗人，而且也可以比肩于其前辈爱国诗人龚自珍、魏源……王韬诗歌中这种'爱国抑君'思想萌芽，是其改良主义进步思想在诗中的体现，也是其爱国诗作高于前人爱国诗作的标志之一。"①

四　海外新声

《蘅华馆诗录》中最为特殊的是王韬的海外诗。海外诗是我国诗歌的后起之秀。由于历代封建王朝实行闭关锁国政策，因而在古代能够走出国门、游历海外的诗人可谓凤毛麟角。鸦片战争以后，清王朝的门户被列强的炮舰打开，锁国政策宣告破产，中外交往开始呈现出前所未有的新局面，一批知识分子得以涉足国外，游历异邦。而王韬是近代中国最早到欧洲的诗人，他的海外诗写了前人未写之物，辟前人未辟之境，扩大了古典诗歌的表现范围，对后来黄遵宪、康有为的海外诗有着直接的影响。

第一次踏上英国的国土，王韬感触万分，描写了初到此地的视觉印象和心理感受："欧洲尽处此岩疆，浩荡沧波阻一方。万里舟车开地脉，

---

①　李景光：《简论王韬的诗》，《社会科学辑刊》1988 年第 4 期。

千年礼乐破天荒。山川淘美非吾土，家国兴哀托异邦。海外人情尚醇朴，能容白眼阮生狂。"（《蘅华馆诗录》卷四《到英》）王韬觉得海外的人情比较温暖，并没有排斥他这个异乡人。在英国，王韬游览了许多名胜，满眼所见，极为新奇："两戒山川分北极，一洲疆域限南轮。"（《蘅华馆诗录》卷四《何日》）"今朝纵目涉烟峦，景物殊方讵异观。"（卷四《游杜拉山麓循涧而行》）而在游览了伦伯灵园后，王韬为那里的风景之优美所震撼，情不自禁赋长诗一首：

> 同治戊辰夏五月，我来英土已半年。眼中突兀杜拉山，三蜡游展听鸣泉。岩深涧仄势幽阻，飞泉一片从空悬。我临此境辄叫绝，顿洗尘俗开心颜。居停主人雅好事，谓此未足称奇焉。去此十里有名胜，风潭广斥万顷田。上有飞瀑如匹练，下有杂树相娟鲜。爰命巾车急往访，全家俱赋登临篇。其日佳客践约至，遂与同载扬轻鞭。初临犹未获奇境，渐入眼界始豁然。意行不问路高下，疏花密阴如招延。涧穷陡转更奇辟，恍惚别有一洞天。水从石隙疾喷出，势若珠雪相跳溅。至此激怒始奔注，一落百丈从峰巅。侧耳但觉晴雷喧，声喧心静地自偏……（《蘅华馆诗录》卷四《游伦伯灵园》）

王韬在欧洲游历期间共写了 15 首诗，大半仍是怀念故国、感伤身世之作，直接描写欧洲社会的诗作只有 5 首，即《到英》、《何日》、《游杜拉山麓循涧而行》、《游伦伯灵园》、《独登杜拉山绝顶》。这五首诗仅局限于描写欧洲的自然风光，并不像李景光先生所说的"在诗中较为真实地记录了欧西及日本的发展现状"。① 尽管数量不多，也较为肤浅，但在当时的诗坛确实是非常新鲜的，具有特殊的意义。

与欧洲相比，王韬在日本所写诗作不但数量多，而且内容丰富。王韬在日本期间共作诗 103 首。他不仅描绘了日本的山川风物，吟咏了与日本文士的宴游，也记载了西乡隆盛、谷中将、源赖政等日本著名的历史人物，并对他们做出了比较公允的评价。同时，对日本文化、文学作品也有中肯评点。

相比欧洲，王韬和日本文人有着更多的共同语言，他们相互唱和，其乐融融，王韬不少诗篇吟咏了与日本文士的宴游之快意：

---

① 李景光：《简论王韬的诗》，《社会科学辑刊》1988 年第 4 期。

四月清和天气新，良朋共此醉江滨。杯盘笑进鹅儿酒，弦管初调燕子春。自昔神仙多旧迹，于今沧海静扬尘。筵前锦瑟知侬意，惆怅华年忆远人。（《蘅华馆诗录》卷五《薄游墨川漫赋四律即和茶亭中诗碑原韵》）

王韬也写了日本的山水之盛，比如墨川风光之秀丽：

墨川山水清且涟，墨川之姝娇且妍。四人连镳重至此，风光胜绝欲暮天。轻雷乍过微雨歇，娟娟新绿净于沐。八百松楼突兀间，最上登临极远目。（《蘅华馆诗录》卷五《重游墨川小集八百松亭》）

此外还有《游日光山将归作诗别山灵》（《蘅华馆诗录》卷五），诗中对日光山的绿草、飞岩、泉流、蝴蝶等作了详尽描摹。

王韬对日本的历史和名人事迹也是非常感兴趣的。他在看了西乡隆盛的笔迹和听说了殉难义士的事迹后有感而发，作长诗《四月望日，藤田鸣鹤招诸同人，小集于新桥滨乃家，树木深蔚，泉石苍古，居然一名胜所，亭中匾额题菊诗尚是西乡隆盛笔迹。余前日既览鹿儿岛战功图，今日又同鹿门诸君子历览招魂社，闻诸君说殉难义士遗事，曷禁慨然有感，爰于席上作长歌纪之，殊有铁如意击碎唾壶之概》（《蘅华馆诗录》卷五）：

日东节义汉代匹，抱义怀忠多激烈。平生知国不知家，身可亡兮家可灭。西乡本是人中豪，提戈欲靖边尘嚣。请缨有志急一试，赫然金石鸣功高。功高赏薄寻常耳，何不角巾归闾里。坐令一死鸿毛轻，照代宏勋等流水。吾在中土已叹吁，却来东国观战图。两军生死拼一命，战场血肉红模糊。呜呼此战分顺逆，顺者终与逆者绝。当时义士争捐躯，不重黄金殉白镝。今经此地尚悲凉，郁然树木何深苍。战铁可销骨不朽，化为碧血千年藏……叹有此才弗善用，不为鸾皇为鹰隼。听歌我尚有余悲，主人劝我且吟诗。诗成一曲歌未终，美人烈士我心同。

西乡隆盛（1827—1877）是日本明治维新革命最重要的人物之一，1868 年他与岩仓具视、大久保利通等人发动王政复古政变，推翻了德

川幕府的统治，建立明治新政府。1877 年西乡隆盛发动反政府的武装
叛乱，史称西南战争。后兵败，死于鹿儿岛城山。尽管西乡隆盛以叛逆
罪不光彩地收场，但日本人民并没有忘记西乡隆盛对日本明治维新所作
的巨大贡献，明治二十二年（1889）大日本宪法颁布时，西乡隆盛被
大赦，撤销叛乱的罪名，恢复了名誉，并追赠为正三位。在诗中，王韬
对在维新之初多有贡献的西乡隆盛表示了由衷的敬意，认为他是人中豪
杰，是功勋卓荦。但又惋惜西乡隆盛晚节不终，"何不角巾归闾里"，
以致"坐令一死鸿毛轻"。王韬赞扬了在战争中死难的日本烈士，认为
他们虽死犹生，是"不朽"的，是"千年藏"于世人心目中的。王韬
是第一个对西乡隆盛赋诗评价的中国人，此后，黄遵宪、梁启超等人都
曾到上野公园瞻仰西乡隆盛的铜像。1899 年，梁启超在日本上野公园
瞻拜西乡隆盛的铜像，想起谭嗣同对他的期望，不禁顿生感慨，写下一
首诗："东海数健者，何人似乃公？劫余小天地，淘尽几英雄。闻鼓思
飞将，看云感卧龙。行行一膜拜，热泪洒秋风。"①

　　对保卫日本维新成果的谷中城中将，王韬钦佩有加，称赞其"今代
伟人也。熊本之役，力守危城，功尤卓卓"（《蘅华馆诗录》卷五《宴
谷中将军》）。同时，王韬用一首长诗《纪谷中将守熊本城事即步诗僧
五岳韵》（《蘅华馆诗录》卷五）详细叙写了谷中将军带领将士英勇战
斗的英雄事迹和壮烈场面：

　　　　惟君忠义贯日月，直以一身当其难。矢穷粮绝气益奋，抚励壮
　　士臣心殚。一战再战出奇策，鼓声如怒忘严寒。维时援兵虽至亦隔
　　绝，内外胜败如不闻。六十日围神鬼怒，所恃非在池濠深。屹然一
　　城抵百城，西南保障歼流氛。呜呼！君功一国安危之所系，令人想
　　见飞将军。

在凭吊了源赖政的坟冢后，王韬写下《吊源赖政埋骨处》：

　　　　昔者大政归将军，幕府几并天王尊。平氏专权源氏愤，奉天讨
　　罪报国恩。一战再战臣力竭，菟道之水空呜咽。孤垒残兵扼此间，
　　我头可断节不失。顾谓其臣瘗我头，我身虽死名千秋。义旗既举必
　　有继，要橃天下与之雠……男儿不朽在微名，一死宠辱何由惊。何

―――――――――――

　　①　汪松涛编：《梁启超诗词全注》，广东高等教育出版社 1998 年版，第 26 页。

人见自九京回，寂寞身后鸣不平。(《蘅华馆诗录》卷五)

源赖政（1104—1180）是日本平安时代末期武士，摄津源氏源仲政长子。1178 年（治承二年）升从三位，称源三位入道，成为平氏专权时期位阶最高的源氏朝臣。1180 年（治承四年），平宗盛强夺其子源仲纲的爱马"木下"，并在马身烙上"仲纲"二字。因此源赖政对平氏十分不满，于同年与以仁王起兵反对平氏。双方交战于宇治川，源赖政战败，切腹而死，享年 77 岁。在诗中，王韬回顾了日本当时的战乱背景，指出源赖政宁可牺牲生命不失节气的可贵精神，当然也有"千秋万岁名，寂寞身后事"的悲凉感叹。

王韬不仅对日本的历史和历史名人感兴趣，对日本民间流传的一些普通百姓的事迹也有浓厚的兴趣，《阿传曲》(《蘅华馆诗录》卷五)在序中详尽记叙了阿传的事迹，可与其文言小说《纪日本女子阿传事》相印证。王韬写此诗的目的是为了劝惩闺门："世间孽报岂无因，我观此事三击节。阿传始末何足论，用寓惩劝箴闺门。我为吟成《阿传曲》，付与鞠部红牙翻。"王韬自言，此诗写成以后，"传抄日本，一时为之纸贵"①，因为阿传被处决是"今年正月中事"，此诗的创作具有很强的时效性，抓住了日本人民关注的某些热点事件热点人物，富有强烈的现实意义。

王韬对日本文化也做了简单的评点：

> 夙昔同文本一家，泮宫制度似中华。极知洙泗宗风远，不独蓬莱胜地夸。百首逸书逃世外，千年秘籍出瀛涯。嬛嫒何幸身亲到，眼福于今十倍加。(《蘅华馆诗录》卷五《偕鹿门同谒神田圣庙兼观书籍馆》)

洙泗，即孔子讲学的地方，泮宫，即古代的学校。王韬通过考察和深入了解，认为日本的学校制度和中国是极为相似的，中华的儒家文化对日本影响是深远的。

王韬对日本文人所作的文学作品《补春天》也有感怀。《补春天》是日本明治时期的著名汉学家森槐南在 17 岁时创作的一部传奇，敷演清代钱塘陈文述等人为西湖三女士冯小青、杨云友、周菊香修墓的故

---

① 王韬：《纪日本女子阿传事》，《淞隐漫录》，人民文学出版社 1983 年版，第 7 页。

事。王韬在诗中表达了自己对作品中人物遭遇的看法:"千古伤心是小青,拆将情字比娉婷。西冷松柏知谁墓,风雨黄昏独自经。""一去春光不复还,补天容易补情难。婵娟在世同遭妒,寂寞梨花泣玉颜。"(《蘅华馆诗录》卷五《题补春天传奇》)该诗对研究日本文学应该是较为宝贵的史料。

　　和后来黄遵宪、康有为的海外诗相比,王韬的海外诗数量并不多,而且多停留在外国的自然风景、宴游吟诵、历史人物等方面,没有更广泛更深入的描写。但是作为近代第一个游历海外的文人,作为创作海外诗的先行者,他对诗歌"新意境"的描写,其开风气之先的贡献是不可磨灭的,对后来的黄遵宪、康有为的影响是不可低估的。

五　闲暇之乐

　　《蘅华馆诗录》中有很多写景诗,表现了王韬在忙碌生涯中的闲情逸致。王韬是一个热爱生活的人,他总是能以诗人的眼睛发现周遭的美,对自然的观察是非常细致的,无论多么平淡的景物在他笔下也都能呈现出诗情画意:

　　　　遥指寺门处,苍然夕照沉。石堤故盘曲,钟阁极萧森。环水长春草,推窗惊暮禽。地需幽僻好,何必羡山林。小树花初著,残僧茗自煎。林烟团处暝,檐月堕来圆。即此幽栖地,居然八九椽。结庐何日遂,石濑溜涓涓。(《蘅华馆诗录》卷一《游里东僧寺》)

此诗写于王韬锦溪设馆授徒时期,描写了里东寺幽僻、静谧的风光,盘曲的石堤,萧森的钟阁,环水的春草,煎茗的残僧,构成一幅与世隔绝的画卷,难怪作者感叹"地需幽僻好,何必羡山林"。
　　王韬的写景诗多能抓住景物的特征,如:

　　　　柳丝踠地柳绵飏,帘外桐花风送香。春去亦如人易老,事忙偏觉日非长。鹧鸪隔夜犹啼雨,蛱蝶邻家时过墙。青簟生纹凉似水,且从晞发一徜徉。(《蘅华馆诗录》卷一《初夏》)

该诗描写了初夏的特有景色:长长的柳丝,飞扬的柳绵,初开的桐花,啼叫的鹧鸪,飞舞的蛱蝶,有声有色,有动有静,层次分明,充满夏日特有的清新气息。

王韬不但对幽静的景色能描摹入微，对气象宏大的景色也能驾驭自如，如：

> 扬舲东下太湖滨，踯石登临眼界新。不断烟波千顷远，无边苍翠四山春。群峰合沓疑无路，绝岛苍茫未见人。更上莫釐最高顶，狂风吹折郭公巾。（《蘅华馆诗录》卷二《游东洞庭山》）

此诗写景视野开阔，气势宏伟，使人眼界一新，并且充满幽默感。

王韬诗集中也有一些冶游猎艳之作，亦是表现王韬闲暇生活状态的。王韬对冶游的喜好表现了封建文人的卑琐恶习。他在诗中对自己的这一爱好是毫不避讳的，"好酒好花兼好色"（《蘅华馆诗录》卷五《势州楼小集席上赠何陋居士》）。王韬的冶游有时也有消极避世的意味，"甘在花丛过一生，狂来无计破愁城。青山痛哭无干日，要向源侯借酒兵"（《蘅华馆诗录》卷五《源侯桂阁招饮席上和石川鸿斋韵得二绝句》）。他希望在花丛中暂时忘却烦忧，达到超然的状态。

王韬诗中的猎艳之作，除了《弢园集外诗存》描写他所熟悉的女校书的52首诗、《蘅华馆诗录》题赠妓女的19首诗之外，直接叙述自己猎艳生活的还有《蘅华馆诗录》中的《沪城感旧》、《芳草新咏》、《晚飞车游根津口占二十八字》、《鹿门所招歌妓未来戏呈一律》等18首。其中《沪城感旧》（《蘅华馆诗录》卷二）是王韬居沪时期对自己艳游的追忆、追悔之作："新诗索署裙边字，醉墨留题壁上纱。昔日绮游今始悔，回肠百折念千叉。"

这类诗作主要集中在访日期间所作，"繁星万点夜灯开，有客驱车访艳来。三百名花谁第一，宵深扶醉下楼台"（《蘅华馆诗录》卷五《晚飞车游根津口占二十八字》）。可见，在日本的王韬是何等放纵。描摹日本妓女最全面的要数《芳原新咏》（《蘅华馆诗录》卷五），该诗极写东京之繁华，烟花风月之盛，用了12首七绝描写吟咏东京艺妓的风情、美貌、才艺等：

> 殿春花放我东来，入梦繁华眼倦开。不数扬州花月盛，本来此处是蓬莱。
>
> 阿玉雏鬟最擅名，腰肢轻亚艺尤精。弓身贴地衔杯起，羊侃家中尚数卿。
>
> 向来东北限鸿沟，此日飞轺任尔游。十万名花齐待汝，人生何

再觅封侯。

这些诗固然反映了王韬一贯的猎艳心理，显示了思想情趣的颓唐消极，格调不高，但是也有一些重要的认识价值。特别是王韬几乎在每一首诗下面都写了小注，这对了解日本东京艺妓的历史风貌有着重要的史料价值，如："舞盘舞伞疾如飞，熟胜宜僚技亦稀（富本半平善于股技以双足承物盘旋胜于宜僚之弄丸）。最喜雄声出雌口，流莺百转听来非（玉姬能转喉作男子声甚雄伟）。"

第三节　独特的艺术特色

王韬独特的诗学思想不仅注定了他的诗歌内容有独特的内涵，而且也注定了他的诗歌艺术有自己独特的风格。

一　感情笃挚，偏重于悲情色彩

王韬诗歌的艺术特色体现了其理论追求，他作诗注重性情，强调自我感情的自然流露。《蘅华馆诗录》大部分作品都能达到他所追求的"笃挚"，感情真挚动人，这是王韬"性情"论的必然体现。另外，王韬又赞同"诗穷而后工"的观点，因而其诗中的感情偏重于悲情。

王韬诗中的爱国之情、思乡之情、朋友之情、恋情、夫妻情等无一不体现了一种真挚深厚的情怀。王韬是个至情至性之人，他忧国忧民的感情是催人泪下的，如《何处》（《蘅华馆诗录》卷三）：

何处能容一放狂，河山举目足悲伤。驻颜休乞长生诀，避世先求辟谷方。已看寰中无乐土，只除梦外是愁乡。此身恐作逋臣老，报国思亲泪两行。

在诗中，王韬为国家衰败、山河破碎而悲伤不能自已。尽管有报国之志，但身为逃亡之臣却无能为力、无可奈何，唯有以泪洗面。全诗凄切深沉，哀痛欲绝。

王韬的报国壮志是足以惊天地泣鬼神的，"丈夫拔剑誓杀贼，迳持寸铁奔狼群。手枭贼头掷帐上，功成却赏名甘沦"（《蘅华馆诗录》卷三《我生》）。"安望危时出将才，还冀破格收国士。腰间雄剑忽吼鸣，剑乎何事鸣不平。要杀万贼决身死，好令四海欣时清。"（《蘅华馆诗录》卷三《今我》）王韬虽为一介书生，但是在国难深重的时候，强烈渴望自己能征战疆场，杀敌报国。此诗写得激情满怀，对国家前途命运表现出深切的关怀。

王韬的思乡之情是一直魂萦梦绕的，无论身在何处，他对故乡都难以忘怀：

> 无才何敢妄谈兵，但祝还乡早息耕。何日王师休战伐，即时故里睹升平。飘零游子仍天地，恸哭良朋半死生。劫火元亭幸无恙，投书万里见交情。（《蘅华馆诗录》卷三《闻官军复昆山寄里中补道人即用其韵寄粤原韵》）

此诗写于香港流亡期间，王韬与家乡远隔千山万水，但仍然思念着战火不断的家乡，不时地打探消息，希望家乡早息兵火。

而对自己有家难回的处境，诗人也一再吟咏："客中送客难为别，况我欲归归不得。云水迢遥七千里，梦魂夜夜返乡国"（《蘅华馆诗录》卷四《送闵逸瀛孝廉回湖州》），表达了诗人欲归归不得的艰难处境，只能在梦中夜夜返乡，思乡之情是如此深切。

王韬对所爱恋女子的相思是缠绵而伤感的："尚忆前番握手时，未行先欲问归期。最怜离别牵红袖，反怨功名锁翠眉。"（《蘅华馆诗录》卷一《欲寄》）"万种相思一纸缄，鸳鸯四角写回环。约来眉阁初三月，身到银河第几湾。见面分明非梦里，言情缥缈岂人间。珍珠密字从头读，背拭啼痕惨玉颜。"（《蘅华馆诗录》卷二《笙村纪梦》）他怀念妻子的作品更是无限深情悲恸："一馆送汝东郊区，含酸独立悄无语。最怜孤鸟不成鸣，底事宵长不肯曙。凄凉无计作悲歌，零落天涯怨更多。"（《蘅华馆诗录》卷二《悲秋曲》）

王韬在诗中总是以悲剧性心理来审视人生与社会，无论是家国之忧、乡关之思，还是吟咏友情、亲情、恋情，都呈现出一种悲情。这种悲剧性的心态在王韬诗中触目皆是，"愁"、"悲"、"忧"、"泣"这样的字眼随处可见。如王韬写国家之愁，表达了自己愿为国家效力的愿望：

> 韬也虽不才，未敢居人后。今日集此堂，小饮辄及酉。酒酣愁更来，岂曰扫愁帚。方今寇氛恶，骚扰遍淮右。六代好江山，竟作

豺虎薮。我辈徒经生，谁能展一手。（《蘅华馆诗录》卷二《四月六日集沈氏偎鹤山房同人李壬叔蒋剑人孙笠舫分韵得酒字》）

写民生之愁：

四月雨中尽，卅年愁里过。屐声深巷冷，蜗篆古墙多。灯影凉于水，帘纹暗不波。乞晴苦无策，闭户作维摩。（《蘅华馆诗录》卷二《入夏久雨麦烂米贵闭门养疴作此遣愁》）

当然也有个人闲愁，如：

十年影事浑如梦，四月轻寒犹中人。一种闲愁深似我，闭门无计可留春。（《蘅华馆诗录》卷二《题改琦所画仕女图为胡公寿作》）

"飘零"一词在诗中出现的次数也非常多。事实上，王韬一直处于一种颠沛流离的生活状态。这种无所归依的漂泊心境一直埋藏在王韬的潜意识里，每当情绪低落的时候，这种飘零之感总会不自觉地涌上心头。中年时期的王韬又因上书太平天国被清政府追缉而流亡香港。气候的不适应和生活习惯的迥异令他深感漂泊之苦。朋友的音信杳无更让王韬倍感孤独难捱，他在很多给朋友的书信中都提到对"旧朋无一字之来"的伤心落寞。尽管后来他漫游欧洲、东渡扶桑，亲身体验了西方的先进文明，也结识了众多中外友人，眼界大开，但他始终没有摆脱"圣朝之弃物，盛世之罪人"的身份，家国之思一直萦绕着他，使他时刻不能忘怀。因此王韬诗中的"飘零"字眼非常多，如：

君家好兄弟，与我最相亲。离乱逢知己，艰难见性真。兵戈横南北，天地正风尘。同有飘零感，栖栖到海滨……报国廉颇老，陈书贾谊哀。抚时堪一恸，欲别更徘徊。（《蘅华馆诗录》卷三《送左大孟星回湘乡》）

再如："飘零我亦与君同，年来踪迹如飞蓬。"（《蘅华馆诗录》卷六《赠金陵黄瘦竹即题其揥竹图》）"飘零空洒忧时泪，孤愤徒成感事篇。"（《蘅华馆诗录》卷六《录梦中赠遗之作》）"逢人怕说飘零事，总是儒冠误一生。"(《蘅华馆诗录》卷四《一生》)"飘零身世浑如梦，忧患文章总损才。"(《蘅华馆诗录》卷四《纵有》)诗人孤苦无依的身世之怨艾弥漫不绝。

有时王韬诗中的悲剧性情感是不确定的，是一种说不清道不明的痛苦，是一种弥漫心头挥之不去的哀愁，所以宇宙万物在他眼里都无不凄凉。如他写秋夜是："萝月淡挂壁，夜深万籁寂。星稀看或无，露重听欲滴。寒蛩啼近人，灯里语唧唧。秋士闻秋声，使我心中恻。况复送远风，高楼正吹笛。"(《蘅华馆诗录》卷一《夜起》)。写冬是："萧萧墙外竹声乾，霜重楼高梦亦寒。人在西风正惆怅，又吹落叶上阑干。"(《蘅华馆诗录》卷一《冬夕》)。

这种主观性的色彩都源于诗人悲剧性的生命体验。王韬一生历尽坎坷，遭遇了科举失利、疾病、贫穷、被迫客居他乡、家族的不幸、个人的怀才不遇等，这些都使王韬的诗歌情感偏重于消极哀怨的悲情色彩。

二　凄冷萧索的意象群

王韬的诗歌有其独特的意象群，"一个诗人有没有独特的风格，在一定程度上即取决于他是否建立了他个人的意象群"。① 王韬诗歌意象群的选择是和其诗所表达的哀伤感情一致的，呈现出一种凄冷、萧索的色彩。他最常用的意象是：茫茫的风雨、萧索的秋、冷清的月、黄昏、夜、残灯、寒烟、酒、泪等。这些意象都与作者的家国之忧、身世之愁紧密相关。

"风、雨"作为一组常常并列的意象在词中出现频率很高，王韬诗中的风雨常常是凄风苦雨：

　　冷雨疏风独掩门，客中卧病与谁论。一灯帘底还家梦，愁听荒鸡啼远村。(《蘅华馆诗录》卷二《口占》)
　　秋风秋雨过危桥，水上寒灯独客桡。旧事浑如春去雁，新愁多似暮来潮。(《蘅华馆诗录》卷一《鹿城应试夜泊城外》)

这样的风雨意蕴实际上蕴含了诗人主观体验的情感，是人生的风雨，社会的风雨，国家动荡的风雨。

---

① 袁行霈：《中国诗歌艺术研究》，北京大学出版社 1996 年版，第 84 页。

　　"月"是自古以来诗人们常描写的意象，但在各个诗人的笔下内涵各有不同，比如苏轼笔下的月是："人有悲欢离合，月有阴晴圆缺，此事古难全。但愿人长久，千里共婵娟。"表现的是一种旷达、洒脱的情怀。王韬诗中的月则是：

　　　　伴我寒灯昏似墨，照人残月冷于霜。梦为离别都成泪，魂入温柔别有乡。(《蘅华馆诗录》卷一《一舸》)

残月，映照了作者的伤感。这首诗是写作者与妻子离别时依依不舍的心情。在刚刚经历了科举落第的打击后，又因生活的压力而不得不离开新婚燕尔的妻子赴锦溪设馆授徒，心情的苦闷抑郁可想而知。又如《夜坐》(《蘅华馆诗录》卷一)：

　　　　此夕风寒酒易醒，银屏时见堕流萤。隔帘灯影凉如水，长夜无人月到庭。

王韬诗中的月亮意象多是离人的幽怨、寂寞，是人生的哀愁。
　　王韬往往在一首诗中同时使用许多种消极的意象，使整首诗的情绪分外压抑，如《不忘》：

　　　　无端风雨困黄昏，独替花愁早闭门。箧里尚存新韵本，壶中已凝旧啼痕。生无可乐何辞死？情尚难忘况受恩。洒尽悲秋丛菊泪，荒江寂寞卧枫根。
　　　　惆怅词成锦瑟篇，歌离吊梦总凄然。一生恨事空花月，半夜哀音进管弦。莽莽寒烟埋宿草，茫茫逝水送华年。药炉茗碗无聊日，合写楞严忏悔先。(《蘅华馆诗录》卷一)

这是《蘅华馆诗录》开篇第一组诗，其中的意象有"风雨"、"黄昏"、"花"、"泪"、"秋"、"菊"、"月"、"夜"、"寒烟"、"茫茫逝水"等，这些凄冷意象的层层累加使诗歌的悲伤情感表达得格外饱满。
　　可见，王韬诗歌中的意象大多是消极、阴冷、凄苦的，都以不同的内容承载了创作主体的身世之感，共同构成了其诗歌独具特色的意象群。

三　具有"诗史"特征

王韬的诗被评价为"爱国忧时殆诗史"①，他的诗的确有诗史的色彩。中国古代诗歌是以言志抒情作为强势，虽然叙事的传统早在《诗经》和汉乐府中就存在了，但是一直没有被作为主流发扬光大。王韬的诗歌之所以被称作"诗史"，是因为他的诗强化了诗的叙事功能，并以叙事赋予言志、抒情、议论更多的质感，从而在更广阔的领域提高了诗歌的叙事功能。

王韬的诗歌首先是国家动乱之诗史。《蘅华馆诗录》中有大量的叙事诗，其中有的记叙了外国侵略者的恶行及清政府的腐败无能，如《春日沪上感事》；有的记叙了清政府对太平天国的镇压，如《拟杜诸将》、《杭垣失守旋闻收复志感》、《我生》等，清晰地描摹了那个动荡时代的很多大事件；有的叙述国家动荡中民生的艰辛，如《蘅华馆诗录》卷二《雨中感事》：

> 淮南闻水涨，几处集流民。鸿雁多飘泊，关河多苦辛。艰难筹义赈，饥溺轸皇仁。满目流离者，三吴近亦贫。
>
> 频岁桑麻绌，今年杭稻无。偏灾连郡县，高涨失江湖。赈粟愁官吏，探丸怵党徒。绥抚司牧事，谁绘郑监图。
>
> 岁歉人情薄，民饥性命轻。米船何日至，市价未能平。波向林间涌，船从岸上行。此乡真泽国，轮泄早筹衡。
>
> 沟洫畴循古，堤防法本疏。沮洳争旷上，横决失归墟。愧乏年荒术，空谈水利书。终朝闭门坐，叹息此穷闾。

这一组诗记叙了江南水灾的悲惨情形，稻田里颗粒无收。波浪在树林里起伏汹涌，船在岸边漂行，无家可归的流民到处游荡。灾荒岁月，人情薄如纸，大家都在张望着米船的到来，但是又担心米价太高购买不起。尽管官吏在赈灾，可杯水车薪，无济于事。王韬并没有仅仅局限在描摹流民的疾苦上，作为一个对社会问题有着深刻洞察的思想家，他进一步指出，这一切惨状都应该和朝廷平常疏于管理，没有及时兴修水利有关。这些都反映了王韬的"诗史"绝不限于表面的描摹，而是有对国计民生问题深刻的思考。

---

① 王韬：《漫游随录·扶桑游记》，湖南人民出版社 1982 年版，第 193 页。

　　其次，王韬的诗歌也是国家动乱和个人身世相融合的诗史。通过王韬的诗歌基本可以勾勒他一生的经历，而在叙述自己的身世遭际时，时代的风云变幻尽在其中，如《述哀》（《蘅华馆诗录》卷三）：

　　我欲耸身凌高穹，振声一哭天帝耳为聋；我欲掷身下九泉，见我慈亲两载前容颜。呜呼，我生何不逢盛隆，何乃不自我先不，自后有此鞠凶丁我躬。东南半壁天地颓，白日忽匿黄埃吹。儒生报国苦无术，欲纵奇间先结贼。彼反覆者称枭雄，即假其手剪羽翼。此意为先白上官，诚恐谋泄身难完。冀入虎穴得虎子，谤书仓卒来无端。我未杀一贼，人杀我者先。跳身偷活南中天，南中地气苦卑湿。疾痛并与忧熬煎，时念我母涕泗涟。呜呼，我母之没时同治，纪元七月廿四日，其日骄阳暴如炙，我心但觉气阴惨，汗尽化为血泪滴。我时正避匿一斗室，不能出见母，但以头抢壁。生弗能养死弗视，吁嗟安用为人子。我母生我五弟昆，三昆早逝弱弟存。自从弱弟前年死，我母戚戚无欢欣。眼看邻里归不得，亲朋消息来非真。惊厄焦虑损肝肺，一忧实种百病根。自父见背十三载，支持门户多苦辛。冬典寒衣晨虑粟，何尝一日眉头伸。忍令含愁入地下，咄哉造物胡不仁！哀哀我母谁唤之起？无母之人长已矣！呜呼！呼母母不应，哭母母不闻。空怀一片思母心，但于梦里来分明。呜呼！男儿立身在忠孝，生我之恩未一报。平生万恨填胸膺，呼天敢向皇穹告。

全诗辩解了自己被诽谤的经过，回忆了自己一生的艰辛，未能尽人子的无奈与悲凉，细节生动具体，"我时正避匿一斗室，不能出见母，但以头抢壁"，寥寥数语把作者当时迫不得已的情状，想见母亲最后一面可又不能相见的悲苦、焦虑表达得淋漓尽致，情之深，哀之苦，令人欷歔。而在个人经历的叙事中，王韬能够和当时的国家形势紧密结合，如写到了"东南半壁天地颓，白日忽匿黄埃吹。儒生报国苦无术，欲纵奇间先结贼。彼反覆者称枭雄，即假其手剪羽翼。此意为先白上官，诚恐谋泄身难完。冀入虎穴得虎子，谤书仓卒来无端。我未杀一贼，人杀我者先"，即是写太平天国占领长江中下游地区，作者对此愤懑忧虑而又无可奈何的心情。这样的诗还有很多，如前文提及的《瞥见》、《移家沪上作》、《家大人客申江有感》、《哀宗》、《哭舍弟谙卿》，等等。

　　"诗史"思维，是一种异质同构的综合性思维。诗重抒情性，它进入的是一个心理时空；史重叙事性，它展示的是一个自然时空。这两种时空是存在着虚玄和质实的差异的。王韬的诗善于把自然时空的叙事和心理时空的抒情自然地融为一体，在国家危难境遇和个人的悲欢离合中，达到诗和史的紧密契合。如《积雨》（《蘅华馆诗录》卷二）：

> 怕听前村鸠妇呼，庭前半亩变成湖。水深闻说江鱼贱，争遣儿童入市沽。
>
> 数处秧歌唱已休，水车漉漉决渠沟。低田渐见新苗没，多少农人相对愁。
>
> 树荫浓绿压檐端，风雨阴森入夏寒。坏壁半欹茅屋漏，又吹急点上阑干。
>
> 彻夜沉沉檐溜悬，偏灾何意厄今年。无田亦自愁饥饿，米价朝来已倍前。

此诗通过几个特意选取剪裁的镜头，叙述了南方水灾中农民凄惨的生存处境，使叙事既重点突出，又有一条统一的情感线索，通过凝练简约的诗句，使内在的诗意得到有效的阐发。

四　风格多样：雄浑与清丽兼具，阔大与幽深并存

在《蘅华馆诗录·诗评》中友人评其诗曰："有时长枪大戟中而仍复细针密缕。"（左枢）"仲弢于学无所不通，于诗无体不工。五律多深稳，七律多清秀，五古兼参选体，七古纵横跌宕，是瓣香于杜陵老者。每读一过，辄为击节。"（孙文川）"集中诸体皆工，清丽芊绵似温李，排奡奇崛似杜韩，至于激昂慷慨悲壮淋漓则又诗中之豪也。才大如海，故无所不有。"（吴新铭）"清丽似金荃，豪放似玉局。忧国伤时悲凉感慨则似杜陵。仲弢诗境无所不包，此为健者。"（公孙濙）"清丽芊绵浑雄卓荦，兼而有之。"（管贻芳）"宣尼论诗曰兴曰观曰群曰怨，极诸人伦，可以事君父，所以使天下万世之学诗者同归于性情之正。汉魏唐宋诸大家多宗斯旨。先生上规风骚下逮三唐，其情则感愤激切，其声则悲壮苍凉，其辞则清丽缠绵，其文则雄健奇崛，皆所以得夫与兴观群怨之本也。"（黄耀元）

这些诗评指出了王韬诗歌创作风格的多样性，可以说清丽缠绵、沉郁顿挫、雄浑豪壮兼而有之。王韬的写景抒情诗大多属于清丽缠绵的风格。如：

> 桃花门巷锁葳蕤，解识春风见一枝。隔岸好山先露面，照人新
> 月宛成眉。惊鸿影断迷来路，覆路疑深系去思，不待重寻已惆怅，
> 等闲吹白鬓边丝。（《蘅华馆诗录》卷一《书所见》）

此诗写于王韬锦溪设馆授徒时期，描写春天初到时桃花盛开、春风吹
拂、惊鸿飞临的景象，语句清新，文思细腻，春日的美景和作者的春愁
自然地融为一体。

王韬感叹个人身世、国家多难动荡的诗多沉郁顿挫之风：

> 侧身北望集烦忧，留滞天南隔九州。大地春深回草木，故乡乱
> 久废锄耰。难言往事惟余泪，尚恋残生转自羞。沟壑可填应早计，
> 漫持故剑报恩仇。（《蘅华馆诗录》卷三《北望》）
>
> 避迹费逃世，逢人怕问名。已知成弃物，何德尚谈兵。杀贼雄
> 心在，还乡噩梦惊。七千余里隔，怅望暮云横。
>
> 浮名复何益，文字竟为灾。书未邹阳上，情同庾信哀。离家成
> 死别，蹈海岂生回。吾主终明圣，嗟予自不才。（《蘅华馆诗录》
> 卷三《到粤》）

而王韬志在报国的诗篇则显示出雄浑豪放的风格，"丈夫拔剑誓杀
贼，径持寸铁奔狼群。手枭贼头掷帐上，功成却赏名甘泚"（《蘅华馆
诗录》卷三《我生》）。"杀贼平生事，功名笑马牛。"（《蘅华馆诗录》
卷三《赠欧阳子庸即送其从军江宁兼和原韵》）"剑乎何事鸣不平，要
杀万贼决身死。"（《蘅华馆诗录》卷三《今我》）在诗中，作者已经将
生命完全置之度外，与国家命运紧密地连接在一起，抒发了立志卫国、
上马杀贼的豪情壮志。

五 语言于自然平易中见真意

王韬青年时期喜好精工富艳的诗歌风格，他说："余少时好为侧艳
之词，涉笔即工，酒阑茗罢，人静宵深，一灯荧然，辄有所作。"① 但
是后来经历了生活的磨难动荡之后，这种诗风变了："避迹至粤，一意

---

① 王韬：《艳史丛钞序》，《弢园文录外编》，上海书店出版社 2002 年版，第 205 页。

治经，日从事训诂，岂止悔其少作，方且悲夫老来。"① 王韬在其诗集中所表现的语言风格是他的诗学思想成熟后的体现，那就是作诗不求文辞的华丽，无论叙事抒情还是写景，但求在自然平易的文风中达到对真性情的追求。他虽有才力，但不屑"扯寻以为富，刻画以为工"的做法，而希望像《诗经》那样"虽妇人稚子，讴吟谣咏"，因而在诗中多采用平易朴实、不事雕琢的语言。如：

> 一纸书来仔细看，先看纸笔署平安。春深犹有余寒在，路近何愁欲寄难。小病无因偏止酒，十行相讯劝加餐。蛮笺灯下匆匆写，便数归期半月宽。（《蘅华馆诗录》卷一《接家书后欲寄》）

在这首诗中，语言明白如话，浅易通俗，但却深情款款。作者对家人的惦念通过一句不加任何雕饰的"先看纸笔署平安"跃然纸上，而作者生怕家人挂记匆匆写就的回信，计算着归期的心情，更是进一步抒发了作者迫切的归家之情、思家之心。这一切浓厚的情思全都是依赖最朴实无华的语言传达出来的。再如：

> 全家欢见面，团坐话深更。屡作还乡梦，弥伤别母情。江村还足食，湖海未休兵。暂且征人辙，归耕志未成。（《蘅华馆诗录》卷二《海上归留宿笙村孙氏舍》）
>
> 岭南荔枝天下奇，昔徒传闻今始知。或言闽蜀更胜粤，我未之尝敢瑕疵。火山四月红于火，担夫入市纷道左。老饕一见口流涎，会须一啖三百颗。……人生有好都为累，况我南行不得意。回首前年今日时，那堪对此谈乡泪。（《蘅华馆诗录》卷三《五月食荔枝有感》）

这两首诗都几近通俗口语，朴实无华，无任何雕琢之迹，但同样在自然而然中抒发了真实深厚的情感。日本近代著名文人冈鹿门对王韬诗歌的评价也许是最中肯的："嬉笑怒骂无不成诗，下笔吟哦，泪泪然自在流出，惟觉平易，不少艰辛，是真艺林独步，文坛壮观。"② 对王韬平易自在、大气磊落的诗风由衷赞叹。

---

① 王韬：《艳史丛钞·序》，《弢园文录外编》，上海书店出版社2002年版，第205页。
② 王韬：《漫游随录·扶桑游记》，湖南人民出版社1982年版，第245页。

王韬的时代，宋诗派正大行其道，程恩泽、何绍基等人主张"以学问入诗"，开"学人之言与诗人之言合"的诗风。他们追求语必惊人，字忌习见，因而宋诗派中许多人的诗作语言艰深古奥。王韬自然平易的诗风对蔚然成风的宋诗派无疑是大胆的冲击和挑战。

第四节 对近代诗歌发展的意义及影响

王韬的诗歌成就虽不及其小说和政论文，但对近代诗歌的发展也是有着重要意义和影响的。

一 王韬的诗学思想开启了近代诗坛的新风

清代中后期诗坛，一直存在着一股脱离现实的拟古主义和形式主义的诗风。鸦片战争前后，宋诗派崛起，重要作家有程恩泽、祁寯藻、何绍基、郑珍、莫友芝、曾国藩等。他们的学诗趋向由此前的宗尚盛唐转而为宗宋。这个诗派的基本创作倾向是"合学人、诗人之诗二而一之"，总体说来，他们诗歌的现实内容是较为贫乏的。宋诗派至光绪年间衍为"同光体"，主要作家有陈三立、沈曾植、陈衍、郑孝胥等。他们学诗是宋诗派的继承与发展，以宋代江西派为宗，也学唐，是趋向中唐的韩愈、孟郊、柳宗元，而不是盛唐的李白、杜甫。在艺术风格上同光体诗人刻意求新不同流俗，大量诗作缺乏时代的内容与气息。以汉魏六朝诗为标榜的拟古诗歌流派代表人物为王闿运、邓辅纶。王闿运提倡"摹拟"，平生创作都是致力于追摹汉魏六朝的诗篇。他墨守古法，不能把诗歌创作同时代进步联系起来，表现出因循守旧的倾向。中晚唐诗派的代表人物是樊增祥和易顺鼎。他们师法白居易、元稹、李贺、李商隐、温庭筠等中晚唐诗人。这些诗派从实质上来讲都只是在古典诗歌的夹缝里寻觅出路，另辟蹊径，但是始终无法摆脱拟古主义的旧轨，且眼光狭窄，束缚了诗歌的发展。

相比于这些诗歌流派的因循守旧、模拟古人，王韬的诗学思想显然是针锋相对、特立独行的。他所提倡的"余不能诗，而诗亦不尽与古合，正惟不与古合，而我之性情乃足以自见"、"自有一家面目在"、"能以一己之神明入乎其中"、"长于诗歌，跌宕自豪，不名一家"、"若无开拓万古之心胸，强为执笔寻题觅句，模宋范唐欲以诗炫于人，必无好诗，即工亦皮毛而已"等，这些主张都说明了他对一味模拟古人流于形式的极度反感。作为一个在当时已颇具盛名的诗人，这些主张和见解自然会在一定程度上影响近代诗坛的风气。

二　王韬的诗歌内容开拓了中国古典诗歌的新题材、新意境

如前所述，王韬的诗歌内容可分为五类：穷愁之音、酬唱之情、爱国之忧、海外新声、闲暇之乐。其中不乏对传统诗歌内容的延续，但是也有一些发展和创新。梁启超发动诗界革命时说："若作诗……不可不备三长：第一要新意境，第二要新语句，而又须以古人之风格入之，然后成其为诗。"① 他希望在古典诗歌的旧体制内刻意创新，对古典诗歌的优秀传统加以继承，同时又不囿于传统的形式，努力开拓新天地，扩大诗歌的表现力。在梁启超规定的"诗界革命"三要素中，"新意境"是列于首位的。所谓"新意境"主要指西欧文思。梁启超说："欧洲之语句意境，甚繁富而玮异，得之可以凌轹千古，涵盖一切。"他表示要"竭力输入欧洲之精神思想，以供来者诗料"。② 康有为也说："新世瑰奇异境生，更搜欧亚造新声。"③ 中国近代诗歌中描写这种"新意境"的先行者是王韬。王韬诗歌中的新意境主要表现在《蘅华馆诗录》中的酬赠诗和海外诗两类作品中。

在酬唱诗中，王韬写给外国友人的 71 首诗（包括日本友人 62 首，越南友人 5 首，英国友人 4 首），是以前诗歌从未出现过的新内容。通过这些诗歌，可以了解到，近代为数不多的能够走出国门的一个中国人看待外国世界和外国人的眼光与心态，对了解中国人走向世界认识世界的历史有着重要的认知意义。比如《蘅华馆诗录》卷五《赠瑞松山人并序》中写道：

> 西京瑞松山人工于铁笔，退迩咸闻其名。本家鸭江之畔，去年乃移家江都。数椽小筑，新构落成，门临江水，夏时荷花正开，清香远彻。人闻其庐舍布置幽雅，殊不知在百丈软红尘里也。其为风雅好事可知矣。卯夏间予旅东京，瑞松山人特介白泽晴昱，招予小饮其家，亲观其奏刀，顷刻间，成二器，花石禽鸟无不酷肖。工细

---

① 梁启超：《夏威夷游记》，《饮冰室文集点校》，云南教育出版社 2001 年版，第 1826 页。

② 同上书，第 1827 页。

③ 康有为：《与菽园论诗兼寄任公孺博曼宣》，《康有为诗文选》，人民文学出版社 1959 年版，第 54 页。

罕伦，此古今绝技也。宜其擅名东京，独出冠时矣。即时走笔作五古一章赠之，并为志其颠末如此。

　　闻君善刻画，使刀如使笔。初不用藁本，腕底具神力。顷刻一鸟成，飞鸣振羽翼。须臾一树成，扶疏长枝叶。但闻刀画声，兔鹘起落捷。维君擅绝技，生平所仅识。是亦犹文章，妙手乃能得。一艺足传名，令我三叹息。

此诗以仰慕的口吻描写了日本瑞松山人擅长刻画的高超技艺，闻名东京，独冠天下，可以了解日本人对这种刻画工艺的擅长和欣赏。更多的酬唱日本友人的诗则是体现了他们之间那种鱼水相欢、宾主融洽，有着共同话题共同兴趣爱好的可贵情谊，可以了解到一衣带水的日本和中华文化的很多相同之处。

在海外新声这一部分诗歌中，虽然直接描写欧洲社会的诗作只有5首，而且这5首诗仅限于描写欧洲的自然风光，但在当时广大国人对欧洲社会了解甚少的情况下，还是有着积极意义的。由于王韬在日本的如鱼得水的轻松与快意，所以相比写欧洲社会，王韬诗歌对日本社会的描写不但数量多得多，而且内容广泛，不仅有日本优美风光的记游，而且也有对日本文化、日本文学、日本历史人物的评点。

此外，在闲暇之乐这一部分诗歌中，王韬详尽描摹了日本艺妓的表演情形，这也是诗歌"新意境"之表现。

王韬的这些诗作，较之传统诗歌有了很大的超越和创新，对开拓古典诗歌的表现范围、开阔广大国人的认知视野，无疑有着重要的意义。后来黄遵宪、康有为的大量海外诗，应该说都在一定程度上受到了王韬的影响。

三　王韬对诗界革命的重要影响

在整个诗界革命的萌芽、发展和演变过程中，王韬和诗界革命的一面旗帜黄遵宪的关系以及王韬对黄遵宪的影响不能不提。关于这一点，王一川先生的论述非常精湛："梁启超所推举的'诗王'黄遵宪，其诗论实际上受到更早的王韬的影响。由这一关联可进而推知，'诗界革命'论的发生当然有多重渊源，但至少可通过黄遵宪而上溯到更早一代知识分子王韬那里，正是从此可牵引出一条'诗界革命'所从中发生和演变的全球性知识型踪迹。"①

　　我们有必要先了解一下二人的关系。光绪五年即 1879 年农历闰三月二十八日，王韬应日本友人邀请游历日本，在东京见到了中国驻日使馆参赞、刚过而立之年的黄遵宪。王韬长黄遵宪 20 岁，但两人一见如故，很快结为好友。1880 年，王韬在香港为黄遵宪《日本杂事诗》作序，回顾了他们的相识经过："余去岁闰三月，以养病余闲，旅居江户，遂得识君于节署。嗣后联诗别墅，画壁旗亭，停车探忍冈之花，泛舟捉墨川之月，游屐追陪，殆无虚日。君与余相交虽新，而相知有素。三日不见，则折简来招。每酒酣耳热，谈天下事……余每参一议，君亦为首肯。逮余将行，出示此书，读未终篇，击节者再，此必传之作也！"②可见两人相见甚欢，亲密无间，每隔两三天即会面，酒酣耳热，纵论天下大事，联诗作句，一起游赏日本风光。王韬于 1879 年阴历七月初六日离开日本，黄遵宪亲自送别。王韬归国，转返香港，继续主编《循环日报》，二人仍经常通信，交流对时局、写作等方面的看法。王韬致黄遵宪的信，有三通收录于《弢园尺牍》及《弢园尺牍续钞》中，比较容易见到。而黄遵宪致王韬的信则向未刊行。据杨天石先生考察，黄遵宪致王韬的信有 19 通③，手札分藏于天津南开大学图书馆、浙江省图书馆及上海等处。通过这些手札的内容可以进一步了解二人的关系。光绪五年（1879）四月二十六日函云："前把臂得半日欢，觉积闷为之一舒。承赐《弢园尺牍》，归馆读之，指陈时势，如倩麻姑搔痒，呼快不置。昔袁简斋戏赵瓯北，谓吾胸中所欲言者，不知何时逃入先生腹中，遵宪私亦同此。但宪年来愤天下儒生迂腐不达时变，乃弃笔砚而为此，始得稍知一二，而先生言之二十年前，冠时卓识，具如此才，而至今犹潦倒不得志，非独先生一人之不幸也。"④《弢园尺牍》初版刊刻于光绪二年（1876）九月，它提出了初步的改良主义主张。王韬认为，当时的中国已经到了"不得不变"的时候，只有变法，才能自强。黄遵宪读后感到"如倩麻姑搔痒，呼快不置"，说明他和王韬在思想上已经非常契合。同函附诗二首，为今本《人境庐诗草》、《人境庐集外诗辑》所不载。其一云："司勋最健言兵事，宗宪先闻筹海篇（君著有《普法

---

①　王一川：《全球化东扩的本土诗学投影——"诗界革命"论的渐进发生》，《北京师范大学学报》2008 年第 2 期。

②　王韬：《弢园文录外编》，上海书店出版社 2002 年版，第 209 页。

③　杨天石：《读黄遵宪致王韬手札》，《史学集刊》1982 年第 4 期。

④　同上。

战纪》诸书甚富)。团扇家家诗万首,风流多被画图传。"司勋,指唐代的杜牧。宗宪,指明代的胡宗宪。以杜牧和胡宗宪来比喻王韬,可见王韬在黄遵宪心目中具有相当高的地位。

光绪六年(1880)六月十九日黄遵宪函又对王韬云:"弟近日归自箱根,获读五月中所发二函,前后凡四五千言,其揣摩时势之谈,尤为批隙导窾,洞中要害。弟昨评冈鹿门一文,谓古人论事之文多局外之见,纸上之谈,可见诸施行者,百无一焉。乃今读先生所议,多可坐而言起而行者,真识时之俊杰哉!"① 黄遵宪一生不轻易许人,他认为王韬的思想"批隙导窾,洞中要害"、"多可坐而言起而行者",是很高的赞誉。而王一川先生认为,黄遵宪能够从传统士子转变成提倡变法自强的维新思想家,"也显然与王韬对他的成功感染或启发密切相关"。②

王韬不但在政治思想上启发感染了黄遵宪,在诗学思想、诗歌创作方面也可以看出二人之间的一种传承关系。王韬论诗主性情,反对模拟古人,求新求奇,而黄遵宪也是极力反对传统诗歌模山范水的倾向。他说:"自东汉以后,词章日盛。山水方滋,学士大夫排日纪游之作,自马第伯《封禅仪》以下,无虑数十家,类皆模山范水,雕镂词章,夸丘壑之美,穷觞咏之乐。其尤雅者,亦不过流连旧墟,考订故迹,以供名流词客之清谭耳。"③ 1868 年他在《杂感》上尖锐地批评盛行诗坛的拟古风气:"俗儒好尊古,日日故纸研。六经字所无,不敢入诗篇。古人弃糟粕,见之口流涎。"并鲜明提出"我手写我口,古岂能拘牵"的主张,强调作诗应表现自我的思想感情,而不受传统的束缚强调。他主张写"古人未有之物,未辟之境,耳目所历,皆笔而书之"④,突出一种面向现实的精神,注意题材、意境的新颖。这样的诗论显然和王韬有着很多相通之处。可以说,黄遵宪的诗学思想在一定程度上受到王韬的影响。正因为对王韬的敬仰之情,所以黄遵宪恳请王韬为自己的《日本杂事诗》作序,在王韬撰写完序言后,黄遵宪致函王韬说:"拙诗宠以大序,乃弟生平未有之荣,感谢实不可言。"⑤

而在诗歌具体创作中,王韬诗中的"新意境"对黄遵宪也有一定影

① 杨天石:《读黄遵宪致王韬手札》,《史学集刊》1982 年第 4 期。
② 王一川:《全球化东扩的本土诗学投影——"诗界革命"论的渐进发生》,《北京师范大学学报》2008 年第 2 期。
③ 陈铮编:《黄遵宪全集》,《畿道巡回日记·序》,中华书局 2005 年版,第 268 页。
④ 黄遵宪:《人境庐诗草·自序》,《黄遵宪集》,天津人民出版社 2003 年版,第 79 页。
⑤ 陈铮编:《致王韬函》,《黄遵宪全集》,中华书局 2005 年版,第 311 页。

响。尽管王韬的"新意境"诗作在他的全部诗歌中还是很有限的,不及后来黄遵宪表现得丰富,对于"新语句"也没有太多涉及,但毕竟这是一个新的开始,在"诗界革命"发生的链条中的作用是不容忽视的。

可见,王韬的诗歌的确是近代诗歌发展史上一个重要的艺术环节,他的诗歌理论、诗歌创作或直接或间接影响了黄遵宪,推动了梁启超的"诗界革命",可以说是"诗界革命"的先锋。诚如王一川先生所言,"正是从梁、黄、王三人及其三代递进中(当然不限于此),可以回溯出'诗界革命'论的渐进性发生的一缕遗踪"。①

---

① 王一川:《全球化东扩的本土诗学投影——"诗界革命"论的渐进发生》,《北京师范大学学报》2008 年第 2 期。

第四章　王韬政论文研究

第一节　王韬的散文观

王韬关于散文创作的论述很少，主要集中在《弢园尺牍》、《弢园尺牍续钞》及《弢园文录外编》的序言中。通过这些序言，可以得到一些大致的看法。

一　认为文章应关心时事，"时势不同，文章亦因之而变"

王韬在《书重刻弢园尺牍后》写道：

> 近日国家多故，时事孔艰，日以灭琉球而未协，俄以索伊犁而失欢，屡致龃龉，时形阢陧。日虽近在东瀛，与我尤为密迩，而其事尚可缓，姑置勿论。俄人跋扈飞扬，几难餍其欲壑，借箸者求所以善处之方而不得。夫今时之所急，亦惟辑强邻御外侮而已，二者要惟先尽其在我耳。整顿武备，慎固边防，储材任能，简师择将，此皆在我者也。在我者既无间可乘，而此外始可徐议矣。末一二卷间言日、俄近事，而意皆主于不用兵。夫我中朝在今日固非用兵之时，即日、俄两国亦岂可穷兵于境外，黩武于域中哉？知乎此则修好释嫌，要以和为贵也。然我不敢必之于人事？而但卜之于天心而已。排印既竟，辄书其后。呜呼！忧世之心，何时已哉？①

在这段文字中，王韬对中国所面临处境的忧虑之心可见一斑。他所写的尺牍绝非要抒发一己之情怀，而是关心国家前途命运，慨叹自己的"忧

---

① 王韬：《弢园尺牍》，中华书局1959年版，第174页。

世之心，何时已哉？"毋庸置疑，王韬提倡文章应有经世致用功能。同时，他认为随着时代的变迁，经世致用的内容也应该随之改变。他在《三岛中洲文集序》中说："时势不同，文章亦因之而变。余谓文运之盛衰，固有时系于国运之升降，平世之音多宽和，乱世之音多噍杀，若由一人之身以前后今昔而判然者，则镜为之也。"① 文章在不同的时代有不同的表达内容、表现风格，作家应该密切关注时代的变迁，对"国运之升降"有所体现。

经世致用的文学观念早已有之，但不同时代的经世致用的具体内涵并不尽相同。清初的顾炎武、黄宗羲、王夫之都提倡学问应当"经世致用"，他们的经世致用是与"内圣"连在一起的，把"内圣"置于"外王"之上。但晚清首开风气的龚自珍、魏源提倡的"经世致用"主要偏向于"外王"。② 晚清今文经学的崛起与盛行，使得传统文人开始以实用主义的态度来关注社会现实，关注中国面临的危亡局势。龚自珍认为"曰圣之的，以有用为主"③。魏源也说："书各有指归，道存乎实用。"④ 不过龚自珍、魏源的经世致用基本还是站在士大夫的立场上指点江山、激扬文字，他们都曾是朝廷官员，身上自然不可避免地带有朝廷赋予的强烈的使命感和责任感，所以他们诗文的写作对象仍然是士大夫与帝王，也正因此，龚自珍的诗文语言有些偏于古奥、艰涩，不够通俗，不能面向大众与普通读者。而之后的王韬，其身份不同于龚、魏，"从任何角度看，王韬都是一个边缘人：他为官进言自己却并非官场中人；他信仰中国文化而又因特殊的机缘饱知西学；他忠于自己的祖国但又不得已端洋人饭碗甚至受本国政府的通缉而远走异国他乡"。⑤ 王韬提倡文章经世致用是以一个学贯中西的自由人或边缘人的身份慷慨论天下事，立场不同，角度不同，内心认可、期待的读者群也不同，文学呈现的面貌自然也大为不同。相对于龚、魏，王韬的文风要通俗得多。

正如袁进先生指出的那样，近代文学思潮"从经世致用到文学救国有一个艰难的发展过程"。⑥ 从表面看，文学经世致用与文学救国及文学改造社会并无太大的差别，都强调文学的社会功能，但实际上二者是

① 王韬：《弢园文录外编》，上海书店出版社2002年版，第214页。
② 袁进：《中国文学的近代变革》，广西师范大学出版社2006年版，第29页。
③ 龚自珍：《龚自珍全集》，上海人民出版社1975年版，第485页。
④ 魏源：《皇朝经世文编五例》，中华书局影印本，1992年版。
⑤ 李书磊：《重温王韬》，《前线》1999年第4期。
⑥ 袁进：《中国文学的近代变革》，广西师范大学出版社2006年版，第254页。

不同的。经世致用面对的读者是士大夫，是要求士大夫来经世致用，而文学救国的读者对象是广大"国民"，读者群开始下移，转向普通民众。在这一观念的转化中，王韬的经世致用显然已开始摆脱传统的窠臼，逐步向以文学救国的方向迈进，他潜意识中的读者群开始面向普通大众，这种观念的演变主要体现在王韬的政论文创作中。

可以说，政论文在王韬手中已经成了救国的利器，尽管王韬并没有像梁启超、柳亚子等人那样直接提出"欲新一国之民，必先新一国之小说"，"欲改造国民之品质，则诗歌音乐为精神教育之一要件"，"文学是宣传的利器"等观念，但实际上他已经开始这样做了。他的政论文"纵横议论，留心当世之务，每及时事，往往愤懑郁勃"①，充满了强烈的济时用世精神。王韬站在全球文化的高度，以极开阔的视野论述了当时的国际形势，认为中国必须学习西方，除弊兴利，变法自强。这些文章夹叙夹议，有很强的说服力和鼓动性。同时，王韬又深入社会现实生活，对广大下层百姓的实际问题，提出了很多有意义的建议，如《振兴农务》、《论教民垦耕》、《论防火灾》等，真正发挥了文学的救国救民功能。

二　主张文章要直抒胸臆

王韬说："文章所贵，在乎纪事述情，自抒胸臆，俾人人知其命意之所在，而一如我怀之所欲吐，斯即佳文。"② 他在《弢园尺牍·自序》中写道：

> 近时袁随园亦云："尺牍者，古文之绪余，虽不足存，而或可聊备一格。"盖以尺牍虽小品，而如汉之陈遵与人尺牍，主皆藏弆以为荣。陈琳、阮瑀摛藻扬华，翩翩以记室称。唐代文人，其相推誉，必曰雅善尺牍。然则尺牍亦甚重矣。况乎人违两地，书抵万金，往来遗问间，即尺幅而性情见焉。夫棣华删于诗，缡贮录于传，古圣人之所以敦气谊浮警薄为何如哉。降至后世，简札相投，无不托楮毫以达意，借缣素以写心。李陵答苏武之篇，子长报少卿之作，邹阳在狱中备陈胸臆，子厚斥徼外善述牢愁，感喟缠绵，均足千古。韬也固万不敢拟此，而生平交游显显在目，每一相思，展

---

① 王韬：《重刻弢园尺牍·自序》，《弢园尺牍》，中华书局1959年版，第13页。
② 王韬：《自序》，《弢园文录外编》，上海书店出版社2002年版，第1页。

卷如晤，则又何忍弃捐？①

在这段文字中，王韬认为尺牍是"写心"的性情之作，无论李陵、司马迁还是邹阳、柳宗元，他们的尺牍都是酣畅淋漓之作，以情动人，因而能流传千古。在《重刻弢园尺牍·自序》中更是明确阐述了为文"直抒胸臆"的文学思想：

> 余与人书，辄直抒胸臆，不假修饰，不善作谦词，亦不喜为谀语。少即好纵横辩论，留心当世之务，每及时事，往往愤懑郁勃，必尽倾吐而后快，甚至于太息泣下，辄亦不自知其所以然。方今言路宏开，禁网疏阔，故言之无所忌讳，知我罪我亦弗计也。窃慨友道之凌迟久矣。暌隔山川，阔别寒暑，朋面久旷，素心未逢，惟借此尺幅，以写性情，达纤羧，乃犹靳之，未免流于薄矣。夫我人之所以通问讯致殷勤者，原以状景物之悲愉，述境遇之甘苦，记湖山之阅历，穷风月之感怀，以拳拳寄其思慕之情。故问餐加饭，不妨叠付诸邮筒；嗟叹长言，不妨辄至于永幅。②

王韬是情感充沛之人，希望自己的一腔情感能在文中痛快淋漓地抒发出来。这种情感或是"状景物之悲愉"，或是"述境遇之甘苦"，或是"记湖山之阅历"，或是"穷风月之感怀"，总之，可以包罗万象。不过与前人相比，王韬的直抒胸臆有着鲜明的时代特色，那就是他站在近代中西文化融合的大背景下，具有现代化的视野。他在《循环日报》上发表的政论文能够放眼世界，分析中国面临的现状，议论纵横。在《漫游随录》中，王韬介绍了英国的政治制度及博物馆、铁路、自来水等情况。这些都体现了王韬在"自抒胸臆"中视野的开阔，昭示了近代文学的新变。"他这种不受拘束，按时代的需要，'记事述情，自抒胸臆'的散文，'往往下笔不能自休'，感情充沛，气机流畅，犹如长江大河，一泻千里，为后来梁启超的'纵笔所至不检束'的文章，树立了榜样，梁启超的新文体正是从王韬开创的'报章体文'发展而来的。可见王韬在散文近代化进程中的作用。"③

---

① 王韬：《弢园文录外编》，上海书店出版社 2002 年版，第 217 页。
② 王韬：《重刻弢园尺牍·自序》，《弢园尺牍》，中华书局 1959 年版，第 13 页。
③ 谢飘云：《中国近代散文史教程》，科学出版社 2010 年版，第 229 页。

三　不喜帖括，反对拘泥于"古文辞门径"

王韬主笔《循环日报》期间，清代最大的散文流派桐城派余波未平，大力中兴桐城派的曾国藩于1872年刚去世。桐城派家法谨严，方苞讲究"义法"、姚鼐讲究"神、理、气、味、格、律、声、色"，都为文章套上了层层枷锁。这种文体模式凝固僵化、内容空泛、故作深奥，根本无法适应近代社会丰富复杂的现实生活。对报人来讲，就更需要突破这种脱离现实的章法的束缚，寻求一种适合报刊政论写作的表现手法。王韬在主编《循环日报》、大声疾呼"变法自强"的生涯中，深感当时桐城派古文和八股文的局限性：它们不仅在内容上强调"义理"，固守封建的伦理道德观念，与"变法自强"的思想相对立；而且在形式上因循守旧，讲求家法，对词章提出种种限制，大大限制了人们思想的自由表达，严重阻碍了变法思想的阐扬和普及，进而影响到中国社会的发展和进步。王韬总结自己的创作追求时说："自少性情旷逸，不乐仕进。尤不喜帖括，虽勉为之，亦豪放不中绳墨。"[1] 他公然宣称自己作文无所顾忌无所效仿："鄙人作文，窃秉斯旨，往往下笔不能自休，若于古文辞之门径则茫然未有所知。"[2] "老民于诗文无所师承，喜即为之下笔，辄不能自休，生平未尝属稿，恒挥毫对客，滂沛千言，忌者或訾其出之太易。"[3] 王韬在《弢园尺牍续钞·自序》中更是充分表达了自己作文不愿墨守成规、与时文格格不入，喜欢随意挥洒的文风主张：

　　余少即好拈弄笔墨，十二岁学作诗，十三岁学作笺札，十四岁学作文，有得即书，不解属稿。人或有索观者，立出示之，无所秘；或有加以毁誉者，亦漠然无所动于心。顾性不喜帖括，十九岁应秋试不售，归即焚弃笔砚。窃视同里闬诸友，于帖括外无所长，亦无所好，未尝不隐笑之。然余有所作，即示人，人亦不欲观，咸轻视余，若以余不知文章为何物者。尝作一书托人转达所知，久不见答；及询其人，乃知以书中无要言，未之达也。呜呼！彼之所谓文章者，时文耳，所谓要言者，俗事耳；宜其与余初不相入也。余生平于诗文词翰，既不留稿，存者盖寡，兹不过得之字簏中捐弃所

①　王韬：《弢园老民自传》，江苏人民出版社1999年版，第2页。
②　王韬：《自序》，《弢园文录外编》，上海书店出版社2002年版，第1页。
③　王韬：《弢园老民自传》，江苏人民出版社1999年版，第7页。

余耳；其散佚不知凡几矣。昔王子安作文，先具腹稿，余窃似之，而文弗逮也。陈遵与人尺牍，人皆藏弃以为荣，余恐不为人投诸溷厕已幸矣，覆瓴糊窗，所弗计也。四十年来，所存都十有八卷，前十二卷已授手民；此则始辛巳，迄戊子，历年八，为卷六。谓之少，固不可，谓之多，则亦未也。然于后存者又如束笋，如得喜事小胥，随录随编，岂特两牛腰所不能载哉？昔嵇生性懒，以简札酬应在七不堪之列，余性疏惰类叔夜，乃赠答往来，至如是之多，岂有所不得已哉？则以胸中所有悲愤郁积，必吐之而始快；故其气磅礴勃发，横决溢出，如急流迅湍，一泄而无余。夫今世之所谓能文者，余知之矣，有家法，有师承，有门户，有蹊径，其措词命意，具有所专注，蕴蓄以为高，骤括以为贵，纡徐以为妍，短简寂寥以为洁；宜又与余格格而不相入也。既不悦于俗目，又不赏于名流，宜余之所往而辄穷也夫。①

王韬虽然在年少希望走科举入仕的道路，但在内心深处实则不喜这种迂腐之极的八股文，所以很快就放弃了这条道路。王韬对同里诸人一心经营八股文是极为不屑的，当然他们对王韬的随意属文也同样不屑。王韬直接斥责写八股文是"俗事"，那种讲究措辞命意刻意雕琢的文风和王韬的文学理念是格格不入的。他强调文章的个性化，反对拟古与模拟，"猎取风骚，摹拟李、杜，搐拾割裂，自诩名家，此文章之陋也。师古太泥，变法太厉，徒袭皮毛，未参实际，此艺术之陋也"。② 王韬作文追求的是无所羁绊、畅所欲言、淋漓尽致，"故其气磅礴勃发，横决溢出，如急流迅湍，一泄而无余"。他的这些文学主张和追求，突破了封建义理章法的束缚，打破了传统的"文以载道"的观念和古文规范，解放了散文的形式。游国恩先生主编的《中国文学史》这样评价王韬："他的散文冲出了古文辞的门径，平易畅达，切实有用，开始成为群众的读物，走上社会化的道路"，"在散文的发展史上是有划时代意义的"。③

四 语言上重视"辞达"，不论工拙

对语言的运用，王韬有明确的主张："自愧言之无文，行而不远，

① 王韬：《弢园尺牍续钞·自序》，《弢园尺牍》，中华书局1959年版，第175页。
② 王韬：《弢园文录外编》，上海书店出版社2002年版，第244页。
③ 游国恩：《中国文学史》，人民文学出版社1964年版，第330页。

必为有识之士所齿冷，惟念宣尼有云'辞达而已'……俾人人知其命意之所在而一如我怀之所欲吐，斯即佳文。至其工拙，抑末也。"①"著书在通时适用而已，文词其末也。晚近文人，动矜奥博，而宣尼辞达之旨亡，著书之意亦晦。"②王韬两次提到了"辞达"，"辞达"出自孔子《论语·卫灵公》："子曰：辞达而已矣。"孔子很重视言辞表达及其技巧，但孔子并不主张过分的文饰，王韬很认同孔子的这一观点。王韬的散文语言总体上采用浅近文言，不用艰涩语词，以减少一般读者的语言障碍。如《兴利》一文开头便说："中国地大物博，于地球四大洲中最为富强"③，基本上接近口语，浅显易懂。他在行文中已很少使用典故，不务典雅，唯求畅达。后来梁启超在他的政论中更多地"杂以俚语韵语及外国语法"，白话的成分加重，被人视为白话文运动的先声。不过王韬的散文语言和后来梁启超的"新文体"有较大差别，不像梁启超的语言那么雄奇瑰丽，绚烂多彩。相对而言，王韬的文章较为平实质朴，讲究内容明理达意，并不过多注意写作技巧的工拙。王韬认为为文的关键是"辞达"，能够让读者在短时间内获得信息、明白问题、认清时事。例如《除弊》中的这一段文字：

> 一曰清仕途。今日服官筮仕者，科目捐纳保举，三途并进，杂矣，滥矣。必当痛加沙汰，严为甄别，不必论声华，尚文字，惟以材干品诣为衡量而已。试之以事理则能呈，投之以艰巨则才见，委之以判决则识明。上日接见属员，勿间时日，必使之从容谈论，得以尽其词。而所以遴选守令者，尤必倍加严慎。④

这段文字的论述十分简明扼要，具体实在，无任何华词丽语，体现了王韬的创作追求。

五 追求立言传世

王韬认为，"兹之刻书，非必欲传世，亦使世间知有我之一人，庶不空生此世界中六七十年耳。非然，将与电光火石、尘露泡影一起消灭，非我佛涅槃本意也。佛家之旨，自有之无，自寂之虚，然何以犹有

---

① 王韬：《弢园文录外编》，上海书店出版社 2002 年版，第 5 页。
② 王韬：《与郑陶斋观察》，《弢园尺牍续钞》，清光绪十五年（1889）淞隐庐刊本。
③ 王韬：《弢园文录外编》，上海书店出版社 2002 年版，第 36 页。
④ 同上书，第 34 页。

往生净土而皈依极乐世界之说。不生不灭，常有常存，此是真谛"。①
在转瞬即逝的时间之流中，人总想抓住些永恒的东西。不朽是人的重要
的精神需要之一。而中国历史上的"三不朽"——立功、立言、立德，
则是仁人志士孜孜以求的永恒价值。王韬素有大志，一直想建功立业，
但事与愿违，所以只能寄希望于立言传世。回沪后，他自知衰老多病，
可能享年不永，又无后嗣可以托付，深恐一生辛苦写就的三四十种著述
将随之散佚，因此非常希望能在有生之年镌刻出版自己的所有著作。
1889 年初王韬写给盛宣怀的信中云："韬行年六十有二，多病乘之，恐
不能久于人世矣。夫死生旦暮耳，韬于世无所依恋，惟生平著述三十余
种，都未付之手民，出以问世。一旦魂魄一去，同归秋草，所作亦随烟
云而消灭。即欲供世覆瓿糊窗之用，亦不可得耳。每思及此，不禁索然
以悲也。"② 直到 1897 年去世前，王韬仍挂记此事："去岁喘疾剧发，
伏枕四月有半。春来病骨虽苏，元气大伤。生平著述四五十种，已授手
民者，未及强半，将来与草木朽腐，烟云消灭，为足悲耳。"③ 为了博
取身后之名，王韬搜集自己的著述、信函，并设法排印出版。所以，王
韬作文，除了要发扬文章的经世致用功能，还有"使世间知有我之一
人"立言传世的目的。

第二节　王韬政论文简介

政论文作为一种文体，有一个漫长而缓慢的发展进程。《尚书》是
中国古代散文形成的标志，《尚书》之后，古代散文分别朝着偏重于论
说的诸子散文和偏重于记述的历史散文两个方向发展。汉初散文继承了
前代诸子散文的优点，同时弥补了结构不严谨的缺陷，成为我国议论文
逐渐成熟的时期。汉初文士承战国游士的余风，积极参加现实政治生
活，并从现实政治的需要出发，围绕着如何汲取秦王朝短期覆灭的教
训、促使封建政权迅速巩固和上层建筑不断完善等问题，发抒所见，解
决现实政治社会问题，这就促使了政论散文的发展。政论文正是在西汉
之初形成传统，成为汉初文章的主流，并出现了贾谊、晁错、桓宽等政

---

① 中国社会科学院近代史研究所编：《王韬致谢绥之函之十》，《近代史资料》总 66 号，
　中国社会科学出版社 1987 年版，第 22 页。
② 转引自张敏《晚清新型文化人生活研究——以王韬为例》，《史林》2000 年第 2 期。
③ 同上。

论家，留下了一批流传至今的作品。但此后政论文在中国文学史的漫长时间里始终在传统文章学的范畴内演进，变化不大。

"到了晚清时代，世变激急，排议杂兴，社会对直接明快、透辟淋漓的说理论事文章的需求日益高涨，传统文章学的资源不敷应用，有识之士起而多方寻求变革，由此带来一个从龚自珍开始迄于陈独秀的前后大约一百年的政论文学大变革的时代。这一以政论文体为突破口、多方吸纳异域文学资源的中国传统文学的内部变革过程，在极大程度上动摇了'旧文学'的根基，直接导致了五四文学革命的发生。"① 中国近代散文的变革肇始于龚自珍、魏源，他们从改革社会的需要出发，把散文创作引导到"经世致用"的道路上来。龚、魏散文的思想虽然本质上并没超出传统思想的规范，但已含有新的因素；虽在文体上还没有突破传统古文文体的束缚，但已孕育着冲破旧文体的趋势。冯桂芬、薛福成、王韬、郑观应、马建忠等早期改良派人物，在龚魏开创的"经世致用"散文创作道路上继续前进，用散文鼓吹变法改良，介绍西方文明，进一步推动了散文文体的改革。王韬、郑观应在报纸上发表的政论文为报章文体的创立奠定了基础，是梁启超"新文体"的先声。在维新变法时期，康有为、梁启超、谭嗣同倡导"新文体"运动，创作了大量的"新文体"散文。这种"新文体"散文是近代散文文体改革的最高成就，是"五四"现代散文的先导。

无疑，在近代散文的演变中，王韬是从近代初期文风新变向新体散文发展的关键人物，其政论文承上启下的作用功不可没。从他开始，出现一种散文文体，即报章文体。这种新的文体在传播方式、内容题材、艺术风格、接受对象和语言等方面都与以往政论文有很大的不同，为散文发展注入了新的生机和活力，对后来梁启超等人的"新文体"的形成有一定影响，进而促进了白话文的发展，在散文发展史上具有重要的里程碑意义。

研究王韬政论文的文本依据主要是《循环日报》和《弢园文录外编》，另外，与政论文类似的是尺牍，尤其在给清朝官员的上书或日常信件中，王韬也大谈时务，把尺牍当作条陈，《弢园尺牍》所收文章有的和《弢园文录外编》内容完全一样，只是多了书信的固有格式而已。关于《循环日报》，在第一章中已有详细介绍，不再赘言。《弢园文录

---

① 沈永宝：《政论文学一百年——试论政论文学为新文学之起源》，《复旦学报》2001 年第 6 期。

外编》是王韬自编的一部政论文集，共 12 卷 185 篇，收入的文章大部分是他宣传变法自强的论文，比较集中和系统地反映了王韬的政治态度和思想。何以称为"外编"？他的解释是"因其中多言洋务，不欲入于集中也"。① 相应的，有"外编"之称，自有"内编"之文，他宣称早已完成"多言性理学术"的内编，只因在辛酉冬天沉溺于水，一字无存。从具体内容来看，《弢园文录外编》大致可以分为两个部分：前 7 卷共 95 篇文章，是全书的精华，主要阐述了王韬在政治、经济、人才、外交、军事等方面宣传变法自强的主张；后 5 卷共 90 篇文章，多为"序"、"跋"、"记"、"传"等。

有一个问题必须要明确，《循环日报》和《弢园文录外编》是什么关系？由于《循环日报》的散佚，数十年来出版的新闻史学论著在介绍和评说王韬的报刊新闻言论时，基本上是以王韬的政论文集《弢园文录外编》为依据。研究者多通过这本《外编》了解王韬的新闻言论。多年来，不少研究者通常认为，《弢园文录外编》的文章均出自《循环日报》，"《弢园文录外编》即集该报论说精华成之"②，并把《弢园文录外编》的文章等同于王韬在《循环日报》上发表的新闻言论进行分析和评价，后来的一些专著也多沿用此说。其实这是一个误解。曾建雄先生根据复旦大学新闻学院从日本购回的《循环日报》的复制缩微胶卷，用实物证明，"从笔者查阅过的 1500 多份早期《循环日报》存报拷贝看，在该报上发表并收入《外编》的言论仅有十余篇，即使加上历年转载于其他报刊且被收入《外编》的《循环日报》言论，其总数也不过二十余篇。《外编》中其余一百多篇文章是否全部刊载于另一部分未能见到的《循环日报》上，这确实值得怀疑"。③《外编》中的文章究竟有多少出自《循环日报》，至今仍是一个谜。显然，依据收入《外编》的文章来分析和评议《循环日报》的言论主张是不准确的。不能把两者相提并论。

第三节　新载体的强大势头

王韬政论文最重要的特色在于它现代化的传播方式，借用了新载体

① 王韬：《弢园文录外编·自序》，上海书店出版社 2002 年版，第 1 页。
② 戈公振：《中国报学史》，中国新闻出版社 1985 年版，第 100 页。
③ 曾建雄：《〈循环日报〉的言论特色》，《新闻大学》1994 年第 2 期。

的强大势头。19 世纪 70 年代，大多数中国人的思想还比较保守闭塞，"见有谈时务者，则曰大言不惭，见有谈外事者，则曰夺于外诱"。① 在这样的社会背景下，王韬创办《循环日报》，并以此作为纵论时事、宣传变法的阵地，的确反映了王韬作为资产阶级先驱思想家的卓越之处。"王韬宣告了中国思想家倡导改革的传统方式的式微和近代方式的诞生。"② 在他之前，中国改革思想家一般都是以著书立说或书信往来来传达他们的改革要求的，因而影响面狭窄，对社会的冲击力不够。自王韬之后，近代资产阶级思想家开始意识到报纸的宣传威力。从严复、康有为、梁启超，到孙中山、章炳麟，无一不把倡导变革与办报联系起来。王韬是近代史上第一个办报纸的中国人，他第一次将报刊的形式有意识地和政论结合在一起，从这个角度讲，在中国从传统社会向现代社会的转变过程中，王韬无疑是开风气之先者。

王韬创办报纸的主导思想非常明确，那就是"广见闻、通上下、俾利弊灼然无或壅蔽，实有裨于国计民生者也"。③ 阅读报纸可以增广见闻，扩充智慧。王韬非常强调通中外之情，特别是中国要关注西方的形势变化，做到知己知彼，而报纸是非常不错的选择。从欧洲回来后，他对报纸的作用已有十分清晰的认识，包括通上下、通内外、辅教化之不足，要充分发挥这种作用，势必需要借助良好的载体。他的政论文都是先在《循环日报》、《万国公报》等报刊上发表的，其言论和思想也是先通过报纸的流通而引起其他改革者的注意的。

新载体报纸的介入首先使得政论文影响的空间范围大大扩展了。王韬并不是近代第一个写政论文的，此前冯桂芬也写过一些很有思想见识的政论文，比如提出要"制洋器"、"汰冗员"、"变科举"，等等，希望变革现实，文章的内容也很先进，但是它们是以文集刻本的形式问世的，王韬的政论则是以发表在报刊上的单篇政论文出现的。两者的问世方式不一样，其造成的影响自然也大为不同。刊刻的文集往往很长时间内局限在朋友间的小范围流传，其影响力很小。而报纸这种新的传播方式带来了阅读者的一场大变革，传播速度更快捷，影响范围也得到空前的扩大。如《循环日报》的发行范围就遍布四方，据其《本局布告》言："省会市镇及别府州县并外国诸埠，凡我华人所驻足者，皆有专人

---

①　王韬：《弢园老民自传》，江苏人民出版社 1999 年版，第 177 页。

②　张海林：《王韬评传》，南京大学出版社 1993 年版，第 154 页。

③　《倡设日报小引》，《循环日报》1874 年 2 月 5 日。

代理"①，近则澳门、东莞，远则烟台、天津，甚至海外的旧金山、日本的长崎都可以买到，覆盖面非常广，这是传统的印刻书籍无法比拟的。王韬政论文的影响一时无两。"国有大事，士林皆重其所出"②（当时一般报刊多整版为广告、补白，或转载外电外讯，独该报创政论版），"即使连上海以文人荟萃之中心，亦时有转载，无怪乎后之汪康年筹创《时务报》，即以《循环日报》为目标，曾力言欲与天南遁叟一争短长"。③甚至连洋务大员丁日昌也特地汇款给王韬，要求订阅一份《循环日报》。王韬用新闻工具宣传改革变法，独步一时，影响之大，于此可见一斑。

在考察《循环日报》的影响力时，我们不能单看《循环日报》本身的发行量，还要考虑《循环日报》的政论在流通过程中经过其他传播媒体的转载所起的扩大或放大的意义。笔者根据张海林先生《王韬评传》所列《循环日报》的篇目及被《申报》转载的篇目统计，《申报》在1874—1879年共转载《循环日报》47篇政论文，而《申报》在当时上海乃至全国的影响是相当大的。所以经由《申报》的转载，无疑又扩大了这些政论文的空间影响范围。

其次，传播方式的改变使得政论文阅读者的范围拓宽了，政论文得到前所未有的普及，提高了政论文的社会功能。古代政论文的阅读对象往往局限在很小的范围内，而且一些政论文本来就有特定的阅读对象，如君王、同僚或朋友等，普通的民众根本无从见到。而王韬开创的报章政论文，其设定的接受对象是广大的民众，这样就使政论文的阅读者从上层精英人士扩大到整个社会的民众。因而从启蒙国民思想角度来说，王韬的政论文具有重要意义。文学是作者与读者之间通过作品而进行的一种交流。文学作品只有在被阅读时才会产生效应，只有在被扩散后才能发挥作用。作为连接创作与接受的中介，传播机制制约着文学社会功能的实现，并对作家的创作意识产生着影响。古代政论文由于受传播媒介的限制，其传播速度和数量都很有限，所以对读者的影响力很小。而王韬的这些政论文则首次凭借日报这种现代化的传播媒体，使他的改良思想能够及时地、连篇累牍地刊载，向读者传达出丰富的国内外时局的信息。如此一来，广大民众就能够持续感受到改革自强的强烈呼吁，极

---

① 《本馆布告》，《循环日报》1874年2月12日。
② 袁昶超：《中国报业小史》，上海书店1943年版，第30页。
③ 赖光临：《王韬与〈循环日报〉》，《报学杂志》（台）三卷九期，1967年2月。

大地提高了政论文的社会影响力，这是古代政论文所无法达到的效果。

最后，政论通过报纸日常的传达，极大地增强了新闻时效性，传递给读者最新鲜的时局信息和观点。时效性侧重表达传播时间与传播效果的关系。从理论上来说，时效性指事实发生与作为新闻事实发生之间的时间差（时距），同新闻面世以后激起的社会效果的相关量，即新闻产生应有社会效果的时距限度。以前的政论散文大多是对当时或者不远的历史事件所作的记述和议论，其议论的针对性远远不如王韬的报刊政论文。另外古代的政论文由于传播方式的局限，文章撰写完毕和文章进入读者的视野中间有一段时间差，即使其思想观点得到大家的认同，也是很长时间以后的事情了，无法保证时效性。王韬所发表的政论文都有很强的时效性。如中法战争期间，王韬在《循环日报》发表了《论黑旗军拒法人》、《论刘提督募苗御强敌》、《中国以守为战说》、《论中国重在能守》、《论中国民心大可用》、《中必胜法论》、《论中朝胜法情形》等一系列文章，或介绍前线战况，或探讨战争策略，或鼓舞士气等。这些文章极具新闻性，使广大读者能在第一时间了解前线的战争进程，在凝聚民心、争取反侵略战争的胜利方面发挥了重要作用。与同时期的中文报刊相比，该报言论在新闻时效性方面显然略胜一筹。《弭灾浅说》、《论防火灾汐》、《论开垦》、《论教民垦耕》等文，都是配合当天报上的新闻发表的言论。前两篇言论针对当天有关火灾的几则消息，对症下药，探讨扑灭和预防火灾的措施；后两篇言论根据即日报载的垦荒新闻，借题发挥，大谈强国富民的方略。这些文章对新闻的跟进非常及时。

另外，由于这些政论文刊登在流通性非常强的报纸上，也就有机会让外国人知道中外关系的一些史实，改变他们的一些错误认识。王韬提出："通中外之消息"，"中外交涉之事，时时可刊于日报中，俾泰西之人，秉公持论其间，至少也得使事实之真相公布于众。勿使外人独言，舆论背我"。① 王韬这些言论是有针对性的，当时的一些西方在华报纸往往对中外交涉之事"抑中而扬外，甚至黑白混淆"②，王韬的政论文打破了某些外国人的一面之词，有助于消除误解和不必要的麻烦，为中国的变革和外交扫除障碍。

总之，从王韬政论文的空间影响力、读者范围的改变、新闻的时效

---

① 转引自忻平《王韬评传》，华东师范大学出版社1990年版，第148页。
② 王韬：《弢园尺牍》，中华书局1959年版，第233页。

性、澄清外国人的偏见等方面，可以看出新的传播媒介报纸的强大威力，古老的政论文因此获得新的生命力，在这个过程中转变成为具有现代意义的政论文，成为有影响且为人重视的文体，给郑观应、康有为、谭嗣同以直接影响，也使得梁启超那种充满生机的新文体得以问世，将报刊政论文推向了新的发展阶段。这种报章体最终对传统古文形成了极大冲击，结束了桐城派一统天下的局面。

第四节 政论文体的现代性改造

在与报刊结缘后，中国近代文学发生了巨大变革，王韬无疑是这种变革的先行者。"可以这么说，没有报馆这个'传播文明新利器'，中国文章不可能在短短几十年间发生如此巨大的变革。强调报馆改造文体的重要性，最简单的例证是，二十世纪中国的散文，绝大部分首先是作为报刊文章而流通，而后才结集出版。这种生产方式，不能不影响其文章的体式与风格……最早自觉用'报馆文章'来改造已有文体的，当属1874年起创办并主编《循环日报》的王韬。"① 王韬的政论文体首次借助日报这种大众传媒的威力开辟了宣传改良变法主张的天地。这种现代报刊政论文体，"在中国古代论辩文体向着现代政论散文体转变的过程当中，具有首创之功"。② 王韬的报刊政论文对古代政论文体的改造主要表现在以下几个方面。

第一，为适应报纸版面，篇幅简短。古代政论文长短随意，有长有短，无固定限制，而报刊政论文则是适应了报纸固定版面的形式，有大致固定的字数，较为简短，一般在1000—1200字之间。《弢园文录外编》中的185篇文章，超过1500字的，仅占所有政论文章的10%。这种简短的文字内容也是为了适应现代读者的阅读需求，便于在较短时间内获取更多量的信息内容。为了力求文章短小，王韬对重大题目的论述，采取了分篇连载的办法，如《述日本人论中国事》，他就分一、二、三篇发表，《节录海防臆测》分一、二、三、四、五、六篇发表，每篇保持在1200字以内。类似这种分篇发表的政论，在《循环日报》

---

① 陈平原：《中国散文小说史》，上海人民出版社2004年版，第193页。
② 王一川：《王韬——中国最早的现代性问题思想家》，《南京大学学报》1999年第3期。

上有很多篇。王韬这种为适应报纸版面而控制字数的做法，也被后世报纸所承袭，逐步形成了我国近代报刊以短小精悍为主的政论风格，从而使王韬所创的政论文体流传下来。

第二，在创作风格上，完全冲破了桐城古文的"义法"和传统古文章法的桎梏，使散文形式无所顾忌、自由畅达、挥洒淋漓。这种风格的形成有三个原因。

首先和王韬鲜明自觉的文学主张有关。王韬对"今世之文"是极为不满的："今世之所谓能文者，余知之矣，有家法，有师承，有门户，有蹊径，其措辞命意，具有所专注，蕴蓄以为高，櫽括以为贵，纡徐以为妍，短简寂寥以为洁；宜又与余格格不入也。"① 他认为只有不受古人作文的清规戒律的束缚，才能直抒胸臆，畅所欲言。王韬自觉地冲出古文辞的门径，开创了一种抒写自如、自由畅达、挥洒淋漓的新文风。其政论文情动于衷、肆口而成，不拘一格，气势充沛，在很大程度上对传统散文、传统语体形成了冲击。他评价自己的文章风格是："则以胸中所有悲愤郁积，必吐之而始快；故其磅礴勃发，横决溢出，如激流迅湍，一泄而无余。"② 《申报》在《本馆自述》中也说王氏之文"飞毫濡墨，挥洒淋漓"。③ 这种不拘一格的文体风格，使读者如饮甘泉，耳目一新，不仅适应了报刊的传播需要，也开创了一代新的报刊政论文风。

这种自由挥洒的文风几乎在每一篇政论文里都可以感受到，如《变法自强》（下）曰：

> 我中国地大物博，幅员之广，财赋之裕，才智之众，薄海内外皆莫与京。溯于立国规模，根深蒂固，但时异势殊，今昔不同，则因地制宜，固不可不思变通之道焉。
>
> 其道奈何？曰毋因循也，毋苟且也，毋玩愒也，毋轻忽也，毋粉饰也，毋夸张也，毋蒙蔽也，毋安于无事也，毋溺于晏安也，毋狃于积习也，毋徒袭其皮毛也，毋有初而鲜终也，毋始勤而终怠也。必有人焉，深明制治之道，周知通变之宜而后可，否则机器固有局矣，方言固有馆矣。遣发子弟固往美洲攻西学矣，行阵用兵固

---

① 王韬：《弢园尺牍续钞·自序》，《弢园尺牍》，中华书局1959年版，第175页。
② 同上。
③ 《申报》1872年6月13日。

熟练洋枪矣，而何以委靡不振者仍如故也？洞明时变大有干谋者，仍未能见其人也？徒令论者以为西法不足效而已，或以为糜费也，或以为多事也，或以为无益于上而徒损于下也。呜呼！是非西法之不善，效之者未至也，所谓变之之道未得焉。

这段文字论述了变法的必要性及如何学习西方，文思缜密，气势流畅，犹如长江大河，汪洋恣肆。这种笔法在"有家法，有师承，有门户，有蹊径"的桐城派古文中是绝难找到的。

其次，这种自由挥洒、酣畅淋漓文风的形成也和王韬浓烈的爱国热情有关。"少抱用世之志"的王韬，在年轻时就多次上书当局，陈述政见，不见采纳，但强烈的爱国热情并未就此消歇。他目睹国势的日益衰败，忧心如焚。所以在他的文章中总是激荡着深厚、强烈的忧国忧民之情。在《补苴、起废、药痼议》中以极其悲愤的心情高呼："天下事至今日几于溃败决裂，而在位者方且相与因循怠玩，粉饰铺张，以求掩天下耳目。呜呼，是亦难矣！此贾生之所为痛哭流涕长太息者也。"① 他曾自言："每及时事，往往愤懑郁勃，必尽倾吐而后快，甚至于太息泣下。"② 内容决定形式，愤懑郁勃的情感必然会突破传统文法的桎梏。

最后，这种挥洒自如的文风的形成也和王韬在香港的特殊环境和特殊时期有关。从创作环境看，政论文大多创作于香港，香港于1842年沦为英国的殖民地，思想较为开放，言论自由。从创作时间来看，王韬在香港创办日报大量写作政论文的时间，正是他的中年之时，这一时期王韬对未来充满热情，思想积极。王韬在思想最激进的时期生活在言论相对自由的香港，故而在对政论文的改造方面无疑是大刀阔斧无所拘束的。

王韬正是由于在文学思想上不讲"古文辞门径"，内心充溢着"愤懑郁勃"的强烈的爱国情感，又加之香港的特殊环境特殊时期，由此形成了这种挥洒淋漓、自由酣畅的风格。梁启超说："自报章兴，吾国之文体为之一变，汪洋恣肆，畅所欲言，所谓宗法、家法，无复问者。"③ 梁启超本人的"纵笔所至不检束"的文章正是从王韬的这种文章风格发展而来。王韬所表现出的敢于直抒胸臆、不拘一格的文风，给当时沉

---

① 王韬：《弢园文录外编》，上海书店出版社2002年版，第162页。
② 王韬：《重刻弢园尺牍·自序》，《弢园尺牍》，中华书局1959年版，第13页。
③ 梁启超：《中国各报存佚表》，《清议报》第100册，1901年。

闷僵化的文坛注入了活力，从而奠定了他在中国近代散文发展史上的重要地位。不过，王韬的政论写作，也并不是了无章法的随意驰骋。他所撰写的政论文，无论在论点之阐明、论据之陈述、辩驳之开展，以致材料之安排、段落之衔接等方面，都严密有序，极富逻辑性。

第三，在写作视域上，具有高屋建瓴的国际化视野。古代政论文由于作者没有走出国门，无法了解域外的天地，因而创作视野只能局限在国内政坛，格局有限。王韬报章政论之所以能采用世界性的视角，显然与他的人生经历有关。与同时代的人相比，王韬有更丰富的与西方打交道的经验。他先在"华洋杂处"的墨海书馆佣书长达 13 年，接触西人，了解西学，为西方思想所影响。居港后又长期与英华书院院长理雅各合作共事，其间又应邀于 1867 年 12 月 15 日至 1870 年 3 月访问法英等国。在游历欧西两年有余，期间，作为一个关注世界形势的文化人，他全面考察了英法等国的社会结构和文化形态。1879 年，王韬又对日本作了为期 4 个月的访问。这些经历使王韬眼界大开，思想大变，为他以后的政论文写作奠定了新的世界观和价值观。《循环日报》的政论，看待当时国际国内重大事件的犀利眼光，明显高出同时代的一般文人。此时的上海《申报》对言论虽然也是每日必备，其中也不乏精辟之作，但并不以推动中国社会改革为宗旨，而是醉心于营利，其主笔也都是旧式文人，这是它不能与《循环日报》相比拟的地方。

王韬是中国近代最早走出国门的作家，思想敏锐、开通，对国内外形势非常熟悉。在他撰写的大量政论文中，分析国际形势的言论数量最多，占《循环日报》同期言论总数的一半，在《弢园文录外编》中也有 50 多篇，涉及的国家有 30 多个，如英、法、美、俄、普、奥、日、葡、西、越等，充分显示出王韬开阔的国际化视野。这些政论文总是在错综复杂的全球时局中分析各国情况，进而指出中国的应对策略。如《欧洲将有变局》，先论述了欧洲各国之间的纷争，然后指出中国当以此为契机，奋发图强，"我中国虽不以欧洲之治乱为祸福，欧洲之盛衰为忧喜，而当其多事之秋，正我励精图治之日"。[1] 在纵观世界大局之后，王韬写下《中外合力抗俄》，认为中国的外交方针应该是联日结英拒俄。他说："盖在今日讲天下大计者，不患在英、法，而患在普、俄……然则何以待之？曰：莫如中外合力防俄……中国如能结好英、日，以彼为援，互为唇齿，然后励精图治，发奋为雄，盛兵备，厚边

---

[1]　王韬：《弢园文录外编》，上海书店出版社 2002 年版，第 79 页。

防，乃足以有恃而无恐。"① 在《合六国以治俄》中，王韬把近代世界格局比之为战国之局，其中俄罗斯"犹战国时之秦也"。它"地跨三洲，控弦百万，正无难投鞭断流，移山平陆，气变风云，力翻岳渎，虎视六合，鹰瞵八荒"，是欧、亚各国的共同威胁；英、法、普、土耳其、印度等国只能当之于齐楚以下之中小之国。对中小之国来讲，抗俄是共同的事业，也是"自为而非为他国也"。其情形正如当日"六国之约纵连衡以摈秦"。倘若各国不明此理，相互攻打，必蹈六国灭亡的覆辙。② 再如《变法》，王韬把中国置于整个世界的发展变化中：

> 《易》曰："穷则变，变则通。"知天下事未有久而不变者也。上古之天下，一变而为中古；中古之天下，一变而为三代。自祖龙崛起，兼并宇内，废封建而为郡县，焚书坑儒，三代之礼乐典章制度，荡焉泯焉，无一存焉，三代之天下至此而又一变。自汉以来，各代递嬗，征诛禅让，各有其局，虽疆域渐广，而登王会列屏藩者，不过东南洋诸岛国而已，此外无闻焉。自明季利玛窦入中国，始知有东西两半球，而海外诸国有若棋布星罗。至今日，而泰西大小各国无不通和立约，叩关而求互市，举海外数十国，悉聚于一中国之中，见所未见，闻所未闻，几于六合为一国，四海为一家，秦、汉以来之天下，至此而又一变。
>
> 呜呼！至今日而欲办天下事，必自欧洲始。以欧洲诸大国为富强之纲领、制作之枢纽，舍此，无以师其长而成一变之道。中西同有舟，而彼则以轮船；中西同有车，而彼则以火车；中西同有驿递，而彼则以电音；中西同有火器，而彼之枪炮独精；中西同有备御，而彼之炮台、水雷独擅其胜；中西同有陆兵水师，而彼之兵法独长。其他则彼之所考察，为我之所未知；彼之所讲求，为我之所不及，如是者直不可以偻指数。设我中国至此时而不一变，安能埒于欧洲诸大国，而与之比权量力也哉？③

作者先谈古论今以证明"天下事未有久而不变者"，强调变法的必要性。然后集中列举了中国与西方的落后与先进，强调变法的迫切性。

---

① 王韬：《弢园文录外编》，上海书店出版社 2002 年版，第 94 页。
② 同上书，第 99 页。
③ 同上书，第 11 页。

王韬在文中从多个方面对中西状况进行了对比，使读者对中国的落后有了鲜明的感知，既然中国大大落伍于西方，那么中国到此时尚不思变革，怎么能"垺于欧洲诸大国，而与之比权量力也哉？"这些论述对时事的分析颇有见地，体现了王韬政治家的眼光和面向世界的广阔视野，给广大国人以启迪和深思。"这种环视地球，目及欧亚，俯瞰中华，贯古今而论中外的眼界和气势，是传统古文所没有的。"①

第四，在写作心态上，具有为民代言的平民意识。古代政论文的阅读对象一般都是上层人士，他们所谈论的问题大多是针对国内重要问题，而王韬的政论文不同，它的阅读对象包括粗识文字的一般百姓，加上王韬也是一介布衣，对普通百姓的生活较为熟悉，因而在创作心态上具有平民意识。平民意识就是以广大老百姓为对象，忧百姓所忧，想百姓所想，了解他们的生活，报道他们的生存问题，以引起社会的广泛关注。因此，除了讨论国内外大事外，《循环日报》对人们生活中的一些实际问题也给予了一定程度的重视，并发表了一系列文章。这类文章相对王韬议论国内外大事的文章数量不是很多，但这种为民代言的倾向性很可贵。这些文章直接关乎民生问题，如《整顿茶务》、《振兴农务》、《论禁入庙烧香》、《论直隶荒灾》、《豫储米以备荒说》、《论营兵宜体恤》、《论乞丐宜分别安置》、《论出洋谋生》、《弥火灾说》等，涉及农务、茶务、入庙烧香、饥荒、乞丐、火灾、出洋谋生等，为人民群众的实际困难出谋划策，颇具指导意义，体现了王韬关注普通民众日常生活的平民意识。

第五，在语言风格上，向实用性通俗化的方向演进。王韬的政论大多发表在报纸上，这就要求在写政论时考虑接受读者对象的问题。办报者当然希望能够得到多数读者的认同，从商业利益看，拥有更多的读者就意味着更高的经济效益；从启发民智角度看，只有更多的读者了解变法的重要性，认识到变法自强的迫切，认识到局势的危急，国家才会振兴有望。《循环日报》创刊之初，王韬就在《本馆日报略论》中明确表述，他创办日报的目的之一，便是"俾众生感发善心，消除恶念，发幽光于潜德，开悔悟于愚民而已"。②他认为惩恶扬善、启蒙民众是报纸的功能之一，也是《循环日报》的一项任务。关于这一点，他在《论各省会城宜设新报馆》中说得更加明确："三曰辅教化之不及也。

---

① 张炯、邓绍基、樊骏：《中华文学通史》，华艺出版社 2006 年版，第 34 页。
② 王韬：《弢园文录外编》，上海书店出版社 2002 年版，第 177 页。

乡里小民不知法律，子诟其父，妇谇其姑，甚或骨肉乖离，友朋相诈，诪张为幻，寡廉鲜耻，而新报得据所闻，传语遐迩，俾其知所愧悔，似亦胜于闾胥之觖挞也。"① 报刊因传播范围广，其"惩创"、"教化"功能远在一般舆论之上。他希望日报能够成为新的大众传播工具。当然，这种大众化主要是通过语言文字的方式来实现的。考虑到当时大多数民众文化水平不高，若报刊文风过于古雅，就会直接影响到报刊的宣传效果。王韬作为办报者，他必须有意识地使文章的语言能让多数人看得懂，这样才不枉费他办报的一番苦心。

基于此，王韬反对僵化的桐城古文语言，一变古代奥涩难懂的文言文为浅近明白的文言文，适应社会所有阶层的阅读能力，为广大国人了解社会、了解世界提供了便利。王韬在政论文中使用很多白话的语汇，如："自古以来"、"天气寒冷"、"中国人民"、"长江一带"、"近十年以来"、"今日我国"等，并且开始采入一些新名词，如"民主"、"电气"、"公司"、"啤酒"等，这表明王韬对传统古文语言革新的努力。其行文浅显易懂，如《禁游民》写道：

> 三代以上之所以治者，士农工商四民，各事其事，各务其业，而绝不闻其游手好闲，玩日而愒时者。降至战国，游说之士兴，挟策以干人主，立谈之间可以取富贵，登卿相。此风一开，互相慕效，而于是世多惰民。迩来中国之所以不古若者，以游民众而务士农工商之正业者少也。②

梁启超曾说："传世之文，或务渊彭古茂，或务沉博绝丽，或务瑰奇奥诡，无之不可；觉世之文，则辞达而已矣，当以条理细备、词笔锐达为上，不必求工也。"③ 在内忧外患的近代中国，显然王韬不愿作"传世之文"而宁愿选择"觉世之文"，表现了其实现个人价值的自觉。尽管王韬也有传世之心，"使世间知有我之一人"，但在危机四伏的近代中国社会，王韬已无暇顾及，因而为文不讲章法修辞，不讲言论高雅瑰丽，但求把一腔对祖国的关注忧虑之情明白无误地表达出来。

"语言的近代化，这是比叙述方式更为重要的主体革命，也是近代

① 王韬：《论各省会城宜设新报馆》，《申报》1878 年 2 月 19 日。
② 王韬：《弢园文录外编》，上海书店出版社 2002 年版，第 58 页。
③ 转引自夏晓虹《觉世与传世——梁启超的文学道路》，上海人民出版社 1991 年版，第 5 页。

散文领域升起的新的美学原则。秋瑾、邹容、陈天华、柳亚子、孙中山、朱执信、李大钊、黄小配、黄远生等对于近代散文的意义，在于确立了一种真正属于近代的'写作姿态'，刷新了近代散文的语言，提供了一种不同于传统的'美文'的审美信息。"① 王韬虽然在语言上还没有达到真正属于近代的"写作姿态"，仍属于文言文，但是他所开创的向通俗化发展的文风对当时和后世的影响是深远的。"经过王韬之后，传统古文由此开始成为群众的读物，走上社会化的道路，王韬也由此成为近代中国文学文体变革的先驱人物之一。而梁启超的报章体政论无不受《弢园文录外编》等的影响。就散文语言的变革而言，近代自觉者，王韬可能是最早的一个。"② 总之，为了适应大众的需要，王韬的政论文在向实用性通俗化的方向发展，符合群众的口味，便于他们的阅读理解，促进了新文体的产生，进而加速了近代散文向白话文的过渡并带动了白话文运动的深入，促进了近代文学的发展。

王韬把古代政论这种传统文体发表在报刊上，并按照报刊的需要和自己的文学追求加以现代化改造，使我国的政论文发展进入一个新的历史时期。"王韬政论文的艺术风格，对以后改良派的著名报刊政论家郑观应、康有为、梁启超、谭嗣同等人都产生了直接的影响，在维新派的进一步发展与推动下，风行全国，代替了桐城派古文和八股时文，改变了一代文风，为'五四'以后出现的白话散文，作了必要的过渡和准备。"③ 王韬的政论文在中国近代散文史上的里程碑地位是毋庸置疑的。

① 谢飘云：《中国近代散文的多重变奏》，《文史哲》1998 年第 6 期。
② 丁晓原：《论近代报章政论体之始——王韬体》，《广东社会科学》2000 年第 6 期。
③ 任访秋：《中国近代文学史》，河南大学出版社 1988 年版，第 77 页。

第五章　王韬游记散文研究

第一节　近代域外游记及王韬游记简介

　　中国古代由于受交通条件的限制，古人游历的范围有限，域外的行踪更是罕见。在鸦片战争前，仅有极少数中国人有机会到域外旅行，如汉代张骞出使西域（已达今阿富汗、乌兹别克斯坦境内），唐代玄奘西行印度求法，北宋徐兢出使高丽，元代徐明善出使柬埔寨，明代郑和受明成祖派遣七次下西洋，到达过红海和非洲东海岸。这些人大多都有关于域外游历的记载，如玄奘《大唐西域记》、徐兢《宣和奉使高丽图经》、徐明善《安南行记》，当时随郑和远航记录见闻的有马欢《瀛涯胜览》、费信《星槎胜览》和巩珍《西洋番国志》。也有极少数中国人由于偶然的机会到过欧洲、美洲，如欧洲传教士带往欧洲作为耶稣会培养对象的中国留学生等，但其所从事的神学事业与中国社会格格不入，几乎没有留下什么中文记载。鸦片战争前，只有两个人留下了关于欧美经历的记载，一位是 1707 年随耶稣会士艾约瑟去罗马教廷的樊守义，1721 年作游记《身见录》，这是中国第一篇关于欧美的游记，但直到 20 世纪 40 年代才被发现；另一位是清代旅行家、航海家谢清高。18 岁时，谢清高便出洋谋生，随外商海船遍历南洋群岛各地和世界各国。回国后，1820 年由谢清高口述、黄炳南代为笔录作游记《海录》。《海录》一书对南洋各国及英国、葡萄牙、西班牙、美国等的记载较为详细，至于非洲、东欧、北欧等，则记载很简略。这是鸦片战争前问世的一部影响非常大的介绍海外世界的著作。近人认为："中国人著书谈海事，远及大西洋外，自谢清高始。"① 谢清高被后人誉为中国的马可·

---

　　① 吕调阳：《重刻〈海录〉序》，《嘉应州志》第 3 卷。

波罗，他的《海录》也被人们与马可·波罗的《马可·波罗行记》相提并论。总的来说，中国与外国的交往，在鸦片战争前是很有限的。

1840年鸦片战争爆发后，中国闭关锁国、与世隔绝的状态终被列强以暴力打破，从此，中国的大门被迫向世界开放，中国人开始有机会走向海外。不过从19世纪40年代直到19世纪60年代，中国的海外旅游者非常少，只有个别商人及留学生，如林针"受外国花旗（美国）聘舌耕海外"、容闳留学美国、罗森之去日本等，他们算得上是开近代中国海外游历之嚆矢。同治五年（1866）正月初八，总理衙门正式决定派斌椿前往欧洲游历。同行的有斌椿的儿子广英、同文馆八品官凤仪、同文馆学生张德彝、彦慧。这是清政府派往西方的第一个非正式的外交使团。同治七年（1868）清政府派遣蒲安臣充任中外交涉事务使臣，率领清政府的第一个正式的外交使团，出使西方有约各国。同行的中国官员有总理衙门章京志刚、孙家谷等人。从此，中西外交史掀开了新的一页。同治十一年（1872）开始，清政府派遣了第一批官派留美学生120名幼童分四批赴美留学。自光绪三年（1877）郭嵩焘出任驻英使节开始，总理衙门就明文规定：使臣必须写日记定期寄回。并且既要记交涉事件，又要记风土人情，还要使数年以后的中国官员看后能够"洞悉各国事机"，实际上是把个人见闻和工作汇报融为一体。从此，许多使臣创作了大量游记。1890年后，因公因私出国到西洋和东洋的人逐渐多起来，出国考察、游历、学习、谋生的人规模不断扩大，渐成气候。

随着近代国人域外游历的增加，域外游记也呈现出前所未有的繁盛局面，大批的游记相继产生。容闳、郭连城、斌椿、王韬、志刚、郭嵩焘、张德彝、黎庶昌、黄遵宪、薛福成、康有为、梁启超等人相继游历欧美、日本、新加坡等国。他们接触了近代文化教育、科学技术、政治思想等先进的现代文明，并将之付之于笔，写下了众多的域外游记。

按照作家的身份，近代域外游记大致可以分为四类，即商人游记、官员出使游记、留学生游记、个人出访游记。第一类是商人游记。近代商人游记只有两种，一种是林针的《西海纪游草》中的《西海纪游·自序》，另一种是李圭的《环游地球新录》。第二类是出使游记。晚清最早游历欧洲并创作了游记的中国官员是斌椿。他的域外见闻录是《乘槎笔记》。跟随斌椿一同出访的张德彝把自己所写的外国游记一律题作"述奇"，从《航海述奇》、《再述奇》、《三述奇》……一直到《八述奇》。此外还有志刚《初使泰西记》、郭嵩焘《使西纪程》、黎庶昌《西洋杂记》、何如璋《使东述略》、薛福成《出使英法意比日记》、罗森

《日本日记》等。第三类是留学生所作的游记。留学欧美的学生很多，但他们创作的域外游记并不多。近代最早的留学生是赴美留学的容闳、黄胜和黄宽。容闳有自传体游记《西学东渐记》。第四类游记作者是以王韬、康有为、梁启超为代表的个人出游者，他们有意识、有目的地考察欧美各方面情况，希望能对国人有所触动。王韬的《漫游随录》、康有为的《欧洲十一国游记》，以及梁启超的《新大陆游记》、《夏威夷游记》等在当时都有很大的影响。

　　这四类游记都对异国的风土人情、科技文化、典章制度等进行了广泛的描绘，但作品的文学价值差别较大。其中商人游记较为简单粗糙。留学生虽然对西方社会有比较深入的了解，但他们大多数人中国文学的功底较差，因而其游记的文学价值并不高。出访官员的游记碍于身份，有较多顾忌，写得较为拘谨呆板，有的类似工作日志。不过，薛福成、黎庶昌、郭嵩焘等人的游记，文笔还是相当不错的。而文学色彩最浓厚的是自由出访作家的游记，这类游记在表现形式上更加灵活，描写、记叙、议论全无顾忌。而在个人出访作家中，王韬的游记最具特色。王韬的欧洲之行"是中国文化知识精英第一次以自由身份对欧洲的实地考察"①。1867年，王韬受香港英华书院院长理雅各之邀，从香港出发，经过新加坡、槟榔屿、锡兰，进入红海亚丁湾，至苏伊士运河；然后改乘火车至开罗，再由开罗换车至亚历山大港，乘船过地中海，经意大利港口莫西拿，在法国马赛港上岸；之后他坐火车经巴黎抵达戛雷海口，换乘轮船经英吉利海峡至伦敦，再由伦敦乘火车至理雅各家乡苏格兰杜拉村。一直到1870年期间他就居住在理雅各的家乡翻译中国经典。这次西行，王韬游历了数十个国家。每至一处，王韬必亲自上岸游览，细致考察，"览其山川之诡异，察其民俗之醇漓，识其国势之盛衰，观其兵力之强弱"②，"处境虽厄，而游览之奇、山水之胜、诗文之娱、朋友之缘亦足以豪，几忘其身之在海外也"。③

　　王韬游历欧洲的时间不是近代最早的，但却是最特殊的。1847年林铖受聘美国，在美国工作了一年多，开近代国人游历西方之先河，但因为他公务在身，对美国的观察并不全面。1866年，清廷派斌椿等人出访欧洲，在欧仅逗留四个月，但毕竟开官方出洋游历之先例。而在王

---

① 张海林：《王韬评传》，南京大学出版社1993年版，第117页。
② 王韬：《漫游随录·扶桑游记》，湖南人民出版社1982年版，第74页。
③ 同上书，第126页。

韬到达英国的第二年，第一个派往西方的外交使团由蒲安臣率领赴欧。斌椿和蒲安臣赴欧有着共同特点，都是官方身份，这决定了他们的行动、思想和言论都受到严格限制；另外，时间短暂，这使得他们对西方社会难以获得更深入的了解。与此不同，王韬是以一个流亡的文化人身份自由地游历欧洲的，并且在那里停留了两年多。从出国时间的先后、在国外居留时间之长短来看，王韬这趟欧洲之行，可谓创举。诚如他自己所总结的："经历数十国，往来七万里，波涛助其壮志，风雨破其奇怀，亦足豪矣。而尤足以快意肆志之至泰西也，不啻为前路之导，捷足之登，无论学士大夫无有至者，即文人胜流亦复绝迹。"① 他自称是走向西方世界的"前路之导"、"捷足之登"，是有一定道理的。"以一民间知识分子之身，能够同时游历西洋、东洋，而且游历期间所结交往来者，大多也并非一般意义上的市井平民，而是西洋或者东洋同样开始具有新的世界眼光和意识的新型知识分子，这样的经历，在晚清中国的知识分子中，大概只有王韬一人。"②

　　自由人的身份和两年多的漫长时间使得王韬能够相对自由和充分地体验西方，而王韬的学者身份也使他的考察更深刻。"正是由于这次宝贵的'曾经沧海'体验，使他顺利地经受并度过了本来可能难以经受和跨越的现代性'时空裂变'震惊，以一种现代独立个体的开放及进取姿态去体验西方，反过来重新体验自我（民族国家及个人），并由此体验新的现代世界。"③ 正基于此，王韬的游记与当时其他人的游记是有着显著区别的。王韬之前已有林鍼的《西海纪游草》中的《西海纪游·自序》、李圭的《环游地球新录》、斌椿的《乘槎笔记》、志刚的《初使泰西记》、张德彝的《航海述奇》等游记，但这些商人、官员留下的文字，虽然是建立在亲身经历的基础上，但未免显得有些简单或拘谨，大多是浮光掠影的记载，仅限于海外的表面现象，对欧美的政治、思想文化缺乏关注。王韬是中国文人第一次以非官方的个人身份访问欧洲，他可以按照自己的兴趣和关注点对欧洲社会各方面进行考察。佣书墨海书馆和遁迹香港的经历使他对西方文化已经有较多的认识，这样他对欧洲各国的观察就避免了仅限于猎奇和懵懂。他的游记已能触及西方政治制度、思想文化的本质等深层次的事物。

---

① 王韬：《漫游随录·扶桑游记》，湖南人民出版社 1982 年版，第 31 页。
② 段怀清：《苍茫谁尽东西界》，《北京化工大学学报》2005 年第 4 期。
③ 王一川：《王韬——中国最早的现代性问题思想家》，《南京大学学报》1999 年第 3 期 。

　　王韬还在赴欧之后，游历了日本。王韬结束欧游之旅回到香港后，有感于普法战争（1870—1871）中法国的惨败与欧洲诸国的转型，遂根据西文报刊资料着手完成了近代第一部记述海外战争的著作《普法战纪》。《普法战纪》从中西历史对照的角度，评论战争起源、经过与法国战败之由，以为国人借鉴。《普法战纪》奠定了王氏鼓吹思想启蒙与社会变革的知识领袖地位。此书流传至东瀛，也在日本知识圈掀起热烈讨论，一时洛阳纸贵，有压倒魏源《海国图志》之势。光绪五年（1879），王韬在日本已被誉为"当世伟人"，日本文士对他仰慕已久，1879 年他应邀到日本游历，时间虽短，但在两国的文化交流史上留下了一段佳话，被誉为"近代中国以名士身份东游第一人"。他本人也自豪地称："两国相通三千年，文士来游自我始。"① 王韬也享受到大师级贵宾的礼遇，"都下名士，争与先生交。文酒谈宴，殆无虚日；山游水嬉，追从如云，极一时之盛"。②

　　在中国近代史上，王韬较早亲眼目睹了西方和日本等现代国家新气象，他对欧洲、日本的观察和认识都记载在他的游记散文《漫游随录》和《扶桑游记》中。《漫游随录》是在作者游欧后约 20 年（1887），方于上海《申报》馆发行的通俗刊物《点石斋画报》上按月以一文一图的篇幅登出的，直至 1889 年才连载完毕。《漫游随录》是我国较早介绍近代欧洲社会和资本主义文明的游记散文。它向中国人展示了近代西方社会的风貌，为中国人了解西方提供了一份宝贵资料。《扶桑游记》写于光绪五年（1879），记叙他在日本 4 个月的见闻。"为日本'明治维新'运动的西化成就与政治社会实况，留下可贵的'当代'见证。"③

第二节　对传统游记内容的拓展

　　虽然王韬的欧洲之行还有协助理雅各翻译中国经典的任务，但他仍有足够的时间广泛地接触欧洲社会，尽可能全面地了解西方文化。尽管王韬早在上海和香港时期就已经对西方文明有较多了解，但毕竟未亲身体验，因而思想大多还固守在中国传统文化之内。经历了欧洲之行的实

---

① 王韬：《漫游随录·扶桑游记》，湖南人民出版社 1982 年版，第 301 页。

② 同上书，第 176 页。

③ 吕文翠：《域外新视界——王韬〈漫游随录〉与晚清上海文化圈》，《艺术评论》2009 年第 4 期。

地见闻，王韬最终对泰西文明由衷赞赏。此番旅途之中所见所闻，可谓琳琅满目，几乎让王韬应接不暇，"此行也，盖以出游为销夏记，亦兼以阅历河山，访问风俗，择其地士大夫之贤者而交之，虽游历而学问寓其中焉"。① 可见，王韬自觉地把自己的域外出游当作一次学习、交流的好机会，因而他对欧洲、日本的各方面观察都细致入微。通过对比，王韬发现了中国落后的深层根源，即愚昧和闭塞。中国和西方的巨大差别就是价值观的不同，一个崇幻，一个求实。所有这一切都给了王韬巨大的思想震撼，这一系列新奇的体验使他感到惊诧和羡慕，王一川先生将其称为"惊羡体验"。王韬把自己的这种"惊羡体验"贯注到其游记散文创作中。

因此，王韬的域外游记在关注内容的视野上是迥异于传统游记的。传统游记主要以描写自然景色为主，王韬的域外游记以域外文明为主要内容，自然风光退居其次。这种表现视野的转变和近代中国的社会状况有关，也和王韬个人的思想见识有关。在清政府内忧外患、列强入侵的背景下，初次踏上欧洲大陆的王韬急切地想知道西方社会强盛的原因。他亲眼目睹了西方发达的物质文明、精神文明，考察了西方之所以强盛的原因，他把在异域的所见所思如实记录下来，渴望对国人有所教益。这些内容都不同于以往的传统游记。"正因为怀着救亡图存的思想，他对异域社会文明的关注大大超过了对异域风光的关注，更不用说对异域风光进行审美层面的欣赏了。"② 1840 年以前的域外游记，涉及西方文明的只有樊守义的《身见录》和谢清高的《海录》，但是他们的介绍十分简单且影响不大。王韬的域外游记以域外文明为主要内容，且描述得较为详尽，改变了传统游记以自然风光为主要内容的写法。

游记不仅是一个文学文本，也是文化文本。"游记作为旅行活动的产品，是游行者离开本属于自己的文化空间去体验另一种文化空间的记录，是旅行者主体文化与所达地客体文化互相比较和交流的产物，他不只讲述了旅行者私人的事实，同时也讲述了他的社会性的文化反应。所以，可以把游记作为跨文化研究的对象，通过考察旅行者作为两种文化之间的媒介或曰接受者与传播者的情况，来更好地认识游记作品本身。"③ 一般说来，当旅行者到达一个新地方，常会自觉不自觉地用自

---

① 王韬：《漫游随录·扶桑游记》，湖南人民出版社 1982 年版，第 130 页。
② 代顺丽：《近代域外游记的特征及价值》，《福建师范大学学报》2006 年第 4 期。
③ 尹德翔：《跨文化旅行研究对游记文学研究的启迪》，《中国图书评论》2005 年第 11 期。

己的文化作为参照系，以便尽快地捕捉另一种文化的不同之处。在当时的历史条件下，中国封建主义文化形态与西方先进的文化形态之间已产生了明显的文化落差，前者落后、封闭，后者先进、开放。王韬第一次去异国他乡去旅游，第一次身临其境地感受到西方先进文化的吸引力。西方先进的资本主义物质文明、社会政治制度等，令来自于落后文化的王韬称羡不已，并在心理上产生很大震动，王韬由此发出了"抵欧洲而眼界顿开"的感叹，并希望西国之学术技艺能大兴于中土。他将自己思想认识上的这种变化，以游记的形式诉诸笔端，期望以此打开国人眼界，摒弃虚妄自大的民族心理，促进落后文化向先进文化的转变。王韬在域外游记中对欧洲、日本的描述主要有以下诸多方面。

一　城市建设

王韬初到西方时，正是西方资本主义从自由竞争资本主义向帝国主义转变时期，西方正经历着第二次工业革命，而中国国内此时洋务运动刚刚兴起，还在为是否应修路建厂而争吵不休。走出国门后，王韬看到了西方国家富丽堂皇的建筑、发达的商品贸易、现代化的工厂设施、方便快捷的交通及通信设备、人民富足的生活，而这一切正是洋务运动"求富"、"自强"所要学习的东西。当王韬第一次踏上欧洲的土地时，首先被那里的城市繁华景象所震撼。王韬沿途到过法国的三个城市，即马赛、里昂和巴黎。刚到马赛港，他就惊羡于西方城市的繁华："越两日，抵马塞里，法国海口大市集也。至此始知海外圜篥之盛，屋宇之华。格局堂皇，楼台金碧，皆七八层。画槛雕阑，疑在霄汉；齐云落星，无足炫耀。街衢宽广，车流水，马游龙，往来如织。灯火密于星辰，无异焰摩天上。寓舍供奉之奢，陈设之丽，殆所未有……觉货物殷阗，人民众庶，商贾骈蕃，即在法国中亦可屈一指。"① 马赛的建筑风格富丽堂皇，整个城市车水马龙，灯火灿烂，极为繁华热闹。显然王韬对西方的城市印象第一次有了直观的美好体验。王韬在马赛仅停留了一天，当天晚上就坐火车经里昂到了巴黎。巴黎是王韬停留时间最长的法国城市。巴黎的辉煌壮观使他又领略了新的城市风貌，"法京巴黎，为欧洲一大都会。其人物之殷阗，宫室之壮丽，居处之繁华，园林之美胜，甲于一时，殆无与俪，居民百余万……寓舍闳敞，悉六七层，画栋

---

① 王韬：《漫游随录·扶桑游记》，湖南人民出版社1982年版，第80页。

雕瓮，金碧辉耀"。① 在巴黎停留期间，他参观了卢浮宫、凯旋门、自然博物馆、不列颠博物馆、铁室、巴黎大剧院、修道院、法国武器陈列馆，以及 1867 年巴黎国际博览会的会场，观赏了法国影戏、秋千盛会等，巴黎独特的西方文明令王韬震动很大。而到了英国伦敦，王韬更是大开眼界："从车中望之，万家灯火，密若繁星，洵五大洲中一胜集也。寓在敖司佛街，楼宇七层，华敞异常，客之行李皆置小屋中，用机器旋转而上。偶尔出外散步，则衢路整洁，房屋崇宏，车马往来，络绎如织，肩摩毂击，镇日不停。入暮，灯光辉煌如昼，真如不夜之城，长明之国。"② 建筑恢宏、高楼林立、街道整洁、人口众多的伦敦令王韬心旷神怡。他认为，作为一个大都市，伦敦即使在发达的西方社会也是首屈一指的。展现在王韬眼前的泰西文明，显然不仅限于城市外景。他对欧洲的城市建设，诸如道路、卫生、通信，以及居民的生活设施等，表现出了浓厚的兴趣，仰羡之情溢于言表。

巴黎的道路建设非常发达，"市廛之中，大道广衢，四通八达"。③市内街道非常宽阔，四通八达，交通很便利。"道路坦洁，凡遇石块煤漆稍有不平，石匠随时修补。"④ 可见平常道路都有专人维护保养，因而路面平坦干净。"每相距若干里，必有隙地间之，围以铁栏，广约百亩，尽栽树木，樾荫扶疏。游者亦得入而小憩，盖借以疏通清淑之气，俾居人少疾病焉。"⑤ 城市注重绿化，公共花园每隔几里就有，占地面积很大，既美化环境又能净化空气。

而伦敦的街道是："街衢宽广有六七丈者，两旁砌以平石。街中或铺木桩，以便车毂往来，无辚辚隆隆之喧。每日清晨，有水车洒扫沙尘，纤垢不留，杂污务尽。地中亦设长渠，以消污水。"⑥ 可见伦敦街道非常宽阔，而且每天的洒水车按时洒扫沙尘，以免尘土飞扬；同时道路下建有排水系统，使污水不致存留路面。伦敦对城市绿化也比较重视，到处建有公园和花园。"西人最喜种树，言其益有五：一、气清，令人少病；二、阴多，使地不干燥；三、落其实可食；四、取其材可用；五、可多雨，不患旱干。故伦敦街市间，有园有林，人家稍得半弓

---

① 王韬:《漫游随录·扶桑游记》，湖南人民出版社 1982 年版，第 82 页。
② 同上书，第 98 页。
③ 同上书，第 83 页。
④ 同上书，第 82 页。
⑤ 同上书，第 83 页。
⑥ 同上书，第 103 页。

隙地，莫不栽植美荫，郊原尤为繁盛。盛暑之际，莫不得浓荫而休憩焉。"①"数街中辄有小园，荫以花木，铸铁为椅，以便游者憩息，惜少亭榭可蔽骄阳。"②不但街道中有小花园，在城市中间，也很有规划地建有较大的园林，"市中必留隙地，以助间隔，约宽百亩，辟为园囿，围以回栏，环植树木，气既疏通，荫亦清凉，无逼窄丛杂之虞。每日园丁扫洒灌溉，左右邻皆有管钥，出入自便"。③可见"英国的花园和公园跟中国还有一个巨大区别，那就是中国的园林是私家园林，为私人所有，不对大众开放；而英国的园林则是为市民服务的，所以，英国的花园和公园属于公共服务设施，而中国的园林仅是供达官贵人玩赏的娱乐场所"。④

伦敦市民的日常生活非常方便，"各街地中皆范铅铁为筒，长短曲折，远近流通，互相接引。各家壁中咸有泉管，有塞以司启闭，用时喷流如注，不患不足；无穿凿绠汲之劳，亦无泛滥缺乏之虑。每夕灯火，不专假膏烛；亦以铁筒贯于各家壁内，收取煤气，由筒而管，吐达于堂，以火引之即燃，朗耀光明，彻宵达曙，较灯烛之光十倍。晚游阛阓，几如不夜之天，长明之国"。⑤居民家中都有自来水，照明有煤气灯，生活非常方便。英国人发明了煤气灯，使人类的照明方法向前迈进了一大步。最初，这种灯很不安全，在室内很容易发生危险，因此只当做路灯用。到19世纪初，煤气灯已成为欧美等国城市道路的主要照明灯具。后来经过改进，它才走进千家万户。

英国城乡皆有公共电信局，便利的通信设施遍布全国，王韬对英国富丽堂皇的邮电总局印象深刻："偶过电信总局，入而纵观。是局楼阁崇宏，栋宇高敞，左为邮部，右为电房，室各数百椽。局中植奇花异草，有子母树，其叶如艾似榕，叶上生叶，为远地携来。总办师蔑导览各处，堂中字盘纵横排列，电线千条，头绪纷错，司收发者千余人……凡属商民荟萃之区，书柬纷驰，即路遥时逼，顷刻可达，济急传音，人咸称便。"⑥电信的普及无疑给市民的日常生活带来极大方便。虽然王

---

① 王韬：《漫游随录·扶桑游记》，湖南人民出版社1982年版，第114页。

② 同上书，第103页。

③ 同上书，第104页。

④ 王立群：《中国早期口岸知识分子形成的文化特征——王韬研究》，北京大学出版社2009年版，第138页。

⑤ 王韬：《漫游随录·扶桑游记》，湖南人民出版社1982年版，第104页。

⑥ 同上书，第114页。

韬的这一伦敦印象，迟至 20 后才在《点石斋画报》上连载刊出，但这段文字仍让还未开设国营邮电企业的上海市民读者充满无限憧憬。在这段描写之后，王韬有意详述了"电学"在泰西发展的经过："按电学创于明季，虽经哲人求得其理，鲜有知用者。道光末年，民间试行私制，而电线之妙用，始被于英、美、德、法诸国，其利甚溥，其效甚捷……同治七年，英议院以电线获资甚巨，遂禁私设，悉归于官而征税焉。通国设局五所，以京都为总汇，内外分局五千五百四十所，岁税金钱百数十万，可云盛矣。余至英时，盖属于国家犹未数月也。"① 这段文字发人深思之处是作者有意采用"明季"、"道光末年"、"同治七年"等中国王朝的断代纪年而非英国维多利亚时代，来介绍电学在英国的发展情况。显然这是一种有意识的文化对比，在促进国人认识西方和追求现代化的生活方式方面有着积极意义。

二　科学技术

王韬对西方发达的科技给人们带来的便利，表现出极大的关注。他对火车机车、电梯等新生事物，不吝笔墨，对西方先进的工厂设施、极高的工作效率也是不遗余力地介绍。《制度略述》中详细描述了 19 世纪 60 年代末的火轮车的便捷：

泰西利捷之制，莫如舟车，虽都中往来，无不赖轮车之迅便。其制略如巨柜，左右启门以通出入，中可安坐数十人，下置四轮或六轮不等。行时数车联络，连以铁钩，前车置火箱。火发机动，轮转如飞，数车互相牵率以行。车分三等，上者其中宽绰，褥光洁华美，坐客安舒；中者位置次之；下者无蓬帐蔽遮，日曝雨飘，仅可载粗重货物或栖息仆役而已。其行，每时约二百里或三百余里。辙道铸铁为渠，起凸线安轮，分寸合轨，平坦兼整，以利驰驱，无高低凹凸、敧斜倾侧之患，遇山石则辟凿通衢大道，平直如砥。车道之旁，贯接铁线千万里不断，以电气秘机传达言语，有所欲言，则电气运线，如雷电之迅，猝不及避，有撞裂倾覆之虞，故凡往来起止预有定期，其当车路要，置驿吏邮役昼夜守立，严谨值班，须臾不懈。余居英商士排赛家，每至李泰国家晚餐，车必由地道中行，

① 王韬：《漫游随录·扶桑游记》，湖南人民出版社 1982 年版，第 114 页。

阅刻许始睹天光，或言地中两旁设有，灯光辉煌，居然成市集。①

文中记叙了火车速度之快捷、乘坐之舒适，火车通信以"电气秘机"传达之先进、铁道管理的严格而井然有序，以及地铁中灯火辉煌的集市，这一切都使王韬感到新奇。但王韬的高明之处不在于只是猎奇述异，而是希望借此引发中国人关于现代化的反思。文中提到上海也曾有过铁路与火车，只是"未一载即毁去"（1876 年中国第一条在上海营运的铁路——吴淞铁路——正式通车，但由于保守派的强烈反对，仅三个月后就被拆除），新事物在中国的推行如此艰难而缓慢，王韬自觉地与西方文明作对比，这样的对比和暗示自有启蒙国人的积极意义。王韬在《制造精奇》中对火车还有进一步的阐释。他说在伦敦结识了一位铁路管理者，提到英国初创火车时，"国人莫不腾谤，蜂起阻挠，谓举国牧御由此废业，妨民恐多"，但火车通行后，"岂知轮车既兴，贸易更盛，商旅络绎于途"②，看到火车带来的好处，广大民众才开始接纳与认同。王韬还在文中列举火车有助于迅速平定国内变乱，也可避免征夫骑行荒野遭遇强盗劫匪意外的好处，说明了迅捷的火车带来的各种便利。这些记叙与评论用心良苦，对照当时中国的社会现状，颇具意义。其时虽然也有部分国人了解外国的铁路与火车，但他们都未曾亲身考察欧美，王韬切身实地的体验与感受更能让国人动心与反思，进而引发他们对现代科学技术的追寻。

英国现代化的印书馆也使王韬大感兴趣：

往一印书馆，其馆屋宇堂皇，规模宏敞，推为都中巨擘，为信宜父子所开设。其中男女作工者约一千五百余人，各有所司，勤于厥职。浇字铸版，印刷装订，无不纯以机器行事。其浇字盖用化学新法，事半功倍，一日中可成数千百字，联邦教士江君，曾行之于海上。其铸版先捣细泥土作模，而以排就字板印其上，后浇以铅，笔画清晰，即印万本亦不稍讹，此诚足以补活字版之所不逮。苟中国能仿而为之，则书籍之富可甲天下，而镌刻手民咸束手而无所得食矣。③

---

① 王韬：《漫游随录·扶桑游记》，湖南人民出版社 1982 年版，第 112 页。
② 同上书，第 123 页。
③ 同上书，第 136 页。

此处记录了爱丁堡印书馆现代化程度之高，然后对比中国活字印刷术的落后现状，发自内心的呼吁希望中国也能效仿西法，提高技术。虽然是在写西方的工业化生产，实际上是在借此反省中国的现实。西方文化对王韬的印象，不仅仅是外观上的感性认识，更重要的是内心深处的感悟。除了爱丁堡的大型印书厂，王韬 1870 年由苏格兰前往伦敦时，还特别拜访了理雅各的老友士排赛的制纸厂："士君以机器造纸，一日出数百万番，大小百样咸备，设四铺于英京，贩诸远方，获利无算。香港日报馆咸需其所制，称价廉而物美焉。导观其造纸之室，皆溶化碎布以为纸质，自化浆以至成纸，不过顷刻间耳，裁剪整齐，即可使用，亦神矣哉。"① 英国以先进的机器运行提高了造纸的速度和数量，产量之大，远销香港，创造了巨大利润，不由使王韬感到神奇之极，羡慕之情自不必说。

王韬还看到了英人制造的精巧的天文望远镜、显微镜，"千里镜之巨者，于日中登最高处仰窥，星斗皆现，能察月中诸山；显微镜以之觑纤细之物，如蚊睫蚁足，察及毫芒"。② 他参观了造船厂，描述汽轧、轧钢机"击物无所不糜，所碾铁皮均齐划一，出之甚速"。③ 他又来到纺织厂，看到"自缉丝、编线、濯染、排比、舒架、经纬成匹之后平熨、量卷，无一非机器助，人但在旁收纵转移而已。力不费而功倍捷，诚巧夺天工矣"。④ 在英国敦底，他发现："所有织匼之房、煮糖之室、印字之馆，无一不以机器行事，转折便捷，力省功倍。水火二气之用，至此几神妙不可思议也。"⑤ 可见，王韬所到之处，无一处没有机器制造之妙。西方科技之发达使王韬大开眼界，叹为观止，由此引发了思想的变化。

此外，王韬也很关注西方的军队建设，英国精良的军事武器令王韬惊叹。英国是一个军事强国，仅伦敦就拥有"陆兵十余万，水师不过六万人，足敷防守；若征调，则一时数万可集也"。⑥ 英国有专门的军器局，制造各种各样的武器："偶过军器局，入而纵观。其中多制造火器枪炮之属。造法多用圆轮转掇，日役工匠千人。大小铜铁炮及丸弹、刀

---

① 王韬:《漫游随录・扶桑游记》，湖南人民出版社 1982 年版，第 165 页。
② 同上书，第 121 页。
③ 同上书，第 161 页。
④ 同上书，第 143 页。
⑤ 同上书，第 148 页。
⑥ 同上书，第 99 页。

剑、矛戟之类，不可指数。地广数顷，中亦有园亭楼阁。凡炮械诸式及远近列国器械之制度长短，皆图而列之，取以为法，而以新法变通，宜其器之精良而繁富也。近日所造之枪，长皆三尺余，后膛熟铁为之。自膛而上渐狭，至口仅半寸。筒内作三棱线，弹子直出，可不乖所向，其远能击一千三百步。铁极纯而工亦精，虽装倍火药，燃之不炸。"① 可见英国对武器建设非常重视，制作方法先进，品种丰富，能融各国的武器之优长。英国时常进行军事演习，以测试武器之精准度。"一日，偕德臣观团丁于海滨演炮。其法以废舶置海中，上张旗帜。自海滨距海面，约远二三里或四五里。而后以炮击之，观其中否。其炮度之高下，铅丸之大小，药料之重轻，皆有一定准则。月凡四举，伊犁绅士董其事，而兵官来教之习演。此民间于晏安之际，武备不驰，先事讲求之一道也。伊犁虽弹丸黑子，而海防之谨严犹如此，他可知矣。"② 正因为对武器技术的重视，增强了其军事力量，使英国成为一个军事强国。

王韬笔下的西方形象为晚清的中国读者提供了关于现代文明的丰富想象。虽然开埠通商后迅速发展的上海也已有了初步现代化公共设施、便捷的通信工具，如银行、西式街道、煤气灯、电话、电力设备、自来水等也已出现，不过这些少量的现代化设施只集中在洋人主事的租界，不具备普遍性。广大国人的思想意识还很保守。即使到了 19 世纪 80 年代，人们还在为是否独立兴建自来水工程而激烈争论，保守势力仍然顽强。因此，"王韬混合了传统文人与开明人士的特殊身份，让《漫游随录》呈现的欧洲城市生活之具体样貌，一来不乏提供读者'域外猎奇'的阅读乐趣，二来更扮演了文化斡旋与协商中介的重要角色"。③

三　教育状况

对西方社会的全面考察使王韬认识到西方富强的一个重要原因是实用主义的教学理念。相比之下，中国以仕途为目的的传统教育有许多弊端。身处国外，亲眼目睹先进的机器生产、现代化的技术设备，王韬陷入了深深的思考。他总结说，这是崇尚"实学"的结果：

> 英国以天文、地理、电学、火学、气学、光学、化学、重学为

---

① 王韬：《漫游随录·扶桑游记》，湖南人民出版社 1982 年版，第 119 页。
② 同上书，第 140 页。
③ 吕文翠：《域外新视界——王韬〈漫游随录〉与晚清上海文化圈》，《艺术评论》2009 年第 4 期。

实学，弗尚诗赋词章。其用可由小而至大。如由天文知日月五星距地之远近、行动之迟速，日月合璧，日月交食；彗星、行星何时伏见，以及风云雷电雨何所由来。由地理知万物之所由生，山水起伏，邦国大小。由电学知天地间何物生电，何物可以防电。由火学知金木之类何以生火，何以无火，何以防火。由气学知各气之轻重，因而创气球，造气钟，上可凌空，下可入海，以之察物、救人、观山、探海。由光学知日月五星本有光耀，及他杂光之力，因而创灯戏，变光彩，辨何物之光最明。由化学、重学辨五金之气，识珍宝之苗，分析各物体质。又知水火之力，因而创火机，制轮船火车，以省人力，日行千里，工比万人。穿山、航海、掘地、浚河、陶冶、制造以及耕织，无往而非火机，诚利器也。①

重科学而不尚诗赋词章等"空学"，正是西方文化不同于中国文化的一个重要特征。王韬西行之时，中国的封建顽固势力正拼命攻击西学，鼓吹只有尚诗赋词章、八股制艺才是救国济世的学术精粹。至于铁路、轮船、声光电化都不过是"夷人"蛊惑人心的"奇技淫巧"，中国应该从根本上拒之门外。王韬早年也有类似观点，但在他亲眼目睹西方的科技文化之后，观念渐次改变，把过去视为"奇技淫巧"的科学技术称为"实学"，实质上是对顽固派抱残守缺、崇尚"空学"的批判。王韬针对国内现状，提出必须像英国那样发展近代交通事业，"由国家有以鼓舞而裁成之，而官隐为之助也"。②他建议国内速派人学习掌握西方科学技术，引进新的"利器"，但是终究人微言轻，清政府置之不理，"惜不遣人来英学习新法也"。③王韬为之黯然神伤。

同时，王韬进一步指出，西方的富强是因为重视教育的结果。在英国"童稚之年，入塾受业，至壮而经营四方，故虽贱工粗役，率多知书识字。女子与男子同，幼而习诵，凡书画、历算、象纬、舆图、山经、海志，靡不切究穷研，得其精理。中土须眉，有愧此裙钗者多矣"④。英国普及初等教育，民众不论贵贱，5—13岁儿童必须上学读书。教育的普及，使得英国人大都具有基本的文化知识。而且，受教育的权利男女是平等的，"女子与男子同"，英国女性和男性一样接受了多方面的文

---

① 王韬：《漫游随录·扶桑游记》，湖南人民出版社1982年版，第122—123页。
② 同上书，第134页。
③ 同上书，第133页。
④ 同上书，第111页。

化教育，书画、历算、象纬、舆图、山经、海志，都是她们的学习内容。王韬自觉地把外国女性与中国男性做了对比，认为"中土须眉，有愧此裙钗者多矣"，更别说没有接受教育的中国女性了，明确表示了对中国教育状况的遗憾和不满。王韬在英国期间结识了很多知识女性，她们与中国女性大为不同。在离杜拉约 15 里的阿罗威，有一对姓波斯忒的母女，"以才学闻，设女书塾，及门颇盛"。① 在阿罗威，也有女子学堂，"爱伦女士母出自贵家，淹通经籍，因设塾授女弟子书。女士母与诸女弟子辩论往复，妙思泉涌，绮语霞蒸，曹大家、谢道韫之流也"。② 她们不仅自己受到了良好的教育，而且还开设女校，教授其他女性。"英国女性受教育所带来的直接好处是她们有比较独立的社会地位，可以有自己的工作，可以有自己的兴趣爱好。"③ 在电信总局，王韬看到"司收发者千余人，皆绮年玉貌之女子"。④ 这些西方女性在接受教育的机会和寻找工作的机会上是与男性一样的，她们独立自强，不依附于男人，这与中国女性大不一样。

因为对西方教育问题的关注，王韬特意参观了英国的教育机构，对课程的设置、考试内容及学习方式等，做了深入的了解。就教学内容而言，英国学校不像中国私塾一样教授学生学习诗词文章，而主要教授"实学"，包括自然科学、社会科学。英国选拔人才的考试内容和教学内容是相一致的，保证了专业人才选拔的专业性。"所考非止一材一艺已也，历算、兵法、天文、地理、书画、音乐，又有专习各国之语言文字者。如此，庶非囿于一隅者可比。故英国学问之士，俱有实际；其所习武备、文艺，均可实见诸措施；坐而言者，可以起而行也。"⑤ 王韬认为，英国教育既重视知识传授，又重视实际应用，即理论和现实相结合。如此一来，远非囿于一隅者可比。故英国的学者，能够学以致用，既能坐而言，也能起而行。所以，国家的富强发达，也就不难理解了。而中国选拔人才的科举考试内容都是诗词文章，与将来从事的职业并无太多关联，这就造成了人才培养的误区和不切实际。

除此之外，西方还通过学校以外的方式施行教育。伦敦的博物院

---

① 王韬：《漫游随录·扶桑游记》，湖南人民出版社 1982 年版，第 129 页。
② 同上书，第 154 页。
③ 王立群：《中国早期口岸知识分子形成的文化特征——王韬研究》，北京大学出版社 2009 年版，第 140 页。
④ 王韬：《漫游随录·扶桑游记》，湖南人民出版社 1982 年版，第 114 页。
⑤ 同上书，第 133 页。

"院中藏书甚富，所有五大洲舆图、古今历代书籍，不下五十二万部……旁一所，储各国图画珍玩……举凡天地间所有鸟兽鳞介草木谷果，山岳之精英，渊海之怪异，博物志所不及载，珍玩考所不及辨，格古论所不及详，莫不棋布星罗，各呈其本然之体质"。① 王韬解释了欧洲国家之所以建博物院的良苦用心："英人为此，非徒令人玄奇好异、悦目怡情也。盖人限于方域，阻于时代，足迹不能遍历五洲，见闻不能追及千古；虽读书知有是物，究未得一睹形象，故有遇之于目而仍不知为何名者。今博采旁搜，综括万汇，悉备一庐，于礼拜一、三、五日启门，纵令士庶往观，所以佐读书之不逮而广其识也，用意不亦深哉！"② 可见英国人把博物院作为教育民众、开阔民众视野的一种手段。伦敦的博览院同样也是如此，"英都时有盛会，而博览院尤为巨观。院高数丈，椽柱皆铜铁，嵌壁皆以厚玻璃，宽广绵亘约三里之程。院中之物，无美不具，无奇不备，博采广搜，分室收贮。四海各邦奇器异物，新制巧作及日常耕织之具、动植之件，咸悉罗致。凡远近众庶，无贫富贱贵，入而纵观阅视者，日以万千人，如中土之大市会"，其中"有奇观院，名百里的谬翁（即不列颠博物馆），亦甚雄敞……然非居其院中一二旬，亦难阅遍所蓄也"。③ 王韬还有关于伦敦博览院内画院的描述："英人于画院之外，兼有画阁，四季设画会，大小数百幅悬挂阁中，任人入而赏玩，入者必予以画单，画幅俱列数号，何人所画，价值若干，并已标明。"④ 他提到的"画会"，指的是世博会中的美术陈列馆。显然，这里的"画会"除了展示，还提供一套相对成熟的交易流程，类似于今天的艺术博览会。伦敦的图书馆林立，藏书很多："都中藏书之库林立，咸许人入而览观。有典籍院，中贮四海各邦之书，卷帙浩繁，简编新洁，异册名篇，分储于架阁……中土经史子集，罔不赅备。都中人士，无论贫富，入而披览诵读者，日有数百人。"⑤

英国的博物院、博览园、书库中这些琳琅满目，包括各个门类的陈列品、藏书都免费定期向民众开放，无论贫富贵贱都可以自由出入，难怪王韬感叹"佐读书之不逮而广其识也，用意不亦深哉！"这些都是教育人民、开拓见闻、去除愚昧的好场所。因为英国对教育的重视、提

---

① 王韬：《漫游随录·扶桑游记》，湖南人民出版社 1982 年版，第 105 页。
② 同上书，第 106 页。
③ 同上书，第 118 页。
④ 同上。
⑤ 同上。

倡，所以即使在乡间，王韬也看到人们读书明理的良好社会风尚，"有金亚尔乡，民秀而良，秋冬农事之暇，多喜读书讲理。近日众人各醵资创建书院，庋藏典籍，有志之士均可入院借观。所藏分内、外二室，外室者准其携出外，书名于册，按期交纳"。①

在巴黎，王韬主要参观了图书馆、卢浮宫博物馆和巴黎博览会。巴黎是一个文化和艺术气息相当浓厚的城市。巴黎的图书馆令王韬惊喜不已。他从法国图书馆的数目和藏书的情况做出判断，认为法国是最重视读书、重视文化教育的一个国家。"法国最重读书，收藏之富殆所未有。计凡藏书大库三十五所，名帙奇编不可胜数，皆泰西文字也。惟'波素拿书库'则藏中国典籍三万册，经史子集略备，余友博士儒莲司其事。"② 图书馆中不仅有西文书籍，而且还收藏了大量的中国典籍，可见收藏书籍的广泛性、专业性。王韬拜访了"波素拿书库"的馆长儒莲，高度评价了他精心钻研、翻译中国典籍的工作："儒莲足迹虽未至中土，而在其国中钻研文义，翻译儒释各经，风行于世，人皆仰之为宗师，奉为圭臬。"③

王韬对巴黎的博物馆也极为赞赏倾慕，所到之处都专门前去一一参观。最让他赞叹不已的是卢浮宫："法京博物馆非止一所，其尤著名者曰'鲁哇'，栋宇巍峨，崇饰精丽，他院均未能及。其中无物不备。分门区种，各以类从，汇置一屋，不相看杂，广搜博采，务求其全，精粗货贯，巨细靡遗。凡所护陈，均非凡近耳目所逮，询可谓天下之大观矣。今为约举言之，已可略见一斑：一曰生物……一曰植物……一曰宝玩……一曰名画……一曰制造……其他各物，更仆难悉，往游者无不兴观止之叹。余以海角羁人而得睹其盛，不可谓非幸已。"④ 卢浮宫建筑气象宏大，装饰精美华丽，所陈列的展品种类齐全，令游客叹为观止。而巴黎万国博览会更让王韬眼界大开。"盖此院之建，在一千八百六十六年，因将开设博物大会，特为万国陈设各物公所。……法驻京公使伯君于其中创设聚珍大会，凡中外士商有瑰奇珍异之物，皆可入会，过关许免其税。""院内排列胪陈者，皆当世罕见之珍，或有莫悉其名者。"⑤ 这些博物馆、博览会的设置皆是为人们开阔见识而设，可见西人对科教

---

① 王韬：《漫游随录·扶桑游记》，湖南人民出版社1982年版，第146页。
② 同上书，第83页。
③ 同上。
④ 同上书，第90页。
⑤ 同上书，第94页。

之重视。

在中国近代观察西方的文字当中，博览会都成为记述的热点。在被称作政治寓言的梁启超小说《新中国未来记》和具有社会批判意识的吴趼人小说《新石头记》中，博览会都被视作强国和文明的象征。然而，亲历世博会并写下精彩文字的第一人，毕竟是王韬。2010年，中国向国际展览局递交了上海世博会的申办报告，内中有语云："最早见识世博会的中国人名叫王韬，他亲历了1867年的巴黎世博会。"但后来据学者陈占彪考证，王韬并没有亲历1867年的巴黎世博会。巴黎世博会展期是1867年4月1日至1867年11月3日，王韬动身赴欧的日子是1867年末的12月15日，而1867年的巴黎世博会在当年11月3日就已闭幕，加上40天旅行时间，估计他到法国也将近1868年2月了，他又如何能亲历落幕了3个多月的世博会呢？……何况他的导游璧满不就明确地说了"惜君来也晚，未得躬逢盛典，而极大观"的话吗？[①] 这些分析是有道理的，不过王韬的文字记载不可能是臆造，他还算幸运，世博会虽已闭幕，世博会址并不封存，仍对世人开放，世博会余韵尚未歇息，毕竟还有很多陈列品没撤走，虽说没能躬逢盛会，但他同样感受到了世博会的热闹气息。因此，王韬虽然并没有亲历世博盛会，但的确是中国人"世博亲历记"的重要开章。

四　典章制度

王韬对西方文明的原因做了多方面的思索，他认为西方健全的典章制度也是西方文明发达的原因之一。在法国时王韬就注意到西方的专利制度，"西国之例，凡工匠有出新意制器者，器成上禀，公局给以文凭，许其自行制造出售，独专其利，他人不得仿造。须数十年后乃弛此禁，其法亦良善也"。[②] 到英国后，他对英国的专利制度又做了详细的了解：

> 按英俗，凡人创造一物不欲他人模仿，即至保制公司，言明某物，纳金令保，年限由五六年至二十年。他人如有模仿者，例所弗许。违例，准其控官而罚款焉……故一物既成，其利几以亿兆计。否则几经研求，以发其秘，他人坐享其成，无所控诉，谁甘虚费财力以创造一物乎？未卒业而有懈心者，亦可报闻。如器有实用，而

---

① 陈占彪编：《清末民初万国博览会亲历记》，商务印书馆2010年版，第21页。
② 王韬：《漫游随录·扶桑游记》，湖南人民出版社1982年版，第91页。

官不以为然，及禁人私摹，而官反用之者，皆可讼诸刑司。人有一
得之技，虽朝廷不能以势相抑，故人勇于从事也。①

专利制度无疑对制造发明具有巨大促进作用，王韬毫不掩饰地表示了对
英国那种个人知识产权重于官权、官也可被民"讼诸刑司"的社会的
向往。

王韬还留意到英国的海关管理及税收制度。他认为英国税法严明公
正，"伦敦都外建立税馆，高敞堂皇，规格华焕。凡各国商舶载货抵其
处者，查阅殊严。循例，须取舶中货物，尽胪列于税馆，权其轻重而估
征之。其法周详，绝无瞒漏之弊，其严明公正如此"。② 他到达英国时，
行李由英国海关"遣人送来"，因而觉得不像中国海关那样令人"殊觉
不便"。"盖税馆自有运物公司经理其事，不烦客虑也。所携茶叶、烟
卷以馈遗友朋者，概不征税，箱箧亦不启视，其待远人也可谓宽矣。英
例，缉查严于入口，而宽于出口，且出口并无税饷，其加惠商贾也如
此。故纳税虽繁重，而人无怨焉。"③ 王韬觉得英国的税法一方面具有
很浓的人情味，另一方面也内外有别，鼓励出口，对出口不征收税，显
然鼓励了国人出口商品的热情，极大地推动了国内贸易的发展。

在司法制度方面，王韬曾参观过爱丁堡的法院，"入观其审事鞫
狱……盖其谳事也，与众佥同，一循中国古法"。④ 对其司法审判独立、
公开、公正的做法深为钦佩。他又参观了英国碧福的监狱，发现对待犯
人非常人性化，所居屋舍洁净，所供食物也精美。犯人们"按时操作，
无有懈容，织成毯，彩色陆离，异常华焕，出售于外，有值金钱数十镑
者。居舍既洁净，食物亦精美。狱囚获住此中，真福地哉。七日一次，
有牧师来宣讲，悉心化导之"。⑤ 英国犯人的人性化的管理、良好的待
遇，居然使王韬发出了监狱"真福地哉"的感叹。这是亲眼目睹之事
实，这是实地考察之所得。对久居专制之国的王韬来说，其内心的感受
和冲击可想而知。

同时，王韬对英国"君民共主"的政治体制也很关注。在伦敦时他
专门去英国议院国会参观，"有集议院，国中遇有大政重务，宰辅公侯、

---

① 王韬:《漫游随录·扶桑游记》，湖南人民出版社1982年版，第121页。
② 同上书，第112页。
③ 同上。
④ 同上书，第137页。
⑤ 同上书，第163页。

荐绅士庶，群集而建议于斯，参酌可否，剖析是非，实重地也"。① 英国的政治是民主政治，各阶层人民都可以参与论政。"国家有大事则集议于上下议院，必众论签同，然后举行。如有军旅之政，则必遍询于国中，众欲战则战，众欲止则止，故兵非妄动，而众心成城也。"② 为了了解这一切，王韬多次去旁听英国上下议院的开会，深受震撼。人们可以在议院公开讨论国家大事，自由发表意见，这些在"朕即国家"的封建专制的中国是无法想象的。这时的王韬虽然还未系统地提出改革中国的政治主张，但已对西方政治尤其是对英国的君主立宪制度表示出极大的兴趣和羡慕之心，而这对他以后力主在中国实行英国式的君主立宪制度有着直接影响。

五 民俗民风

王韬向国人介绍了当时英、法等国的风俗民风，包括社会风气、男女关系、服饰、舞会、宗教信仰等。它们共同构成了一幅 19 世纪西洋生活风俗画，也显现出了中西文化的差异。

来自中国的旅行者来到西方，大都在道德上有一种优越感，认为西方的价值观不如中国。接触日深，旅行者对西人的许多成见不断改变。王韬对英国风俗非常赞赏。他发现这里的民风非常淳朴：

> 英国风俗醇厚，物产蕃庶。豪富之家，费广用奢；而贫寒之户，勤工力做。日竞新奇巧异之艺，地少慵怠游惰之民。尤可羡者，人知逊让，心多悫诚。国中士庶往来，常少斗争欺侮之事。异域客民族居其地者，从无受欺被诈，恒见亲爱，绝少猜疑，无论中土，外邦之风俗尚有如此者，吾见亦罕矣。③

英国人放牧像中国北方的牧场一样，春夏不入圈，散放在郊外，但是"毋庸监守羁勒，从无攘窃事，可见风俗之醇良也"。一定的经济、政治决定一定的风俗文化，一定的风俗文化是一定社会条件下经济、政治的反映。从英国风俗可以看出英国政治安定，国泰民安。王韬进一步阐述：英国"以礼义为教，而不专恃甲兵；以仁信为基，而不先尚诈

① 王韬：《漫游随录·扶桑游记》，湖南人民出版社 1982 年版，第 117 页。
② 王韬：《纪英国政治》，《弢园文录外编》，上海书店出版社 2002 年版，第 90 页。
③ 王韬：《漫游随录·扶桑游记》，湖南人民出版社 1982 年版，第 111—112 页。

力；以教化德泽为本，而不徒讲富强"。而欧洲诸国，"皆能如是，固足以持久而不敝也"。为了表明自己所言中肯，王韬还信誓旦旦地表示："余亦就实事言之，勿徒作颂美西人观可也。"① 爱丁堡的风俗也是王韬赞赏的："入其境，市不二价，路不拾遗，是足以见其宽大之政、升平之治矣。"② 英国是发动鸦片战争的主谋，王韬能够对英国有这样的评价和欣赏的态度，并强调自己是据实而言，是因为他"抱有一个崇高的政治目的，那就是希望当时相对的和平的中英关系能够保持下去"。③

不过，法国的社会风气和英国却有所不同，在王韬看来，法国是一个较为开放甚至有些淫靡的国家。巴黎的咖啡馆内，妓女公然与男子调情，来者不拒，让他大为惊异。"马达兰街、义大廉街加非馆星罗棋布，每日由戌初至丑正，男子咸来饮酌。妓女亦结对成群联翩入肆，游词嘲谑亦所不拒。客意有所属即可问津，舍一金钱不仅如吴市之看西施也。"④ 法国其他城市亦是如此。在马赛的酒馆中，"貌比花嫣，眼同波媚"的服务小姐豪爽地拿来八杯酒"举以饮余"。他觉得这种风气在法国很普遍。"其国所设加非馆棋布星罗，每日由戌初至丑正，男子咸来饮酌，而妓女亦入肆招客。男女嘲笑戏狎，满室春生，鲜有因而口角者。桑间濮上，赠芍采兰，固足见风俗之淫泆。"⑤ 游历英国之后，他发觉法国的风气和英国很不相同，英国的男女关系并不这么开放，"英国则不然，是则尤近于古欤？"⑥ 对英法两国的民风作了对比。应该说，这种对比是较为客观的。

日本的风俗则是另一番风貌："当垆之女见客至，则伛偻折腰。客有赏赉，则伏地做谢。客去送之门外。客有需鸣掌，则噭声而应。其礼之恭肃有可取者"，"屋皆覆木片，有西秦板屋之风，薄壁短垣，盗贼易入，而从未闻有宵小。犹足见风俗之厚也"⑦，"西京土厚水甘，居之不疾。其人性禀宽舒，心思沉静，文士彬彬温雅，武勇则不及关东；北山乡民，朴素尚存古风"。⑧ 可见日本在王韬眼中是一个风俗淳朴、礼仪恭肃的国家。

---

① 王韬：《漫游随录·扶桑游记》，湖南人民出版社 1982 年版，第 135 页。
② 同上书，第 132 页。
③ 王立群：《〈漫游随录〉中所塑造的英国形象》，《北京科技大学学报》2005 年第 1 期。
④ 王韬：《漫游随录·扶桑游记》，湖南人民出版社 1982 年版，第 82 页。
⑤ 同上书，第 81 页。
⑥ 同上书，第 131 页。
⑦ 同上书，第 186 页。
⑧ 同上书，第 189 页。

　　王韬对西方女性的社交活动、社会地位、恋爱婚姻都表示了极大关注。西方的妇女观是建立在"天赋人权"、男女平等基础之上的，这种观念是西方社会文明发展的结果。相对于中国男尊女卑的传统观念，西方女性具有许多与中国女性不同的特点。西方女性有社会交往的自由。王韬在英国曾经与很多女性一起宴会游乐，他注意到英国的女性可以自由自在地与陌生男性交往，"名媛幼妇，即于初见之顷，亦不相避。食则并席，出则同车，觥筹相酬，履舄交错，不以为嫌也"。① 王韬曾与朋友周西鲁女士一同结伴游览，这在当时的中国是不可想象的。王韬担心她过于劳累，周西鲁却开玩笑说："余双趺如君大，虽日行百里不觉其苦；岂如尊阃夫人，莲钩三寸，一步难移哉。"② 这位英国女子表示自己不会像那些中国女人一样裹着三寸金莲寸步难行。中国女性被束缚的不只是足，还有行动的自由，要"大门不出，二门不迈"，并且要"在家从父，出嫁从父，夫丧从子"。英国女性的社会地位和男性是平等的，到 19 世纪末，英国妇女外出工作已经非常普遍，出现了不少女教师、女医生，等等。英国的女性成为真正独立自主自尊自强的女性。难怪王韬感慨英国"国中风俗，女贵于男"。③ 在法国也是男女关系平等，女人可以在社会上从事自己喜欢的、能做的工作，比如教师、酒馆服务员。"壁满有妹曰媚黎，在法京为女塾师，教女弟子以英国语言文字。一夕以盛设茶会，特延余往塾中。女弟子长者凡二十余人，年皆十六七，无不明慧秀整，秋菊春兰，各极其妙。各乞余写诗一篇，珍为珙璧。"④ "偶入一酒馆沽饮，见馆中趋承奔走者，皆十六七岁丽姝。"⑤

　　西方的青年男女恋爱自由、婚姻自主。王韬在英国参观水晶宫时，经常遇到一对恋人，"每游，必遇一男一女，晨去暮返，亦必先后同车。彼此相稔，疑其必系夫妇，询之，则曰：乃相悦而未成婚者，约同游一月后，始告诸亲而合卺焉"。⑥ 这种男女交往、自由恋爱之情形，在"父母之命，媒妁之言"的中国，实在是不可思议、大逆不道之事。这些与古老中国完全不同的世情民风，对王韬思想的撞击是不言而喻的。洋务运动时期正是欧洲妇女争取权利的"女权"运动时期，英国婚姻

---

① 王韬：《漫游随录·扶桑游记》，湖南人民出版社 1982 年版，第 135 页。
② 同上书，第 153 页。
③ 同上书，第 111 页。
④ 同上书，第 95 页。
⑤ 同上书，第 80 页。
⑥ 同上书，第 103 页。

制度是一夫一妻制，男子不像中国男子可以纳妾："婚嫁皆自择配，夫妇偕老，无妾媵。"①

王韬对西方女性的服饰很感兴趣。服饰除了满足人类物质生活的需要外，还反映了一定时期人们的精神风貌。西方服饰让王韬眼界大开。西方女性服饰开放且不同阶层均是如此。在法国观剧，女演员衣着开放艳丽："女优率皆姿首美丽，登台之时袒胸及肩，玉色灯光两相激射。所以皆轻绡明縠，薄于五铢，加以雪肤花貌之妍，霓裳羽衣之妙；更杂以花雨缤纷，香雾充沛，光怪陆离，难于逼视。几疑步虚仙子离瑶宫贝阙而来人间也。"② 而在民风相对保守的英国，妇女的衣饰也是大胆开放的："时有盛集，掌教者大张华筵。来者皆新妆炫服，各袒臂及胸，罗绮之华，珠钻之辉，与灯光相激射，红男绿女，喜气充盈。"③ 服饰是社会心理文化某一角度的反映，西方妇女的服饰也反映了西方社会彰显个性的一面，而这一方面与中国女子的矜持保守无疑形成鲜明对比。

近代西方与各国的交流往来频繁，西式服装影响至广。"其中服饰迥异者，中国而外，惟土耳基国（即土耳其），余皆一制。"④ 这体现的是两个往昔"天朝上国"的老态。王韬西行之时还曾因服饰问题闹出过笑话："西国儒者，率短襦窄袖，余独以博带宽袍行于市。北境童稚未睹华人者，辄指目之曰：'此载尼礼地（中国太太）也。'……噫嘻！本一雄奇男子，今遇不识者，竟欲雌之矣！忝此须眉，蒙以巾帼，谁实辨之？"⑤ 传统中国文士的服装，再加上王韬身后拖着条辫子，竟然把他看成了中国女子。由此可以看出中西服饰差异之大。日本的服饰则是另一番风貌："日本女子无不广袖长裙，腰束锦带，带余则垂于背。衣多织花卉禽虫，绮错绣交"⑥，与中国服装相差不大。

舞会作为西方社会的交往方式之一，也为王韬所注目。通过王韬的描述，我们可以了解到当时西方舞会的具体情形。"西国男女有相聚舞蹈者，西语名曰'单纯'。或谓即苗俗跳月之遗，今海东日本诸国尚有此风，英人则以此为行乐娱情之法。"⑦ 王韬详细描绘了英国交际舞的

---

① 王韬：《漫游随录·扶桑游记》，湖南人民出版社 1982 年版，第 111 页。
② 同上书，第 88 页。
③ 同上书，第 149 页。
④ 李圭：《环游地球新录》，湖南人民出版社 1980 年版，第 7 页。
⑤ 王韬：《漫游随录·扶桑游记》，湖南人民出版社 1982 年版，第 144 页。
⑥ 同上书，第 180 页。
⑦ 同上书，第 155 页。

场面、盛况，令人大开眼界：

> 诸妇子无不盛妆炫服而至，诸男子亦无不饰貌修容，衣裳楚
> 楚，彼此争妍竞媚，斗胜夸奇。其始也，乍合乍离，忽前忽却，将
> 近旋退，欲即复止，若近若远，时散时整，或男招女，或女招男，
> 或男就女，而女若避之；或女近男，而男若离之。其合也，抱纤
> 腰、扶香肩。成对分行，布列四方，盘旋宛转，行止疾徐，无不各
> 奏其能。诸女子手中皆携一花球，红白相间，芬芳远闻。其衣亦尽
> 以香纱华绢，悉袒上肩。舞时霓裳羽衣，飘飘欲仙，几疑散花妙女
> 自天上而来人间也。①

作者抓住英国交际舞的特点，作了一番栩栩如生的描绘，使人如身
临其境。在王韬看来，这种舞蹈是很美的，"余偕媚梨女士同观，询余
曰：舞法如此，可称奇妙否？余抚掌叹曰：观止矣"。②

戏剧演出方面，王韬在英国观看了一场由儿童排演的戏剧，觉得大
为惊异，"习优是中国浪子事，乃西国以学童为之，群加赞赏，莫有议
其非者，是真不可解矣"③，显示出中西方对戏剧不同的看法。

王韬对西方的宗教信仰也有详细介绍："伦敦礼拜堂林立，新旧大
小凡七百三十所"④，可见教堂之多。"其堂规模不一，类皆典丽乔皇，
高华宏敞，垣庭栋宇，制作瑰奇。建堂之费，多由街民捐集。每逢礼拜
安息日，街内居民，群至堂中祝祷如仪。凡婚娶喜丧等事，亦至堂中率
循成例。盖通国崇教，严敬画一如此。"⑤

六　历史地理

由于中国长期形成的"世界中心"的秩序观，再加上明清时期实行
的"闭关锁国"政策的影响，中国人一直都以"天朝上国"自居，缺
乏主动了解周边国家的意识。在地理大发现时代，欧洲各国都积极探寻
前往东方的海上、陆上交通。中国对西方的认识远远晚于西方对中国的
认识。近代中国人的世界历史地理知识非常贫乏，林则徐的《四洲

---

① 王韬：《漫游随录·扶桑游记》，湖南人民出版社 1982 年版，第 155 页。
② 同上书，第 156 页。
③ 同上书，第 157 页。
④ 同上书，第 106 页。
⑤ 同上书，第 108 页。

志》、魏源的《海国图志》、徐继畲的《瀛环志略》虽有介绍，但因为他们都没走出国门进行实地考察，也存在着不少错误。王韬在《漫游随录》和《扶桑游记》中较早向国人详细准确地介绍了英国、法国、日本等国的地理风貌、人口、历史、气候、名胜古迹等，在当时的意义可谓重要。

王韬离开香港，先到了新加坡，"时序正当严寒，而其地热如盛夏，黄赤道气候之异如此"。① 槟榔屿则是"山水明秀，风景清美，洋房栉比气象翕皇"。② 对锡兰的介绍较为详细："锡兰在南印度东，南洋中一大岛也，周回千有余里……锡兰为我佛如来降生之地，遗迹尚存。晋法显、北魏惠生、唐玄奘皆亲历其境，今览《佛国》、《西域》诸记，班可考。明永乐年间，太监郑和曾赍法器宝幡布施寺中……锡兰房屋多参洋制，然不甚高广，外障芦帘，内施窗牖。"③ 对锡兰的地理位置、疆域面积、与中国的历史往来、建筑风格等都有介绍。亚丁"为红海口外形胜之地，属阿非利加州，本隶阿拉伯，后为英人所踞，驻兵泊舟，为欧洲西来之要道。其山童赭，无一草一木，日光照之作红色。终岁无雨，视水尤为珍贵。牲畜谷蔬皆取之于外，物价殊昂……时刚十二月，天气炎热如盛夏。以其地在赤道下，故其人皆黑肉红唇，卷发如蓬葆"④，介绍了亚丁的常年干旱无雨、地势之重要。到了埃及，作者介绍埃及沦为英国殖民地的过程："埃及一国，声明文物，久著西土。以曾为土耳其所统辖，故多奉回教。土特设总督，以相控制。旋总督叛土自立，政由己出。英人从而助之，开疆拓土，渐次称雄，得复古国之旧。"⑤ 到了意大利墨西拿则是天寒地冻："遥望北面诸山顶，积雪皑皑，天气陡觉寒冷。"⑥ 至法国，王韬见识了火山喷薄的情景："由亚勒珊得取道意大利境，其内多火山，入夜烈焰飞腾，遥望之殊有可观。"⑦ 他游览了法国拿破仑遗迹，瞻仰了宏伟的凯旋门："楼之基址垣壁，悉用坚石筑成，巩固屹峙，形势峥嵘，其高约二十余丈。所勒字广径五寸，皆叙列征伐兼并事，几至四壁皆满，金赤参错，炫丽可观，诚非常

---

① 王韬：《漫游随录·扶桑游记》，湖南人民出版社 1982 年版，第 66 页。
② 同上书，第 68 页。
③ 同上书，第 72 页。
④ 同上书，第 73 页。
⑤ 同上书，第 77 页。
⑥ 同上书，第 79 页。
⑦ 同上书，第 81 页。

之巨也。"① 对凯旋门的建筑特色、规模都进行了详细的介绍。

在英国，王韬体验到了英伦的独特气候："英伦气候少燠多寒，岁中日月阴多于晴，盛夏无酷暑，隆冬无祁寒。遍地林木花卉，舒放浓茂，花叶亦耐久不凋，洵乐土也。"② 伦敦人口众多，地势优越："伦敦人民之盛，都城中三百万有奇。地形四面环海，陆兵十余万，水师不过六万人……都会广四五十里，人烟稠密。"③ 王韬见识了杜拉之长昼，"地距北极三十度许，每至春末夏中，彻夜光明，为日舒长，正若小年"④，畅游了苏格兰名胜伦伯灵："境既幽邃，候亦凉爽……一涧潆洄，千峰合沓，偶入其中，爽气扑人，尘念俱绝。"⑤《苏京故宫》一文介绍了爱丁堡故宫，"虽不及中国皇居之壮丽、宸苑之辉煌，高不及齐云落星，华不逮建章丽谯，而规模恢廓，气象自异"。⑥ 爱丁堡的城市概况是："为北方一大都会，居民二十余万，戍守慎固，堡卫坚完。居民所建礼拜堂，不下二百余所。"⑦ 在《游押巴颠》一文中，先介绍了苏格兰的总况："苏格兰为英国北土，与英伦相毗连。长九百里，广五百里，有大都会四：一曰爱丁堡……二曰格拉斯谷……三曰敦底……四曰押巴颠。"⑧ 然后介绍了押巴颠的情况："其地苦寒，积雪满山，凝霜遍地。日华照被，亦不即消……人民十万有余，户口殷繁……地罕所产，以寒故，五谷弗饶，食物多运自他方。山矿中盛产巨石，坚致异常……而其石之华美，实足为天下称最。"⑨ 押巴颠人靠着华美的巨石经营石碑、石刻、石器等物品，为当地一绝。《两游敦底》介绍敦底的概况："苏境中央八府，最大者曰敦底，亦海口一大市集。其地背山面水，生齿十五万有余。百廛栉比，万厦云连。机房织室，冠于他邑，故为洋布所荟萃，织纴之声，达于衢路。"⑩ 敦底的特色是纺织业尤为发达。而格拉斯谷在苏格兰十三省中则是"土地之大、人民之众、贸易之盛、财赋之雄，格拉斯谷当首屈一指焉。地滨大海，各处可通，货舶商

① 王韬：《漫游随录·扶桑游记》，湖南人民出版社1982年版，第86页。
② 同上书，第109页。
③ 同上书，第101页。
④ 同上书，第124页。
⑤ 同上书，第125页。
⑥ 同上书，第131页。
⑦ 同上书，第132页。
⑧ 同上书，第141页。
⑨ 同上书，第142页。
⑩ 同上书，第147页。

艘，羽集鳞萃。所处洋布尤饶，多贩运往米利坚、西印度，生齿六十余万"。① 格拉斯谷贸易之繁华、交通之便利可见一斑。

《扶桑游记》对日本的地理疆域、山川名胜也作了较为详细的介绍描述。王韬离开香港先到了长崎，"长崎自昔通商，今改为县治，《志》称其地物产丰饶，民俗巧慧，而土壤肥沃，尤甲他处。惟言华人寄居者只二百九十人，则殆非实数也。附近群屿，棋布星罗"。② 到了大阪，"大阪背山而面海，形势极雄：东南平野开广，西北群峰迤逦，淀水贯其中，大海环其外，诚当水陆之要冲，舟车之繁会……其地山川明丽，田野膏腴。习俗喜勤，意气慷慨；惜尚奢侈，厚滋味，惟知崇祀浮屠，为未臻尽美焉耳。土产药料殊多"。③ 可见大阪形势险要，物产丰富。西京则更是险固雄壮："襟山带河，自然作城，博大垲爽，天府之国。左环鸭水，右抱桂河，而北枕山冈，其南则为二水合流处，形势雄壮，甲于神州，其险固亦易于据守。"④

王韬游览了东京名胜墨川，"墨川之水来自西北，一碧潆洄，四时之景，无不相宜。宜雨宜晴，宜昼宜夜，宜雪宜月，宜于斜阳，宜于晓霭。总之，淡妆浓抹，俱有意致，而尤于夏夜纳凉，画舸迎花，舣船载酒，灯火万家，虫声两岸，清飙徐至，披襟当之，以徘徊于苇渚蓼汀间，几忘人世之有酷暑，不亦乐欤！"⑤ 墨川之景四时皆美，真可谓"淡妆浓抹，俱有意致"。四时皆具特色，而尤于夏夜，其景更佳，在"灯火万家，虫声两岸，清飙徐至"的环境下饮酒纳凉，别有一番韵味。在此环境下，能让人忘却人世之酷暑、人间之烦闷，心情为之大好。如此之景，怎能不让王韬流连忘返。两次游历墨川，王韬还另作了一首长歌和一首七律对墨川之景称颂。而日光之胜景在王韬看来"非笔墨所能尽，或谓'万壑争流、千岩争秀'二语，可移以品题，然恐未足以概之也"。⑥

七　社会变革

王韬不但细致描述了西方的文明，同时对日本的迅猛发展也给予了

①　王韬：《漫游随录·扶桑游记》，湖南人民出版社1982年版，第149页。
②　同上书，第179页。
③　同上书，第184页。
④　同上书，第188页。
⑤　同上书，第205页。
⑥　同上书，第295页。

极大关注。王韬在日本访问期间除了大量与日本文人广泛接触外，还对 1868 年开始的明治维新进行了考察与思索。"《扶桑游记》是明治维新的一曲赞歌，它具体反映了明治维新带来的社会变化，勾画出明治维新许多先驱者的经历和某些积极参加者的肖像。其中也隐含着王韬个人的思想寄托。"①

《扶桑游记》展示了日本明治维新前后的面貌，特别是明治维新后的崭新面貌。日本历史上就是处于东亚文化圈的低压带，自东汉起便开始向中国学习先进的文化和技术。可以说在日本的文化中处处烙刻着中国文化的印记。日本明治维新前经济落后，人民困苦，对西方社会知之甚少，完全是一个闭关锁国之下的封建落后国家。但正是这样一个弹丸小国，经过明治维新后，发展之迅猛远超中国。王韬在香港期间就密切注视着日本的发展，感受到了日本的发展势头之猛："日本与米国通商仅七八年耳，而于枪炮舟车机器诸事皆能购制，精心揣合不下西人"，"迩来与泰西通商，其法一变，前之所谓世外桃源可以避秦者，今秦人反从而问津焉"。② 这对他产生了极大吸引力，故他久欲实地考察明治维新后的日本，以探究其兴盛根源及途径。

王韬游览日本的时候正是明治维新后的第 11 年，此时的日本面貌一新，王韬对日本社会进行了全方位的考察。他到过日本文部省、工部省、国会等，了解政治、经济和教育的情况。他访问了京都、神户、横滨等地，考察了工厂、博物馆、书籍馆等状况。王韬在参观了自来火厂"新隧社"后，介绍了日本维新后建立起来的近代大机器工业的管理：

> 藤田鸣鹤遣车来迓，偕往本所观新燧社，或谓之火寸制场，盖即自来火，粤人呼为火柴。其所制实为一大利薮，于日本国中推巨擘。屋宇广深，工作八百余人，妇女居多。截木作条，车凡十架。熬煮硫磺炉灶，悉用西法。暂入一处，已觉其气不可向迩。制匣装贮，悉以女工。运售于香港、上海，年中不知凡几。去岁曾罹回禄，焚毁二厂，今尚为荒土。劝业博览会特禀于官，异以凤纹赏牌，用彰激励。主人清水诚，曾赴法国博览会，往游瑞士，购新法

---

① 陈复兴：《王韬和〈扶桑游记〉》，《社会科学战线》1981 年第 2 期。

② 王韬：《漫游随录·扶桑游记》，湖南人民出版社 1982 年版，第 171 页。

器具而归，故事半功倍也。①

王韬在"新隧社"看到了近代工业无可比拟的优越性和较强的竞争力。他们采用的生产方式完全不同于旧方式，"熬煮硫磺炉灶，悉用西法"，企业主为了扩大再生产能力，尤为注意引进西方先进工艺技术。主人"清水诚曾赴法国博览会，往游瑞士，购新法器具而归"，还定期实行企业设备更新换代，发掘了企业生产潜力，扩大了生产规模，致使生产"事半功倍"。其工厂生产的产品不仅内销，而且还"运售于香港、上海，年中不知凡几"。对此，王韬流露出羡慕之情。可见，在维新后的近十年里，日本便已摆脱了单一的农业生产模式，出现了机器化生产，还能有如此规模，不能不令人惊叹。

对当时业已发达的日本内河航运业，王韬记述道："数艘轮船，日载客以往来武藏、千叶间"；"武、总二州，货舫商舰有如梭织。诸州转运之舶，帆船出入，机器轰鸣，日约四百艘"。② 日本的商品贸易日渐繁荣，在马关："须臾，数舟载货而来，首尾衔接，累累捆载者皆米也。"③ 如此多的商品，如此繁华的景象，与十余年前的产品缺乏、市面萧条、外国购物要官为之代理的情形相比，变化可谓大矣！正如王韬所言："呜呼！仅十许年耳，而沧桑更易，人事变迁，可胜叹哉！"④ 王韬笔下展现的日本，充满生机与活力，完全是出于上升势头的新兴资本主义国家的面貌。

在文教方面，王韬考察了日本逐渐普及西学的情况，表现出"脱亚入欧"的迹象。原来专奉孔子的"旧东圣庙"，在维新以来专尚西学的影响下，一变而为"书籍馆"：

后就庙中开书籍馆，广蓄书史，日本、中华、泰西三国之书毕具，许内外士子入而纵观。开馆至今，就读者日多，迄来日至三百余人，名迹得保不朽。惟开馆日浅，所蓄中土书籍仅九万三百四十五册，西洋书籍仅一万四千六百七十册。此外尚有"浅草文库"，藏书颇多珍本。⑤

---

① 王韬：《漫游随录·扶桑游记》，湖南人民出版社1982年版，第265页。
② 同上书，第280页。
③ 同上书，第182页。
④ 同上书，第282页。
⑤ 同上书，第250页。

　　所谓"书籍馆"，即以"开民智"、"传西学"为宗旨而设置的近代图书馆。馆内当时已有西洋书籍 14670 册，中土书籍 90345 册，且"许内外士子入而纵观"。西洋书籍的增多，不能不说是对"中原文化"的一大冲击。也说明了明治维新后传统封建礼教的解体、儒教价值观念的动摇，以及先进西学的胜利。

　　日本城市中都建有博览会，让人民免费参观。王韬先是参观了长崎的博览会，看到"会中陈设，光怪陆离……最奇者，一肾囊其巨如斗，割之而其人不死。缫丝之具，兹用西法，备极敏捷。馀则物产之外，书画古玩杂陈"。① 随后，王韬又参观了大阪的博览会，看到此地"奇巧瑰异之物，几于不可名状。较之长崎，既多且精"。② 后来王韬又观赏了西京的博览会，发现这里"又胜大阪一筹。物产丰富，陈设之华，光怪陆离，几有五花八门之观"。③ 王韬在游历欧洲时，就特地参观了许多博览会、博物院，开阔了视野，对西方社会有了深入了解。日本大城市中博览会的出现，表明日本已深受西方文化的影响。这些举措，开拓了人们的眼界，收到了良好的效果。报社方面，当时日本已有好几十家，除了官府所办的以外，还有私人报社。王韬写道："维新既建，日报盛行"④，仅京都一地，就有栗本所创的报知社等三家。它们大量编译西洋书籍，以满足当时人们的需要。

　　对日本政治制度的变革，王韬也颇为关注。他在游记中记曰："盖日本昔仿周制，藩侯三百，棋布星罗，类皆各擅一方，以治其民。生杀由己，惟岁时贡献于幕府而已。自维新建后，诸侯皆纳土地，归政柄于王朝。改藩城为郡县，辖以镇台，城垣亦概从废撤"⑤，变化令人叹止。过去日本一切政制仿照中国，幕府将军专制，对人民握有生杀予夺的大权。然而明治后，日本实行废藩置县制度。各封建大名被迁往江户，以致"三百藩侯各归土地于王朝，官人之法亦一变，草野怀才之士，皆得自奋于朝廷，向之世家多闲退矣"。⑥ 王韬还通过个别人的身世描述了政治带来的巨变。他认识一个姓浅野的华族青年，其家族"旧封四十一万石，地亘山海，寻常出行，舆马拥前后，驺从千百人，旌旗如云。维

---

① 王韬：《漫游随录·扶桑游记》，湖南人民出版社 1982 年版，第 180 页。
② 同上书，第 184 页。
③ 同上书，第 189 页。
④ 同上书，第 215 页。
⑤ 同上书，第 282 页。
⑥ 同上书，第 198 页。

新后，纳藩籍，列华族，萧散不异寒士，前后盛衰真如黄粱一梦"①，通过这个华族的"黄粱一梦"，展现的是整个封建统治阶级的彻底衰落。

王韬所描述的明治维新并不是一帆风顺进行的，许多仁人志士为之进行过艰苦卓绝的斗争。在明治维新酝酿阶段，就曾遭到幕府的残酷镇压，即使在明治天皇政府成立以后，也发生过旧幕藩势力的反扑，改革进程中也发生过内部的分化和叛离，这中间，曾涌现出不少反幕勤王、奔走呼号的先驱者及捍卫维新成果的英雄。王韬对这些为明治维新作出过贡献的杰出人士都做了简短的记述。他特别赞赏写过《大日本史》的源光国。源光国原为藩侯，而且身属幕府懿亲，但他把爵位让给了自己的侄子，自己"开史馆于江户邸内"②，从事著述。在他的纪传体《大日本史》中，第一次把实际处于一般藩侯地位的天皇提到高于幕府将军的尊位，显示了幕府专制的不合理，渗透了反勤王的思想。在他之后则有"高山彦九郎、蒲生秀实者起，始著论欲废藩服，尊王攘夷，一倡百和，幕府严扑之，身伏萧斧者不可胜数，然卒赖以成功"。③ 王韬在日本结识的友人有许多是维新运动的积极参加者。如佐田白茅，"少习兵家言，工武技，耻以文人自居。戊辰变起，创议勤王，奔走国事，数陷危地，其不死者盖有天幸也。平生亲友，俱罹国难。会逢维新之际，论与政府相合"。④ 这些人都为明治维新的艰难推进作出了很大贡献。

日本的近代化也表现在出现了一大批通晓西方文明的人才。王韬对名气颇著、成就颇多的鹿门一见如故。他对鹿门的精于时务和"通晓外情"也多有溢美："著米（美国）志、法志，对泰西情形，了然如指诸掌。近又译英志，已得两卷。"王韬又引鹿门言："方今宇内形势，以俄为急，时人比俄于战国之虎狼秦，而实为今日亚细亚之大患。敝邦与之土壤毗连，尤不可不悉其情伪，俄志之译为不可缓"，"它日俄志若成，明其利弊得失所在，则五大洲可收之掌中"。⑤ 鹿门以俄喻"战国之虎狼秦"，说明他对"亚洲之大患"的分析可谓鞭辟入里了，可见鹿门对当时国际形势的深刻洞察。《扶桑游记》还记叙了茂吉，说他"少

① 王韬：《漫游随录·扶桑游记》，湖南人民出版社1982年版，第294页。
② 同上书，第207页。
③ 同上书，第208页。
④ 同上书，第207页。
⑤ 同上书，第201页。

而负大志，尝读洋书能通泰西事。平日尤留意于东西交际之事，议论所及，揽领捉纲，灼然能见其大"。① 中村正直"兼明中西学术，意欲译编西国史以行于世云"。② 樱洲山人中井鸿，"曾三游泰西，一至土耳机、波斯、天竺诸国，著《漫行纪程》行于世，今为工部书记官"。③ 藤田鸣鹤"通泰西文字，其视欧洲情形，了然若掌上螺纹"。④ 冈本监辅"著有《万国史略》，搜罗颇广，有志于泰西掌故者，不可不观"。⑤ 这些人都给王韬留下了深刻的印象。正是这一大批了解西方文明的人士的积极作为，加速了日本近代化的进程。

　　不过，王韬也对明治维新时期盲目地学习西方提出了批评。如王韬在与西尾鹿峰讨论"中西诸法"时说："法苟择其善者而去其所不可者"，"不必尽与西法同"。⑥ 而现在日本"仿效西法，至今可谓极盛，然究其实，尚属皮毛。并有不必学而学之者，亦有断不可学而学之者。又其病在行之太骤，摹之太似也"。⑦ 王韬认为日本学习西方有些太过极端，不应该全盘西化，学习西方应该有所扬弃，有利的应该学习，不适合的就不应该学习。作为 19 世纪的中国人，王韬这番论调反映了他作为学贯中西的文化领袖所具有的远见卓识。但是，王韬对"脱亚入欧"全盘西化的日本进行批评时，又把中国的"道"摆在首位，说："佛教、道教、天方教、天主教，有盛必有衰；而儒教之所谓人道者，当与天地同尽。天不变，道亦不变。"⑧ 这说明作为思想正在转变过程中的王韬，因传统观念的束缚和旧式教育的影响，头脑中还残存着许多旧的思想因素。

　　《扶桑游记》无论对明治维新前后文化、政治和经济等方面的记述，还是对个别维新志士的记载，都给广大中国读者提供了关于日本近代化的想象。通过对明治维新的考察，王韬认识到：中国要想谋求富强，应该参考、借鉴日本的经验，而这，正是他希冀通过《扶桑游记》传递给广大读者的。

---

①　王韬：《漫游随录·扶桑游记》，湖南人民出版社 1982 年版，第 207 页。
②　同上书，第 218 页。
③　同上书，第 229 页。
④　同上书，第 245 页。
⑤　同上书，第 248 页。
⑥　同上书，第 232 页。
⑦　同上书，第 248 页。
⑧　同上书，第 232 页。

八　"他者"与"自我"的比较

尽管目睹了西方国家的强盛与繁荣，但王韬在国外无一丝媚外之态，既不妄自尊大，也不自惭形秽，勇于维护祖国尊严，表现了强烈的爱国之心。王韬曾以高度的爱国主义精神和中国人的尊严，在英格兰海耳商会严厉抗议鸦片输华一事。早在上海、香港时，他就主张禁止鸦片，撰有《禁鸦片》等文。来到英国以后，他就利用一些场合广泛宣扬鸦片对中国的危害，甚至直接与英国商人当面交锋。"其日有盛会，群商麇集，余至咸起执手为礼。询余中国商务中何项为巨擘？余答以丝、茶而外，鸦片为大宗，然丝茶有益于外邦，而鸦片实为中国之漏卮，当设何法以除之？"[1] 王韬义正词严地指出，丝茶贸易是正常的，有利于外国也有利于中国。鸦片则不同，除了英国得巨利以外，对中国有百弊而无一利。所以他呼吁在座各位，"当设何法以除之？"这番话有胆有识，表明了中国人民反对鸦片输入的坚强决心和严正态度，结果在场的英国商人尴尬地"皆无以应"。王韬对外国人的劣行是当言则言，义正辞严，绝不姑息迁就，立场坚定，拳拳爱国之心令人动容。

当然，在亲历西方看到西方政俗之美时，强烈的事实对比促使王韬重新审视自身的文化缺失，在"他者"与"自我"之间做出比较，并对自我文化进行反思。对比一下张德彝的游记与王韬的游记，就会发现，张德彝以"述奇"为目的，描绘了很多西方的新奇事物；而王韬的写作目的不在于"述奇"，而在于以西方的先进文明启迪广大国人，所以他在关注西方经济、政治、文化、风俗的同时，往往自觉地与中国进行对比，从中寻求中国需要学习、借鉴之处。在爱丁堡博物馆参观时，王韬看到馆内的矿石，看到了"自矿中出而内藏金银铜铁者"，借用司院者之口说："闻今中国山东境内，其山矿产金甚多。苟掘取之，国家可以致奇富，足用增课，于兵食国饷两有所济。惜官民皆疑以为多事也。"[2] 中国政府固守丰富的金矿不去挖掘，丧失了发展经济的机会，令王韬叹息。王韬看到爱丁堡博物馆内的大炮，也是立刻想到中国落后的武器，"倘我国仿此铸造，以固边防而御外侮，岂不甚美？惜不遣人来英学习新法也"。[3] 对清政府的故步自封、闭关自守显然非常不满。

---

① 王韬：《漫游随录·扶桑游记》，湖南人民出版社 1982 年版，第 162 页。

② 同上书，第 134 页。

③ 同上书，第 135 页。

参观了爱丁堡先进的印刷厂后，王韬想到的是"苟中国能仿而为之，则书籍之富可甲天下，而镌刻手民咸束手而无所得食矣"。①

在王韬将要离开英国前，和热爱中国文化的英国友人詹那去书院，逢一学生将赴中国学习，詹那说："所望者中外辑和，西国之学术技艺大兴于中土，欧、阿、亚三洲可以轮车相联络，则适中国如坦途矣，讵不快哉！将来当必有一日耳。"王韬曰："美哉！恐时不我待也！"② 詹那的期望何尝不是王韬的期望，但王韬担心自己看不到那一天了。

形象学理论认为，本土文化中的异域形象实际上是自我认识的尺度。"任何民族文学中的异国形象都既在一定程度上反映了本民族对异族的了解和认识，也折射出本民族的欲望、需求和心理结构。从精神分析学的角度来看，异国这一他者是作为形象塑造者的欲望对象而存在的，形象塑造者把自我的欲望投射到他者身上，通过他者这一欲望对象来进行欲望实践。"③ 形象塑造者把他者当作一个舞台或场所，在其间表达自我的梦想、迷恋和追求，叙说自我的焦虑、恐惧与敌意，因此，异国形象有言说"他者"和言说"自我"的双重功能。游记中的"异国形象"在一定程度上代表了本民族对异国文化的看法，它在"言说他者"的同时，也在"言说自我"。王韬游记中的异域形象实际上包含了中国文化的折射，传递了他对中国文化的反思和期待，在对他者的叙述中，展示了中西文化的巨大差异。"当他列举出那么多需要向西方学习的方面的时候，其实他已经内在地承认中国在许多方面是落后于发达国家的。在叙述着西方国家的强大的同时，其潜在的话语其实就是在叙述中国的落后与贫穷。"④ 王韬游记中的欧洲形象基本上是正面的赞美，欧洲文明之邦形象和鸦片战争之前的妖魔化西方形象相反。对西方形象的正面描绘与赞美之情反映出近代文人有感于中国落后于西方的内心焦虑和渴望。

王韬游记中的异域形象并不是纯客观的记录。法国著名比较文学学者巴柔在对异国形象进行定义时说："'我'注视'他者'，而他者形象也传递了'我'这个注视者、言说者、书写者的某种形象。在言说者、

---

① 王韬：《漫游随录·扶桑游记》，湖南人民出版社1982年版，第136页。

② 同上书，第170页。

③ 姜智芹：《颠覆与维护——英国文学中的中国形象透视》，《东南学术》2005年第1期。

④ 王立群：《中国早期口岸知识分子形成的文化特征——王韬研究》，北京大学出版社2009年版，第154页。

注视者、社会与被注视者社会间的这种关系主要具有反思性、理想性，而较少具有确实性。"① 旅行者对异国形象的塑造通常并不是现实的客观呈现。应该说，王韬的域外游记不但有反思性，也有理想性，有美化西方的成分，这可能和他在欧洲受到的热情招待、外国友人的殷勤厚意不无关系，"与英国传教士深厚的个人友谊影响了他的价值判断，对英国做出了极高的评价"。② 另外王韬所游历之处，必是外国友人推荐的在他们看来能代表他们国家的比较先进的、繁华的地方，未免有一些片面性。

第三节　域外游记艺术的新变

一　王韬的域外游记具有较高的审美属性

文学是一种表现人类审美属性的语言艺术。审美属性是文学的基本含义。文学的审美属性主要表现为文学作品的艺术感染力。作品通过对现象的艺术抒写，给人一种赏心悦目的审美愉快，或是通过对事物的形象描绘，显示出一种内容和形式的完美结合，动人以情，使其获得审美感受和理性的满足。王韬的游记与近代其他域外游记相比显示出较高的审美属性。晚清域外游记虽然作者众多，但大多为驻外使臣及随员，其中文学素养较高的只有少数人，如郭嵩焘、曾纪泽、黎庶昌、薛福成等。另外对驻外官员，光绪三年（1877）总理衙门有严格的规定："是出使一事，凡有关系关涉事件及各国风土人情，该使臣当详细记载，随时咨报，数年以后，各国事机，中国人员可以洞悉，即办理一切，似不至漫无把握。臣等查外洋各国虚实，一切惟出使者亲历其地，始能笔之于书；况日记并无一定体裁，办理此等事件，自当尽心竭力，以期有益于国。倘一概隐而不宣，窃恐中外情形，永远隔阂，而出使之职，亦同虚设。可否饬下东西洋出使各国大臣，务将大小事件，逐日详细登记，仍按月汇成一册，咨送臣衙门备案查核。"③ 这些出使官员的游记因为

---

① 孟华：《比较文学形象学》，北京大学出版社 2001 年版，第 157 页。
② 王立群：《中国早期口岸知识分子形成的文化特征——王韬研究》，北京大学出版社 2009 年版，第 148 页。
③ 尹德翔：《东海西海之间：晚清使西日记中的文化观察、认证与选择》，北京大学出版社 2009 年版，第 30 页。

有明确的政治任务，因而在写作时格外谨慎严肃。这些游记虽然有史学价值，但其审美属性不高。王韬的游记显然不受官方的限制，又因其较高的文学修养，所以尽管不如他的政论文影响深远，但就其审美性而言，游记要略胜一筹。

王韬游记的审美属性首先表现在其游记中有大量精彩的叙述描写，无论写景状物还是叙事都颇为生动传神，达到了审美的境界。近代一些使臣的域外游记主要是记录在外国的交涉及其日常生活情形，不太注重使用叙述、描写，多是简单的客观实录，文学性不高。而王韬游记中的叙述、描写成分比较多，这使他的游记作品审美属性较高。"舞蹈盛集"一节对英国交际舞的描写，令人大开眼界：

> 其舞法变幻莫定，或如鱼贯，或如蝉联，或参差如雁行，或分歧如燕剪，或错落如行星之经天，或疏密如围棋之布局。或倏分为三行则成"川"字，或为圆围则成"○"字，或为方阵则成"口"字。其为圆圈也，倏而面向内背向外；倏而背向内面向外；倏而变成二圈，则如连环之形；倏而男女各自为一圈；倏而男围女圈，则女圈各散从男圈中出；倏而女围男圈，则男各散从女圈中出。其为方阵也，二方则为"吕"字，三方则为"品"字。光怪陆离，瑰奇诡异，不可逼视。又有时纯用女子作胡旋舞，左右袖各系白绢一幅，其长丈余，恍如白蝙蝠张翅，翩翩然有凌霄之意。诸女子皆蹑素革履，舞蹈之时，离地轻举，浑如千瓣白莲花涌现地上。此外更佐以琴瑟诸乐，音韵悠扬。观者目眩神摇，恍不觉置身何所。①

作者把舞蹈的阵型变化极其详尽地描绘出来，使读者领会到了西方舞蹈令人眼花缭乱的变幻之美，文中甚至用到"○"、"口"这样的字体符号以摹写其形，可见其形象生动，给人以充分的美感享受。

王韬非常善于抓住事物的特点来进行描述，如他对火车速度的描述："始行犹缓，继则如迅鸟之投林，狂飙之过隙，林树庐舍，瞥眼即逝，不能注睛细辨也。"② 王韬笔下的杜拉山也是充分抓住其特征："杜拉一山高耸数千仞，花翠环合，葱蒨万状。山泉下注，汇成一涧；甫临山麓，已觉泉声瀺瀺然聒耳矣。随山曲折高下，俱有石蹬，行倦即可憩

---

① 《漫游随录·扶桑游记》，湖南人民出版社 1982 年版，第 155 页。
② 同上书，第 76 页。

息。至山腰，一山忽分为两山，一面翠嶂丹崖，壁立无际，有如巨斧削成。两山联合处，驾以长桥。瀑布从高趋下，迅若奔湍，天日所不至，至此觉心骨俱爽。"① 作者写杜拉山"高耸数千仞"、"壁立无际"、"有如巨斧削成"，是言其高而险；写"花翠环合，葱蒨万状"、"翠嶂丹崖"，是言其色彩靓丽。文中有远景有近景，有葱茏的翠色，有银色的瀑布，有静默的高山，有湍急的流水，动静相宜，文笔简洁而清新优美。

王韬在光绪五年（1879）六月二十一日所记日本观雾降瀑情形也是细致入微，描摹生动：

> 是日，舆人舍坦途而就僻道。始行灌莽中，树木荫翳，交柯接叶，又经新雨之后，衣履均为沾濡。继又行崎岖乱石中，同人行者，皆履荦确而进，殊觉其艰。终则遍地皆山泉，流声潺湲起足下。涉水而行，凡数里许，乃得出险。未至雾降瀑处，已闻泉声若雷吼。既至，偕鹿门同驻山巅，停舆而观之，顾其处仅得见泉之一面耳。同人皆曲折取道下观，以览其全。余虽病，不禁见猎心喜，欲贾余勇。因命舆夫扶掖而下，则路奇险，泥滑泹，石荦确，一失足陷于不测，有性命忧，蹲石数息始得下。同人已饱看而回，惟成斋伴予。瀑布三道，从高下注，喧豗之声，荡摇心目。舆夫裸身往浴，正当瀑布之冲，而屹立自如，真健儿也。回路登高，更惫于下涉。余至气喘促逆，几无人色。半途逢一女子，亦下观瀑布者，巾帼抑何勇健绝伦乃尔！余愧空作须眉，头颅老矣，不值一钱，曷禁三叹。②

这段文字写景细致，叙事清晰，抒情自然。先就僻道行崎岖乱石中，同人皆觉艰难，而后忽见遍地山泉，令人精神一振。对瀑布的描写，是先闻其泉声如雷吼，然后在山巅观瀑仅睹其一面。为得见其全貌而曲折取道，经奇险之路，滑泹之泥，才一览其貌，赏心悦目。最后又写了景中人的形貌：舆夫在瀑布之冲处裸身而浴，作者气喘吁吁，返程中相遇的女子勇建绝伦，作者对比自己不由感叹自身老矣。叙述、描写、抒情很好地融为一体，给人以审美的愉悦。

① 王韬：《漫游随录·扶桑游记》，湖南人民出版社 1982 年版，第 127 页。
② 同上书，第 293—294 页。

其次，王韬游记散文的审美性还表现在他常在平淡的记游中穿插一些个人的情感经历，使行文姿态横生，摇曳有趣。王韬的域外游记多是介绍西方的科学文明，如果一味地介绍这些，难免使行文枯燥乏味。王韬是个风流倜傥重情重义之人，在国外流连之时，和国外友人结下了深厚的友谊。他常在行文中穿插这些友人的事迹及其与他们的深情厚谊，这不只使文章变换节奏，摇曳有趣，而且使游记洋溢着浓郁的人情味。如《法京古迹》穿插儒莲丧女之悲，《两游敦底》写了与爱梨的友情，《游踪类志》、《三游苏京》写与周西鲁的友情，《英土归帆》写到与周西鲁临别的伤感，《重至英伦》写到媚梨的恶作剧，《重游英京》叙与某女士的邂逅友情。兹录《三游苏京》一段：

> 余与女士穿林而行，翠鸟啁啾鸣于树巅，松花柏叶簌簌堕襟上。园四围几十许里，行稍倦，坐石凳少息。女士香汗浸淫，余袖出白巾，代为之拭曰："卿为余颇觉其劳矣，余所不忍也。"女士笑曰："余双跌如君大，虽日行百里不觉其苦，岂如尊阃夫人，莲钩三寸，一步难移哉！"言毕，起而疾趋，余迅足追之不能及，呼令暂止。女士回眸笑顾曰："今竟何如？"余曰："抑何勇也？"然云鬟蓬松，娇喘频促，扶余肩不能再行。良久喘定，始从容徐步。余代为掠鬓际发，女士笑谢焉，觉一缕幽香沁入肺腑；园中珍葩异花，不可名状。入一玻璃巨室，芬芳透鼻观。女士摘一红花系余衣襟，并令园丁猱升花架，采紫葡萄一枝畀余，曰："试尝之。"其味之甘，胜如灌醍醐也。[①]

此段详细叙写了王韬与周西鲁一起游园的情形，对周西鲁的形貌及二人的互动描写极为细腻，文字鲜活、很有韵味。在记游中时常穿插与外国友人的交往片段，使得平淡枯燥的域外记游增添了浓郁的生活气息，也因作者个人情感的投入，提升了游记的审美属性。

二　表现手法的新变——植入大量的说明手法

与中国古代的传统游记相比，王韬的游记在表现方法上有了新的变化，文中频繁使用说明性文字。"传统游记的表现手法主要以描写、抒情、记叙为主，近代域外游记则主要采用了说明和议论的手法，辅以记

---

① 王韬：《漫游随录·扶桑游记》，湖南人民出版社 1982 年版，第 152—153 页。

叙描写，很少抒情。出于介绍域外新奇文明的目的，说明成了近代域外游记的首选表现手法。"① 王韬的游记散文目的在于向读者介绍西方的城市建设、科学技术、教育状况、典章制度、民风民俗、历史地理等内容，所以，必然要大量运用说明方法。王韬在记述的基础上充分运用各种说明方法，如列数据、列举法、分类别、摹状貌，而又以列数据为最多。如写伦敦城市概貌："伦敦人民之盛，都城中三百万有奇。地形四面环海，陆兵十余万，水师不过六万人，足敷防守；若征调，则一时数十万可集也。都会广四五十里，人烟稠密，楼宇整齐，多五六层。"② 为了使读者对伦敦有一个清晰的认识，作者用了列数字的说明方法。

对伦敦的教堂，王韬更是以数字详加说明：

> 伦敦礼拜堂林立，新旧大小凡七百三十所，而以圣保罗会堂为最巨。此堂落成于一千七百十年，经营缔构，前后凡阅三十五年，其工始竣。建堂模式，其图为多华玲所绘，固创作也。堂之东西，俱四百九十三尺，深二百四十六尺。两旁有楼，弯环若半月形。十字架由地至殿，高三百九十八尺。墙垣均用青石筑成，坚致精好。计用金钱七十四万七千九百五十四镑，合之中华银数凡二百六十五万六千七百三十三两，亦可谓时久而费巨矣。③

通过数字介绍，读者对圣保罗会堂之"最巨"有了一个具体的感知，包括建筑年代、长度、高度、费用一一列尽。

在介绍法国剧场之盛时，用了分类别的说明方法，"此外之戏约有四端。一曰搬演……一曰影戏……一曰马戏……一曰跳舞"。④ 介绍西国枪炮则用了摹状貌的方法："西国枪炮，其式日改。炮之头大尾小，头尾匀称及后膛堵门弱小者皆废，改铸螺蛳或葫芦形。以火药初燃力大，故炮头宜粗，乃不易炸。枪之身重口阔或用圆弹、管内不作螺蛳槽纹者亦皆废，改铸筒膛渐狭至口仅半寸，内含斜纹线路，弹子形如枣，头尖尾圆，而近尾处中空。盖有线路逼迫弹子出口，则不自旋转；又恐弹子不遵路而行，于近尾处空其中，使受火药之气，自然张开而依线路

---

① 代顺丽：《近代域外游记的特征及价值》，《福建师范大学学报》2006 年第 6 期。

② 王韬：《漫游随录·扶桑游记》，湖南人民出版社 1982 年版，第 101 页。

③ 同上书，第 106—107 页。

④ 同上书，第 89 页。

矣。"① 对西方先进武器的形状及原理做了详细说明。

这些说明性的文字虽占了较大比重，但仍与记叙部分密不可分，整篇文章中叙述与说明交错使用。但是也有些篇章的说明性文字具有独立性，有的甚至可以完全独立出来，成为一篇比较完整的说明性游记。如《制度述略》介绍了英国的税法制度、迅捷的火车、最喜植树的习惯、电学发展的渊源等；《保罗圣堂》全面介绍了保罗圣堂的建筑特色、内景外观、国人信教习俗等；《博物大观》介绍了卢浮宫的生物、植物、名画、制造等物品的详细陈列情况，这些篇章基本都是采用了说明的方法，可算作说明性游记。后来的近代域外游记出现了很多这种以说明文字为主体的"说明性游记"，如洪勋的《游历意大利闻见录》、《游历西班牙闻见录》、《游历葡萄牙闻见录》，傅云龙的《游历日本图经》等作品。王韬游记中的这种写法体现了近代域外游记中的一种普遍倾向。

三　诗文互见，相得益彰

从文体的角度看，王韬的域外游记有一个明显的特征，那就是诗文互见、相得益彰。王韬的《漫游随录》插入诗歌 22 首，而《扶桑游记》则插入诗歌 190 首。《扶桑游记》的 190 首诗歌中，王韬所作 120 首，多为与日本友人唱和所作，也有对日本史事的感叹及参观名胜所作，其他诗歌为日本友人、何如璋、张斯桂、黄遵宪所作。这些诗歌为七言律诗、七言绝句、七言歌行、五言歌行、七言古诗、五言古诗，而又以七言律诗和七言绝句最多，七言律诗有 76 首，七言绝句有 75 首。诗文互见互补，夹杂穿插，可谓密集。

散文中出现诗歌，并非王韬的首创，古代散文中也有此类写法。首先，诗一般具有音韵优美、节奏动人等特点，容易使读者受到感染，发挥想象，使文章看起来更富神韵；其次，诗大多意境深邃，饱含哲理、感情，能使诗文两者相映成趣，赏诗赏文各得其宜。但像王韬游记中插入如此多的诗歌则很少见。所以说，诗文互见、相得益彰，是王韬游记的一大特色。文以纪事，记叙欧洲、日本的新奇见闻；诗以抒情，或即事抒怀，或借景生情。文之纪事绘物与诗之寄意抒情，二者相得益彰，尽得其妙，将古诗文的虚实之美发挥得淋漓尽致，堪称诗文相得的佳作。如王韬在《畅游灵囿》一文中先记叙了伦伯灵的胜景："一涧潆洄，千峰合沓，偶入其中，爽气扑人，尘念俱绝。有飞瀑数处，从高注

---

① 王韬：《漫游随录·扶桑游记》，湖南人民出版社 1982 年版，第 120 页。

下，铿訇盈耳。……”之后又写了一首七言歌行《瀑布歌》：“初临犹未获奇境，渐入眼界始豁然。意行不惮路高下，疏花密荫如招延。洞穷路尽更奇辟，忽如别有一洞天。……我乡岂无好山水，乃来远域穷搜研？昨日家书至海舶，沧波隔绝殊可怜。因涉名区念故国，何时归隐江南边？”①诗中写了伦伯灵的美景，是对前面文中记游的进一步补充，而诗最后则是出人意料地抒发了怀念故国的感伤，流露出渴望归隐的思想。在这里，诗文互相补充，相映成趣，相得益彰，增强了游记散文的神韵。

这种写法对后来康有为的游记有直接影响。康有为的《欧洲十一国游记二种》穿插诗歌 27 首，赋 1 篇。

四　图文结合，图像叙述的崭新形式

前文提到，《漫游随录》于 1887 年 10 月在上海申报馆发行的通俗刊物《点石斋画报》上按月以一文一图的篇幅登出，直至 1889 年 2 月才连载告终。《点石斋画报》为中国最早的旬刊画报，当时参与创作的画家除吴友如和王钊外，还有金蟾香、张志瀛、周慕桥等 17 人。这些画家多参用西方透视画法，构图严谨，线条流畅，简洁优美。因画报印刷精美，画法中西合璧，人物背景生动真实，内容贴近生活，及时报道社会热点，可看性强，时效性足，发行渠道畅通，风靡上海。作为晚清西学东渐大潮中的标志性事件，《点石斋画报》的创办，开启了图文并茂因而可以雅俗共赏的“画报”体式，这既是传播新知的大好途径，又是体现平民趣味的绝妙场所。“用图像的方式连续报道新闻，以‘能肖为上’的西画标准改造中画，借传播新知与表现时事介入当下的文化创造，三者共同构成了《点石斋画报》在晚清的特殊意义。”②

“通俗《画报》老幼白丁皆解的普及性，以及不乏‘猎奇’趣味地从图像中遥望泰西世界的新鲜感，这是王韬的《漫游随录》得以在画报上连续刊登一年以上最主要的原因。”③《画报》主旨以图像为中心，文字退居第二线。一般来说，《点石斋画报》中的文字说明长短不一，多为两三百字，占每幅图像的 1/3 或 1/4。但是我们考察《漫游随录》

---

① 王韬：《漫游随录·扶桑游记》，湖南人民出版社 1982 年版，第 125 页。

② 陈平原：《晚清与晚明：历史传承与文化创新》，湖北教育出版社 2002 年版，第 190 页。

③ 吕文翠：《域外新视界——王韬〈漫游随录〉与晚清上海文化圈》，《艺术评论》2009 年第 5 期。

的刊登情况，会发现它仍是以传统的文字为主、图像为辅，每篇文章一千多字。虽然在了解新奇事物方面，图像的冲击力远远大于文字，但是王韬关于西行的内容过于丰富复杂，仅靠一图显然是不能充分阐述清楚的，因此，《漫游随录》在《画报》的刊登上和以往的时事画不同。读者一方面可以通过精美的图像的视觉冲击，对西方的自然风光、城市风貌、教堂、水晶宫、博物馆、火车、家畜比赛等有一个直观的感性认识。图像在激发读者的想象、增加文本的形象性方面都发挥了重要作用。另一方面再通过阅读详细的文字介绍，对西方的各个方面有更全面更深入的理性认识。图文并茂的方式符合广大国人的阅读口味，因而能持续在画报上连载一年多。不过，鲁迅称"图中异域风景，皆出画人臆造，与实际相去远甚，不可信也"。① 尽管是臆想，但也是符合了广大国人对域外的集体想象，在这种想象的图景和真实的描摹双重的感知作用下，完成了读者心目中对西方世界的新鲜体验。

五　文学语言的变革

王韬游记散文的语言以浅近文言为主，较为通俗、自由，体现了向白话转变的趋势。如"土地之大、人民之众、贸易之盛、财赋之雄，格拉斯谷当首屈一指焉"②，"时刚十二月，而天气炎热如盛夏"③，"遥望北面诸山顶，积雪皑皑，天气陡觉寒冷"。④这些文字都很浅显，明白如话。

王韬的域外游记描写了西方城市的繁荣、教育科技、典章制度、民俗民风等，在对这些新事物、新生活的描写及新感受的表达中，使用了大量的新词汇，在一定程度上冲破了传统语言的模式。"中国近代语言的走向，一是通俗化，二是近代化。近代化是近代语言变革中不可忽视的方面。所谓语言的近代化是指语言中出现的近代因子：在中西文化交汇中语言变革的新因素。促进近代语言变革的，首先是新名词的出现，亦称外来语。"⑤ 严格说来，新名词和外来语并不是相同的概念，有的新名词如飞机，有外来意，并不是外来语。王韬的游记中有很多新名词，如"地球"、"赤道"、"火轮车"、"远镜"（望远镜）、"皮酒"

---

① 张望：《鲁迅论美术》，人民美术出版社 1982 年版，第 148 页。
② 王韬：《漫游随录·扶桑游记》，湖南人民出版社 1982 年版，第 149 页。
③ 同上书，第 73 页。
④ 同上书，第 79 页。
⑤ 郭延礼：《中国文学精神》，山东教育出版社 2003 年版，第 213 页。

（啤酒）、"电气灯"、"煤气"、"电气秘机"、"显微镜"、"火机"（蒸汽机）、"气钟"（潜水钟）等。也引入不少欧美、日本的外来语汇来指称新事物，如"加非"（咖啡）、"谬齐英"（自然博物馆）、"单纯"（舞蹈）、"提抑达"（剧场）、"哥罗西雍"（圆形建筑），等等，这些对新事物的称呼，大多是根据音译而来的，在今天看来有些生硬，但是这些词在词语未定型前的功劳却是不可忽视的。这些新名词和外来语的出现不仅丰富了国人的思想，也为近代语言变革带来了新因素。近代中国与西方的文化交流促进了中国文学语言的改造，在这一过程中，包括王韬在内的诸多人的域外游记无疑发挥了很大的作用。

第四节　对近代文化与文学的启蒙

一　文化与文学的启蒙

由于中国特殊的历史和地缘文化背景使华夏中心主义作为一种文化世界观一直植根于中国人的文化价值观念中。林语堂先生指出，中国人精神世界的重要特征是："在中国人的眼里，中国的文明不是一种文明，而是唯一的文明，而中国的生活方式不是一种生活方式，而是唯一的生活方式，是人类心力所及的唯一的文明和生活方式。"① 如果说，在近代世界市场体系形成以前，传统的华夏中心观念虽严重阻碍着国人对世界的认知，但尚不足以构成致命缺陷，那么，在中国早期现代化进程开始启动时，华夏中心主义便必然成为致命的障碍。这种唯我中华文明独尊的文化心理在很大程度上影响着中国人看世界的态度。时至近代，随着国门的打开，西行者的增多，这种思想意识在慢慢地转变。

通过畅销的《点石斋画报》传播的《漫游随录》对国人的影响力是不容忽视的。在此之前，虽然也有多名出国使节著有海外游记，但大多被归类为官方外交档案，仅有历届钦差大臣及外交使节才能看到，实际刊行的很少。何况第一任出使英国钦差大臣郭嵩焘写下的日记《使西纪程》在光绪三年（1877）出版刊行后，引来朝野顽固守旧者气势汹汹的口诛笔伐，结果很快就被朝廷毁版，郭嵩焘在一片辱骂声中黯然离开了政治舞台。因此出版域外游记让人望而生畏。即使出版，也限于传

---

① 林语堂：《中国人》，浙江人民出版社1988年版，第30页。

统出版方式的制约，影响力仅限于官僚士大夫阶层。因此，1887 年开始在上海通俗画报刊行的《漫游随录》有着重要意义。《点石斋画报》的读者定位群是社会上文化程度不高的市民阶层，数量众多。当时《点石斋画报》除在上海随《申报》附送和零售外，还在全国的点石斋石印局发行。光绪十五年（1889）时，点石斋石印局已有北京、南京、杭州、南昌、西安、福州、广州等 20 个分局，这些分局大都开设在各省省会，有的还选址在省会的贡院前，可见《点石斋画报》的销售网络遍及全国，读者甚多。《漫游随录》借此辐射全国的中下层人士，向广大国人传播了西方文明。

王韬对西方文明的广泛传播无疑有利于增强国人对西方社会的了解，使国人充分认识到中国与西方的巨大差异，在一定程度上削弱国人的华夏中心主义，建立新的文化价值观念，进而以西方为参照改变落后的生活方式。王韬的异域游记对促进近代中国对外开放、深化向西方寻求救国救民真理的途径，起到了积极作用。可以说，王韬对西方的观察与思考构成了中国近代思想演进历程中一个重要的环节，为其后来进一步的发展提供了重要的思想资源。同时也使得当时的执政者对西方的经济、政治、社会状况有了进一步的了解，为执政者，特别是当时的洋务派的决策提供了较好的参考和借鉴，推动了中国早期近代化。

晚清域外游记是在中国近代文学的大环境下产生、发展的，同时，它也极大地推动了中国文学的近代化进程。在王韬之前，虽已出现几部旅外游记、诗集，但作者出国时间不长，思考不够深入，观察不够全面。王韬游欧两年多，所见所闻自然比别人要丰富深入。他以学者的眼光和思想家的深度描写这个全新的异域世界。王韬的域外游记突破了传统题材内容上的局限，大量记叙异域的社会生活，以各国政治、经济、文化、风俗等为主要描写对象，使游记的内容更加丰富多彩，从而提高了游记的社会功能。这种侧重社会功能的游记对后来的社会型游记有一定影响。王韬的游记在表现手法上也突破了传统游记的格局，以大量说明方法入游记，诗文互见、图文结合，语言通俗，丰富了近代域外游记的内在表现力。

近代大量的域外游记对"诗界革命"和"文界革命"也有极其重要的意义。这些游记为"诗界革命"和"文界革命"提供了新意境、新语句。早期的"诗界革命"中，作家追求新语句、新词汇，其诗歌中新词汇大都来源于域外游记，如"火车"、"电报"、"轮船"、"地球"、"巴力门"、"喀私德"、"巴别塔"之类，都是很早就出现在域外游记中了。王韬的域外游记中出现的新内容、新语句，自然对"诗界革命"和"文界革命"也有着潜移默化的影响。

二　局限性

中国人的华夏中心主义很难在思想深处消除殆尽，王韬的海外游记有时也不可避免地体现出华夏中心主义的残余。近代西学输入中国经历了三个层面：一是器物层面，二是制度层面，三是文化层面。甲午战争前的西学输入主要属于器物层面。洋务自强运动肇始了中国早期现代化进程，在实践中开始了向西方学习。尽管中国至少在器物层面上落后于西方已为开明派和守旧派所认同，但要真正向西方学习，却是阻力重重。在洋务派乃至早期维新思想家那里，基于华夏中心观念而衍生的"西学中源"论便成为他们力主向西方学习的重要理论依据。王韬在同时代人中算得上相当彻底的西化论者，却也赞同"中学为体，西学为用"的思想。他说："器则取诸西国，道则备自当躬，盖万世不变者，孔子之道也"①，这是因为"在封建主义充斥的天地里，欲破启锢闭，引入若干资本主义文化，除了'中体西用'还不可能提出另一种更好的宗旨。如果没有'中体'作为前提，'西用'无所依托，它在中国是进不了门，落不了户的"。② 王韬在提倡学习西方的时候，只是把西方的教育理念、科学技术、典章制度作为维护中国之"道"的手段。所以，尽管王韬对西方的先进文明充满惊羡，但又极力将西方文明与中国相联系，得出西学出自中学的论调，即"西学中源"说，以取得一种民族自信心。因此，在《漫游随录》中王韬看到法国的火炮的时候，认为"安知不由中国而传入者乎?"③ 其实，王韬早在 19 世纪 60 年代到 70 年代就提出了"西学源于中国"的说法，他说："中国，天下之宗邦也，不独文字之始祖，即礼乐制度天算器艺，无不由中国而流传及外……中国为西土文教之先声，不因此而益信哉!"④ 其中的华夏中心主义还是很浓厚的。

王韬的海外游记在艺术上也有不足之处，如《扶桑游记》作为一部日记体游记并不成熟。日记体游记始于宋代，是用写日记的形式来写游记；在近代以前并不多见，至近代，日记体游记大量出现，一时蔚然成

---

① 王韬：《弢园文录外编》，上海书店出版社 2002 年版，第 266 页。
② 陈旭麓：《近代中国社会的新陈代谢》，上海社会科学院出版社 2005 年版，第 127 页。
③ 王韬：《漫游随录·扶桑游记》，湖南人民出版社 1982 年版，第 93 页。
④ 王韬：《弢园文录外编》，上海书店出版社 2002 年版，第 2—3 页。

风，如斌椿《乘槎笔记》，祁兆熙的《游美洲日记》，薛福成的《出使英法意比四国日记》，张德彝的《随使法国记》、《航海述奇》和郭嵩焘的《伦敦与巴黎日记》等，都是典型的日记体游记。近代日记体游记的大量出现和当时清政府的外交规定有关。1861 年在总理衙门设立后，清政府开始派遣官员出使国外考察，并规定出使官员必须撰写日记，对日记内容也做了大致规定：凡有关系交涉事件，及各国风土人情，该使臣皆当详细记载。目的当然是为了了解海外情况，为外交事务提供参考。于是出现了一大批官员的旅外日记体游记。日记体游记的优点在于条理清晰，一目了然，作者每日的游踪行程尽在其中，事无巨细，无一遗漏。日记体的缺点在于每日记载，有时因公务繁忙无暇顾及，作者只好简单几笔带过，草草了事，难免乏味枯燥，文学性不高，这是晚清域外游记的通病。当然，王韬并不是政府官员，他赴日本并非公务在身，而是应日本友人邀请去游玩，相对于有佐译任务的欧洲之行，他在日本是非常放松休闲的。不过日本友人的盛情款待，逐日的陪伴，一起宴游、吟诗、论天下事，也使王韬没有时间每天精心揣摩游记，因而也采用了这种便捷的日记体形式，每天所记可长可短，随意而为。有的一则日记几句话就简单带过，有的则长达一两千字，因此，每一篇的思想性、艺术性是不一样的。《扶桑游记》尽管有不少精彩的篇章，但也有流水账之类的记录每日的呼朋唤友、饮酒赋诗、召妓作乐的段落，这当然会降低作品的审美功能。

附录一　王韬年谱①

1828 年（清道光八年）1 岁

11 月 10 日（阴历十月初四日）出生于江苏甫里，初名利宾。

1832 年（清道光十二年）5 岁

母朱氏教其认字，口授《三字经》、《千家诗》和唐诗宋词。夏夜纳凉时，朱氏又常为他讲述古人节烈事。

1834 年（清道光十四年）7 岁

少年多病，凡药饵之费及一切，皆赖母亲典簪珥、勤纺绩以供给。

1835 年（清道光十五年）8 岁

弟利贞出生。

1836 年（清道光十六年）9 岁

随父诵读经书，"少承庭训，自九岁迄成童"。

1839 年（清道光十九年）12 岁

从父读书吴村，并学作诗文。

1840 年（清道光二十年）13 岁

仍读书吴村，始学笺札。

鸦片战争爆发。

1841 年（清道光二十一年）14 岁

仍随父读书吴村，学作文。

1 月，英军占领香港。

1842 年（清道光二十二年）15 岁

就读青萝山馆。馆主顾惺，字涤庵，号青萝山人，嗜于诗，著有《涤庵诗钞》。顾惺在生活、学问、性格等方面给王韬很大的影响。是年 5 月，英军侵入吴淞。8 月，中英签订《南京条约》，内容包含中国

---

① 参考孙邦华编选《弢园老民自传》附录《王韬年谱》，江苏人民出版社 1999 年版，第 198 页。

割让香港，开放广州、福州、杭州、宁波、上海五地为通商口岸等。

1843 年（清道光二十三年）16 岁

补博士弟子生员，贺客盈门。是年，与"某女士"往来密切。是年冬，英国伦敦会传教士麦都思在上海创办印刷出版机构——墨海书馆。

1844 年（清道光二十四年）17 岁

父王昌桂返家授徒，随父在甫里读书，与同学许起（字壬瓠）定为莫逆之交。仍与"某女士"热恋。

1845 年（清道光二十五年）18 岁

应试昆山，考题为"见于孔子曰季氏非人所能也"，督学使者为张筱坡，称赞他"文有奇气"，以第三名入县学，改名瀚，字懒今。

1846 年（清道光二十六年）19 岁

是年，王昌桂赴上海设馆授徒，王韬到离甫里 20 里的锦溪设馆办学，代父任教。

是年秋，赴金陵参加乡试，名落孙山。自此，"摒弃帖括，肆力于经史，思欲上扶圣贤之精微，下悉古今之繁变，期以读书十年，然后出而世用"。

1847 年（清道光二十七年）20 岁

正月完婚，娶嘉庆朝举人杨隽第三女杨氏为妻。杨氏，名保艾，字台芳，比王韬长一岁。婚后，王韬为其改名为梦蘅。杨氏"少即敏慧，代婶持家事"，"靡不具有条理"，虽未读过书，"而于儿童塾中课本琅琅成诵"。她娴静寡语，能识大体。是年冬，育一女，取名婉，字苕仙。是年，父王昌桂仍在上海谋生，王韬由锦溪返回甫里教书。

1848 年（清道光二十八年）21 岁

孟春，王韬首次到上海省亲，在沪上逗留三宿。在这期间，王韬到传教士在近代中国开办的第一所印书局墨海书馆参观，眼界大开。

1849 年（清道光二十九年）22 岁

6 月，父亲王昌桂病逝。墨海书馆的麦都思两次写信邀王韬到书馆工作。是年，江南连月大雨，水患成灾，稻谷不收，为生计所迫，王韬接受了邀请，到墨海书馆从事编校工作，开始了长达 13 年为洋人佣书的生涯。

1850 年（清道光三十年）23 岁

夏，举家迁于上海。8 月中下旬，妻杨氏得病，9 月初去世。

1851 年（清咸丰元年）24 岁

是年，仍在墨海书馆佣书。开始做绮游，狂名顿著。

是年，洪秀全、杨秀清等在广西金田村起义，建号太平天国。

1852 年（清咸丰二年）25 岁

是年，仍在墨海书馆佣书。12 月结识蒋敦复（字剑人），时蒋敦复 45 岁。

是年迎娶继室林氏。

1853 年（清咸丰三年）26 岁

是年，仍在墨海书馆佣书。撰《海陬冶游录》。秋患咯血症，杜门养病。友人蒋敦复有史才，王韬遂将其推荐给英国传教士慕维廉助译《英国志》，蒋敦复为王韬《瀛壖杂志》作序。

1854 年（清咸丰四年）27 岁

仍在墨海书馆佣书。5 月 26 日，受洗，正式加入基督教。夏于上海近郊笙村养病，与"红蕤阁女史"热恋。女史愿居妾媵列，因继室林氏反对而未果。

1855 年（清咸丰五年）28 岁

仍在墨海书馆佣书。9 月患眼疾。与姚燮、周弢甫、龚橙、李善兰、蒋敦复、管小异成为莫逆之交，常饮酒赋诗。

1856 年（清咸丰六年）29 岁

仍在墨海书馆佣书。秋末回昆山参加应试。

1857 年（清咸丰七年 ）30 岁

仍供职于墨海书馆。患足疾。

患足疾，幸遇西医合信，细加疗治，渐复痊可。

1858 年（清咸丰八年）31 岁

仍在墨海书馆佣书。与传教士艾约瑟合译《格致西学提要》。足疾渐愈，又开始寻花问柳。

1859 年（清咸丰九年）32 岁

仍在墨海书馆任职。1858—1859 年，他接连上书江苏巡抚徐有壬，前后凡"数十通"，提出"和戎"、"防海"、"弭盗"三大端，其中以"和戎"为重点。

1860 年（清咸丰十年）33 岁

仍佣书墨海书馆。春，清军江南大营被太平军攻破，太平军又连克苏南的丹阳、镇江、常州，6 月克苏州，太平军前锋又进逼上海，"东南半壁至此糜烂"。寓沪传教士艾约瑟、杨格非（杨笃信）在王韬的陪同下，赴苏州同太平军将领忠王李秀成谈判，在苏州共停留 7 日。8 月弟谵卿病死。是年，英法联军攻占北京，火烧圆明园，10 月清政府与英、法、美、俄分别签订《北京条约》。外国公使进驻北京。

1861 年（清咸丰十一年）34 岁

仍佣书于墨海书馆。3 月，陪同英国传教士艾约瑟、杨笃信在天京会晤太平天国干王洪仁玕、忠王李秀成。四五月间他又随英国驻华海军提督何伯、参赞巴夏礼（H. S. Parks）溯长江而上，经天京达汉口，为时一月之久。经天京时，曾陪他们入城，获干王洪仁玕之子会见。冬，母亲发病，曾回乡探视母亲，在回乡期间，结识了太平天国苏福省行政长官刘肇钧，并受到刘的器重。

1862 年（清同治元年）35 岁

因母病滞留乡间三月余。2 月 2 日，他在家乡以"黄畹兰卿"的名义向太平天国苏福省逢天义刘肇钧上书，为太平军攻取上海献策。4 月，清军攻占上海近郊王家寺，"黄畹"上太平天国书落到清军手中，同治皇帝下旨对黄畹迅速查拿。5 月 18 日，王韬潜回上海。23 日避难于英国驻沪领事馆，达 135 日。在英国公使的保护下，10 月 5 日，王韬乘"鲁纳"号轮悄然离沪南行，10 月 11 日抵达香港，开始了 23 年的流亡生活。自此改名韬，字仲弢，一字子潜，自号天南遁叟，寓所称"天南遁窟"，又称"弢园"，表示"从此潜心晦迹，隐耀韬光，不复出而问世"。9 月母亲朱氏病逝于家乡甫里，王韬未能亲视含殓，成为生平一大憾事。

1863 年（清同治二年）36 岁

1 月 26 日，家眷抵港。避居香港，助英国传教士理雅各佐译中国经典。

1864 年（清同治三年）37 岁

仍居香港，继续佐译中国经典。代友人黄胜（字平甫）作《代上苏抚李宫保书》，上书江苏巡抚李鸿章。

1865 年（清同治四年）38 岁

仍居香港，继续佐译中国经典。

1866 年（清同治五年）39 岁

寓居香港，佐译中国经典。

1867 年（清同治六年）40 岁

仍居香港。12 月，回国省亲的理雅各来函邀请王韬赴英佐译中国经典。王韬遂只身前往，由苏伊士运河，道经开罗、巴黎、伦敦，抵理雅各故乡——苏格兰的杜拉村。客居此地两年多，助理雅各译《诗经》、《易经》、《礼记》等书。是年友人蒋敦复病死于上海。

1868 年（清同治七年）41 岁

仍居苏格兰译书。

曾赴牛津大学演讲孔子学说、中英关系（由理雅各口译）。是年长女苕仙嫁于吴兴茂才钱征（字昕伯，秀才，后任《申报》总编）。

1869 年（清同治八年）42 岁

仍居苏格兰，佐译中国经典。

1870 年（清同治九年）43 岁

春，自英国返回香港。回国道经巴黎时，拜访法国名儒儒莲。返港后辑成《法国志略》24 卷。是年秋，普法战争爆发，王韬开始撰著《普法战纪》。

1871 年（清同治十年）44 岁

寓居香港。撰成《瀛壖杂志》6 卷。辑《普法战纪》14 卷。是年，王韬和理雅各合译《诗经》英文版出版，称为《中国经典》第四卷。

1872 年（清同治十一年）45 岁

仍居香港著书立说。两江总督曾国藩见王韬《普法战纪》后，爱其才，拟招王韬至江南制造局翻译馆译书。因曾国藩旋卒，此事未果。

同年，王韬佐译的《春秋左氏传》英文版出版，称为《中国经典》第五卷，王韬所著的《春秋朔闰至日考》、《春秋日食辨正》二文一并刊入该书。从是年至翌年，他担任《华字日报》主笔，并在该报连载《普法战纪》一书，此书后又被上海出版的《申报》转载，影响很大。

1873 年（清同治十二年）46 岁

仍居香港著书。

是年，西友理雅各牧师自港返回英国。王韬和他的朋友黄胜以 1 万元墨西哥鹰洋的价格买下理雅各所经理的原英华书院印书局的印刷设备和活字，成立中华印务总局。他所著《普法战纪》于 7 月由该局活字版排印出版，计 14 卷。

是年撰《瓮牖余谈》8 卷。

姐伯芬因患喉症而死。

1874 年（清同治十三年）47 岁

仍居香港。2 月 4 日王韬在友人黄胜、伍廷芳及钱征（王韬的女婿）和洪士伟（洪干甫）、胡礼垣等人的帮助下，在中华印务总局的基础上，创办《循环日报》。

1875 年（清光绪元年）48 岁

仍在香港主办《循环日报》。著《遁窟谰言》12 卷。

1876 年（清光绪二年）49 岁

仍居香港主办《循环日报》。刊印《弢园尺牍》8 卷。

1877 年（清光绪三年）50 岁

仍居香港，主办《循环日报》。

1878 年（清光绪四年）51 岁

仍居香港，主办《循环日报》。撰《海陬冶游录》7 卷；《花国剧谈》2 卷。秋，汇刻《艳史丛钞》。10 月，长女苕仙去世。

1879 年（清光绪五年）52 岁

春，返回上海，又至苏州勾留三宿。经日本友人邀请，4 月 23 日自沪乘船游日本。经神户、横滨，抵达东京，前后凡 100 余日。旅日期间，结交日本各方人士 80 余人，并与中国驻日公使何如璋、黄遵宪等交游。

1880 年（清光绪六年）53 岁

仍居香港，主办《循环日报》。仲春后身体多病，入秋患咳嗽，兼有咯血。冬眼疾复发。撰《弢园老民自传》。《蘅华馆诗录》付印出版。

1881 年（清光绪七年）54 岁

寓居香港，主办《循环日报》。春，目疾始痊。冬，中华印务总局右邻失火，生平著述新经排印者半遭火劫，王韬为此痛心疾首。

1882 年（清光绪八年）55 岁

春，自港返沪，住一段时间后，又由沪至苏州，并于 4 月下旬返回已阔别 21 年之久的家乡甫里村。7 月中元节前重返香港。秋冬之交，旧病复发，前往广州寻医。

1883 年（清光绪九年）56 岁

春，患风痹，行动艰难。4 月自港返回苏州养病，直到 11 月重回香港，主持《循环日报》。养病期间，将《循环日报》上部分文章和其他有关时事及洋务的文章汇为一书，取名《弢园文录外编》，出版面世。

1884 年（清光绪十年）57 岁

是年，经丁日昌、马建忠、盛宣怀等人的斡旋，得到李鸿章的默许，3 月王韬携家眷自香港返沪，居淞北寄庐，结束了 23 年之久的流亡生活，更号"淞北逸民"。是年开始在《申报》主办的《点石斋画报》上发表小说，后结集出版名为《淞隐漫录》12 卷。

1885 年（清光绪十一年）58 岁

仍居上海。是年创办木刻活字印书局于上海，取名"弢园书局"，刊刻自撰著作，也刊印友人部分书稿。

1886 年（清光绪十二年）59 岁

仍居上海。秋，应上海格致书院中西董事唐廷枢（字景星）、傅兰雅的邀请，出任格致书院山长，推行西学教育，直到 1897 年逝去。

1887 年（清光绪十三年）60 岁

仍执掌上海格致书院。年迈身衰，撰成《淞滨琐话》12 卷。又在《申报》、《万国公报》上连续发表时事评论和政论文章。

1888 年（清光绪十四年）61 岁

仍任上海格致书院山长。冬，应山东巡抚张朗斋之邀，到山东游览。

1889 年（清光绪十五年）62 岁

春，自山东回沪，患肠红症，仍掌格致书院。刊印《弢园尺牍续钞》。

1890 年（清光绪十六年）63 岁

仍居上海，掌上海格致书院。重订《蘅华馆诗录》。

1891 年（清光绪十七年）64 岁

仍居上海淞北，任格致书院山长。

1892 年（清光绪十八年）65 岁

仍居沪北，掌上海格致书院。

1893 年（清光绪十九年）66 岁

从沪北迁居上海城内，在沪西自筑陋室，号曰"城西草堂"。晚年收入微薄，经济拮据，常有衣食之忧，生活凄惨。

1891 年（清光绪二十年）67 岁

寓居沪西"城西草堂"。是年，在郑观应家巧遇孙中山，两人相谈十分投机，孙中山遂出示所著《上李傅相书》，请王韬为之斧正。后，王韬写信给友人罗丰禄（任李鸿章幕僚），请罗把孙中山引荐给李鸿章。然《上李傅相书》递上后，如石沉大海，李鸿章更未接见孙中山。是年，中日甲午战争爆发。

1895 年（清光绪二十一年）68 岁

仍任上海格致书院山长。9 月，维新派领袖康有为至沪，因仰慕王韬之名，托郑观应介绍，亲自拜访王韬。王韬表示支持康有为变法维新的主张和实践活动。但年老多病体衰的王韬并未亲自参与变法活动。是年中日甲午战争以中国惨败于日本而告终，清政府被迫签订《马关条约》。

1896 年（清光绪二十二年）69 岁

仍居沪西，掌上海格致书院，年迈多病。

1897 年（清光绪二十三年）70 岁

秋，卒于上海寓所"城西草堂"，享年 70 岁。外孙将其灵枢运回故里，葬于甫里村父母坟边。

附录二　王韬研究资料目录

一　文章类

1. 戈公振：《日报之先导》，《中国报学史》第 4 章第 1 节，上海商务印书馆 1927 年版。

2. ［美］白瑞华：《王韬和香港报纸》，《1800—1912 年的中国报纸》第 4 章，上海别发洋行 1933 年版。

3. 罗尔纲：《上太平军书的黄畹考》，《国学季刊》1934 年第 4 卷第 2 期。

4. 胡适：《跋馆藏王韬手稿七册》，《国立北平图书馆期刊》1934 年第 8 卷第 3 号。

5. 洪深：《申报总编纂"长毛状元"王韬考证》，《文学》1934 年第 2 卷第 6 期。

6. 朴庵：《王韬与理雅各》，《国风》1934 年创刊号。

7. 谢兴尧：《王韬上书太平天国事考》，《国学季刊》1934 年第 4 卷第 1 期。

8. 谢兴尧：《王韬上书太平天国事迹考》，《太平天国史料论丛》，上海商务印书馆 1935 年版。

9. 周作人：《关于王韬》，《苦竹杂记》，上海良友图书公司 1935 年版。

10. 吴静山：《王韬事迹考略》，《上海研究资料》，1936 年。

11. 赵意诚：《王韬考证》，《学风》1936 年第 6 卷第 1 期。

12. 林语堂：《现代报纸的开端》，《中国新闻舆论史》第 8 章，芝加哥 1936 年版。

13. 陈振国：《"长毛状元"王韬》，《逸经》1937 年第 33 期。

14. ［日］布施知足：《从游记看中国与明治时代的日中往来》，《东亚研究讲座》1938 年第 84 辑。

15. 简又文：《关于王韬》，《大风》1939 年第 58 期。

16. ［日］实藤惠秀：《王韬的访日与日本文人》，《近代日支文化论》，东京大东出版社昭和十六年（1941）版。

17. 红树：《王韬年谱》，《国艺》1941 年第 3 卷第 2 期。

18. 刚克：《弢园先生年表》，《江苏文献》，1943 年。

19. 张铭之：《王韬的渡日和日本文人》，《日本研究》1944 年第 3 卷第 6 期。

20. 徐光摩：《王韬的卒年》，《申报文史》1948 年第 15 卷。

21. 彭泽益：《关于〈王韬的卒年〉》，《申报文史》1948 年第 24 卷。

22. 罗尔纲：《黄畹考》，《太平天国史事记载订缪集》，生活·读书·新知三联书店 1955 年版。

23. 方汉奇：《王韬——中国历史上第一个报刊政论家》，《新闻与出版》1956 年 11 月第 2 版。

24. 沈镜如：《王韬的改良主义思想》，《浙江师范学院学报》1957 年第 1 期。

25. 吴雁南：《试论王韬的改良主义思想》，《史学月刊》1958 年第 4 期。

26. 王维诚：《王韬的思想》，《中国近代思想史论文集》，上海人民出版社 1958 年版。

27. 谢无量：《王韬——清末变法论之首创者及中国报道文学之先驱者》，《教学与研究》1958 年第 3 期。

28. 罗香林：《王韬在港与中西文化交流之关系》，《法华学报》（台北）1961 年第 2 卷。

29. ［日］增田涉：《论王韬及其轮廓》，日本市立大学文学会：《人文研究》1963 年第 14 卷第 7 期。

30. ［日］增田涉：《王韬与晚清自强和改良运动》，《中国论文》1963 年第 17 卷。

31. ［美］柯文：《王韬对变动中的世界的洞察力》，《近代中国历史的道路》，伯克利加州大学出版社 1967 年版。

32. ［美］柯文：《王韬与中国民族主义的萌芽》，《亚洲研究杂志》1967 年第 26 卷。

33. 吕实强：《王韬评传》，《书和人》1967 年第 61 期。

34. 王尔敏：《王韬早年施教活动及其与西洋教士之交游》，（香港）

《东方文化》1975 年第 13 卷第 2 期。

35. 王尔敏：《王韬课士及其新思想萌发》，（香港）《东方文化》1976 年第 14 卷第 2 期。

36. ［日］中田吉信：《冈千仞和王韬》，《参考书志研究》1976 年第 13 期。

37. 彭泽周：《王韬的日本观》，《中国的近代化与日本明治维新》，1976 年。

38. 吴雁南：《王韬及其中外合力防俄论》，《历史知识》1980 年第 4 期。

39. 忻平：《王韬为何上书太平天国》，《中学历史》1981 年第 4 期。

40. 陈祖声：《王韬报刊活动的几点考证》，《新闻研究资料》1981 年第 4 辑。

41. 陈祖声：《简论王韬的办报思想》，《学习与思考》1981 年第 6 期。

42. 陈复兴：《王韬和〈扶桑游记〉》，《社会科学战线》1981 年第 2 期。

43. 吴申元：《王韬非黄畹考》，《内蒙古大学学报》1982 年第 2 期。

44. 陈汝衡：《王韬和他的文学事业》，《文学遗产》1982 年第 1 期。

45. 陈祖声：《王韬死于何时》，《新闻研究资料》1982 年第 15 辑。

46. 杨天石：《读黄遵宪致王韬手札》，《史学集刊》1982 年第 4 期。

47. 朱英：《中国近代最早提出"变法"口号的思想家王韬》，《史学月刊》1982 年第 6 期。

48. ［日］原田正已：《王韬近代意识观》，《康有为的思想运动和民众》，1983 年。

49. 刘学照：《论洋务政论家王韬》，《华东师范大学学报》1983 年第 1 期。

50. 忻平：《中国最早提出君主立宪制的是王韬》，《华东师范大学学报》1983 年第 6 期。

51. 忻平：《从王韬的名号观其坎坷曲折的一生》，《社会科学战线》1983 年第 3 期。

52. 马东玉：《王韬的变法自强思想》，《光明日报》1983 年 8 月 3 日。

53. ［日］西里喜行：《关于王韬和〈循环日报〉》，《东洋史研究》1984 年第 43 卷第 3 期。

54. 方汉奇：《王韬与〈六合丛谈〉》，《新闻记者》1984 年第 5 期。

55. 方汉奇：《王韬与上海新闻界》，《新闻记者》1984 年第 8 期。

56. 廖辅叔：《王韬与西洋音乐》，《音乐研究》1984 年第 2 期。

57. 忻平：《王韬最早提出"振兴中国"这一口号》，《历史教学问题》1984 年第 5 期。

58. 侯明古：《梁启超"报章体"评议》，《复旦学报（社会科学版）》1984 年第 6 期。

59. 宋宁：《试论中国近代"重商"思想》，《天津社会科学》1985 年第 3 期。

60. 杨其民：《王韬上书太平军考辨——兼与罗尔纲先生商榷》，《近代史研究》1985 年第 4 期。

61. 张炳清：《王韬〈扶桑游记〉史料价值发微》，《绥化师专学报》1985 年第 1 期。

62. 齐国华：《论王韬的"实学"与社会改革》，《史林》1986 年第 2 期。

63. 丁槐昌等：《王韬致薛福成札五通》，《东南文化》1986 年第 2 期。

64. 陈高原：《十九世纪后期中国知识分子对西学的探求——王韬与严复的比较》，《华南师范大学学报》1986 年第 4 期。

65. 马艺：《谈谈王韬的〈普法战纪〉》，《天津师范大学学报》1986 年第 5 期。

66. 马艺：《王韬和〈普法战纪〉》，《历史教学》1986 年第 11 期。

67. 李景光：《王韬到过俄国吗?》，《社会科学战线》1986 年第 2 期。

68. 李景光：《王韬究竟卒于何时》，《文学遗产》1986 年第 3 期。

69. 贺越明：《〈循环日报〉主笔王韬》，《新闻知识》1986 年第 5 期。

70. 郑海麟：《王韬与近代中外文化交流》，《广州研究》1986 年第 8 期。

71. 忻平：《论王韬与上海格致书院》，《档案与历史》1987 年第 1 期。

72. 李喜所：《评述王韬及其文化思想》，《东岳论丛》1987 年第 5 期。

73. 马艺：《关于王韬的〈普法战纪〉》，《新闻研究资料》1987 年第 1 期。

74. 忻平：《王韬与〈循环日报〉》，《华东师范大学学报》1987 年第 6 期。

75. 盛丰：《王韬的法国史及普法战争研究》，《历史教学问题》1987 年第 4 期。

76. 李伟：《王韬对冯桂芬思想的继承和发展》，《山东师范大学学报》1987 年第 4 期。

77. 林之满、廖文：《〈遁窟谰言〉》，《社会科学战线》1987 年第 1 期。

78. 邓亦兵：《论王韬与丁日昌》，《史学集刊》1987 年第 3 期。

79. 关学增：《王韬人才思想述论》，《史学月刊》1987 年第 4 期。

80. 李景光：《王韬是屡试未中吗?》，《社会科学辑刊》1987 年第 3 期。

81. 李景光：《王韬任职格致书院的时间》，《社会科学辑刊》1988 年第 1 期。

82. 王开玺：《关于王韬上书太平天国之我见——兼与杨其民同志商榷》，《近代史研究》1988 年第 3 期。

83. 周衍发：《试析王韬上书太平天国的目的》，《南京大学学报》1988 年第 4 期。

84. 吴桂龙：《王韬思想发展探微》，《上海社科院学术季刊》1988 年第 4 期。

85. 李景光：《简论王韬的诗》，《社会科学辑刊》1988 年第 4 期。

86. 李景光：《近代爱国布衣王韬》，《文史知识》1988 年第 5 期。

87. 李景光：《关于王韬二三事》，《辽宁大学学报》1989 年第 1 期。

88. 李景光：《关于王韬上书太平天国的几个问题——兼与杨其民等同志商榷》，《社会科学辑刊》1989 年第 4 期。

89. 单素玉：《王韬及其对法国大革命的述评》，《辽宁大学学报》1989 年第 4 期。

90. 黄剑华：《王韬和〈后聊斋〉》，《文史知识》1989 年第 1 期。

91. 彭海斌：《王韬对法英日近代图书馆的考察》，《图书馆杂志》1989 年第 6 期。

92. 龙绪江：《略论王韬的〈后聊斋志异〉》，《湘潭大学学报》1989 年第 1 期。

93. 颜廷亮：《王韬和他的小说寄怀说》，《兰州教育学院学报》1990 年第 1 期。

94. 杨有海：《浅析王韬的社会改革思想》，《长春师院学报》1990 年第 1 期。

95. 夏晓虹：《才子、名士与魁儒——说王韬的豪放》，《读书》1990 年第 1 期。

96. 黄定平：《王韬洋务思想的形成和发展》，《赣南师范学院学报》1990 年第 4 期。

97. 蔡一平：《〈王韬日记〉抄、标、排、校自议》，《湖州师范学院学报》1990 年第 1 期。

98. 夏良才：《王韬近代舆论意识和〈循环日报〉的创办》，《历史研究》1990 年第 2 期。

99. 忻平：《王韬与墨海书馆》，《上海研究论丛》1990 年第 5 期。

100. 江迅：《忻平和王韬评传》，《文学报》1990 年 6 月。

101. 陈建生：《论王韬和他的〈淞滨琐话〉》，《明清小说研究》1991 年第 1 期。

102. 史量：《从〈瀛壖杂志〉一瞥上海开埠后西人体育》，《史林》1991 年第 3 期。

103. 刘仁坤：《王韬民本主义新探》，《学习与探索》1991 年第 2 期。

104. 李景元：《王韬和他的翻译事业》，《中国翻译》1991 年第 3 期。

105. 刘惠文：《王韬、梁启超、汪康年办报活动之比较》，《新闻知识》1991 年第 3 期。

106. 李景光：《王韬卒年月日新证》，《社会科学辑刊》1991 年第 6 期。

107. 易惠莉：《晚清平民知识分子的西学道路——评王韬与沈毓桂西化思想背景的异同》，《社会科学》1991 年第 10 期。

108. 张海林：《论王韬华夷观的变化及其近代外交思想》，《江苏社会科学》1992 年第 2 期。

109. 张海林：《论王韬经济思想的时代特征》，《苏州大学学报》1992 年第 2 期。

110. 李景光：《关于王韬的籍贯》，《社会科学辑刊》1992 年第 3 期。

111. 高申鹏：《王韬与传统思想的变迁》，《贵州社会科学》1993 年第 6 期。

112. 张海林：《论王韬的危机意识和政治改革思想》，《南京师大学报》1993 年第 1 期。

113. 肖永宏：《论王韬的世界观念》，《江海学刊》1993 年第 1 期。

114. 吴雁南：《王韬的变法维新思想与心学》，《贵阳师范高等专科学校学报》1993 年第 3 期。

115. 文建：《报章政论体的开拓者王韬》，《长沙理工大学学报》1993 年第 4 期。

116. 王也扬：《论王韬的史观与史学》，《史学理论研究》1993 年第 4 期。

117. 曾建雄：《〈循环日报〉的言论特色——读部分原报（缩微胶卷）札记》，《新闻大学》1994 年第 2 期。

118. 陈玉峰、高仁立：《王韬与上海格致书院》，《社会科学战线》1994 年第 5 期。

119. 李承贵：《王韬、严复文化观比较——兼与袁时伟先生商榷》，《上饶师专学报》1994 年第 4 期。

120. 忻平：《王韬与近代中国的法国史研究》，《学术季刊》1994 年第 1 期。

121. 周利生：《王韬思想述评》，《萍乡高等专科学校学报》1994 年第 2 期。

122. 陈其弟：《近代杰出的政论家、文学家王韬》，《江苏地方志》1995 年第 1 期。

123. 朱健华：《王韬编辑生涯述论》，《贵州师范大学学报》1995 年第 2 期。

124. 王双：《近代沿江三家的商本思想——王韬、马建忠、薛福成经济思想试析》，《河南师范大学学报》1995 年第 3 期。

125. 朱维铮：《清学史：王韬与天下一道论》，《复旦学报》1995 年第 3 期。

126. 张国霖：《试论王韬改革科举的思想》，《贵州社会科学》1995 年第 4 期。

127. 张海林：《王韬教案观探析》，《徐州师范大学学报》1995 年第 4 期。

128. 张布先：《论早期改良派的重商思想》，《山西师大学报》1995 年第 1 期。

129. 阚家安：《王韬的日本之行》，《历史教学》1995 年第 8 期。

130. 刘昭和：《〈中国经典〉的译者》，《读书》1995 年第 5 期。

131. 汤标中：《王韬的"商本论"》，《湖南商学院学报》1996 年第 3 期。

132. 朱健华：《"治中以驭外"——王韬政治思想的主旨》，《贵州大学学报》1996 年第 1 期。

133. 朱健华：《论王韬的外交思想》，《河南师范大学学报》1996 年第 4 期。

134. 曾健雄：《论王韬和梁启超对报刊政论的贡献》，《新闻大学》1996 年第 1 期。

135. 张国霖：《论王韬的西学教育思想》，《山东师范大学学报》1996 年第 4 期。

136. 王双：《浅析近代王韬、马建忠、薛福成的商本思想》，《现代商业》1996 年第 6 期。

137. 肖永宏：《论王韬的世界观念》，《江海学刊》1996 年第 6 期。

138. 傅美林：《论王韬的洋务思想》，《历史教学》1996 年第 8 期。

139. 黄新宪：《王韬人才思想论略》，《教育研究》1996 年第 10 期。

140. 张允若：《香港回归话王韬》，《新闻传播》1997 年第 3 期。

141. 忻平：《论王韬的史著及其史学理论》，《史学理论研究》1997 年第 3 期。

142. 卢滨玲：《漫游东西洋的清朝文人王韬》，《中外文化交流》1997 年第 3 期。

143. 杨其民：《王韬是教徒吗?》，《史林》1997 年第 3 期。

144. 郭汉民：《王韬与香港》，《湖南教育学院学报》1997 年第 4 期。

145. 李景光：《王韬在中国近代文学史上的地位》，《社会科学辑刊》1997 年第 5 期。

146. 张海林：《论王韬的教育实践》，《江海学刊》1997 年第 5 期。

147. 王守正：《王韬的"道器说"及对近代中国历史前途的认识》，《史学集刊》1997 年第 2 期。

148. 成晓军：《王韬上书太平天国新议》，《益阳师专学报》1998 年第 2 期。

149. 黄旦：《王韬新闻思想试论》，《新闻大学》1998 年第 3 期。

150. 江沛：《王韬社会变革意识评析》，《社会科学辑刊》1998 年第 3 期。

151. 成晓军、刘兰肖：《论王韬西方观的形成》，《贵州社会科学》1998 年第 5 期。

152. 李书磊：《重温王韬》，《前线》1999 年第 4 期。

153. 邱国盛：《王韬与〈瀛壖杂志〉》，《文史杂志》1999 年第 1 期。

154. 成晓军、刘兰肖：《王韬与十九世纪中叶的上海社会》，《江海学刊》1999 年第 1 期。

155. 林启彦：《王韬的海防思想》，《近代史研究》1999 年第 2 期。

156. 鞠方安：《王韬的社会伦理思想探析》，《北京社会科学》1999 年第 2 期。

157. 申满秀：《浅析王韬商业观念的转变》，《贵阳师专学报》1999 年第 3 期。

158. 王一川：《王韬——中国最早的现代性问题思想家》，《南京大学学报》1999 年第 3 期。

159. 叶斌：《王韬申请加入基督教文析》，《档案与史学》1999 年第

4 期。

160. 李志茗：《避难香港期间的王韬》，《贵州文史丛刊》1999 年第
6 期。

161. 申满秀：《从"抑商"到"重商"观念的转变——龚自珍、魏源、
王韬、郑观应经济思想个案简析》，《贵州社会科学》1999 年第 6 期。

162. 戴建平：《王韬科学形象初探》，《江西社会科学》1999 年第
11 期。

163. 单弘：《书生论兵中的真知灼见——1860 年前后王韬军事思想概
述》，《史林》2000 年第 1 期。

164. 童元方：《论王韬在上海的翻译工作》，《上海科技翻译》2000 年
第 1 期。

165. 张敏：《晚清新型文化人生活研究——以王韬为例》，《史林》2000
年第 2 期。

166. 常宁文：《中国近代史风云人物——王韬》，《无锡教育学院学报》
2000 年第 3 期。

167. 陈启伟：《谁是我国近代介绍西方哲学的第一人》，《东岳论丛》
2000 年第 4 期。

168. 易惠莉：《中国近代早期对西方社会进化论的反响——以受传教士
影响的知识精英为考察对象》，《江苏社会科学》2000 年第 4 期。

169. 徐扬：《简论王韬的政治改革思想》，《毕节师范高等专科学校学
报》2000 年第 4 期。

170. 王雷：《从追求功名到职业立身——王韬教育经历与教育思想简
论》，《沈阳师范学院学报》2000 年第 5 期。

171. 丁晓原：《论近代报章政论体之始——"王韬体"》，《广东社会科
学》2000 年第 6 期。

172. 马永强：《近代报刊文体的演变与新文学》，《晋阳学刊》2000 年
第 2 期。

173. 杨增和：《王韬〈漫游随录〉中的异国女性形象》，《零陵师范高
等专科学校学报》2001 年第 1 期。

174. 王守正：《西学与中学，传统与现代——解析王韬历史变易观的形
成》，《廊坊师范学院学报》2001 年第 1 期。

175. 颜德如、马振超：《王韬：中西经典之间的信使》，《21 世纪》
2001 年第 2 期。

176. 谢骏：《王韬在近代中西文化交流中的地位》，《新闻大学》2001

年第 2 期。

177. 稂艳玲：《海外游历与王韬思想的发展》，《湖南师范大学社会科学学报》2001 年第 2 期。

178. 王一川：《中国的"全球化"理论——王韬的"地球合一"说》，《四川外语学院学报》2001 年第 2 期。

179. 宋建昃：《近代中西文化交流中的王韬》，《中国文化研究》2001 年第 2 期。

180. 万彩霞：《论王韬人才思想的特点》，《株洲师范高等专科学校学报》2001 年第 4 期。

181. 周叶飞：《王韬、洪仁玕新闻思想之比较》，《新闻大学》2001 年第 4 期。

182. 舒习龙：《时代条件与王韬的史学》，《淮北煤碳师院学报》2001 年第 5 期。

183. 陈启伟：《再谈王韬和格致书院对西方哲学的介绍》，《东岳论丛》2001 年第 5 期。

184. 孙玉祥：《王韬——中国近代第一个出版家》，《新闻出版交流》2001 年第 6 期。

185. 刘圣宜：《〈循环日报〉的创办与西学在岭南的传播》，《学术研究》2001 年第 7 期。

186. 马艺：《中国报刊政论的先驱——谈王韬报刊政论的思想意识》，《历史教学》2001 年第 7 期。

187. 唐付满、曾桂林：《王韬军事改革思想述论》，《新乡师范高等专科学校学报》2002 年第 1 期。

188. 王玫黎：《儒家民族主义者——王韬的国际法思想》，《现代法学》2002 年第 2 期。

189. 侯昂妤：《王韬旅游思想探析》，《安顺师范高等专科学校学报》2002 年第 2 期。

190. 郝丹立：《教会报刊与近代中国新闻事业》，《中国青年政治学院学报》2002 年第 2 期。

191. 周德丰：《论王韬的改革开放思想》，《天津师范大学学报》2002 年第 3 期。

192. 邵燕婷：《论王韬的"天下一道"观》，《宁波大学学报》2002 年第 4 期。

193. 舒习龙：《王韬〈法国志略〉史学思想析论》，《安徽大学学报》

2002 年第 4 期。

194．张松祥、周若清：《王韬西学观形成的环境及标志》，《洛阳师范学院学报》2002 年第 4 期。

195．戴元祥：《论王韬的报刊新闻言论及其历史贡献》，《山东行政学院山东省经济管理干部学院学报》2002 年第 5 期。

196．范逸清：《王韬主持的格致书院实开创西学之先河》，《江苏图书馆学报》2002 年第 5 期。

197．赵幸：《王韬与中国经典》，《湖南文史》2002 年第 4 期。

198．徐新平：《重评王韬的新闻思想》，《湖南大学学报》2002 年第 5 期。

199．张敏：《晚年王韬心影录——介绍王韬散见书札文稿》，《近代中国》第 12 辑。

200．马艺：《论王韬的报刊新闻言论及其历史贡献》，《军事记者》2002 年第 8 期。

201．马艺：《论王韬新闻言论的思想内容及特征》，《天津大学学报》2003 年第 1 期。

202．党月异：《文化冲突之际的迷惘——论近代文化转型期王韬的特殊心态》，《牡丹江师范学院学报》2003 年第 4 期。

203．王立群：《近代上海口岸知识分子的兴起——以墨海书馆的中国文人为例》，《清史研究》2003 年第 3 期。

204．刘圣宜：《早期中西交流中的华文报纸——以〈循环日报〉为例》，《华南师范大学学报》2003 年第 4 期。

205．党月异：《从〈后聊斋〉看近代女性文化的演变》，《中华女子学院山东分院学报》2003 年第 4 期。

206．周楷：《风雨如晦寒气破晓——王韬的启蒙之路》，《江苏地方志》2003 年第 4 期。

207．杜鑫艳：《狐仙鬼怪与烟花粉黛——〈后聊斋志异〉与〈聊斋志异〉在思想内容上的比较》，《蒲松龄研究》2003 年第 4 期。

208．党月异：《王韬研究世纪回顾》，《德州学院学报》2003 年第 5 期。

209．马增强：《王韬与中国报刊》，《华夏文化》2004 年第 1 期。

210．杜新艳：《遭遇西方技术文明——以王韬为例》，《船山学刊》2004 年第 1 期。

211．王立群：《王韬与近代东学西渐》，《北京科技大学学报》2004 年第 1 期。

212. 张晓春：《家乡不见空生哀——王韬〈独登杜拉山绝顶〉评析》，《学语文》2004 年第 1 期。

213. 侯昂妤、杨波、陈全明：《试论王韬的世界观念及中华复兴思想》，《贵阳建筑大学学报》2004 年第 2 期。

214. 邬国义：《王韬卒年月日考实》，《近代史研究》2004 年第 2 期。

215. 吴振清：《黄遵宪致王韬手札》，《文献》2004 年第 4 期。

216. 党月异：《全球观念下的文化视野——论王韬的文言小说》，《广西社会科学》2004 年第 2 期。

217. 夏玲：《从〈弢园文录外编〉看王韬的西洋观》，《淮北煤炭师范学院学报》2004 年第 4 期。

218. 李吉莲、邵岩：《王韬与中国近代出境旅游》，《商丘职业技术学院学报》2004 年第 4 期。

219. 刘虹、于作敏：《王韬民本思想论略》，《烟台师范学院学报》2004 年第 4 期。

220. 邬国义：《王韬卒年月日再考证》，《华东师范大学学报》2004 年第 5 期。

221. 李里：《王韬——真名士最风流》，《出版参考》2004 年第 4 期。

222. 杜鑫艳：《狐仙鬼怪与烟花粉黛（续）——〈后聊斋志异〉与〈聊斋志异〉在思想内容上的比较》，《蒲松龄研究》2004 年第 1 期。

223. 任贤兵、张云涛：《略论王韬的经济思想的创新性》，《宿州教育学院学报》2005 年第 1 期。

224. 王立群：《〈漫游随录〉中所塑造的英国形象》，《北京科技大学学报》2005 年第 1 期。

225. 丁晓原：《公共空间与晚清散文新文体》，《学术研究》2005 年第 2 期。

226. 党月异：《王韬的妇女观及其文化心理》，《赤峰学院学报》2005 年第 2 期。

227. 洪煜：《以王韬为例看传统知识分子的思想转型》，《史学月刊》2005 年第 3 期。

228. 萧永宏：《五卷本〈弢园文录外编〉考释》，《江海学刊》2005 年第 3 期。

229. 王旭川：《王韬小说集改名的版本情况》，《古典文学知识》2005 年第 4 期。

230. 王润泽：《王韬办报思想中的西学渊源》，《国际新闻界》2005 年第 3 期。

231. 任贤兵：《论王韬的经济思想的创新性》，《重庆工商大学学报》2005 年第 3 期。

232. 党月异：《从传统到现代的二重性——论王韬的文言小说》，《德州学院学报》2005 年第 3 期。

233. 刘小清、刘晓滇：《王韬与华人创办的第一份报纸》，《炎黄春秋》2005 年第 4 期。

234. 赵敏：《谈王韬的报刊思想及其在中国新闻史上的开创意义》，《华北航天工业学院学报》2005 年第 4 期。

235. 段怀清：《苍茫谁尽东西界——王韬〈漫游随录〉、〈扶桑游记〉读解》，《北京化工大学学报》2005 年第 4 期。

236. 范逸清：《王韬"民族性"维新思想简论》，《常熟理工学院学报》2005 年第 5 期。

237. 王晓文：《〈淞隐漫录〉：晚清时期对中国现代性问题的浪漫想象》，《徐州师范大学学报》2005 年第 5 期。

238. 萧永宏：《〈香港近事编录〉史事探微——兼及王韬早期的报业活动》，《历史研究》2006 年第 1 期。

239. 萧永宏：《王韬生卒日期补证》，《新闻大学》2006 年第 1 期。

240. 高松、谷秋芳：《王韬人才思想浅析》，《天府新论》2006 年第 1 期。

241. 严芸：《论王韬的办报思想》，《广西大学学报》2006 年第 s2 期。

242. 代顺丽：《王韬的小说思想》，《漳州师范学院学报》2006 年第 4 期。

243. 庄廷江：《王韬与〈循环日报〉》，《牡丹江教育学院学报》2006 年第 6 期。

244. 丁柏峰：《王韬欧陆之行及政治变革思想之酝酿》，《青海师范大学学报》2006 年第 6 期。

245. 周振雯、王恒展：《〈淞滨琐话〉中末世文人的感伤情绪》，《蒲松龄研究》2006 年第 2 期。

246. 伍国：《书生琴剑怅飘零——王韬和他的时代》，《书屋》2006 年第 3 期。

247. 李珍梅、王守梅：《浅论王韬的市场经济意识》，《雁北师范学院学报》2006 年第 3 期。

248. 田正平、叶哲铭：《重新认识王韬在中外文化教育交流中的"置书英国事件"》，《华东师范大学学报》2006 年第 3 期。

249. 王增智：《论王韬的变法思想》，《江淮论坛》2006 年第 4 期。

250. 墨亚：《〈淞滨琐话〉之文化内涵解读》，《黄冈师范学院学报》2006 年第 4 期。

251. 阳艳群：《从"华人资本华人操权"看〈循环日报〉的经营之道》，《中州大学学报》2006 年第 4 期。

252. 朱子韫、程晓霖：《从〈循环日报〉的历史特征看现代报纸的使命》，《咸宁学院学报》2006 年第 4 期。

253. 党月异：《西学对王韬文言小说的影响》，《通化师范学院学报》2006 年第 5 期。

254. 谢毓洁：《变法以图自强的法律观——论王韬的法律思想》，《重庆文理学院学报》2006 年第 5 期。

255. 王斌、施素雯：《略论王韬的报刊活动与新闻舆论思想》，《东南传播》2006 年第 5 期。

256. 谢雨阳：《王韬社会政治改革思想述评》，《现代企业教育》2006 年第 6 期。

257. 王琴琴：《王韬的新闻思想精髓》，《文教资料》2006 年第 17 期。

258. 徐新平：《王韬的新闻思想》，《新闻三昧》2006 年第 10 期。

259. 田庆轩、郑毅、高巨华：《试论王韬中西交错的教育思想》，《教育与职业》2006 年第 23 期。

260. 王立群：《王韬"长毛状元"疑案》，《文史知识》2007 年第 7 期。

261. 李村朴：《论王韬舆论意识的形成及其外交舆论观》，《经济与社会发展》2007 年第 12 期。

262. 叶中强：《晚清民初上海文人的经济生活与身份转型——以王韬、包天笑为例》，《上海财经大学学报》2007 年第 6 期。

263. 卢玲：《论王韬的海外旅游活动及影响》，《创新》2007 年第 4 期。

264. 魏先努：《转型知识分子新的言说方式——我国第一个报章政论家王韬及其报章政论浅说》，《齐齐哈尔大学学报》2007 年第 6 期。

265. 唐富满：《在民本与民主之间：试论王韬的民本主义思想》，《社科纵横》2007 年第 10 期。

266. 盛振兴、陈九如：《以考课为例看王韬的人才观》，《辽宁行政学院学报》2007 年第 12 期。

267. 唐富满：《试论王韬的吏治改革思想》，《理论界》2007 年第 11 期。

268. 盛振兴、陈九如：《斌椿和王韬对欧洲认识的比较》，《漯河职业技术学院学报》2007年第3期。

269. 帅艳华：《析王韬外交主张的"主和"思想》，《巢湖学院学报》2007年第4期。

270. 杨晓、于潇：《反思与融汇：王韬与格致书院改革》，《沈阳师范大学学报》2007年第3期。

271. 王立群：《王韬笔下的法国形象》，《北京科技大学学报》2007年第2期。

272. 黄潇凯：《王韬教育思想的反传统性探析》，《安康学院学报》2007年第1期。

273. 汤克勤：《论王韬的文言小说创作》，《蒲松龄研究》2007年第1期。

274. 凌硕为：《申报馆与王韬小说之转变》，《求是学刊》2007年第1期。

275. 陈雪娇：《王韬思想研究综述》，《鲁东大学学报》2008年第5期。

276. 任晓玲、吴素敏：《王韬的重商主义思想及其近代影响》，《内蒙古农业大学学报》2008年第3期。

277. 王一川：《全球化东扩的本土诗学投影——"诗界革命"论的渐进发生》，《北京师范大学学报》2008年第2期。

278. 张良：《独特的人生经历与王韬的西方观》，《浙江理工大学学报》2008年第3期。

279. 李灿：《转型知识分子——王韬》，《今日南国》2008年第2期。

280. 谢丹：《〈循环日报〉与王韬的民权思想》，《当代传播》2008年第2期。

281. 李琴：《王韬教育思想述评》，《吉林教育》2008年第10期。

282. 黄婉丽：《王韬政治现代化思想浅析》，《内蒙古电大学刊》2008年第3期。

283. 张广杰：《王韬商本思想论略》，《山东教育学院学报》2008年第1期。

284. 代顺丽：《王韬武功竞技类武侠小说浅析》，《现代语文》2008年第12期。

285. 孙庆：《关于王韬的生卒年及籍贯问题》，《文教资料》2008年第12期。

286. 王立群：《直觉的欣赏与内在的抗拒——从王韬看近代中国文人对

西方文化的反应》，《徐州师范大学学报》2008 年第 1 期。

287. 王立群：《从王韬墨海书馆时期信札看中国近代知识分子西学接受历程》，《北京科技大学学报》2009 年第 4 期。

288. 党月异：《略论王韬文学观念与文学创作的近代化》，《学术论坛》2009 年第 10 期。

289. 吕文翠：《域外新视界——王韬〈漫游随录〉与晚清上海文化圈》，《艺术评论》2009 年第 5 期。

290. 袁新洁：《〈循环日报〉及王韬报刊思想评析》，《中南大学学报》2009 年第 2 期。

291. 张深溪：《王韬与中国近代民族主义萌芽的产生》，《周口师范学院学报》2009 年第 1 期。

292. 鲁亚楠：《浅谈王韬对〈循环日报〉的贡献》，《法制与社会》2009 年第 2 期。

293. 倪浓水：《王韬涉海小说的叙事特征》，《蒲松龄研究》2009 年第 1 期。

294. 杨汤琛：《晚清文人的西方体验与启蒙活动——以王韬为例》，《文教资料》2009 年第 8 期。

295. 高宇：《王韬的变革思想综论》，《文教资料》2009 年第 3 期。

296. 代顺丽：《对王韬太平天国战争小说的再认识》，《湖北师范大学学报》2009 年第 1 期。

297. 张振国：《王韬小说集中部分作品著作权质疑》，《南京师范大学文学院学报》2009 年第 4 期。

298. 黄建平：《王韬维新思想中的宗教因素》，《安庆师范学院学报》2009 年第 5 期。

299. 王晓霞：《王韬与近代出版》，《中国社会科学院研究生院学报》2009 年第 6 期。

300. 王立群：《从"鬼狐性情化"到"凡人灵异化"——〈聊斋志异〉与〈淞隐漫录〉写作手法之比较》，《作家》2009 年第 2 期。

301. 张袁月：《从报刊媒体影响看王韬的小说》，《明清小说研究》2010 年第 4 期。

302. 蒋玉斌：《中国古代小说的新变：论王韬的〈聊斋志异〉仿作——以〈淞隐漫录〉为中心》，《蒲松龄研究》2010 年第 1 期。

303. 何云鹏：《王韬变法自强思想述评》，《延边大学学报》2010 年第 6 期。

304. 罗冰冰：《简论王韬思想中的"以民为本"》，《吉林广播电视大学学报》2010 年第 11 期。

305. 李滨：《试析王韬的报刊角色观》，《湖南大众传媒职业技术学院学报》2010 年第 1 期。

306. 王德余：《王韬自由主义新闻思想探析》，《新闻世界》2010 年第 4 期。

307. 杜俊燕：《王韬与〈循环日报〉》，《经营管理者》2010 年第 7 期。

308. 谢晓婷：《王韬对中日甲午战争的看法——读苏州博物馆藏〈王韬致谢家福函稿〉》，《苏州文博论丛》2010 年第 1 辑。

309. 林天宏：《王韬：中国第一报人》，《传承》2010 年第 4 期。

310. 刘中民：《王韬的海防思想》，《海洋世界》2010 年第 12 期。

311. 麦群忠：《王韬：中国历史上第一个职业报人》，《文史春秋》2010 年第 5 期。

312. 陈益：《王韬：亲历世博第一人》，《政府法制》2010 年第 14 期。

313. 王立群：《从王韬看十九世纪中叶中国文人的日本观》，《北京科技大学学报》2010 年第 3 期。

314. 邱江宁：《现代媒介与文体变革——以王韬报章政论文为核心探讨》，《南京师范大学学报》2010 年第 4 期。

315. 代顺丽：《王韬武侠小说思想探微》，《龙岩学院学报》2010 年第 1 期。

316. 张杰：《鲁迅与王韬》，《鲁迅研究月刊》2010 年第 1 期。

317. 郑海麟：《王韬与近代中外文化交流》，《思想·历史与文化评论》，湖南人民出版社 2010 年版。

318. 段怀清：《试论王韬的基督教信仰》，《清史研究》2011 年第 2 期。

319. 王志宏：《"卖身事夷"的王韬：当传统文士当上了译者》，《复旦学报》2011 年第 2 期。

320. 朱润萍、郝美津：《论王韬新闻思想的开创意义及其历史局限性》，《东南传播》2011 年第 8 期。

321. 周叶飞：《超越伟大故事：中国报刊史中的王韬书写》，《国际新闻界》2011 年第 9 期。

322. 丁牛牙：《王韬关于中国科学技术历史与现状的若干思考》，《科学文化评论》2011 年第 1 期。

323. 陈世华、胡启南：《王韬对外传播思想探析》，《南昌大学学报》2011 年第 6 期。

324. 伍昱：《王韬：由传统文人走向近代报人的成功转型》，《新闻世界》2011 年第 10 期。

325. 王春鸣：《从"废时文"说看晚清知识分子王韬的政治文化观》，《文化学刊》2011 年第 3 期。

326. 揣美丽：《王韬的思想对"官"文化内涵的延伸》，《新闻世界》2011 年第 1 期。

327. 刘莉萍：《王韬文言小说中的异国妓女形象》，《重庆教育学院学报》2011 年第 2 期。

328. 常洁：《王韬笔记体小说中女性的彼岸意识》，《太原师范学院学报》2011 年第 6 期。

329. 王尔敏：《王韬风流至性》，《中国近代文运之升降》，中华书局 2011 年版。

330. 王尔敏：《口岸流风与小说文运之兴起》，《中国近代文运之升降》，中华书局 2011 年版。

331. 胡治波：《王韬哲学思想新论》，《江南大学学报》2012 年第 3 期。

332. 王立群：《王韬近代资产阶级改革方案浅析》，《北京科技大学学报》2012 年第 2 期。

333. 宁如柏：《王韬〈循环日报〉的成功经营策略》，《韶关学院学报》2012 年第 6 期。

334. 李瑶：《以〈循环日报〉为例探究王韬自由主义新闻思想》，《中国—东盟博览》2012 年第 1 期。

335. 党月异：《王韬的诗学思想》，《德州学院学报》2012 年第 5 期。

336. 王立群：《浅谈王韬的日本体验》，《日语教育与日本学》2012 年第 2 辑。

337. 王立群：《从〈漫游随录〉看王韬近代国家观念的形成》，《作家》2012 年第 9 期。

338. 董涛：《"中国第一报人"王韬的思想历程——以王韬各时期作品为例进行分析》，《青年记者》2012 年第 17 期。

339. 李霈：《文学文本中"海外"的局限性——从王韬的海外题材小说谈起》，《文艺争鸣》2012 年第 1 期。

340. 常宁文：《在传统和现实的碰击之中——王韬文言小说的创作特色》，《齐齐哈尔大学学报》2012 年第 4 期。

341. 刘晓芳：《王韬：从旧式文人到近代知识分子》，《中国图书馆商报》2012 年第 3 期。

342. 岳立松：《〈海陬冶游录〉的时代感伤与文化认同》，《明清小说研究》2012 年第 4 期。

343. 张袁月：《论王韬对〈聊斋志异〉扶乩故事的继承与变异》，《蒲松龄研究》2013 年第 1 期。

344. 吴志辉：《论王韬法律思想之主旨——以〈弢园文录外编〉为视角》，《西南政法大学学报》2013 年第 3 期。

345. 殷小芳：《王韬〈淞滨琐话〉的女性观与女性形象分析》，《高等函授学报》2013 年第 2 期。

346. 马涛：《王韬：中国近代思想文化界的先驱》，《湖北档案》2013 年第 5 期。

二　硕博学位论文类

347. 侯昂妤：《王韬：中国在"地球合一之天下"中的地位与作用》，2001 年贵州师范大学硕士学位论文。

348. 党月异：《论王韬的文言小说》，2003 年山东师范大学硕士学位论文。

349. 凌宏发：《王韬小说研究》，2004 年上海师范大学硕士学位论文。

350. 赵钰：《王韬的文学创作研究》，2006 年暨南大学硕士学位论文。

351. 夏红娣：《文化认同与自我建构的两种方式——从王韬的政论文和小说谈起》，2006 年华东师范大学硕士学位论文。

352. 瞿芳：《王韬与十九世纪六七十年代的香港社会》，2007 年华南师范大学硕士学位论文。

353. 瞿长虹：《以王韬为例，论报刊思想与报人社会性的关系》，2007 年吉林大学硕士学位论文。

354. 代顺丽：《王韬小说创作研究》，2007 年福建师范大学博士学位论文。

355. 窦琳：《王韬科学技术观探微》，2008 年南京农业大学硕士学位论文。

356. 林宁：《理雅各与王韬的对比研究》，2008 年华东师范大学硕士学位论文。

357. 于潇：《王韬主持格致书院的改革尝试》，2008 年辽宁师范大学硕士学位论文。

358. 吴韵：《王韬的教育思想》，2008 年苏州大学硕士学位论文。

359. 孙庆：《王韬生平与著作研究》，2008 年南京师范大学硕士学位论文。

360. 芦迪：《王韬改革思想研究》，2010 年辽宁师范大学硕士学位论文。

361. 杨艳：《从〈弢园文录外编〉看王韬政论的特色》，2011 年黑龙江大学硕士学位论文。

362. 刘莉萍：《从东方到西方：王韬文言小说的异域文化想象》，2011年安徽师范大学硕士学位论文。

363. 殷小芳：《〈淞滨琐话〉女性形象研究》，2012 年华中师范大学硕士学位论文。

364. 胡彩霞：《〈淞隐漫录〉的婚恋故事研究》，2012 年辽宁大学硕士学位论文。

三　著作类

1. 朱传誉：《王韬传记资料》，天一出版社 1979 年版。

2. 姚海奇：《王韬的政治思想》，文镜文化事业有限公司 1981 年版。

3. 忻平：《王韬评传》，华东师范大学出版社 1990 年版。

4. 张海林：《王韬评传》，南京大学出版社 1993 年版。

5. 张志春：《王韬年谱》，河北教育出版社 1994 年版。

6. ［美］柯文：《在传统与现代性之间——王韬与晚清改革》，江苏人民出版社 1994 年版。

7. 林启彦、黄文江主编：学术会议论文集《王韬与近代世界》，香港教育图书公司 2000 年版。

8. 王一川：《中国现代性体验的发生》，广西师范大学出版社 2001 年版。

9. 游秀云：《王韬小说三书研究》，秀威资讯科技有限公司 2006 年版。

10. 王立群：《中国早期口岸知识分子形成的文化特征——王韬研究》，北京大学出版社 2009 年版。

附录三　主要参考文献

1. 张海林：《王韬评传》，南京大学出版社 1993 年版。
2. 忻平：《王韬评传》，华东师范大学出版社 1990 年版。
3. 王韬：《弢园老民自传》，江苏人民出版社 1999 年版。
4. 王立群：《中国早期口岸知识分子形成的文化特征——王韬研究》，北京大学出版社 2009 年版。
5. 朱传誉：《王韬传记资料》，天一出版社 1979 年版。
6. 张志春：《王韬年谱》，河北教育出版社 1994 年版。
7. ［美］柯文：《在传统与现代性之间——王韬与晚清改革》，江苏人民出版社 2006 年版。
8. 林启彦、黄文江主编：《王韬与近代世界》，香港教育图书公司 2000 年版。
9. 郭延礼：《中国近代文学发展史》，高等教育出版社 2001 年版。
10. 郭延礼、武润婷：《中国文学精神》，山东教育出版社 2003 年版。
11. 陈平原：《中国散文小说史》，上海人民出版社 2004 年版。
12. 陈平原：《二十世纪中国小说史》（第一卷），北京大学出版社 1989 年版。
13. 任访秋：《中国近代文学史》，河南大学出版社 1988 年版。
14. 袁进：《中国文学的近代变革》，广西师范大学出版社 2006 年版。
15. 钟叔河：《走向世界——近代中国知识分子考察西方的历史》，中华书局 2000 年版。
16. 郭延礼：《中西文化碰撞与近代文学》，山东教育出版社 1999 年版。
17. 魏中林：《清代诗学与中国文化》，巴蜀书社 2000 年版。
18. 黄霖：《近代文学批评史》，上海古籍出版社 1993 年版。
19. 王一川：《中国现代性体验的发生》，北京师范大学出版社 2001 年版。
20. 徐鹏绪：《中国近代文学史纲》，中国社会科学出版社 2004 年版。

21. 张俊才：《叩问现代的消息》，中国社会科学出版社 2006 年版。
22. 管林、钟贤培：《中国近代文学发展史》，中国文联出版公司 1991年版。
23. 于润琦：《插图本百年中国文学史》，四川人民出版社 2002 年版。
24. 裴效维主编：《20 世纪中国文学研究·近代文学研究》，北京出版社 2001 年版。
25. 吴志达：《中国文言小说史》，齐鲁书社 1994 年版。
26. 赵明政：《文言小说：文士的释怀与写心》，广西师范大学出版社 1999 年版。
27. 陈文新：《文言小说审美发展史》，武汉大学出版社 2002 年版。
28. 张俊：《清代小说史》，浙江古籍出版社 1997 年版。
29. 占骁勇：《清代志怪传奇小说集研究》，华中科技大学出版社 2003年版。
30. 张炯、邓绍基、樊骏：《中华文学通史》，华艺出版社 2006 年版。
31. 陈玉申：《晚清报业史》，山东画报出版社 2003 年版。
32. 卓南生：《中国近代报业发展史》，中国社会科学出版社 2002 年版。
33. 胡文龙：《中国新闻评论发展研究》，中国人民大学出版社 2002年版。
34. 方汉奇：《中国近代报刊史》，山西人民出版社 1982 年版。
35. 方汉奇：《中国新闻事业通史》，中国人民大学出版社 1992 年版。
36. 戈公振：《中国报业史》，上海古籍出版社 2003 年版。
37. 王立群：《中国古代山水游记研究》，中国社会科学出版社 2008年版。
38. 游秀云：《王韬小说三书研究》，秀威资讯科技有限公司 2006 年版。
39. 蒋晓丽：《中国近代大众传媒与中国近代文学》，巴蜀书社 2005年版。
40. 王德威：《被压抑的现代性——晚清小说新论》，北京大学出版社 2005 年版。
41. 马睿：《从经学到美学：中国近代文论知识话语的嬗变》，四川民族出版社 2002 年版。
42. 段怀清：《传教士与晚清口岸文人》，广东人民出版社 2007 年版。
43. 刘成：《中国诗学史·清代卷》，鹭江出版社 2002 年版。
44. 李景光：《王韬在中国近代文学史上的地位》，《社会科学辑刊》 1997 年第 5 期。

45. 王一川：《全球化东扩的本土诗学投影》，《北京师范大学学报》2008 年第 2 期。

46. 王一川：《王韬——中国最早的现代性问题思想家》，《南京大学学报》1999 年第 3 期。

47. 王一川：《中国的"全球化"理论——王韬的"地球合一"说》，《四川外语学院学报》2001 年第 2 期。

48. 陈复兴：《王韬和〈扶桑游记〉》，《社会科学战线》1981 年第 2 期。

49. 陈汝衡：《王韬和他的文学事业》，《文学遗产》1982 年第 1 期。

50. 李景光：《简论王韬的诗》，《社会科学辑刊》1988 年第 4 期。

51. 龙绪江：《略论王韬的〈后聊斋志异〉》，《湘潭大学学报》1989 年第 1 期。

52. 成晓军、刘兰肖：《论王韬西方观的形成》，《贵州社会科学》1998 年第 5 期。

53. 陈建生：《论王韬和他的〈淞滨琐话〉》，《明清小说研究》1991 年第 1 期。

54. 阚家安：《王韬的日本之行》，《历史教学》1995 年第 8 期。

55. 成晓军：《论王韬西方观的形成》，《贵州社会科学》1998 年第 5 期。

56. 李书磊：《重温王韬》，《前线》1999 年第 4 期。

57. 张敏：《晚清新型文化人生活研究——以王韬为例》，《史林》2000 年第 2 期。

58. 丁晓原：《论近代报章政论体之始——"王韬体"》，《广东社会科学》2000 年第 6 期。

59. 杨增和：《王韬〈漫游随录〉中的异国女性形象》，《零陵师范高等专科学校学报》2001 年第 1 期。

60. 凌硕为：《申报馆与王韬小说之转变》，《求是学刊》2007 年第 1 期。

61. 宋建昃：《近代中西文化交流中的王韬》，《中国文化研究》2001 年第 2 期。

62. 马艺：《中国报刊政论的先驱——谈王韬报刊政论的思想意识》《历史教学》2001 年第 7 期。

63. 马艺：《论王韬的报刊新闻言论及其历史贡献》，《军事记者》2002 年第 8 期。

64. 洪煜：《以王韬为例看传统知识分子的思想转型》，《史学月刊》

2005 年第 3 期。

65. 王晓文：《〈淞隐漫录〉：晚清时期对中国现代性问题的浪漫想象》，《徐州师范大学学报》2005 年第 5 期。

66. 汤克勤：《论王韬的文言小说创作》，《蒲松龄研究》2007 年第 1 期。

67. 吕文翠：《域外新视界——王韬〈漫游随录〉与晚清上海文化圈》，《艺术评论》2009 年第 5 期。

68. 段怀清：《苍茫谁尽东西界——王韬〈漫游随录〉、〈扶桑游记〉读解》，《北京化工大学学报》2005 年第 4 期。

69. 杜志军：《近代狭邪小说兴起原因新探》，《明清小说研究》1999 年第 3 期。

70. 稂艳玲：《海外游历与王韬思想的发展》，《湖南师范大学学报》2001 年第 5 期。

71. 沈永宝：《政论文学一百年——试论政论文学为新文学之起源》，《复旦学报》2001 年第 6 期。

72. 陶昌馨：《19 世纪后期国人自办报刊与近代文化转型》，《西南师范大学学报》1998 年第 2 期。

73. 谢飘云：《中国近代散文的多重变奏》，《文史哲》1998 年第 6 期。

74. 杨天石：《读黄遵宪致王韬手札》，《史学集刊》1982 年第 4 期。

75. 肖永宏：《论洋务时期中国人的全球文化观念》，《江海学刊》1995 年第 5 期。

76. 姜智芹：《英国文学中的中国形象透视》，《东南学术》2005 年第 4 期。

77. 卢玲：《论王韬的海外旅游活动及影响》，《社科论丛》2007 年第 4 期。

78. 张炳清：《王韬〈扶桑游记〉史料价值发微》，《绥化师专学报》1985 年第 1 期。

79. 陈玉申：《晚清新闻出版业对文学变革的影响》，《东方论坛》1994 年第 3 期。

80. 马艳：《中国新闻出版事业对中国近代文学的影响》，《上海大学学报》2003 年第 5 期。

81. 温明明、曹旭超：《中国近代小说传媒的变化及意义》，《读与写杂志》2007 年第 6 期。

82. 张袁月：《从报刊媒体影响看王韬的小说》，《明清小说研究》2010

年第 4 期。

83. 代顺丽：《近代域外游记的特征及价值》，《福建师范大学学报》2006 年第 4 期。

84. 王雪梅：《近代中国早期的海外旅游》，《中华文化论坛》2001 年第 4 期。

85. 贾鸿雁：《中国古代的域外游记及其价值》，《桂林旅游高等专科学校学报》2005 年第 4 期。

86. 胥明义：《晚清欧美游记研究》，2004 年苏州大学硕士学位论文。

87. 凌宏发：《王韬小说研究》，2004 年上海师范大学硕士学位论文。

88. 符云云：《晚清域外游记研究》，2007 年暨南大学硕士学位论文。

89. 何晓坚：《晚清游记中的西方社会》，2007 年苏州科技学院硕士学位论文。

90. 赵钰：《王韬的文学创作研究》，2006 年暨南大学硕士学位论文。

91. 邹秀娥：《晚清上海新型文化人的社会生活与文化心态》，2006 年山东大学硕士学位论文。

92. 夏红娣：《文化认同与自我建构的两种方式——从王韬的政论文和小说谈起》，2006 年华东师范大学硕士学位论文。

93. 孙庆：《王韬生平与著作研究》，2008 年南京师范大学硕士学位论文。

94. 代顺丽：《王韬小说创作研究》，2007 年福建师范大学博士学位论文。

95. 文迎霞：《晚清报载小说研究》，2007 年华东师范大学博士学位论文。

后　记

这本书稿的写作算来已历时 12 年。2002 年我在山东师范大学开始写作我的硕士论文，我的导师王恒展先生建议我写王韬，最后确定的写作题目是《论王韬的文言小说》。2003 年我顺利完成了硕士学位论文答辩。我注意到，这是国内第一篇研究王韬文学作品的硕士学位论文。自此我对王韬及其著作有了浓厚的兴趣。我颇感自豪的是，我的硕士学位论文及后来发表的一系列关于王韬研究的论文被很多作者引用、作为参考文献。但回到工作单位后，忙于上课、家庭诸事，无暇顾及刚刚萌生的兴趣。直到 2007 年，我打算申报山东省社会科学规划研究项目，项目名称是《王韬与中国近代文学的变革》，没想到项目申请通过了。于是想专心地做好这个课题。但是，接下来的几年，我又一直忙于考博士、学英语，课题的事又耽搁下来。直到 2010 年终于静下心来，北上南下，多方查寻王韬的资料，经过两年多的努力，书稿初步完成。因为项目是无资助的，所以在 2012 年打算出版之际，抱着试试的想法，申报了国家社科基金后期资助项目，没想到竟然获得了资助，我觉得自己真是太幸运了。在之后的一年多时间里，我根据评审专家的修改意见进行了无计其数的细心修改、完善，又去了上海图书馆进一步核实资料。冬去春来，在 2014 年的迎春花盛开的时候，终于尘埃落定。

回顾一路写作的过程是颇为艰辛的。好在有多年前的硕士学位论文及后来发表的一系列论文做基础，书稿中的绪论部分和第二章《王韬小说研究》，便是在硕士学位论文的基础上修改、增加内容而成。全书写得最困难的是《王韬的诗歌研究》一章。首先是因为王韬的诗集没有现成的文本，我在北京、上海图书馆复印了几种古籍版本，不能复印的我便一字一字地抄下来，算是找齐了研究的文本。其次是关于王韬诗歌的研究基本是一个空白。但是我想，垦荒的工作总是有人要去做的，而且正因为是垦荒，也许就更有价值吧。

随着研究的深入，愈加觉得王韬的博大精深，也愈加觉得自己写这本书的必要性。因为到目前为止，尚没有一本全面研究王韬文学作品的专著，对在近代历史和近代文学史上如此重要的大家王韬，这显然是一个欠缺。我愿意尽自己的绵薄之力填补这个空白，但是也知道自己资质愚钝、才疏学浅，而且加上时间有限，这本书写得很浅陋。不过如果这本书能引起学术界对王韬文学作品的全面重视及重新评价，也算是有抛砖引玉之功吧。在本书写作过程中，参考了很多前辈和学者的研究成果，有的也许因疏忽没——注明，大多都列在参考文献中，如未注明或列入，敬请见谅。

本书的写作得到了很多专家学者的支持和帮助。感谢我的硕士生导师王恒展先生。当年，王先生为我指明了科研的方向，十年来一直关注着我的成长，而且又在百忙之中答应为拙作撰写序言，感激之情无以言表。感谢我的博士生导师孙之梅先生。多年来，孙先生对我关爱有加，在我求学的道路上不遗余力地支持我、帮助我，对本书的写作提出了极为宝贵的意见。感谢济南大学郭浩帆教授，在本项目研究方面给予我无私的关怀、帮助。感谢德州学院季桂起教授，在科研上给予我很多指点、帮助，本书的书名就是他定的，我也认为非常贴切。感谢我的师弟侯桂运博士、我的同事庞金殿教授、翟瑞青教授、高文惠教授在审阅书稿中的付出。感谢国家社会科学规划办公室的支持。感谢德州学院科研处的帮助。感谢中国社会科学出版社的李炳青老师，在为书稿进行沟通的十几次电话、邮件中，她行事痛快、不辞辛苦，解决了我的很多疑难问题，为本书的顺利出版耗费了大量时间、心血。

最后，向我的研究对象——王韬致以深深的敬意。他的一生成就或许用伟大一词概括并无不妥。我一直想，等书成后，前往王韬的故乡在他的墓前凭吊祭奠。但后来才得知，王韬之墓因为没有后嗣修缮管理，已经无迹可寻了。不过在去年秋天，我仍然特意去了江苏甪直古镇，参观了王韬纪念馆，发现纪念馆橱窗的介绍中展板有两处明显的错误，告知了馆内唯一的工作人员。漫步在甪直古镇，思绪万千，回想自己这十余年探寻王韬的历程，做得实在太少太少，仅对他的几部文学作品做了肤浅的研究。王韬的大量作品仍然有待研究者去用心解读，希望关于王韬的研究成果越来越多。是为后记。

党月异

2014 年 3 月 10 日